U0506519

中国古代名著全本译注丛书

唐贤三昧集译注

[清] 王士禛 编选

张明非 译注

图书在版编目（CIP）数据

唐贤三昧集译注 /（清）王士禛编选；张明非译注
.—上海：上海古籍出版社，2019.11
（中国古代名著全本译注丛书）
ISBN 978-7-5325-9372-9

Ⅰ. ①唐… Ⅱ. ①王… ②张… Ⅲ. ①唐诗-诗集②
唐诗-译文③唐诗-注释 Ⅳ. ①I222.742

中国版本图书馆CIP数据核字（2019）第225844号

中国古代名著全本译注丛书
唐贤三昧集译注
［清］王士禛 编选
张明非 译注
上海古籍出版社出版发行
（上海瑞金二路272号 邮政编码200020）
（1）网址：www. guji. com. cn
（2）E-mail：guji1@guji. com. cn
（3）易文网网址：www. ewen. co
江阴金马印刷有限公司印刷
开本890×1240 1/32 印张13.5 插页5 字数338,000
2019年11月第1版 2019年11月第1次印刷
印数：1—3,100
ISBN 978-7-5325-9372-9

I·3433 定价：52.00元
如有质量问题，请与承印公司联系

前　言

《唐贤三昧集》是清初王士禛选编的一部唐人诗集。王士禛（1634—1711），字子真，一字贻上，号阮亭，又号渔阳山人。新城（今山东桓台）人。出身仕宦家庭。顺治十二年（1655）进士，授扬州推官，官至刑部尚书。四年后因事免官，退居故乡新城。卒谥文简。

王士禛自幼工诗，在清初与朱彝尊齐名，并称“南北两大诗人”。其诗内容多纪游、怀古、咏史、赠答，题材较狭，风格上追求风神韵味、冲淡含蓄。其写景和抒情诗婉丽隽永、饶有情趣，七绝诗尤为佳妙。今存诗千余首，曾自选编为《渔洋山人精华录》。王士禛不仅是钱谦益、吴伟业之后的诗坛盟主，而且在诗歌理论方面卓有建树，著有《带经堂集》、《池北偶谈》、《居易录》、《香祖笔记》、《渔洋诗话》、《分甘余话》、《渔洋文》、《蚕尾文》等。在他身后，门人张宗柟综采各书论诗之语，编为《带经堂诗话》三十三卷。此外，另撰有《古诗选》、《十种唐诗选》、《唐人万首绝句选》、《唐诗七言律神韵集》等多种著作。

王士禛诗歌理论的核心是“神韵”说。其实，“神韵”一词并非他所独创，最早出现在南朝时的人物品评中，如《宋书·王敬弘传》中说：“（敬弘）神韵冲简，识宇标峻。”稍后南齐谢赫的《古画品录》、唐代张彦远的《历代名画记》，都用了这一词汇。到明清时期诗论中已较多地引入“神韵”的概念，如胡应麟《诗薮》、王夫之《古诗评选》等。王士禛在继承前人诗论，尤其是司空图和严羽美学思想的基础上，对“神韵”说作了进一步的发挥，遂自成一家之言。

标举“神韵”，即要求诗歌有清远淡雅的境界、自然空灵的韵味、含蓄蕴藉的风格；要求诗人在创作中做到“兴会神到”、“贮兴而就”。用这样的标准衡量诗人诗作，所推崇的自然是远离现实的谢灵运、王维、孟浩然、韦应物等诗人以及他们“古澹闲远”的山水风景诗，赞赏那些清幽淡远、韵味隽永的诗句。而对与现实生活联系紧密、带有明显倾向的作品则不免有所轩轾。

“神韵”说的提出，自有其时代原因。一方面，是为了针对明代的诗坛流弊，尤其是为了纠正前后七子的“复古”主张，正如翁方纲所说：“渔洋所以拈举‘神韵’者，特为明朝李（梦阳）、何（景明）一辈貌袭者言之。”（《坳堂诗集序》）同时，在王士禛看来，七子虽倡导“诗必盛唐”，却是以雄阔壮大相标榜，并不能代表盛唐之音的典型风貌。他曾说：“吾盖疾夫世之依附盛唐者，但知学为‘九天阊阖’‘万国衣冠’之语，而自命高华，自矜为壮丽，按之其中，毫无生气，故有《三昧集》之选，要在剔出盛唐真面目与世人看，以见盛唐之诗，原非空壳子、大帽子话，其中蕴藉风流，包含万物，自足以兼前后诸公之长。”（何世璂《然灯记闻》传渔洋语）《四库全书总目提要》也指出：“诗自太仓、历下以雄浑博丽为主，其失也肤；公安、竟陵以清新幽渺为宗，其失也诡。学者两途并穷，不得不折而入宋。其弊也，滞而不灵，直而好尽，语录史论皆可成篇。于是士禛等重申严羽之说，独主神韵以矫之，盖以救弊补偏，各明一义。”另一方面，还应该看到，“神韵”说的提出，并不仅仅是王士禛个人的美学主张，而是代表了他所生活的史称盛世的康熙时代的审美风尚。

无庸讳言，“神韵”说忽视诗歌同社会生活的联系，论诗单纯从风格、形式着眼，自然具有较大的时代局限性。即从艺术的角度而论，由于过分强调诗歌境界的清远缥缈，强调诗歌韵味的空灵超脱，也有失偏颇，容易产生一定的流弊。然而，以“神韵”论诗，对于中国古代诗歌尤其是抒情诗艺术特征的探讨确有其独到之处，它以鲜明的特色，总结了中国古代诗歌创作的丰富艺术经验和中华民族有别于其他民族独特的审美传统，因而成为古代诗歌批评中具有重要影响的理论，并为后来王国维“境界”说的创立奠定了基础。

《唐贤三昧集》正是一部鲜明体现王士禛“神韵”说的唐诗选集。从本集《自序》中不难看出其选编的宗旨：“严沧浪论诗云：‘盛唐诸公，唯在兴趣，羚羊挂角，无迹可求，透彻玲珑，不可凑泊，如空中之音，相中之色，水中之月，镜中之象，言有尽而意无穷。’司空表圣论诗亦云：‘味在酸咸之外。’康熙戊辰（1688）春杪，日取开元、天宝诸公篇什读之，于二家之言别有会心”，于是“录其尤隽永超诣者”，于是年年底编成此书。名曰“三昧”，乃取佛经自在之义。可见，他选《唐贤三昧集》正是以司空图、严羽的诗论为旨归，以“隽永超诣”为诗歌的艺术标准。

全书三卷，主要取盛唐人诗，自王维起，至万齐融止。凡44人，诗400余首。其中，选王维诗最多，至100余首，超过全书的四分之一。其次是孟浩然、岑参、李颀、王昌龄四家，选诗都在30首以上，其余诗人10余首或数首不等。集中不录李白、杜甫诗，王士禛表面上说仿照王安石《唐百家诗》的做法，实际上是同他标榜“清远”的宗旨有关。翁方纲《七言诗三昧举隅》中说：“先生于唐贤独推右丞、少伯以下诸家得三昧之旨。盖专以冲和淡远为主，不欲以雄鸷奥博为宗。若选李、杜而不取雄鸷奥博之作，可乎？吾窥先生之意，固不得不以李、杜为诗家正轨也，而其沉思独往者，则独在冲和淡远一派，此固右丞之支裔，而非李、杜之嗣音矣。”此语颇中肯綮。王士禛自己在《居易录》中也说：“唐五言诗，开元、天宝间大匠同时并出。王右丞而下，如孟浩然、王昌龄、岑参、常建、刘昚虚、李颀、綦毋潜、祖咏、卢象、陶翰之数公者，皆与摩诘相颉颃。”从《唐贤三昧集》的选录情况看，明显体现了他这一评价标准，所提到的这十几位诗人不仅悉数入选，而且选录数量比较多，除前面提到的几位大家外，常建有13首，刘昚虚、祖咏各9首，陶翰8首，綦毋潜6首，卢象3首，在集中占有相当大的比例。综观这些诗人，若以“清远”、“隽永超诣”衡量，王维、孟浩然、裴迪、储光羲等以写山水田园著称的诗人自不必说，其他诗人也多符合这一标准。如王昌龄“《长信词》、《西宫曲》、《青楼曲》、《闺怨》、《从军行》，皆优柔婉丽，意味无穷，风骨内含，精芒外隐，如清庙朱弦，一唱三叹”（《诗薮》）；常建、刘眘虚诗“于王、孟外又辟一径。常取径幽而不诡于正，刘气象一派空明”（《剑溪说诗》）；綦毋潜“屹崒峭蒨足佳句，善写方外之情”（《河岳英灵集》），“举体清秀，萧萧跨俗”（《唐诗纪事》）；殷遥“与王维结交，同慕禅寂，志趣高疏，多云岫之想”（《唐才子传》）；张子容“诗略似孟（浩然）公”，“兴趣高远，略去凡近”（《唐才子传》）；裴迪“诗雅淡，有类摩诘”（《汇编唐诗十集》）；丘为“其人与摩诘友，诗亦相近”（《载酒园诗话又编》）等等。

但也应该看到，王士禛在推崇“冲和淡远”的审美趣尚的同时，却并没有排斥“雄鸷奥博”的风格，高适、岑参等人大量慷慨豪放的边塞诗入选即是一个明证。同时，他虽标榜盛唐清音，却也肯定元结《箧中集》中那些讽喻现实、抒发个人悲苦穷愁和家国之恨的悲调；既提倡平淡天然的本色语，也不排斥字句的推敲、格律的探究。如他所推重的陶翰，殷璠在《河岳英灵集》里便称赞他“既多兴象，复备风骨”。

当然，集中入选的并非都是名篇佳作，譬如有的作品格调不够高，有的不能代表作者的最好水平，因而此书问世之后也招来一些物议。如赵执信便“排诋是书，不遗余力”，批评其选诗不当，说：“李颀《缓歌行》，夸炫权势，乖六义之旨。梁锽《观美人卧》，直是淫词，君子所必黜者。”（《谈龙录》）李重华《贞一斋诗说》亦说：“阮亭选《三昧集》，谓五言有入禅妙境，七言则句法要健，不得以禅求之。余谓王摩诘七言何尝无入禅处，此系性所近耳。况五言至境，亦不得专以入禅为妙。”乔亿《剑溪说诗》又编也讥之曰：“读古人诗，不于本领作用处求之，专赏其气味词调，及一二虚字传神，以为妙道，则日诵《唐贤三昧集》足矣，何假万卷为哉！”这些意见虽都有以偏概全之嫌，但一定程度上还是切中了《唐贤三昧集》在编选方面的一些弊病的。此外，本书也还存在因失于考据而造成的误收唐以外作品及地名有误等疏漏。

尽管如此，此书问世后却影响极大。因原有清康熙二十七年（1688）刻本无笺注，故后人纷纷加以评注，如吴煊、胡棠《唐贤三昧集笺注》，乾隆五十二年（1787）听雨斋刻本，潘德舆评点本，姚鼐评点本，光绪九年（1883）翰墨园所刊黄培芳批评本等。并有日本、朝鲜刻本多种。后世还有仿其体例续编者，如史承豫《唐贤小三昧集》、周咏棠《唐贤小三昧续集》等。

综上所述，由于《唐贤三昧集》有明确的选编主旨，具体鲜明地体现了在古代诗学中有重要影响的"神韵"理论，因此，对于我们今天研究古代文学理论，特别是研究王士禛的"神韵说"，自有其不可替代的独特的参考价值。将此书注释、翻译以供唐诗爱好者、研究者借鉴是有意义的。

《唐贤三昧集译注》以上海古籍出版社1993年11月出版的《四库文学总集选刊·唐贤三昧集》为底本，必要时参校其他有关各本，个别有异文的在注释中标明。本书在广泛吸收前贤研究成果的基础上，熔铸众说，择善而从。注释力求简明扼要，译文力求忠实于原意，在诗行乃至用韵上尽可能贴近原诗。但限于水平、学识，在从事这一工作时时有力不从心之感，作品注释中难免有错讹之处，译文更未能处处做到信达雅，恳请读者批评指正。

《唐贤三昧集译注》初版于2000年，收入"中华古籍译注丛书"。此次重版，对部分译注和个别文字作了适当的修订。

2019年10月

目　录

卷　上

王　维

王维（701—761），字摩诘，祖籍太原祁（今山西祁县），其父徙居蒲州（治今山西永济）。开元九年（721）进士，授大乐丞，历官右拾遗，迁殿中侍御史。开元二十九年春，辞官归隐终南。安史乱中被俘，迫受伪职，官给事中。乱平后降为太子中允，后官至尚书右丞，世称“王右丞”。王维多才多艺，精于诗文、书画、音乐。其诗诸体兼善，尤擅长山水田园诗。诗风清新秀雅，诗中有画，气韵生动，熔诗情、画意、禅理于一炉，被清代神韵派奉为圭臬。有《王右丞集》。

赠刘蓝田〔1〕

篱间犬迎吠，出屋候荆扉〔2〕。
岁晏输井税〔3〕，山村人夜归。
晚田始家食〔4〕，余布成我衣〔5〕。
讵肯无公事，烦君问是非。

【注释】

〔1〕刘蓝田：蓝田县令刘氏，生平未详。
〔2〕荆扉：柴门。
〔3〕岁晏：岁末。　井税：田税。

〔4〕晚田：晚熟之田。 家食：家中的粮食。

〔5〕余布：指纳调后剩下的布。调指唐时每丁每年需交纳一定数量的布或绫、绢等物。

【今译】

家犬在竹篱间对人狂吠，走出屋倚柴门等候着您。到年底照例要交纳田税，农夫们深夜里方始回村。晚收的庄稼才可以自食，纳调后的余布方能做衣。怎敢指望不承担公家事，只请您过问其中的是非。

赠祖三咏〔1〕

蟏蛸挂虚牖〔2〕，蟋蟀鸣前除〔3〕。
岁晏凉风至，君子复何如？
高馆阒无人〔4〕，离居不可道。
闲门寂已闭，落日照秋草。
虽有近音信，千里阻河关〔5〕。
中复客汝颍〔6〕，去年归旧山〔7〕。
结交二十载，不得一日展。
贫病子既深，契阔余不浅〔8〕。
仲秋虽未归〔9〕，暮秋以为期。
良会讵几日〔10〕，终日长相思。

【注释】

〔1〕题下原注："济州官舍作。" 祖三咏：即祖咏，排行三。

〔2〕蟏蛸（xiāo shāo萧烧）：一种长脚蜘蛛，俗称喜子。 虚牖（yǒu有）：窗户。

〔3〕前除：谓台阶前。

〔4〕高馆：指济州官舍。 阒（qù去）：形容寂静。

〔5〕河关：河流和关隘。
〔6〕汝：汝水，古水名。　颍：颍水，即今颍河。二水相邻。
〔7〕旧山：故乡，故居。此指洛阳。
〔8〕契阔：勤苦。
〔9〕仲秋：秋季的第二个月，即农历八月。
〔10〕良会：欢会。　讵（jù巨）几：无多。

【今译】

蜘蛛穿梭结网在窗户上，蟋蟀细细长吟在台阶前。一年将尽阵阵凉风袭来，你近况如何我着实惦念。我在济州官署孤独寂寥，分离的滋味实难以言传。空寂的院门已紧紧关闭，落日映照秋草昏黄惨淡。近来虽然得到你的消息，河关间隔却相距千里。其间还曾客居汝颍之间，去年我才回到洛阳故地。你与我结交已经二十载，志向从无一日得以伸展。你既贫病交加困顿失意，我也辛劳勤苦惴惴不安。仲秋之时我虽未能归去，你我相约就以暮秋为限。相见的日子已不再久远，我终日里将你苦苦思念。

戏赠张五弟諲〔1〕

吾弟东山时〔2〕，心尚一何远〔3〕。
日高犹自卧，钟动始能饭。
领上发未梳，床头书不卷。
清川兴悠悠，空林对偃蹇〔4〕。
青苔石上净，细草松下软。
窗外鸟声闲，阶前虎心善。
徒然万象多，澹尔太虚缅〔5〕。
一知与物平〔6〕，自顾为人浅。
对君忽自得，浮念不烦遣〔7〕。

【注释】

〔1〕题下原注："时在常乐东园走笔成。" 张五弟諲：即张諲，行五，温州永嘉（今属浙江）人。与王维为诗酒丹青之友，颇多唱酬。

〔2〕东山时：谓隐居之时。晋谢安应桓温之请出任司马前，曾隐居于会稽上虞县西南的东山，优游自乐，后遂以"东山"咏隐居。事见《世说新语·排调》。

〔3〕心尚：心所崇尚。

〔4〕偃蹇：指偃息而卧悠闲无事。

〔5〕澹尔：恬静无为貌。 太虚：道的深幽玄远之理。 缅：远。

〔6〕与物平：谓与物齐一。语本《庄子·齐物》："天地与我并生，而万物与我为一。"

〔7〕浮念：虚妄之念。

【今译】

兄弟当初隐居东山之时，心中志趣是何等高远。太阳当头犹自高卧不起，待敲响午钟才起身用饭。领上头发不梳随意披散，床头诗书不卷任其散乱。独自面对清川逍遥自在，林中席地而卧事事悠闲。石上长满青苔一片苍翠，松下细草如茵清幽绵软。窗外鸟鸣声都透着闲逸，台阶前老虎可与人相伴。人的思虑再多也是枉然，道家之理何其深玄遥远。一旦体悟恬静无为之理，便觉自己过去实在肤浅。从你那里忽然已有所得，无须排遣便消除了杂念。

奉寄韦太守陟〔1〕

荒城自萧索〔2〕，万里山河空。
天高秋日迥〔3〕，嘹唳闻归鸿〔4〕。
寒塘映衰草，高馆落疏桐。
临此方岁晏，顾景咏《悲翁》〔5〕。
故人不可见，寂寞平林东〔6〕。

【注释】

〔1〕韦太守陟（zhì治）：韦陟，作者的友人，曾先后任襄阳太守、钟离太守、义阳太守、河东太守、吴郡太守等职。

〔2〕萧索：萧条冷落。

〔3〕迥：远。

〔4〕嘹唳：雁叫声。

〔5〕顾景：自顾其影。《悲翁》：即《思悲翁》，乐府古题之一。

〔6〕平林：平原上的树林。

【今译】

荒城自是一派萧条冷落，山河万里显得无比空阔。天空明净秋日格外高远，听叫声见大雁飞往南国。寒塘与岸边枯草相映衬，眼前是落叶稀疏的梧桐。已到这一年将尽的时刻，对此景不由吟咏起《悲翁》。思念老朋友却不能相见，寂寞地徘徊在平林之东。

和使君五郎西楼望远思归〔1〕

高楼望所思，目极情未毕〔2〕。
枕上见千里，窗中窥万室。
悠悠长路人，暧暧远郊日〔3〕。
惆怅极浦外〔4〕，迢递孤烟出〔5〕。
能赋属上才〔6〕，思归同下秩〔7〕。
故乡不可见，云外空如一。

【注释】

〔1〕使君：谓州郡长官，此指济州刺史。　五郎：其人未详。

〔2〕目极：极目远望。

〔3〕暧暧：日色昏暗不明貌。

〔4〕极浦：遥远的水滨。
〔5〕迢递：远貌。
〔6〕上才：上等人才。此指使君五郎。
〔7〕下秩：低级官吏。作者自指。

【今译】

登上高楼眺望思念的人，目力有限相思之情无涯。枕上一梦能至千里之外，从窗中可窥见万户千家。悠悠长路留下你的足迹，远方的郊原已昏暗不明。惆怅的心飞往遥远水滨，远处一缕孤烟冉冉上升。你擅长诗赋是出色人才，思归的心情却与我相同。故乡遥远怎么也望不到，只见天边云外一片空濛。

送魏郡李太守赴任〔1〕

与君伯氏别〔2〕，又欲与君离。
君行无几日，当复隔山陂〔3〕。
苍茫秦川尽〔4〕，日落桃林塞〔5〕。
独对临关门，黄河向天外。
前经洛阳陌，宛洛故人稀〔6〕。
故人离别尽，淇上转骖騑〔7〕。
企予悲送远〔8〕，惆怅睢阳路〔9〕。
古木官渡平〔10〕，秋城邺宫故〔11〕。
想君行县日〔12〕，其出从如云。
遥思魏公子〔13〕，复忆李将军〔14〕。

【注释】

〔1〕魏郡：即指魏州。唐魏州治所在贵乡（今河北大名东北）、元城

（今大名）。　李太守：即李岘（712—766），京兆（今陕西西安）人，系出陇西成纪。开元中曾任魏郡太守。

〔2〕伯氏：长兄，指李岘兄李峘。

〔3〕山陂（bēi悲）：指山坡或池塘。

〔4〕秦川：古地区名，泛指今陕西、甘肃的秦岭以北平原地带。

〔5〕桃林塞：指今河南灵宝以西、陕西潼关以东地区。相传为周武王放牛处。

〔6〕宛洛：二古邑的并称，即今南阳和洛阳，为东汉最繁华的都市。此处实指洛。

〔7〕淇上：淇水之上。淇水，即今河南北部淇河。古为黄河支流，东汉建安中，曹操于淇口作堰，遏使东北流，注入白沟（今卫河），遂成为卫河支流。　骖騑（cān fēi参非）：本指驾车时位于两旁的马，此泛指车马。

〔8〕企予：踮起脚跟。予，犹“而”，助词。

〔9〕睢阳：今河南商丘东。

〔10〕官渡：古地名，在今河南中牟东北。其地临古官渡水，曹操大败元绍的官渡之战即发生于此。

〔11〕邺宫：指邺都宫殿。遗址在今河南安阳境内。

〔12〕行县：谓郡守巡行所主之县。

〔13〕魏公子：指魏文帝曹丕，其即位前曾任五官中郎将，因系曹操之子，故称。一说，指魏公子元。《汉书·地理志》：“魏郡元城”下注云：“应劭曰：魏武侯公子元食邑于此，因而遂氏焉。”

〔14〕李将军：指曹操部将李典，以战功官至破虏将军，曾迁部曲宗族一万三千余人居邺。一说指李广。

【今译】

刚刚同你的兄长分手，如今却又要与你离别。你离开这里还没几天，我俩大概只隔着山坡。秦川大地苍茫又辽阔，夕阳余晖映照桃林塞。旅途中独自经过潼关，黄河如带伸展到天外。此前你曾途经洛阳城，那里已经是少有故人。与朋友匆匆忙忙告别，在淇上乘车继续前行。踮起脚跟为远人悲伤，对着睢阳路倍感惆怅。官渡多古树故垒已平，昔日邺宫早化为灰烬。待你到任上巡视辖境，定是多随从车马如云。既追怀魏公子的风流，又忆起李将军的功勋。

送宇文太守赴宣城[1]

寥落云外山[2]，迢遥舟中赏[3]。
铙吹发西江[4]，秋空多清响。
地迥古城芜，月明寒潮广。
时赛敬亭神[5]，复解罟师网[6]。
何处寄相思？南风吹五两[7]。

【注释】

〔1〕宇文太守：其人未详。　宣城：今属安徽。

〔2〕寥落：稀疏。

〔3〕迢遥：遥远貌。　铙吹：即铙歌，本军中乐歌，此谓太守出行时奏乐。

〔4〕西江：此指长江中下游。

〔5〕赛：祈福于神而后以祭祀来报答称“赛”。　敬亭神：宣城北有敬亭山，山上旧有敬亭，山即以此名。南朝诗人谢朓为宣城太守时赋有《赛敬亭山庙喜雨诗》。

〔6〕罟（gǔ古）师：渔翁，指船家。罟，网。

〔7〕五两：古时测风向的器物名，用鸡毛五两（或八两）系于高竿上以测风向和风力，因称五两。

【今译】

青山寥落隐现在云天外，远处的景色在舟中观赏。听铙歌一吹从西江出发，晴空回荡着清越的声响。地处僻远古城一派荒芜，月光皎洁潮水宽平寒凉。你到任后要常祭神祈福，还要施恩惠给当地渔人。别后如何寄托我的相思？看那南风吹动船儿前行。

送 别

下马饮君酒[1]，问君何所之[2]？
君言不得意，归卧南山陲[3]。
但去莫复问，白云无尽时。

【注释】

〔1〕饮君酒：谓请君饮酒。君，送别的友人。

〔2〕之：往。

〔3〕南山：终南山。

【今译】

请下马让我为你置酒饯行，问一声朋友你将向何处去？你说你困顿失意很不得志，打算从此归卧南山旮旯里。此一别请莫再打听我消息，我就像白云飘浮没有归期。

济州送祖三[1]

相逢方一笑，相送还成泣。
祖帐已伤离[2]，荒城复愁人。
天寒远山净，日暮长河急。
解缆君已遥[3]，望君犹伫立[4]。

【注释】

〔1〕济州：应作“齐州”，唐代州名，故治在今山东历城。　祖三：即祖咏。

〔2〕祖帐：为出行者饯行所设的帐幕。

〔3〕解缆：指开船。缆，系船用的绳索。

〔4〕伫（zhù助）立：久立。

【今译】

你我相逢才得开颜一笑，接着便为相送泪洒衣襟。饯别已经使人黯然销魂，荒城凄清僻远倍感伤情。远峰在寒天里山色空净，长河在暮色中湍急奔腾。船方解缆你已乘流远去，我犹独立江头久久伤神。

送綦毋潜落第还乡[1]

圣代无隐者[2]，英灵尽来归[3]。
遂令东山客[4]，不得顾采薇[5]。
既至金门远[6]，孰云吾道非[7]？
江淮度寒食[8]，京洛缝春衣[9]。
置酒临长道，同心与我违[10]。
行当浮桂棹[11]，未几拂荆扉[12]。
远树带行客[13]，孤城当落晖[14]。
吾谋适不用[15]，勿谓知音稀。

【注释】

〔1〕綦毋（qí wú其无）潜：详见本书卷中作者介绍。　落第：应试不中。

〔2〕圣代：圣世。

〔3〕英灵：英才。

〔4〕东山客：喻高人隐士。见前《戏赠张五弟諲》诗注。此指綦毋潜。

〔5〕采薇：商末周初，伯夷叔齐耻食周粟，隐于首阳山采薇而食。后

遂以“采薇”指代隐居。薇，野豌豆，蜀人谓之巢菜。

〔6〕金门：即金马门，汉代未央宫前的宫门。此指代朝廷。 远：谓落第。

〔7〕吾道非：指人慨叹人生困阻，不遂其志。语本《史记·孔子世家》：孔子困于陈、蔡之野，慨然对子贡曰：“吾道非耶？吾何为于此？”

〔8〕寒食：节令名，在清明前两日，每逢此日人们前后三天不生火，只吃冷食，故称寒食。

〔9〕京洛：东都洛阳。

〔10〕同心：犹知己。 违：分离。

〔11〕桂棹：船的美称。棹，划船工具。

〔12〕荆扉：柴门。

〔13〕行客：旅行之人，指綦毋潜。

〔14〕孤城：指京城长安。

〔15〕“吾谋”句：语本《左传·文公十三年》：士会行，秦人绕朝赠之以策，曰：“子无谓秦无人，吾谋适不用也。”

【今译】

圣明时代谁甘心幽栖山林，海内英杰都到京城寻找机会。遂使你这怀抱大志的高人，顾不得仿效古人深山采薇。你此次虽然落选远离朝廷，并非因缺少才华主张不对。你原打算在江淮度过寒食，没想到滞留洛阳缝制春衣。我为你在长安道设宴饯行，两心相知却又不得不分离。你此刻就要乘船渡江远去，不久便会回到家打开柴扉。远方树林带走了你的身影，孤城正笼罩着落日的余晖。你的志向虽然还未能实现，切莫以为缺少知音而心灰。

别弟缙后登青龙寺望蓝田山〔1〕

陌上新别离，苍茫四郊晦〔2〕。
登高不见君，故山复云外〔3〕。
远树蔽行人，长天隐秋塞〔4〕。
心悲宦游子〔5〕，何处飞征盖〔6〕。

【注释】

〔1〕缙：即王缙。　青龙寺：古寺名，遗址在今陕西西安南郊。　蓝田山：在今陕西蓝田东。

〔2〕晦：昏暗。

〔3〕故山：旧山，指蓝田山。

〔4〕秋塞：秋日的原野。

〔5〕宦游子：在外做官的人。

〔6〕征盖：远行的车。

【今译】

大路上我同你刚刚分手，天地苍茫四周一片昏暗。登高也望不见你的身影，蓝田山更远在云外天边。远方的树木遮住了视线，长天隐没在秋天的平原。我为宦游的人感到悲伤，你登车远行将去往哪边?

蓝田山石门精舍〔1〕

落日山水好，漾舟信归风〔2〕。
玩奇不觉远，因以缘源穷。
遥爱云木秀，初疑路不同。
安知清流转，偶与前山通。
舍舟理轻策〔3〕，果然惬所适〔4〕。
老僧四五人，逍遥荫松柏。
朝梵林未曙〔5〕，夜禅山更寂〔6〕。
道心及牧童〔7〕，世事问樵客。
暝宿长林下〔8〕，焚香卧瑶席〔9〕。
涧芳袭人衣，山月映石壁。
再寻畏迷误，明发更登历〔10〕。
笑谢桃源人〔11〕，花红复来觌〔12〕。

【注释】

〔1〕石门精舍：蓝田山佛寺名。

〔2〕漾舟：泛舟。　信：任凭。

〔3〕策：杖。

〔4〕惬：满足，畅快。

〔5〕朝梵：指和尚清晨诵经。

〔6〕夜禅：指僧人夜晚静坐参禅。

〔7〕道心：指觉知佛教“真理”之心。

〔8〕暝：夜晚。

〔9〕瑶席：对席子的美称。一说，指用瑶草编成的席子。

〔10〕明发：黎明。　登历：登临游历。

〔11〕谢：告辞。　桃源人：桃花源中避世遁居的人。此喻石门精舍中的人。语本陶渊明《桃花源记》。

〔12〕觌（dí笛）：相见。

【今译】

斜晖里山光水色更加美妙，任凭好风送小舟踏上归程。搜奇寻幽不觉得路途遥远，溯流而上一直到水源尽头。爱远处林木苍翠云霞掩映，初以为路线不同无法相通。哪知道清清水流曲折回旋，眼前忽然见前山古木萧森。弃舟登岸拄手杖缓缓而行，果然是景色清幽甚惬我心。四五位仙风道骨的老僧人，安坐松柏绿荫下自在消停。还未破晓诵经的梵音响起，夜晚参禅深山更显得幽清。连牧童也受到道心的影响，欲知世事只有向樵夫问询。夜宿精舍在长林之下栖憩，空山焚香于瑶席之上安眠。山涧中阵阵花香袭人衣裾，明月清辉把苍苔石壁洒满。最担心再来时会迷失道路，黎明时又四处去察看一番。含笑辞别世外桃源的人们，明年桃花盛开时再来相见。

青　溪

言入黄花川〔1〕，每逐青溪水。

随山将万转，趣途无百里〔2〕。

声喧乱石中，色静深松里。
漾漾泛菱荇[3]，澄澄映葭苇[4]。
我心素已闲[5]，清川澹如此[6]。
请留盘石上[7]，垂钓将已矣[8]。

【注释】

〔1〕言：语助词，无实义。　黄花川：水名，在今陕西凤县东北黄花镇附近。

〔2〕趣途：前行的路途。趣，同“趋”。

〔3〕漾漾：水动荡貌。　菱荇（xìng幸）：菱角和荇菜，皆水生草本植物。

〔4〕葭（jiā加）苇：芦苇。

〔5〕素：平素，向来。

〔6〕清川：指清溪。

〔7〕盘石：大石。

〔8〕垂钓：喻隐居不仕。此暗用严陵垂钓严陵濑的典故。

【今译】

我每当来到这黄花川上，总喜欢追逐青溪的流水。溪流随着山势千回百转，加起来行程还不足百里。水流冲击乱石一片喧闹，苍翠的松林却幽静无比。漂浮的水草随水波摇荡，水中映着芦苇一派澄碧。我的心早已是恬静安闲，就像这澄澈见底的青溪。就在溪边这垒垒大石旁，让钓竿陪伴我度过余日。

崔濮阳兄季重前山兴[1]

秋色有佳兴，况君池上闲。
悠悠西林下[2]，自识门前山。
千里横黛色[3]，数峰出云间。

嵯峨对秦国[4]，合沓藏荆关[5]。
残雨斜日照，夕岚飞鸟还[6]。
故人今尚尔[7]，叹息此颓颜[8]。

【注释】

〔1〕题下原注："山西去，亦对维门。" 崔季重：清河（今属河北）人，天宝年间做过濮阳（治所在今山东鄄城北）太守。 前山：即诗中所说的"门前山"。 兴：兴致。

〔2〕悠悠：悠闲自得貌。

〔3〕黛色：青黑色。

〔4〕嵯峨：山高峻貌。 秦国：指代咸阳城。终南山在咸阳、长安南。

〔5〕合沓：重叠纷多貌。 荆关：柴门，指隐者的居处。

〔6〕夕岚：傍晚山中的云气。

〔7〕故人：指崔季重。

〔8〕颓颜：衰老的容颜。

【今译】

秋景最易引发人的幽兴，何况您在池上逍遥悠闲。悠然自得独坐西林之下，相看不厌是门前的青山。黛色的山峦横亘数千里，一座座山峰直插入云天。高山与咸阳城遥遥相对，茅屋就坐落在群山之间。雨过天晴一抹夕阳斜照，黄昏雾霭中有鸟儿飞还。故人的情谊丝毫未改变，叹息的只是衰老的容颜。

丁寓田家有赠[1]

君心尚栖隐[2]，久欲傍归路[3]。
在朝每为言，解印果成趣[4]。
晨鸡鸣邻里，群动从所务[5]。
农夫行饷田[6]，闺妾起缝素。

开轩御衣服[7]，散帙理章句[8]。
时吟《招隐诗》[9]，或制《闲居赋》[10]。
新晴望郊郭，日映桑榆暮。
阴尽小苑城，微明渭川树[11]。
揆予宅闾井[12]，幽赏何由屡。
道存终不忘，迹异难相遇[13]。
此时惜离别，再来芳菲度。

【注释】

〔1〕丁寓（yǔ雨）：生平未详。据作者《至滑州隔河望黎阳忆丁三寓》诗题及“赖有政声远，时闻行路传”诗句，知丁寓排行三，可能做过黎阳县令，且颇有政声。

〔2〕栖隐：谓隐居。

〔3〕傍归路：指辞官归乡。傍，近。

〔4〕解印：指辞官。

〔5〕群动：指自然界的各种动物。　从所务：指各自做自己应当做的事。

〔6〕饷田：往田里送饭。

〔7〕御：治，理。

〔8〕散帙（zhì志）：打开书本。帙，书衣。　章句：古书的章节句读。

〔9〕《招隐诗》：晋左思、陆机均作有《招隐诗》，主要咏隐居之乐。

〔10〕《闲居赋》：潘岳曾作《闲居赋》，写闲居的悠闲自适。

〔11〕渭川：即渭水。

〔12〕揆（kuí葵）：揆度，估量。　宅闾井：指居于城中。

〔13〕迹异：指一为官，一隐居。

【今译】

你心里一直向往着栖隐，早就想踏上归乡的路程。在朝时便每每说起此事，辞官归隐果然趣味无穷。清晨传来邻家雄鸡啼唤，所有的动物都自在自为。农夫把饭送到地头田间，妇女们在家中缝制衣被。敞开窗户清理衣衫什物，打开书帙翻阅书卷文稿。或吟诗称颂隐逸的闲适，或作赋赞美幽居的逍遥。雨后新晴眺望郊原城郭，落日余晖照在桑榆树梢。浓密的树阴遮蔽了小苑，渭川的树木沐浴着斜照。思忖我居住城里的时候，哪里能够经常寻幽赏异。朋友之道终究不会相忘，只是官隐异途难再相遇。此刻与你告别依依不舍，望再来共度美好的春日。

渭川田家〔1〕

斜光照墟落〔2〕，穷巷牛羊归〔3〕。
野老念牧童，倚杖候荆扉〔4〕。
雉雊麦苗秀〔5〕，蚕眠桑叶稀。
田夫荷锄至，相见语依依〔6〕。
即此羡闲逸，怅然吟式微〔7〕。

【注释】

〔1〕渭川：渭水。

〔2〕斜光：指夕阳。 墟落：村庄。

〔3〕穷巷：深僻的里巷。

〔4〕荆扉：柴门。

〔5〕雉雊（gòu够）：野鸡鸣叫。 秀：指庄稼吐穗开花。

〔6〕依依：形容恋恋不舍的样子。

〔7〕吟式微：用《诗经·邶风·式微》中“式微，式微，胡不归”的意思。

【今译】

夕阳映照着萧疏的村庄，牧归的牛羊相随回到深巷。白发老翁惦记放牧的孙子，倚竹杖静静等候在柴门旁。麦苗扬花时节有野鸡鸣唱，蚕儿眠桑叶稀已快被采光。下田的农夫扛着锄头归来，互相招呼说话情意深长。如此美好闲逸真令人歆羡，吟诵式微禁不住一阵惆怅。

春中田园作[1]

屋上春鸠鸣[2]，村边杏花白。
持斧伐远扬[3]，荷锄觇泉脉[4]。
归燕识故巢，旧人看新历[5]。
临觞忽不御[6]，惆怅远行客。

【注释】

〔1〕春中（zhòng重）：即仲春，农历二月。

〔2〕鸠：鸽子一类的禽鸟，如斑鸠、山鸠等。

〔3〕远扬：指桑树上那些长得太远而扬起的枝条。

〔4〕觇（chān搀）：探测。　泉脉：伏流于地下的泉水，因其好似人体内的脉络，故称。

〔5〕看新历：意谓知节气，以便耕种。

〔6〕觞：酒杯。　御：进用。

【今译】

屋顶上斑鸠欢快地鸣叫，村边杏花开放一片雪白。农夫挥动斧子修剪桑枝，有的扛起锄头察看泉脉。归来的燕子还认识旧巢，人们正翻看今年的新历。对着酒杯却又停下不饮，惆怅地想起远行的游子。

过李揖宅[1]

闲门秋草色，终日无车马。
客来深巷中，犬吠寒林下。
散发时未簪[2]，道书行尚把[3]。

与我同心人，乐道安贫者。
一罢宜城酌[4]，还归洛阳社[5]。

【注释】

〔1〕李揖：至德元载（756）为延安太守，后官户部侍郎、谏议大夫。

〔2〕未簪：未插戴簪子。簪，古时用来将发别在帽上的一种饰物。

〔3〕道书：道家的书。 把：握。

〔4〕宜城：指宜城酒。《太平寰宇记》载襄州宜城（今湖北宜城）县出美酒，俗称“宜城美酒”。

〔5〕洛阳社：即洛阳白社。在洛阳故城建春门东，因有丛祠而得名。《晋书·董京传》载，魏晋时隐士董威辇，常寄居于洛阳白社。后因用以喻指隐士的居所。此指作者住地。

【今译】

门庭清寂唯见秋草萋萋，整日不见客人车马来此。我一走进这深僻的小巷，便惊动树下的犬儿狂吠不止。主人散开发髻未及簪戴，出迎时手里还拿着道书。你我志同道合意气相投，固守道义忍受贫苦。此日在你宅上饮罢美酒，我仍旧返回隐居的草庐。

宿郑州[1]

朝与周人辞[2]，暮投郑人宿[3]。
他乡绝俦侣[4]，孤客亲童仆。
宛洛望不见[5]，秋霖晦平陆[6]。
田父草际归，村童雨中牧。
主人东皋上[7]，时稼绕茅屋[8]。
虫思机杼鸣[9]，雀喧禾黍熟。
明当渡京水[10]，昨晚犹金谷[11]。

此去欲何言，穷边徇微禄〔12〕。

【注释】

〔1〕郑州：唐州名，辖境在今河南荥阳、郑州、中牟、新郑及原阳一带，治所在今郑州。

〔2〕周人：即洛阳人。因洛阳一带皆周地，故称。

〔3〕郑人：即郑州人。因郑州古属郑国，故称。

〔4〕俦侣：同类，同伴。

〔5〕宛洛：见前《送魏郡李太守赴任》诗注。

〔6〕秋霖：秋雨。霖，久下不停的雨。　平陆：平原，陆地。

〔7〕东皋：泛指田野。

〔8〕时稼：应时的农作物。

〔9〕机杼（zhù蛀）：织布机。杼，织布机上的梭子。

〔10〕京水：源出荥阳南，东北行，绕经郑州治所。即今贾鲁河上游。

〔11〕金谷：地名，在河南洛阳西。

〔12〕穷边：极边远的地方。　徇：屈从。

【今译】

早晨才动身从洛阳城出发，暮色中便到达了郑州辖境。异地他乡已不见昔日伴侣，独自为客，觉得童仆也格外亲近。往日繁华的宛洛不见踪影，秋雨笼罩着原野晦暗阴沉。农夫从远处田野劳作归来，村童却仍在雨中放牧牲畜。投宿的人家居住在东皋上，应时的庄稼环绕着茅屋。秋虫伴着织布机一起歌唱，鸟雀喧闹庆禾黍已经成熟。到明天我将要渡过那京水，回想昨晚却还在金谷住宿。去穷乡僻壤还有什么可说，都只是为了那微薄的俸禄。

西施咏〔1〕

艳色天下重〔2〕，西施宁久微〔3〕？
朝为越溪女〔4〕，暮作吴宫妃。

贱日岂殊众？贵来方悟稀。
邀人傅脂粉[5]，不自着罗衣[6]。
君宠益骄态，君怜无是非[7]。
当时浣纱伴[8]，莫得同车归。
持谢邻家子，效颦安可希[9]。

【注释】

〔1〕西施：春秋末年越国的美女，由越王勾践献给吴王夫差，深得宠爱，因此而荒废政事，吴遂为越所灭。传说吴亡后西施与范蠡相偕泛五湖而去。

〔2〕艳色：指美女。

〔3〕宁：岂。　微：微贱。

〔4〕越溪：指若耶溪。在今浙江绍兴东南，传说是西施浣纱的地方。一说在今浙江诸暨南苎罗山下。

〔5〕傅：同“敷”，搽抹。

〔6〕罗衣：绸缎一类华贵衣服。

〔7〕怜：爱。

〔8〕浣（huàn唤）纱：相传西施入吴宫前曾于会稽城东浣纱。《太平寰宇记》:“会稽县东有西施浣纱石。”浣，洗涤。

〔9〕效颦（pín贫）:《庄子·天运》:“西施病心而矉其里，其里之丑人见而美之，归亦捧心而矉其里，其里之富人见之，坚闭门而不出；贫人见之，挈妻子而去之走。”矉，同“颦”，皱眉。

【今译】

美色从来为天下人看重，西施怎可能长久地卑微？早上还是越溪浣纱的少女，晚上就成了吴王宫里的宠妃。微贱时与常人没什么两样，富贵了才知是稀世的宝贝。梳妆打扮全要靠宫女服侍，罗衣也不需亲自动手穿戴。君王的宠爱令她更加娇媚，爱到神魂颠倒哪管是非。当年一起在溪边浣纱的女伴，再不能同她一道驾车来归。奉劝不及西施的邻家女子，想靠效颦邀宠是心机枉费。

夷门歌[1]

七雄雄雌犹未分[2]，攻城杀将何纷纷。
秦兵益围邯郸急，魏王不救平原君[3]。
公子为嬴停驷马[4]，执辔愈恭意愈下[5]。
亥为屠肆鼓刀人[6]，嬴乃夷门抱关者[7]。
非但慷慨献良谋[8]，意气兼将身命酬[9]。
刎颈向风送公子[10]，七十老翁何所求。

【注释】

〔1〕夷门：战国时魏都大梁（今河南开封）的东城门。

〔2〕七雄：指战国时秦、楚、燕、齐、韩、赵、魏七国。　雄雌：犹“雌雄”，指胜负、高下。

〔3〕平原君：战国赵武灵王之子、惠文王之弟，原名赵胜，号平原君。

〔4〕公子：指魏公子信陵君。　嬴：即侯嬴，看守夷门的人。　驷马：指四匹马驾的车。

〔5〕执辔：手执驭马的缰绳和嚼子。事见《史记·魏公子列传》：“公子从车骑，虚左，自迎夷门侯生。侯生摄敝衣冠，直上载公子上坐，不让，欲以观公子。公子执辔愈恭。”　下：谦逊。

〔6〕亥：即朱亥。　鼓刀：谓宰杀牲畜。鼓，敲击。

〔7〕抱关者：看守城门的人，指侯嬴。

〔8〕献良谋：指建议魏公子请求如姬盗出兵符并带朱亥到晋鄙军中夺取兵权之事。

〔9〕意气：情谊，恩义。

〔10〕刎颈：信陵君到达晋鄙军中之日，侯嬴遵照事先对公子的许诺，北向自刎而死。

【今译】

战国七雄争霸胜负未分明，攻城池杀兵将世道乱纷纷。秦国围邯郸不断增加兵力，魏王怕强秦不敢救平原君。信陵君半路停车等候侯嬴，手持缰绳态度却愈加恭谨。朱亥本是操刀宰杀牲畜的屠夫，侯嬴也不过是看守城门的小吏。却不但为窃符救赵献出良策，为感知遇之恩还以身家性命相酬。送别公子拔剑自刎义无反顾，七十岁的老翁已是别无所求。

陇头吟〔1〕

长安少年游侠客，夜上戍楼看太白〔2〕。
陇头明月迥临关〔3〕，陇上行人夜吹笛。
关西老将不胜愁〔4〕，驻马听之双泪流〔5〕。
身经大小百余战，麾下偏裨万户侯〔6〕。
苏武才为典属国〔7〕，节旄落尽海西头〔8〕。

【注释】

〔1〕陇头吟：乐府旧题。

〔2〕戍楼：边防驻军的瞭望楼，此指陇关关楼。　太白：即金星。古人认为它主兵象，可以预测国家治乱，战事吉凶。

〔3〕陇头：即陇山，又名陇坂、陇首，在今陕西陇县至甘肃平凉一带。

〔4〕关西：泛指函谷关以西之地，即今陕西、甘肃一带。《后汉书·虞诩传》：谚曰："关西出将，关东出相。"

〔5〕之：指笛声。

〔6〕麾（huī灰）下：部下。麾，古代指挥用的旗子。　偏裨（pí皮）：副将。　万户侯：食邑万户的侯爵。

〔7〕苏武：汉武帝时出使匈奴，被扣留在北海（在前苏联贝加尔湖）上，持节牧羊十九年，方得归国，封典属国（汉代掌管属国事务的官职）。

〔8〕节旄：即符节，乃古代使臣执以示信之物，以竹为之，柄长八尺，上缀牦牛尾等饰物。《汉书·苏武传》："（武）杖汉节牧羊，卧起操持，节旄尽落。"

【今译】

长安少年充满了游侠豪气，夜晚登上戍楼观太白星象。陇头的明月远远照临边关，陇上的行人在夜月下吹笛。关西老将本来就满腹忧愁，停下马听笛声不禁热泪长流。亲身经历了大小百十余战，连部下偏将都封了万户侯。苏武才只是典属国的小官，持节牧羊节旄落尽海西头。

老将行

少年十五二十时，步行夺得胡马骑。
射杀山中白额虎[1]，肯数邺下黄须儿[2]。
一身转战三千里，一剑曾当百万师。
汉兵奋迅如霹雳，虏骑崩腾畏蒺藜[3]。
卫青不败由天幸[4]，李广无功缘数奇[5]。
自从弃置便衰朽，世事蹉跎成白首。
昔时飞雀无全目[6]，今日垂杨生左肘[7]。
路旁时卖故侯瓜[8]，门前学种先生柳[9]。
苍茫古木连穷巷，寥落寒山对虚牖[10]。
誓令疏勒出飞泉[11]，不似颍川空使酒[12]。
贺兰山下阵如云[13]，羽檄交驰日夕闻[14]。
节使三河募年少[15]，诏书五道出将军[16]。
试拂铁衣如雪色[17]，聊持宝剑动星文[18]。
愿得燕弓射大将[19]，耻令越甲鸣吾君[20]。
莫嫌旧日云中守[21]，犹堪一战立功勋。

【注释】

〔1〕白额虎：虎中最凶猛的一种。

〔2〕肯：岂肯。　数：数说，这里有称道之意。　邺下：曹操封魏王，建都于邺（今河南临漳）。　黄须儿：指曹操次子曹彰。史载其性刚猛，胡须色黄，曹操称他为“黄须儿”。

〔3〕虏骑（jì寄）：敌军的马队。　崩腾：形容溃不成军的样子。　蒺藜：战地所用防御工具铁蒺藜。即以铁制成蒺藜状，以阻挠敌方。

〔4〕卫青：汉武帝皇后卫子夫的弟弟，官至大将军。　天幸：天赋的幸运。《史记·卫将军骠骑列传》载卫青外甥骠骑将军霍去病曾远征匈奴，深入敌境，未尝遭到挫败，称为“天幸”。这里误将霍去病事作卫青事。

〔5〕李广：汉代名将。曾任散骑常侍、右北平太守，匈奴称之为“飞将军”。屡建奇功，却未能封侯。　数奇（jī基）：运气不好。古人认为偶数为吉，奇数为凶。

〔6〕飞雀无全目：形容射箭本领高强，能射中雀的一目，使雀双目不全。《文选》鲍照《拟古》：“惊雀无全目。”李善注引《帝王世纪》：“帝羿有穷氏与吴贺北游，贺使羿射雀。羿曰：‘生之乎？杀之乎？’贺曰：‘射其左目！’羿引弓射之，误中右目。羿仰首而愧，终身不忘。”

〔7〕垂杨：指代瘤子。《庄子·外篇·至乐》：“支离叔与滑介叔观于冥伯之丘、昆仑之虚，黄帝之所休。俄而柳生其左肘。”柳，通作“瘤”。因杨、柳属同类植物，为诗歌平仄声调关系，故改柳为杨。

〔8〕故侯瓜：《史记·萧相国世家》：“召平者，故秦东陵侯。秦破，为布衣，贫，种瓜于长安城东。瓜美，故世俗谓之东陵瓜。”

〔9〕先生柳：晋陶潜退隐后曾著《五柳先生传》以自况，其中说：“先生不知何许人也，亦不详其姓字，宅边有五柳树，因以为号焉。”

〔10〕虚牖（yǒu有）：敞开的窗户。

〔11〕疏勒出飞泉：事见《后汉书·耿弇列传》：后汉名将耿恭与匈奴作战，引兵驻疏勒（今新疆境内），涧水被匈奴断绝，掘井十五丈仍不得水。耿恭向井拜祝，果然得水。匈奴以为有神助，遂引兵而去。

〔12〕颍川：指灌夫。汉景帝时任将军，颍川人，权倾一时，常使酒骂座。事见《史记·魏其武安侯列传》。　使酒：借酒使气。

〔13〕贺兰山：在今甘肃贺兰，是唐代西北边防重镇之一。

〔14〕羽檄：插有羽毛的军事紧急文书。

〔15〕节使：节度使的简称。任职时，皇帝赐以旌节，授予节制调度之权，故称节度使。这里泛指一般受命办事的官吏。　三河：汉时称河东、河南、河内为三河。这一地区的青年多从军者。

〔16〕诏书：皇帝发布的文告。　五道出将军：意思是征集大军，齐

头并进。语本《汉书·常惠传》:“汉大发十五万骑，五将军分道出。”

〔17〕铁衣：铠甲。

〔18〕星文：宝剑上刻有七星的花纹。

〔19〕燕弓：燕地（今河北一带）产的良弓。

〔20〕越甲鸣吾君：《说苑·立节篇》：越兵攻齐，齐国的雍门子狄说：“越甲至，其鸣吾君。”认为越兵惊动了齐王，因而自刎。

〔21〕云中守：指汉文帝时名将魏尚。《汉书·冯唐传》载，魏尚镇守北边，深得军心，匈奴不敢进犯。后因上报斩杀敌人数与实际不符，削职为民。冯唐在汉文帝面前为他鸣不平，于是又恢复了他云中守的职务。云中，在今山西怀仁、左云、右玉一带。

【今译】

在十五二十的青春少年时，徒步便能夺得胡人的马匹。曾射死过山中凶猛的白额虎，还敢与邺下黄须儿比试高低。南征北战纵横驰骋三千里，单枪匹马抵挡过百万雄师。麾下士兵勇猛时有如霹雳，敌骑惊慌逃窜怕遭遇蒺藜。卫青不败靠着天赐的幸运，李广不得封侯是命运不济。自从被弃不用便日渐衰老，岁月蹉跎早已白了少年头。从前射杀飞鸟可一箭中的，如今左臂僵硬像生了疖瘤。只得像东陵侯去种瓜叫卖，也学陶潜在门前种树栽柳。苍茫古树连着深僻的小巷，寥落寒山对着虚空的窗牖。誓效耿恭令疏勒涌出清泉，绝不学灌夫好使气借酒。贺兰山战事吃紧布阵如云，紧急的军书频传每日可闻。天子派人到三河招募壮丁，将军们受诏命分五路进军。试将铠甲擦拭得明亮洁净，且让尘封宝剑重闪耀星纹。愿得良弓去射杀敌人首领，耻于让敌兵进犯惊动朝廷。切莫嫌弃旧日的云中太守，我还能英勇杀敌再立功勋。

桃源行〔1〕

渔舟逐水爱山春，两岸桃花夹去津〔2〕。
坐看红树不知远〔3〕，行尽青溪不见人。
山口潜行始隈隩〔4〕，山开旷望旋平陆〔5〕。

遥看一处攒云树[6]，近入千家散花竹[7]。
樵客初传汉姓名[8]，居人未改秦衣服。
居人共住武陵源[9]，还从物外起田园[10]。
月明松下房栊静[11]，日出云中鸡犬喧[12]。
惊闻俗客争来集[13]，竞引还家问都邑[14]。
平明闾巷扫花开[15]，薄暮渔樵乘水入。
初因避地去人间[16]，及至成仙遂不还。
峡里谁知有人事[17]，世中遥望空云山。
不疑灵境难闻见[18]，尘心未尽思乡县。
出洞无论隔山水[19]，辞家终拟长游衍[20]。
自谓经过旧不迷，安知峰壑今来变。
当时只记入山深，青溪几度到云林。
春来遍是桃花水[21]，不辨仙源何处寻。

【注释】

〔1〕桃源：即陶渊明《桃花源记》中描写的桃花源。

〔2〕津：渡口。

〔3〕坐：因。　红树：指桃林。

〔4〕隈隩（yù玉）：山崖曲折幽深处。

〔5〕旋：忽然。　平陆：平地。

〔6〕攒：聚集。

〔7〕散花竹：谓到处都有花有竹。

〔8〕樵客：打柴人。

〔9〕武陵源：即桃花源，相传在今湖南桃源，晋时属武陵郡。

〔10〕物外：世外。

〔11〕栊：窗户。

〔12〕云中鸡犬喧：语本王充《论衡·道虚》：淮南王得道，“举家升天，畜产皆仙，犬吠于天上，鸡鸣于云中”。

〔13〕俗客：指武陵渔人，因从尘世间来，故称。

〔14〕都邑：指居人原来的家乡。

〔15〕平明：天刚亮。　闾巷：街巷。
〔16〕避地：避乱。
〔17〕有人事：指有人生活。
〔18〕灵境：仙境。
〔19〕无论：不论，不管。
〔20〕终拟：总想。　游衍：游玩。
〔21〕桃花水：春天桃花盛开时雨多水涨，故称。

【今译】

渔船追逐着水流寻找春景，两岸桃花缤纷落满了渡口。桃花烂漫使人忘却路远近，不见人影已驶到青溪尽头。弃舟登岸沿山口蹑足潜行，眼前豁然开朗见一片平畴。远望似丛丛绿树攒聚云间，近看乃红花翠竹掩映村落。头一次听樵客说起汉朝故事，居民们还保留秦代的衣着。他们居住的地方叫武陵源，开辟这世外桃源远离人境。入夜明月照松林村庄寂静，清晨日出云中但闻鸡犬声。听说有客到纷纷前来探望，争相邀回家询问故乡情形。天刚亮家家户户清扫花径，薄暮里渔人樵夫驾船回村。当初是先辈避乱逃离人间，找到这神仙境界遂不回返。山谷中从不知道外间变化，世人也难料这里别有洞天。桃源仙境虽然是世间稀有，思念家乡都只为尘心未泯。今后无论与桃源相隔多远，终究会离开家到这里游玩。自以为旧地重游不会迷路，哪知眼前峰壑已不复旧颜。记忆中只剩下通幽的小径，沿青溪走到尽头就是桃林。春雨足春水满看桃花遍地，桃源仙境再不知何处找寻。

故人张諲工诗善易卜兼能丹青草隶顷以诗见赠聊获酬之〔1〕

不逐城东游侠儿，隐囊纱帽坐弹棋〔2〕。
蜀中夫子时开卦〔3〕洛下书生解咏诗〔4〕。
药栏花径横门里〔5〕，时复据梧聊隐几〔6〕。

屏风误点惑孙郎〔7〕，团扇草书轻内史〔8〕。
故园高枕度三春〔9〕，永日垂帏绝四邻〔10〕。
自惜蔡邕今已老，更将书籍与何人〔11〕？

【注释】

〔1〕张谭：行五，温州永嘉（今属浙江）人。与王维为诗酒丹青之友，颇多唱酬。 易卜：占卜。 丹青：绘画。 草隶：草书、隶书。

〔2〕隐囊：犹今之靠垫、靠枕。 纱帽：一种便帽。 弹棋：古代的一种博戏。

〔3〕蜀中夫子：指严君平，蜀人，西汉隐士，在成都卖卜。 开卦：占卜时根据卦象推断吉凶。此以严君平喻张谭。

〔4〕“洛下”句：洛下书生咏是一种带鼻音的吟咏法，东晋名士谢安精于此道。事见《世说新语·雅量》。此喻张谭能诗善吟。洛，洛阳。

〔5〕药栏：种药草的小园，也指小园的栅栏。 横门：横木为门，指简陋的住处。

〔6〕据梧：谓据琴而眠。 隐几：谓凭几而坐。

〔7〕“屏风”句：张彦远《历代名画记》卷四：“曹不兴，吴兴人也。孙权使画屏风，误落笔点素，因就成蝇状，权疑其真，以手弹之。”此即用其事谓张谭擅长丹青。

〔8〕团扇草书：晋书法家王羲之曾为卖扇老妇写扇，被人重金买走。事见《晋书·王羲之传》。 轻内史：意谓张谭善草书，连王羲之也不能同他比。内史，官名，职位相当于郡守。王羲之曾官右军将军、会稽内史。

〔9〕三春：春季三月。

〔10〕永日：整天。

〔11〕“自惜”二句：以蔡邕喻张谭。蔡邕，字伯喈，博学多才，好辞章、术数、天文，善鼓琴，又工书画。《三国志·魏志·王粲传》载，蔡邕“闻粲在门，倒屣迎之……曰：‘此王公（指王畅，灵帝时为司空）孙也，有异才，吾不如也。吾家书籍文章，尽当与之。’”

【今译】

不屑去追逐城东的游侠儿，只喜戴便帽在靠垫上弹棋。占卜好似蜀中夫子严君平，作诗就像洛下书生拥鼻吟。庭院简陋只有药栏与花径，时据琴眠时隐几坐全凭心情。擅丹青泼墨画图几可乱真，团扇草书赛过古代书圣。在故园高枕逍遥度过三春，整日里帏帘低垂隔绝四邻。只可惜自己已年老迟暮，这些珍藏的书籍传给何人？

辋川闲居赠裴秀才迪〔1〕

寒山转苍翠，秋水日潺湲〔2〕。
倚杖柴门外，临风听暮蝉。
渡头余落日，墟里上孤烟〔3〕。
复值接舆醉〔4〕，狂歌五柳前〔5〕。

【注释】

〔1〕辋（wǎng网）川：地名，即辋谷水。在陕西蓝田南辋谷内。辋谷是一条长十里、宽约二百至五百米的峡谷，有辋水流贯其中。宋之问曾建别墅于辋川谷口，后归王维，他先后在这里居住三十多年。　裴迪：王维好友。王维隐居辋川期间，他们经常泛舟往来，互相赋诗唱和。

〔2〕潺湲：水缓缓流动的样子。

〔3〕墟里：村落。　孤烟：指炊烟。

〔4〕接舆：楚国隐士陆通，字接舆。因见楚昭王时政治混乱，于是佯狂不仕，时人称之为楚狂。他劝孔子也不要作官，以免得祸。孔子到楚国去，他走过孔子车前，唱歌讽刺道："凤兮凤兮！何德之衰。"事见《论语·微子》。这里以接舆比裴迪。

〔5〕五柳：陶渊明《五柳先生传》："先生不知何许人也，亦不详其姓字，宅边有五柳树，因以为号焉。"这里以陶渊明自比。

【今译】

雨后秋山更加青苍碧翠，秋泉日夜流淌水声潺潺。手拄着竹杖倚柴门眺望，迎晚风聆听枝头的鸣蝉。渡口笼罩着夕阳的余晖，村落里升起一缕缕炊烟。遇见你像接舆醉意阑珊，狂歌着来到这五柳门前。

寄荆州张丞相[1]

所思竟何在？怅望深荆门[2]。
举世无相识，终身思旧恩[3]。
方将与农圃[4]，艺植老丘园[5]。
目尽南飞雁，何由寄一言[6]。

【注释】

〔1〕荆州：即今湖北江陵。　张丞相：即张九龄。
〔2〕荆门：山名，在湖北宜都西北长江南岸。
〔3〕旧恩：《新唐书·王维传》："张九龄执政，擢右拾遗。"
〔4〕与农圃：参与农耕，此指隐居躬耕。
〔5〕艺植：种植。　丘园：田园，指归隐之所。
〔6〕"目尽"二句：古人认为鱼雁能传递书信，故见南飞雁而思寄语荆州。

【今译】

我所思念的人今在何处？惆怅地遥望远方的荆门。如今世上再难找到相知，一生也忘不了您的恩情。我将要远离尘世去隐居，返回自己家园亲自躬耕。极目眺望南飞的大雁，怎样才能托你捎封书信。

冬晚对雪忆胡居士家[1]

寒更传晓箭[2]，清镜览衰颜。
隔牖风惊竹[3]，开门雪满山。
洒空深巷静，积素广庭闲[4]。
借问袁安舍[5]，翛然尚闭关[6]。

【注释】

〔1〕胡居士：生平未详。居士，指信奉佛教而未出家的人。也用以称退隐之士。

〔2〕更：指更鼓。　传晓箭：即报晓之意。箭，指漏箭，即漏壶中所用之箭。漏壶，古代计时器。

〔3〕牖（yǒu有）：窗户。

〔4〕积素：积雪。

〔5〕借问：向人询问。　袁安：东汉汝南汝阳人，安贫自守。曾于大雪天困卧家中，宁忍冻饿也不外出乞援。此以袁安事喻指胡居士对雪居家。

〔6〕翛（xiāo肖）然：高逸自在貌。

【今译】

带有寒意的更鼓正在报晓，揽镜自照只见衰老的容颜。夜来隔窗听见风吹响竹叶，清晨开门却已是大雪满山。雪花漫天飞舞深巷多寂静，积雪覆盖四野白茫茫一片。向人询问胡处士家在何处，大雪天独卧家中门户紧关。

酬虞部苏员外过蓝田别业不见留之作〔1〕

贫居依谷口〔2〕，乔木带荒村〔3〕。
石路枉回驾〔4〕，山家谁候门？
渔舟胶冻浦〔5〕，猎火烧寒原〔6〕。
惟有白云外，疏钟闻夜猿。

【注释】

〔1〕虞部：工部四司之一，掌京城街巷种植、山泽苑囿及草木薪炭等事。　苏员外：生平未详。　蓝田别业：即辋川别业。　不见留：指苏员外访作者不遇，未尝在辋川停留。

〔2〕谷口：即辋川口。

〔3〕乔木：高大的树木。　带：围绕。

〔4〕枉回驾：谓屈尊见访，不遇而返。

〔5〕胶：黏着。

〔6〕烧：一作“绕”。

【今译】

寒舍依傍着辋川谷口，高大的树木环绕荒村。您屈尊来访却未相遇，山家空寂哪有人候门。渔舟泊在结冰的水边，远处荒原上猎火熊熊。只有仿佛从白云之外，传来晚钟和夜猿哀鸣。

酬张少府〔1〕

晚年唯好静，万事不关心。
自顾无长策〔2〕，空知返旧林〔3〕。
松风吹解带〔4〕，山月照弹琴。
君问穷通理〔5〕，渔歌入浦深〔6〕。

【注释】

〔1〕酬：以诗词酬答。　张少府：其人未详。少府，唐代用以称县尉。

〔2〕长策：好办法。

〔3〕旧林：故居。

〔4〕解带：宽松、解开的衣带。

〔5〕君：指张少府。　穷通理：命运穷蹇和通显的道理。

〔6〕渔歌：《楚辞·渔父》：“渔父莞尔而笑，鼓枻而去，乃歌曰：‘沧浪之水清兮，可以濯吾缨；沧浪之水浊兮，可以濯吾足。’遂去，不复与言。”这里暗用此典，表明世道清明，则宜出仕；世道昏暗，则宜隐遁。

【今译】

晚年唯一的爱好就是清静，对世间一切都已漠不关心。自知没有经邦济世的办法，只愿回到昔日闲居的山林。林中清风吹拂宽大的衣带，山间明月照我悠闲地弹琴。你若问我关于穷通的道理，请听河浦深处渔人的歌声。

送丘为落第归江东[1]

怜君不得意，况复柳条春。
为客黄金尽，还家白发新。
五湖三亩宅[2]，万里一归人。
知祢不能荐[3]，羞为献纳臣[4]。

【注释】

〔1〕丘为：详见本书卷上作者介绍。 落第：应试不中。 江东：指长江下游的南岸地区。

〔2〕五湖：六朝以来有多种解释，据考其原意当系泛指太湖流域一带的湖泊。丘为的故乡属太湖流域地区，故云。

〔3〕祢：即祢衡，汉末著名才子，少年英俊，气度不凡。得到孔融赏识，上表加以举荐。此用以喻丘为。

〔4〕献纳臣：进献忠言以备皇帝采纳的臣子。作者曾任言官右拾遗，因云。

【今译】

我深深同情你失意的遭遇，何况正值柳枝吐绿的春日。你久居在外黄金已经用尽，还家时只带着变白的双鬓。在家乡太湖还有三亩地宅，万里途中只见归人的孤影。我深知你像祢衡出类拔萃，却羞愧成不了推荐的大臣。

送李判官赴江东[1]

闻道皇华史[2]，方随皂盖臣[3]。

封章通左语〔4〕，冠冕化文身〔5〕。
树色分扬子〔6〕，潮声满富春〔7〕。
遥知辨璧吏〔8〕，恩到泣珠人〔9〕。

【注释】

〔1〕李判官：生平未详。判官，地方官的僚属，辅理政事。　江东：指长江下游的南岸地区。一说，应作“东江”，在广东南部。

〔2〕皇华史：指李判官。皇华，指使者。

〔3〕皂盖臣：指地方长官的僚属。皂盖，黑色车盖，指地方长官所乘之车。

〔4〕封章：密封的奏章。凡章奏皆开封，言机密事则用皂囊重封以进，也称封事。　左语：指异族语言。

〔5〕冠冕：指仕宦。　文身：古代某些少数民族的风俗，在身上刺带色的花纹或图案。

〔6〕分：犹呈现。　扬子：古有扬子津，在今江苏邗江南；又唐扬州有扬子县，治所在今邗江南；另长江在今江苏仪征、扬州一段，古称扬子江。

〔7〕富春：县名，今属浙江。

〔8〕辨璧吏：用朱晖事。《后汉书·朱晖传》：“晖早孤，有气决。……骠骑将军东平王苍闻而辟之，甚礼敬焉。正月朔旦，苍当入贺。故事，少府给璧。是时阴就为府卿，贵骄，吏傲不奉法。苍坐朝堂，漏且尽而求璧不可得，顾谓掾属曰：‘若之何？’晖望见少府主簿持璧，即往绐之曰：‘我数闻璧而未尝见，试请观之。’主簿以授晖，晖顾召令史奉之。主簿大惊，遽以白就，就曰：‘朱掾义士，勿复求，更以它璧朝。’苍既罢，召晖谓曰：‘属（向）者掾自视孰与蔺相如？’帝闻壮之。”此处以朱晖喻李判官。

〔9〕泣珠人：神话传说中的海底怪人。张华《博物志》卷九：“南海外有鲛人，水居如鱼，不废耕绩，其眼能泣珠。”

【今译】

听说你正要作为使者出发，到东江任地方长官的僚属。通晓左语你上可进奏朝廷，在异域为官下可教化百姓。扬子江畔见树色葱茏茂密，富春两岸只听得潮水声声。此一去你要像汉代的朱晖，连异类都能分享你的恩情。

送岐州源长史归[1]

握手一相送，心悲安可论。
秋风正萧索，客散孟尝门[2]。
故驿通槐里[3]，长亭下槿原[4]。
征西旧旌节[5]，从此向河源[6]。

【注释】

〔1〕题下原注："源与余同在崔常侍幕中，时常侍已殁。"崔常侍即崔希逸，时为河西节度副大使知节度事。　岐州：唐州名，治所在今陕西凤翔。　源长史：生平未详。长史，官名。

〔2〕孟尝：孟尝君田文，齐人，战国四公子之一。曾相齐，门下养贤士食客数千人。事见《史记·孟尝君列传》。此以孟尝君喻崔希逸。

〔3〕槐里：古县名，治所在今陕西兴平东南。

〔4〕长亭：古时在驿道两旁，每隔十里设一长亭，为行人往来停留止宿之所。　槿原：亭名，约在咸阳或槐里附近。

〔5〕征西：河西节度使掌管唐西部边地的防务，故云。　旧旌节：旌和节。唐代节度使给双旌双节，旌以专赏，节以专杀。因崔希逸已殁，故称"旧旌节"。

〔6〕河源：黄河之源。

【今译】

紧握您的双手为您送别，无法用语言来表达伤感。正值这秋风萧索的时节，河西幕中僚属已然四散。古老的驿站直通向槐里，沿路边的长亭可到槿原。掌管河西的崔常侍已逝，从此将要远征黄河之源。

同崔兴宗送衡岳瑗公南归[1]

言从石菌阁[2]，新下穆陵关[3]。
独向池阳去[4]，白云留故山[5]。
绽衣秋日里[6]，洗钵古松间[7]。
一施传心法[8]，惟将戒定还[9]。

【注释】

〔1〕诗前有序云："衡岳瑗上人者，常学道于五峰，荫松栖云，与狼虎杂处，得无所得矣。天宝癸巳岁，始游于长安。手提瓶笠，至自万里；宴居吐论，缁属高之。初，给事中房公谪居宜春，与上人风土相接，因为道友，伏腊往来。房公既海内盛名，上人亦以此增价。秋九月，杖锡南返，扣门来别。秦地草木，槭然已黄；苍梧白云，不日而见。湞阳有曹溪学者，为我谢之。" 崔兴宗：王维的内弟。曾官右补阙，有别业在蓝田，距辋川甚近，时与王维、裴迪往还唱酬。 衡岳：南岳衡山。 瑗公：生平未详。

〔2〕言：料，知。 石菌：即石囷，又名石廪，衡山七十二峰之一。

〔3〕穆陵关：一作木陵关，故址在今湖北麻城北。

〔4〕池阳：古县名，故城在今陕西泾阳西北。唐时曰泾阳，属京兆府。

〔5〕故山：指衡山。

〔6〕绽衣：缝衣。

〔7〕钵：僧人饭具，以泥或铁制成。

〔8〕传心法：即禅宗"以心传心"之法。

〔9〕将：共，与。 戒：佛教为出家和非出家的信徒制定的戒规。 定：禅定，即指集中心念于一境，冥想妙理而获得佛教悟解的一种思维修习方法。

【今译】

料想你从石菌峰出发，途中将过湖北穆陵关。独自一人往池阳而去，把白云留在南岳故山。秋日里缝衣将要南返，清洗钵盂在古松林间。已然修炼了传心之法，一路上自会有戒定相伴。

送丘为往唐州〔1〕

宛洛有风尘〔2〕，君行多苦辛。
四愁连汉水〔3〕，百口寄随人〔4〕。
槐色阴清昼，杨花惹暮春。
朝端肯相送〔5〕，天子绣衣臣〔6〕。

【注释】

〔1〕唐州：唐代州名，治所在今河南泌阳。

〔2〕宛：今河南南阳。　洛：洛阳。　风尘：比喻旅途辛苦。

〔3〕四愁：东汉张衡为河间相，忧时而不得志，作《四愁诗》寄托愁绪。

〔4〕百口：指全家。　随：即随州，治所在今湖北随县。

〔5〕朝端：位居首席的朝臣。此处泛指大臣。

〔6〕绣衣臣：受尊宠的臣子，指丘为。

【今译】

宛洛的大道上风起尘生，此去唐州定是鞍马劳顿。怀友的忧愁与汉水相连，家小只得托付随州之人。槐叶浓密白昼变得晦暗，纷飞的杨花似逗引暮春。达官显贵也都纷纷前来，送你这备受尊宠的朝臣。

送元中丞转运江淮〔1〕

薄税归天府〔2〕，轻徭赖使臣〔3〕。
欢沾赐帛老〔4〕，恩及卷绡人〔5〕。

去问珠官俗[6]，来经石蛣春[7]。
东南御亭上[8]，莫使有风尘[9]。

【注释】

〔1〕元中丞：即元载。岐山（今属陕西）人，字公辅。唐代宗时累官中书侍郎，判天下元帅行军司马。后被赐死。　转运江淮：指任江淮转运使。

〔2〕税：一作“赋”。　天府：指朝廷的府库。

〔3〕“轻徭”句：转运使所掌通水陆交通、转运粮米等事，皆需征发役夫任之，故云。

〔4〕赐帛老：《汉书·文帝纪》载，诏令给九十岁以上赐帛，每人二匹。

〔5〕卷绡人：指鲛人。见前《送李判官赴江东》诗注。以上两句谓天子优遇老人，恩及异类。

〔6〕珠官：即合浦郡，治所在今广西合浦东北。三国吴改为珠官。此借指远方之地。

〔7〕石蛣（qù去）：介壳动物，又名石劫。春时盛生，每潮来，壳中即伸出众多细脚以攫食，其状如聚蕊，古人遂误以为花。

〔8〕御亭：驿名，故址在今江苏常州东南。

〔9〕风尘：喻社会动乱。

【今译】

将租赋贡入朝廷的府库，有赖您去征发役夫转运。把天子的优遇带给老人，使异类享受朝廷的恩情。到远方了解当地的风俗，看石蛣雨中生花的春景。当你去到东南的御亭驿，切莫使那里有动乱发生。

送崔九兴宗游蜀[1]

送君从此去，转觉故人稀。
徒御犹回首[2]，田园方掩扉。

出门当旅食[3]，中路授寒衣。
江汉风流地[4]，游人何岁归[5]？

【注释】

〔1〕崔九兴宗：崔兴宗，行九，王维的内弟。

〔2〕徒御：指随行的人。

〔3〕旅食：谓因作客而寄食他乡。

〔4〕江：指长江。　汉：西汉水，即嘉陵江。

〔5〕游人：指崔兴宗。

【今译】

送别你去西川山高水长，故人渐稀少我怎不孤单。随行的人还在频频回首，我将回故园把柴门紧关。你客居异地在他乡寄食，旅途中天气会变得清寒。江汉从来就是繁华之地，你何时才能够回归田园？

送平澹然判官[1]

不识阳关路[2]，新从定远侯[3]。
黄云断春色，画角起边愁[4]。
瀚海经年到[5]，交河出塞流[6]。
须令外国使，知饮月氏头[7]。

【注释】

〔1〕平澹然：生平未详。

〔2〕阳关：在今甘肃敦煌西南，与玉门关同为我国古代通往西域的要道，因在玉门关之南，故称阳关。

〔3〕定远侯：即班超。汉明帝时奉命出使西域，前后经营西域三十一年，使西域五十余国全部归附汉朝，以功封定远侯。事见《后汉书·班超

传》。此借指安西或北庭节度使。

〔4〕画角：古时军中一种有彩绘的吹奏乐器。

〔5〕瀚海：大沙漠。　经年：长年。

〔6〕交河：在今新疆维吾尔族自治区吐鲁番西北，因河水分流绕城下，故名。

〔7〕“知饮”句：《史记·大宛列传》：“至匈奴老上单于，杀月氏王，以其头为饮器。”月氏（ròu zhī 肉支），古部族名。

【今译】

不认识通往阳关的道路，刚跟随定远侯奉命出征。黄云滚滚遮断春风杨柳，画角声声勾起征人边愁。遥远的沙漠须经年才到，交河水在塞外滔滔奔流。一定要让那些外国使者，知道饮器是月氏王的头。

送刘司直赴安西〔1〕

绝域阳关道〔2〕，胡烟与塞尘。
三春时有雁〔3〕，万里少行人。
苜蓿随天马〔4〕，蒲桃逐汉臣〔5〕。
当令外国惧，不敢觅和亲〔6〕。

【注释】

〔1〕刘司直：生平未详。司直，官名，唐属大理寺，从六品上。　安西：即安西节度。治所在今新疆库车。

〔2〕绝域：极远的地域。

〔3〕三春：春季三个月。

〔4〕苜蓿（xù序）：一种喂马的野生植物。　天马：指大宛名马。

〔5〕蒲桃：即葡萄。

〔6〕和亲：与敌人议和，结为姻亲。

【今译】

阳关的道路通往西域，所见唯有烽烟与边尘。春天不时有大雁飞过，万里沙漠却少有行人。苜蓿随天马一道传入，葡萄被汉家大臣引进。应该使外国感到畏惧，不敢要求与中国和亲。

送方城韦明府〔1〕

遥思葭菼际〔2〕，寥落楚人行〔3〕。
高鸟长淮水〔4〕，平芜故郢城〔5〕。
使车听雉乳〔6〕，县鼓应鸡鸣〔7〕。
若见州从事〔8〕，无嫌手板迎〔9〕。

【注释】

〔1〕方城：唐县名。治所在今河南方城。　韦明府：生平未详。明府，唐人对县令的尊称。

〔2〕葭（jiā加）：芦苇。　菼（tǎn坦）：荻。

〔3〕寥落：稀疏。　楚人行：方城古属楚地，故云。

〔4〕长淮水：源出唐州桐柏县南桐柏山。

〔5〕平芜：杂草繁茂的原野。　郢城：古楚国都城，在今湖北江陵西北。

〔6〕“使车”句：用鲁恭事喻韦明府。《后汉书·鲁恭传》载：东汉人鲁恭任中牟令以德化知县，不任刑罚，致使县中童子有仁爱之心，言雉方育子，不欲捕之。雉乳，指雉方育子。

〔7〕“县鼓”句：用邓攸事喻方明府。《晋书·邓攸传》载：邓攸为吴郡太守，为政清明，后称疾去职。百姓数千人留牵攸船，不得进，攸乃小停，夜中发去。吴人歌之曰：“纨（鼓声）如打五鼓，鸡鸣天欲曙。”

〔8〕州从事：指州郡佐吏。

〔9〕手板：即笏。古代官吏上朝或谒见上司时所执，备记事用。

【今译】

遥想在这芦荻生长的清秋，一定是道路凄清少有人行。飞鸟不时从长淮水面掠过，荒芜的原野是昔日的都城。在任上你对百姓施行教化，去职时将听到县鼓与鸡鸣。此去如果见到州郡的长官，千万不要厌烦执手板拜迎。

送梓州李使君〔1〕

万壑树参天，千山响杜鹃〔2〕。
山中一半雨，树杪百重泉〔3〕。
汉女输橦布〔4〕，巴人讼芋田〔5〕。
文翁翻教授〔6〕，敢不倚先贤〔7〕。

【注释】

〔1〕梓州：州治在今四川三台。　李使君：其人未详。使君，指刺史。

〔2〕杜鹃：鸟名，又名子规。蜀地以出杜鹃闻名，故千山可闻。

〔3〕杪（miǎo秒）：树梢。　百重：犹百道。

〔4〕汉女：指嘉陵江边的少数民族妇女。嘉陵江古称西汉水，故称汉女。　橦（tóng童）布：用橦木花织成的布。

〔5〕巴人：指四川东部地区的人。巴，古国名，在四川东部，故称。　芋田：种芋头的田，蜀中产芋。

〔6〕文翁：汉庐江舒（故城在今安徽庐江西）人，景帝时为蜀郡太守，见蜀地僻陋，便兴办学校，施教于民，使蜀地日渐开化。　翻：通“反”。

〔7〕先贤：指文翁。

【今译】

千山万壑中只见古木参天，漫山遍野响彻杜鹃的啼唤。昨日山中下了一整夜透雨，今晨树梢上悬挂百道飞泉。蜀地的妇女织出橦布纳税，巴人多诉讼只为争夺芋田。你此去当继文翁大兴教化，大展宏图切莫只仰仗先贤。

送张五諲归宣城[1]

五湖千万里[2]，况复五湖西。
渔浦南陵郭[3]，人家春谷溪[4]。
欲归江淼淼[5]，未到草萋萋[6]。
忆想兰陵镇[7]，可宜猿更啼？

【注释】

〔1〕张五諲：即张諲，行五。温州永嘉（今属浙江）人。官至刑部员外郎。与王维为诗酒丹青之友，多有唱酬。　宣城：今安徽宣城。

〔2〕五湖：六朝以来有多种解释，考其原意当泛指太湖流域一带的湖泊。

〔3〕南陵：今属安徽，唐时为宣州宣城郡属县。

〔4〕春谷溪：即春谷水。春谷县故城在今安徽繁昌西北，唐时属南陵县管辖。

〔5〕江：长江。　淼淼：水大貌。

〔6〕萋萋：草盛貌。

〔7〕兰陵镇：属高唐郡，在今安徽宿松附近。

【今译】

五湖距此有千万里之遥，何况宣城更在五湖之西。南陵城外有喧闹的渔浦，溪水绕着人家潺潺流去。想要渡江却见江水浩淼，还未还家已是春草萋萋。想你辞别友人到兰陵镇，哪堪再听那凄厉的猿啼？

送人南归

万里春应尽，三江雁亦稀[1]。
连天汉水广，孤客郢城归[2]。
郧国稻苗秀[3]，楚人菰米肥[4]。
悬知倚门望[5]，遥识老莱衣[6]。

【注释】

〔1〕三江：古时各地有“三江”之称的水道颇多。此处疑指长江、澧江、湘江。

〔2〕郢城：古楚国都城，在今湖北江陵西北。

〔3〕郧（yún云）国：古国名，春秋时为楚所灭。故址在今湖北安陆。

〔4〕菰米：草本植物，生浅水中，秋季结实，可做成饭吃，亦称雕胡米。

〔5〕悬知：预知，料想。　倚门：战国齐，王孙贾之母自谓曾倚门望子归来。事见《战国策·齐策六》。此指所送友人之母正盼其归来。

〔6〕老莱衣：相传老莱子娱双亲年七十穿五彩衣，作婴儿戏。后用以形容人尽心孝顺侍奉父母。事见汉刘向《列女传》。此处指代南归奉亲的友人。

【今译】

万里春光已经渐渐消歇，三江上很少见大雁飞行。汉江浩瀚似与天际相连，往郢城你独自寂寞而回。郧国的稻苗已吐穗开花，楚地水中菰米生长正肥。料想你双亲正倚门盼望，远远就认出你奉亲而归。

送贺遂员外外甥[1]

南国有归舟[2]，荆门溯上流[3]。

苍茫葭菼外[4]，云水与昭丘[5]。
樯带城乌去[6]，江连暮雨愁。
猿声不可听，莫待楚山秋。

【注释】

〔1〕贺遂员外外甥：生平未详。

〔2〕南国：泛指南方。

〔3〕荆门：山名，在湖北宜都西北长江南岸。　溯：逆水而上。

〔4〕葭菼：芦荻。

〔5〕昭丘：春秋楚昭王墓，在湖北当阳东南。

〔6〕樯：帆船上挂风帆的桅杆。

【今译】

你将乘一叶小舟回南国，从荆门山启程逆水上行。天地苍茫两岸芦荻丛生，云水弥漫又见昭王坟茔。桅杆上的乌鸦随船而去，江上暮雨更增人的愁情。楚山猿声凄厉不忍耳闻，急速前行莫等秋天来临。

送杨长史赴果州[1]

褒斜不容幰[2]，之子去何之[3]？
鸟道一千里[4]，猿声十二时[5]。
官桥祭酒客[6]，山木女郎祠[7]。
别后同明月，君应听子规[8]。

【注释】

〔1〕杨长史：生平未详。一说即杨济。　果州：故址在今四川南充北。

〔2〕褒（bāo包）斜：陕西终南山的谷名。　幰（xiàn宪）：车幔。这里泛指车辆。

〔3〕子：古代男子的美称。　之：往。

〔4〕鸟道：只有飞鸟才能通过的道，极言其地险绝。

〔5〕十二时：指一整天，古代计时把一昼夜分为十二个时辰。

〔6〕官桥：官修的桥。　祭酒客：即祭路登程的旅客。祭路，古人出行要祭祀道路。

〔7〕女郎祠：在陕西褒城女郎山。

〔8〕子规：即杜鹃。其鸣声似曰："不如归去！"

【今译】

褒斜栈道奇险车马难通，先生您究竟要往哪里去？空中只有千里长的鸟道，终日里传来的只有猿啼。登程前在官桥祭祀道路，山水草木掩映着女郎祠。别后虽能同看一轮明月，还应听子规唤不如归去。

送邢桂州〔1〕

铙吹喧京口〔2〕，风波下洞庭。
赭圻将赤岸〔3〕，击汰复扬舲〔4〕。
日落江湖白，潮来天地青。
明珠归合浦〔5〕，应逐使臣星〔6〕。

【注释】

〔1〕邢桂州：即邢济。唐乾元初曾为桂管经略使，故称。桂州，即今广西桂林。

〔2〕铙（náo挠）吹：即铙歌，军乐。　京口：今江苏镇江。

〔3〕赭圻（zhě qí者其）：古城名，故址在今安徽繁昌西北。　赤岸：山名，在今江苏六合东南。

〔4〕击汰：用桨划水。汰，水波。　扬舲：开船。舲，有窗的小船。

〔5〕“明珠”句：合浦产珠，百姓以采珠为业。郡守贪婪，命百姓采求无厌，致使珠子逐渐转移到交趾（今越南北部）。孟尝任合浦太守后，兴利除弊，使去珠复还。后因以“合浦珠还”称颂地方官政治清明。事见《后汉书·孟尝传》。此句预期邢桂州到任后，将使政风为之一变。

〔6〕使臣星：指代邢济。古人认为使臣上应星辰。东汉李郃善观天文，据说他看到使星移动便判断有使臣出行。事见《后汉书·李郃传》。

【今译】

铙歌声中你离开京口，乘着风波行驶到洞庭。沿江经过赭圻与赤岸，桨声中航船急速前行。日落时江上水天一色，潮打来天地一片空濛。明珠一定会回归合浦，皆因您为官廉洁清正。

送孟六归襄阳〔1〕

杜门不欲出〔2〕，久与世情疏。
以此为长策〔3〕，劝君归旧庐。
醉歌田舍酒，笑读古人书。
好是一生事〔4〕，无劳献《子虚》〔5〕。

【注释】

〔1〕孟六：即孟浩然。　襄阳：今湖北襄樊。

〔2〕杜门：闭门。

〔3〕长策：高明的谋略。

〔4〕好：恰，正。

〔5〕《子虚》：即《子虚赋》。汉代司马相如曾作《子虚赋》讽谏天子游猎，得到汉武帝赏识，任其为郎。事见《史记·司马相如列传》。后遂以献《子虚》喻求官。

【今译】

闭门谢客已不是一天，早就与世俗之情疏远。把这当作处世的良策，奉劝你还是返回家园。醉了就称赞田家酒美，高兴便阅览古人经典。隐居正是一生的事业，用不着献赋以求做官。

登裴秀才迪小台[1]

端居不出户[2]，满目望云山。
落日鸟边下，秋原人外闲[3]。
遥知远林际，不见此檐间。
好客多乘月，应门莫上关[4]。

【注释】

〔1〕裴迪小台：台在辋川附近。
〔2〕端居：平居，犹言平时、平素。
〔3〕人外：世外。　闲：静。
〔4〕应门：指看门的人。　上关：上闩。

【今译】

平日待在家里不用出门，登上小台便能眺望远山。鸟儿在落日中纷纷归巢，人居秋原格外恬静安闲。从远处我家所在的丛林，料想很难望见小台这边。主人殷勤留客直到月上，照看门户的人切莫上闩。

过香积寺[1]

不知香积寺，数里入云峰。
古木无人径，深山何处钟。

泉声咽危石，日色冷青松。
薄暮空潭曲，安禅制毒龙〔2〕。

【注释】

〔1〕过：寻访。 香积寺：故址在今陕西长安南。

〔2〕安禅：指僧人坐禅时，身心都安然入于清寂宁静之境。 毒龙：《涅槃经》："但我住处有一毒龙，其性暴急，恐相危害。"

【今译】

不知香积寺究竟坐落在哪里，我步行数里攀上入云的高峰。古木参天脚下是无人的小路，深山里何处传来飘渺的晚钟。清泉穿越危石声音何其幽咽，照进松林的日光也显得清冷。暮霭中观潭水更加深幽空明，除杂念坐禅入定制伏了毒龙。

过感化寺昙兴上人〔1〕

暮持筇竹杖〔2〕，相待虎溪头〔3〕。
催客闻山响〔4〕，归房逐水流。
野花丛发好，谷鸟一声幽。
夜坐空林寂，松风直似秋。

【注释】

〔1〕感化寺：一作"化感寺"，在陕西蓝田。 昙兴上人：生平未详。上人，对和尚的尊称。

〔2〕筇（qióng穷）竹：竹的一种。

〔3〕虎溪：晋高僧慧远居庐山东林寺，寺外有小溪流过，每送客至此，辄有虎鸣，因名虎溪。传说慧远送客不过虎溪。事见《莲社高贤传》。

〔4〕山响：山泉声响。

【今译】

暮色中上人手拄筇竹杖，静候在寺门外虎溪旁边。山泉仿佛催促客人进门，一起顺着水流回到山院。丛丛野花在山坡上盛开，山谷中鸟鸣声清幽宛转。夜晚坐在这空寂的山寺，松风阵阵如清秋般凄寒。

登辨觉寺〔1〕

竹径从初地〔2〕，莲峰出化城〔3〕。
窗中三楚尽〔4〕，林上九江平〔5〕。
软草乘趺坐〔6〕，长松响梵声〔7〕。
空居法云外〔8〕，观世得无生〔9〕。

【注释】

〔1〕辨觉寺：疑在庐山。

〔2〕从：一作“连”。 初地：即欢喜地，为大乘菩萨十地（菩萨修行的十个阶位）中之第一地。此处借指佛寺下方的最初台阶。

〔3〕莲峰：庐山有莲花峰。 化城：佛家语，谓一时化作之城郭。此处借指辨觉寺。

〔4〕三楚：汉时分战国楚地为三楚。

〔5〕九江：流入长江的九条支流。

〔6〕趺（fū夫）坐：双腿交叠而坐，为僧人坐法。

〔7〕梵声：和尚诵经之声。

〔8〕空居：独居。 法云：佛家语，喻佛法之涵盖一切。

〔9〕无生：佛家语，谓万物实体无生无灭。

【今译】

竹路与寺院的台阶相通，莲花峰的殿宇犹如化城。自窗中可览尽三楚之地，林边上见长江波平如镜。和尚双腿叠坐在软草上面，松林里回荡着诵经之声。僧人独居寺中修习佛法，知道人世乃是无灭无生。

喜祖三至留宿[1]

门前洛阳客[2]，下马拂征衣[3]。
不枉故人驾[4]，平生多掩扉[5]。
行人返深巷，积雪带余晖。
早岁同袍者[6]，高车何处归[7]？

【注释】

〔1〕祖三：即祖咏，行三。
〔2〕洛阳客：祖咏为洛阳人，故云。
〔3〕征衣：旅人之衣。
〔4〕枉驾：称别人过访的敬辞。
〔5〕掩扉：指闭门谢客。
〔6〕同袍：交情深厚的朋友。
〔7〕高车：对他人之车的尊称。

【今译】

洛阳客忽然来到门口，下马掸去身上的路尘。不敢让友人屈尊来访，平日里多是深闭院门。行人从深巷返回家中，皑皑白雪与落晖相映。我早年就深交的朋友，您的车驾还往哪里行？

山居秋暝[1]

空山新雨后，天气晚来秋。
明月松间照，清泉石上流。
竹喧归浣女[2]，莲动下渔舟。
随意春芳歇，王孙自可留[3]。

【注释】

〔1〕暝：夜，晚。

〔2〕浣女：洗衣的女子。

〔3〕“随意”二句：语本《楚辞·招隐士》：“王孙兮归来，山中兮不可以久留。”此反用其意。

【今译】

雨后的青山格外清新空寂，傍晚秋声秋色是这样浓郁。月光皎洁洒满苍翠的松林，山泉清澈从石上潺潺流去。竹林传来洗衣女阵阵喧笑，渔船下航使莲叶摇摆纷披。尽管春天的花草久已凋谢，秋光美同样使人眷恋不已。

终南别业〔1〕

中岁颇好道〔2〕，晚家南山陲〔3〕。
兴来每独往，胜事空自知〔4〕。
行到水穷处，坐看云起时。
偶然值林叟，谈笑无还期。

【注释】

〔1〕别业：即别墅。

〔2〕道：此指佛理。

〔3〕南山陲：终南山边。

〔4〕胜事：快意的事。

【今译】

中年时我就喜欢研习佛道，到晚年才安家在终南山里。兴起时常独个儿随意漫步，其中的赏心乐事唯有自知。信步行一直走到水流尽头，悠悠然坐看山中白云升起。偶然间遇见一位林中老叟，谈笑中不知不觉忘了归去。

归嵩山作[1]

清川带长薄[2]，车马去闲闲[3]。
流水如有意，暮禽相与还。
荒城临古渡，落日满秋山。
迢递嵩高下[4]，归来且闭关[5]。

【注释】

〔1〕嵩山：在河南登封北，为五岳中的中岳。
〔2〕长薄（bó伯）：连成一片的草木丛。
〔3〕闲闲：悠然自得貌。
〔4〕迢递：遥远貌。　嵩高：即嵩山。
〔5〕闭关：关门。

【今译】

河水清清与长长的草泽相连，马车缓缓行进我是何等悠闲。流水也好似怀着深长的情意，暮色中的鸟儿结伴飞返林间。荒凉的城池挨近古老的渡口，落日的余晖洒满萧瑟的秋山。千里迢迢我来到这嵩山脚下，关起门来可远离尘世的嚣烦。

归辋川作

谷口疏钟动[1]，渔樵稍欲稀。
悠然远山暮，独向白云归。
菱蔓弱难定，杨花轻易飞。
东皋春草色[2]，惆怅掩柴扉。

【注释】

〔1〕谷口：即辋谷口。

〔2〕东皋：指辋川。皋，水边高地。

【今译】

谷口传出稀疏悠长的钟声，打鱼砍柴的人已越来越少。我悠闲地眺望远山的暮色，独自返回白云深处的山坳。细长的菱蔓随着水波飘荡，杨花柳絮在空中轻轻舞蹈。东皋上长满春草一片碧绿，我满怀惆怅地把柴门关好。

终南山〔1〕

太乙近天都〔2〕，连山到海隅〔3〕。
白云回望合，青霭入看无〔4〕。
分野中峰变〔5〕，阴晴众壑殊〔6〕。
欲投人处宿，隔水问樵夫。

【注释】

〔1〕终南山：在今陕西西安南。

〔2〕太乙：又称太一、太白，为终南山的主峰。　天都：天帝所居，即天。一说指帝都长安。

〔3〕海隅：海边，海角。

〔4〕青霭：青色的云气。

〔5〕分野：古代将天上星宿的方位与地上州国的划分相对应，称为分野。

〔6〕壑：山谷。

【今译】

巍巍太乙高接天帝的宫殿，连绵的山峦一直伸向海边。白云缭绕在身后合成一片，青烟茫茫走近却难以分辨。中峰竟然分割天上的星域，不同的山谷阴晴变化悬殊。暮色降临想找个人家投宿，隔着溪水询问山里的樵夫。

观　猎

风劲角弓鸣[1]，将军猎渭城[2]。
草枯鹰眼疾[3]，雪尽马蹄轻。
忽过新丰市[4]，还归细柳营[5]。
回看射雕处[6]，千里暮云平。

【注释】

〔1〕角弓：用兽角装饰的硬弓。

〔2〕渭城：秦时咸阳城，汉改名渭城，在今西安西北渭水北岸。

〔3〕鹰：猎鹰。　疾：锐利。

〔4〕新丰市：在今陕西临潼东北。

〔5〕细柳营：西汉名将周亚夫屯兵处，在长安附近，此指打猎将军的驻地。

〔6〕雕：一种猛禽，飞得很快，不易射中。古时称善射者为“射雕手”。

【今译】

北风强劲角弓嗖嗖作响，原来是将军打猎在渭城。野草干枯鹰眼格外锐利，积雪消融马蹄有如风轻。忽而风驰电掣掠过新丰，转眼间又回到细柳军营。回望先前射雕的地方，千里之外唯见天边暮云。

汉江临泛[1]

楚塞三湘接[2]，荆门九派通[3]。

江流天地外，山色有无中。
郡邑浮前浦，波澜动远空。
襄阳好风日〔4〕，留醉与山翁〔5〕。

【注释】

〔1〕汉江：即汉水，是长江最长的支流。源出陕西，经湖北而入长江。　临泛：临流泛舟。

〔2〕楚塞：楚国的疆界，指今湖北、湖南一带。　三湘：漓湘、潇湘、蒸湘的总称，在今湖南境内。

〔3〕荆门：山名，在今湖北宜都西北，长江南岸。　九派：流入长江的九条支流。

〔4〕襄阳：今属湖北，位于汉江中游。

〔5〕山翁：指晋人山简，竹林七贤山涛之子，曾为征南将军，镇守襄阳。好饮酒，常去郡中豪族习氏园池宴饮，每次必醉。这里借指襄阳地方官。

【今译】

宽广的三湘与楚国的边塞相接，汉江流入荆门使长江九派贯通。滔滔江水仿佛要涌出天地之外，两岸青山迷濛在若有若无之中。岸边的城郭好似在江面上飘浮，远方的天空也被巨浪晃个不停。襄阳的风光竟是如此令人陶醉，我多么想长留此地与山翁畅饮。

登河北城楼作〔1〕

井邑傅岩上〔2〕，客亭云雾间〔3〕。
高城眺落日，极浦映苍山。
岸火孤舟宿，渔家夕鸟还。
寂寥天地间，心与广川闲〔4〕。

【注释】

〔1〕河北：唐县名，治所在今山西平陆旧治东北。

〔2〕井邑：城镇。　傅岩：古地名，一作“傅险”，相传为商代傅说版筑之处。

〔3〕客亭：供旅客休息之所。

〔4〕与：犹“如”。　广川：此指黄河。

【今译】

河北城就坐落在古镇傅岩，客亭仿佛飘浮在云雾之间。登上城楼眺望日落的景象，远处的河流倒映苍翠山峦。岸边灯火明亮有孤舟停泊，渔人归家鸟儿也纷纷飞还。天南地北如此空阔寂寥，心境就像那河水一样悠闲。

使至塞上〔1〕

单车欲问边〔2〕，属国过居延〔3〕。
征蓬出汉塞〔4〕，归雁入胡天。
大漠孤烟直〔5〕，长河落日圆〔6〕。
萧关逢候骑〔7〕，都护在燕然〔8〕。

【注释】

〔1〕开元二十五年（737），河西节度副大使崔希逸战胜吐蕃，王维以监察御史的身份奉使出塞宣慰，此诗即他在赴边途中所作。

〔2〕单车：指轻车简从。　问边：慰问边塞。

〔3〕属国：典属国的简称。本为汉时官名，唐代有时用以指代使臣，此为作者自称。　居延：故城在今内蒙古自治区额济纳旗东南。又甘肃张掖西北汉时有居延属国。

〔4〕征蓬：随风远飘的蓬草。

〔5〕孤烟直：古代烽烟用狼粪烧，其烟直而聚，虽风吹也不斜。

〔6〕长河：黄河。

〔7〕萧关：在今宁夏固原东南，是通往塞北的交通要道。 候骑（jì 寄）：骑马的侦察兵。

〔8〕都护：当时边疆重镇都护府的长官。 燕然：山名，即今蒙古国内的杭爱山。后汉车骑将军窦宪曾大破匈奴北单于，登燕然山刻石记功而还。这里借指前线。

【今译】

轻车简从出使去慰问边塞，典属国一直过了居延地面。仿佛无根的蓬草飞出汉界，又似归飞的大雁进入胡天。大漠无边缕缕孤烟直上，千里长河落日一派浑圆。在萧关遇到骑马的侦察兵，知都护长官还在燕然前线。

秋夜独坐

独坐悲双鬓，空堂欲二更。
雨中山果落，灯下草虫鸣。
白发终难变，黄金不可成〔1〕。
欲知除老病，唯有学无生〔2〕。

【注释】

〔1〕"黄金"句：语本江淹《从建平王游纪南城》："丹沙信难学，黄金不可成。"世传丹砂可以化为黄金。

〔2〕无生：佛家语，谓万物实体无生无灭。

【今译】

秋夜独坐悲叹双鬓变白，空堂里时辰已将近二更。听雨中山果被秋雨摧落，在灯下又传来草虫哀吟。白发终究再难变成青丝，神仙黄白之术虚妄无成。要解脱生老病死的痛苦，只有皈依佛门信奉无生。

奉和圣制从蓬莱向兴庆阁道中留春雨中春望之作应制〔1〕

渭水自萦秦塞曲〔2〕，黄山旧绕汉宫斜〔3〕。
銮舆迥出仙门柳〔4〕，阁道回看上苑花〔5〕。
云里帝城双凤阙〔6〕，雨中春树万人家。
为乘阳气行时令〔7〕，不是宸游玩物华〔8〕。

【注释】

〔1〕圣制：皇帝所作诗文。　蓬莱：宫名，即大明宫，在宫城东北，亦称东内。　兴庆：宫名，在皇城东南，亦称南内。故址在今西安兴庆公园。　阁道：即复道，楼阁两层的上下空中通道。　应制：奉皇帝之命作诗文。

〔2〕渭水：即渭河，流经长安皇城北。　秦塞：犹言秦地。

〔3〕黄山：即黄山宫，汉惠帝二年（前193）建造，故址在兴平县（今属陕西）西南三十里的黄麓山上。

〔4〕銮舆：皇帝的车驾。　迥（jiǒng扃）：远。　仙门：一作“千门”。

〔5〕上苑：此泛指皇家林苑。

〔6〕帝城：指长安。　双凤阙：汉代建章宫有双凤阙。此泛指长安宫阙。

〔7〕阳气：春气。

〔8〕宸游：帝王出游。　物华：美好的景物。

【今译】

渭水蜿蜒萦绕长安的郊野，黄山起伏环抱着巍峨汉宫。鸾驾穿行垂柳掩映的宫门，回看宫苑却已是姹紫嫣红。云雾中只见凤阙凌空高耸，千门万户在春雨绿树之中。天子乘阳气传布农作时令，不只是为欣赏这良辰美景。

敕赐百官樱桃[1]

芙蓉阙下会千官[2]，紫禁朱樱出上阑[3]。
才是寝园春荐后[4]，非关御苑鸟衔残[5]。
归鞍竞带青丝笼[6]，中使频倾赤玉盘[7]。
饱食不须愁内热[8]，大官还有蔗浆寒[9]。

【注释】

〔1〕题下原注："时为文部郎中。" 敕赐：诏赐。

〔2〕芙蓉阙：形容宫门前之阙犹如芙蓉。

〔3〕紫禁：以紫微垣比帝居，故称禁中为紫禁。 朱樱：深红色的樱桃。 上阑：一作"上兰"，汉上林苑有上兰观。此借指唐代禁苑。

〔4〕寝园：谓先帝陵园。 春荐：古代的风俗。荐，祭献之意。

〔5〕鸟衔：《吕氏春秋·仲夏纪》："羞以含桃。"高诱注："进含桃。樱桃，莺鸟所含食，故言含桃。"

〔6〕青丝笼：系着青丝绳的篮子。此指盛樱桃的篮子。

〔7〕中使：此指被派去收摘或运送樱桃的宦者。

〔8〕内热：樱桃性热，多食易作热，故云。

〔9〕大（tài太）官：官名，凡朝会宴享，掌供百官膳食。 蔗浆：甘蔗汁。

【今译】

芙蓉阙下聚集着文武百官，诏赐的朱红樱桃产自禁苑。刚刚在先帝寝园用于春荐，并非御苑莺鸟含食的剩残。马鞍上载着盛樱桃的篮子，中使频频倾倒装进赤玉盘。多食不必担心会引起内热，大官还备有蔗浆清凉甘甜。

敕借岐王九成宫避暑应教[1]

帝子远辞丹凤阙[2]，天书遥借翠微宫[3]。
隔窗云雾生衣上，卷幔山泉入镜中。
林下水声喧语笑，岩间树色隐房栊[4]。
仙家未必能胜此，何事吹笙向碧空[5]。

【注释】

〔1〕岐王：名范，睿宗第四子，玄宗之弟。睿宗即位，进封岐王。　九成宫：在今陕西麟游西天台山上，为帝王避暑之所。

〔2〕帝子：指岐王。　丹凤阙：唐大明宫南面五门，正中之门名丹凤。阙，宫门前面两边的望楼。

〔3〕天书：皇帝的诏书，即诗题中的“敕”。　翠微宫：此指九成宫，因在山间，有青色山气，故称。

〔4〕房栊：窗户，借指房舍。

〔5〕“何事”句：王子晋为周灵王太子，传说得道成仙，即后世之王子乔，曾骑鹤吹笙降于缑氏山。事见《列仙传》。

【今译】

岐王辞别京城远行去避暑，奉诏来到九成宫草木青葱。白云从窗隙袭入沾人衣裾，卷窗帘镜中照见山泉投影。林下传来流水的喧声笑语，房屋掩映在岩间绿荫之中。仙家的居处未必胜过这里，何必要学王子乔成仙飞升?

和太常韦主簿五郎温汤寓目之作[1]

汉主离宫接露台[2]，秦川一半夕阳开[3]。

青山尽是朱旗绕，碧涧翻从玉殿来[4]。
新丰树里行人度[5]，小苑城边猎骑回[6]。
闻道甘泉能献赋[7]，悬知独有子云才[8]。

【注释】

〔1〕太常韦主簿五郎：其人未详。太常主簿，官名。　温汤：指骊山温泉，天宝六载（747）改名华清宫。　寓目：观看之意。

〔2〕汉主离宫：指华清宫，唐代诗人每以汉喻唐。　露台：又称灵台，古代用以观察天文气象。

〔3〕秦川：见前《送魏郡李太守赴任》诗注。

〔4〕翻：反而。　玉殿：指华清宫。

〔5〕新丰：古县名，治所在今陕西临潼东北。

〔6〕小苑：此指华清宫。

〔7〕献赋：西汉著名辞赋家扬雄，字子云，曾侍从汉成帝游猎，作《甘泉赋》。事见《汉书·扬雄传》。

〔8〕悬知：预知，料想。以上二句以扬雄喻指韦五郎的文才。

【今译】

皇帝的离宫与灵台相连，夕阳下的秦川半明半暗。青山四周尽有红旗环绕，绿水流出宫殿曲折蜿蜒。新丰树里行人络绎不绝，游猎的人马从宫外回返。听说扬雄曾献《甘泉》大赋，料知您也有这样的才干。

酬郭给事[1]

洞门高阁霭余辉[2]，桃李阴阴柳絮飞。
禁里疏钟官舍晚[3]，省中啼鸟吏人稀[4]。
晨摇玉珮趋金殿，夕奉天书拜琐闱[5]。
强欲从君无那老[6]，将因卧病解朝衣[7]。

【注释】

〔1〕郭给事：据今人王达津《唐诗丛考》，当谓郭慎微。唐京兆万年（今西安）人，玄宗天宝中，官至金部郎中，迁司勋郎中，知制诰。给事，即给事中，门下省属官。职掌驳正政令得失、宣达诏令等要务。

〔2〕洞门：形容宫殿重叠，门门相对。　霭：雾气。

〔3〕禁：指皇宫。　官舍：指门下省办公处。

〔4〕省：指门下省。　吏人：小官，胥吏。

〔5〕“夕奉”句：写退朝事宜。汉唐仪制，给事每天傍晚要向青琐门拜请诏令。天书，皇帝诏书。琐闱，雕花的宫门。

〔6〕君：指郭给事。　无那：无奈。

〔7〕解朝衣：即辞官归隐。

【今译】

座座宫门沐浴着夕阳余晖，桃李满园绿阴浓柳絮纷飞。宫禁中晚钟疏落官舍寂静，门下省吏人归去只闻鸟鸣。清晨你玉佩叮当赶去上朝，傍晚才手捧诏书离开宫廷。很想追随你无奈年老多病，苦于卧病我只好辞官归隐。

出塞作[1]

居延城外猎天骄[2]，白草连天野火烧[3]。
暮云空碛时驱马[4]，秋日平原好射雕。
护羌校尉朝乘障[5]，破虏将军夜渡辽[6]。
玉靶角弓珠勒马[7]，汉家将赐霍嫖姚[8]。

【注释】

〔1〕题下原注：“时为御史，监察塞上作。”

〔2〕居延：见前《使至塞上》诗注。　天骄：谓匈奴，匈奴人自称“天之骄子”。此借指西部边地的少数民族。

〔3〕白草：西域产的一种草，干枯后变白，乃牛马所嗜。

〔4〕碛（qì气）：沙漠。

〔5〕护羌校尉：汉武帝设置的武官掌管西羌事务。羌，古代西域的一种少数民族。　乘：登上。　障：御敌屏障。

〔6〕破虏将军：亦汉代武官名。　渡辽：指追击敌军。汉代有渡辽将军，追击辽东乌桓。

〔7〕玉靶：有玉饰的马辔。　角弓：用兽角装饰成的硬弓。　珠勒马：指鞍鞯华丽的马。

〔8〕霍嫖姚：西汉名将霍去病，曾任嫖骑校尉，故称。

【今译】

天之骄子们正在居延城外打猎，长满白草的原野顿时火光冲天。暮云低垂的沙漠任马儿纵横驰骋，秋高气爽的平原更便于弯弓射雕。护羌校尉一早便登上要塞勘察，破虏将军乘夜色率兵追击敌人。玉靶角弓珠勒马这些贵重物品，朝廷将赏赐给那些得胜的将军。

送杨少府贬郴州[1]

明到衡山与洞庭[2]，若为秋月听猿声[3]。
愁看北渚三湘远[4]，恶说南风五两轻[5]。
青草瘴时过夏口[6]，白头浪里出湓城[7]。
长沙不久留才子，贾谊何须吊屈平[8]。

【注释】

〔1〕杨少府：其人未详。　郴（chēn嗔）州：唐州名，治所在今湖南郴州。

〔2〕明：明日。　衡山：五岳中之南岳，在湖南衡山县西北三十里，距离郴州不远。　洞庭：洞庭湖。

〔3〕若为：犹言怎堪。

〔4〕北渚（zhǔ主）：指湘水的北渚。渚，小洲。　三湘：见前《汉江

临泛》诗注。　远：一作“近”。

〔5〕五两轻：谓风大。五两，见前《送宇文太守赴宣城》诗注。

〔6〕青草瘴：瘴气的一种。　夏口：故城在今湖北武昌西黄鹄山上。

〔7〕湓城：晋时柴桑的湓口城，在今江西九江。

〔8〕贾谊：汉代洛阳人，少有才华。文帝欲任以公卿之位，为大臣所忌，贬为长沙王太傅，过湘水，作赋吊屈原，借以自伤。事见《汉书·贾谊传》。此用以喻杨少府。　屈平：屈原名平，战国时楚人，为三闾大夫，被谗放逐，自沉汨罗而死。

【今译】

明天你将到达衡山和洞庭，怎堪在秋月下听夜猿哀鸣？三湘路途迢远着实令人惆怅，每恨南风催动船帆飞速北行。明春瘴气起时您可抵达夏口，到江水猛涨后当经过湓城。这样的才子岂会久留长沙，莫要像贾谊作赋吊屈原过于伤情。

过乘如禅师萧居士嵩丘兰若[1]

无著天亲弟与兄[2]，嵩丘兰若一峰晴。
时随鸣磬巢乌下[3]，行踏空林落叶声。
迸水定侵香案湿[4]，雨花应共石床平[5]。
深洞长松何所有，俨然天竺古先生[6]。

【注释】

〔1〕乘如禅师：东都敬爱寺僧人，《宋高僧传》卷十五有传。禅师，对和尚的尊称。　萧居士：一说，系乘如的兄弟。居士，在家奉佛修道之人。　嵩丘：即嵩山。　兰若：指佛寺。

〔2〕无著天亲：皆菩萨名。此喻乘如禅师与萧居士。

〔3〕磬：佛教的打击乐器，形似钵。　巢乌：筑巢而居的乌鸦。

〔4〕迸水：梁惠皎《高僧传》卷六《慧远传》：“远于是与弟子数十人，南适荆州，住上明寺。后欲往罗浮山，及届浔阳，见庐峰清静，足以息

心，始住龙泉精舍，此处去水大远，远乃以杖扣地曰：‘若此中可得栖立，当使朽壤抽泉。’言毕，清流涌出，后卒成溪。”此暗用其事，写禅师、居士的法力和居住环境。

〔5〕雨花：佛教故事。佛祖说法，诸天降众花，满空而下。

〔6〕天竺：古印度的别称。　古先生：道教称老子西至天竺为佛，号古先生。

【今译】

仿佛是无著天亲一对弟兄，居住在嵩山佛寺峰峦晴明。巢中乌鸦随钟磬翻飞而下，进入空林脚下落叶沙沙有声。汩汩清流涌出浸湿了香案，百花随天雨落下与石床齐平。岩洞深幽除长松别无所有，居士俨然是天竺来的高僧。

春日与裴迪过新昌里访吕逸人不遇〔1〕

桃源一向绝风尘〔2〕，柳市南头访隐沦〔3〕。
到门不敢题凡鸟〔4〕，看竹何须问主人〔5〕。
城外青山如屋里〔6〕，东家流水入西邻。
闭户著书多岁月，种松皆老作龙鳞〔7〕。

【注释】

〔1〕裴迪：作者的好友。王维晚年在辋川隐居时曾与他“浮舟往来，弹琴赋诗，啸咏终日”（《旧唐书·王维传》）。　新昌里：长安城内街坊名。《长安志》卷九：“朱雀街东第五街从北第八为新昌坊，即新昌里也。”　吕逸人：生平未详。逸人，隐士。

〔2〕桃源：桃花源，比喻吕逸人居处。　风尘：此喻纷乱的社会。

〔3〕隐沦：即隐士。

〔4〕凡鸟：即“凤”字。此句用三国魏时吕安的典故。嵇康与吕安为好友，一次吕安来访嵇康，适逢嵇康不在，其兄嵇喜出来接待，吕安不进去，只在门上题一“凤”字便离开了。嵇喜看见很高兴，以为是对自己的

称赞，其实这是吕安对他的讥讽，说他不过是“凡鸟”而已。事见《世说新语·简傲》。

〔5〕“看竹”句：用晋人王徽之事。王徽之听说吴中一士大夫家有好竹，便径直造其门观看，讽啸良久。主人洒扫庭院请他坐，他不加理会，主人将门关上，留他赏竹，方尽欢而散。事见《晋书·王羲之传》。

〔6〕城外：一作“城上”。

〔7〕龙鳞：喻松树表皮形状。

【今译】

世外桃源一向与尘世相隔绝，到柳市南头寻访隐居的高人。到门口不敢像吕安态度轻慢，看院中佳竹不用问谁是主人。青山仿佛就在家中开门可见，潺潺流水经东家流入西邻。主人闭户著书已有很长岁月，他种下的松树已经长满龙鳞。

酌酒与裴迪

酌酒与君君自宽〔1〕，人情翻覆似波澜〔2〕。
白首相知犹按剑〔3〕，朱门先达笑弹冠〔4〕。
草色全经细雨湿，花枝欲动春风寒。
世事浮云何足问，不如高卧且加餐。

【注释】

〔1〕“酌酒”句：语本鲍照《拟行路难十八首》其四：“酌酒以自宽，举杯断绝歌路难。”

〔2〕“人情”句：语本陆机《君子行》：“天道夷且简，人道险而难。休咎相乘蹑，翻覆若波澜。”翻覆，反复，变化。

〔3〕按剑：以手抚剑把，指发怒时准备拔剑争斗的一种动作。

〔4〕先达：先显达的人。　弹冠：弹去帽子上的灰尘，准备出来作官。

【今译】

斟满酒杯希望你自己宽解，世道人心像波澜反复变幻。相知的故交尚且反目成仇，自己发迹却嘲笑别人作官。萋萋春草靠的是细雨滋润，花枝抖动却因为春风凄寒。世事像浮云变幻何必过问，还不如安心隐居高卧加餐。

积雨辋川庄作

积雨空林烟火迟〔1〕，蒸藜炊黍饷东菑〔2〕。
漠漠水田飞白鹭〔3〕，阴阴夏木啭黄鹂〔4〕。
山中习静观朝槿〔5〕，松下清斋折露葵〔6〕。
野老与人争席罢〔7〕，海鸥何事更相疑〔8〕？

【注释】

〔1〕空林：疏林。

〔2〕藜：一年生草本植物，嫩叶可吃。这里泛指蔬菜。　黍：黄米。这里泛指饭食。　菑（zī 兹）：已经开垦了一年的田地，这里泛指田亩。　饷（xiǎng 想）：送饭。

〔3〕漠漠：密布的样子。

〔4〕阴阴：幽暗。　夏木：高大的树木，如乔木。　黄鹂：黄莺。

〔5〕槿：木槿，落叶灌木，夏、秋开红、白或紫色花，朝开暮落，故称朝槿。古人常以此悟人生荣枯无常的道理。

〔6〕清斋：即素食。《旧唐书·王维传》："维兄弟俱奉佛，居常蔬食，不茹荤血，晚年长斋，不衣文彩。"

〔7〕野老：作者自谓。　争席：争执客席的座次。《庄子·杂篇·寓言》："（杨朱）其往也，舍者迎将……其反也，舍者与之争席矣。"争席罢，是说自己已经退隐，也就与世无争。

〔8〕"海鸥"句：《列子·黄帝篇》：古时海上有好鸥者，每日从鸥鸟游，鸥鸟至者以百数。其父曰："吾闻鸥鸟皆从汝游，汝取来吾玩之。"第二天至海上，鸥鸟舞而不下。这里借海鸥以喻人事。

【今译】

久雨后的空林炊烟缓缓升起，农家烧火做饭送到东头地里。广漠的水田上空有白鹭飞过，幽深的树林里传来黄莺娇啼。山中养性看惯木槿朝开暮落，在松下采摘露葵供清斋素食。居山林早已远离了功名利禄，海鸥为什么还对我产生猜疑？

送秘书晁监还日本〔1〕

积水不可极〔2〕，安知沧海东〔3〕？
九州何处远〔4〕，万里若乘空〔5〕。
向国惟看日〔6〕，归帆但信风〔7〕。
鳌身映天黑〔8〕，鱼眼射波红。
乡树扶桑外〔9〕，主人孤岛中〔10〕。
别离方异域〔11〕，音信若为通〔12〕？

【注释】

〔1〕秘书晁监：指晁衡（朝衡），日本人，原名阿倍仲麻吕，开元初出使唐朝，后留华作官，任秘书监（即秘书省的监官），掌艺文图籍之事。与王维、李白等相友善。

〔2〕积水：指海。

〔3〕沧海东：指日本国。

〔4〕九州：中国的代称。中华古代分九州。

〔5〕乘空：升空，乘风。

〔6〕看日：日本人自称他们的国土是离日出最近的地方，因云。

〔7〕信风：随风。

〔8〕鳌：传说中海里的大鳖。

〔9〕扶桑：神话中的树。古人以为日出汤谷，汤谷有扶桑，所以又称日本为扶桑。

〔10〕主人：指晁衡。

〔11〕方：将。

〔12〕若为：如何。

【今译】

苍茫大海已是无际无边，又怎知大海之东的景观？什么地方离九州最遥远，相隔万里像登天一样难。一直向日出的方向驶去，任随海风吹送归船白帆。巨鳖的背影映黑了天幕，鱼群的眼睛照红了波澜。您的家乡远在扶桑之外，在那为大海悬隔的孤岛中。异域离别从此天各一方，今后我们怎能音信相通？

送李太守赴上洛〔1〕

商山包楚邓〔2〕，积翠霭沉沉〔3〕。
驿路飞泉洒，关门落照深〔4〕。
野花开古戍，行客响空林。
板屋多春雨〔5〕，山城昼易阴〔6〕。
丹泉通虢略〔7〕，白羽抵荆岑〔8〕。
若见西山爽〔9〕，应知黄绮心〔10〕。

【注释】

〔1〕李太守：生平未详。　上洛：郡名，治所在今陕西商州。

〔2〕商山：在今陕西商州东南。　包：包容。　楚邓：即邓州，治所在今河南邓州。春秋时属楚地。又，春秋邓国（在今湖北襄阳北），公元前为楚所灭，故云。

〔3〕积翠：深绿色。　霭沉沉：茂盛貌。

〔4〕关：疑指武关或峣关。武关，在唐上洛郡商洛东，今陕西丹凤东南。峣关，在陕西蓝田东南，为李太守自长安赴上洛途中必经之地。

〔5〕板屋：以木板为屋，乃上洛民俗。

〔6〕山城：上洛郡居群山中，故云。　易：一作“欲”。

〔7〕丹泉：即丹渊，故地即秦汉时的丹水县。　虢（guó国）略：在

今河南灵宝。

〔8〕白羽：故地在今河南西峡。　荆岑：荆山，在今湖北南漳西。岑，小而高的山。

〔9〕西山爽：晋朝名士王徽之（子猷）不直接回答长官关于公务的问话，而是以手版拄颊说："西山朝来，致有爽气。"表达他对西山清朗气象的喜悦。事见《世说新语·简傲》。

〔10〕黄绮：夏黄公、绮里季。二人与东园公、甪里先生，因见秦始皇暴虐，遂共入商山隐居，人称"商山四皓"。

【今译】

商山之大涵容了楚邓之地，苍翠的山林花木葱茏茂盛。车马行经驿路有飞泉流洒，夕阳照耀雄关见暮霭深沉。古老的戍楼四周开满野花，空寂山林响起您的脚步声。木板房屋留下春雨的痕迹，白日里山城也是气象萧森。丹泉水从上洛直流向虢略，故地白羽远接荆山的山林。此去见到西山清爽的景色，便可明白四皓的归隐之心。

晓行巴峡[1]

际晓投巴峡[2]，余春忆帝京[3]。
晴江一女浣，朝日众鸡鸣。
水国舟中市[4]，山桥树杪行[5]。
登高万井出[6]，眺迥二流明[7]。
人作殊方语[8]，莺为故国声。
赖多山水趣，稍解别离情。

【注释】

〔1〕巴峡：长江自古巴县至涪州一段山峡。这些山峡因都在古巴县或巴郡境内，故统称巴峡。

〔2〕际晓：天刚亮。

〔3〕余春：暮春。　帝京：指长安。

〔4〕市：做买卖。
〔5〕树杪：树梢。
〔6〕井：井闾，村庄。
〔7〕迥：远。　二流：指长江和它的一条支流。
〔8〕殊方语：异乡的语言，即方言。

【今译】

天色刚亮就乘舟去往巴峡，这暮春时节怎能忘怀京城。天气晴朗江边有浣纱少女，太阳升起听群鸡一齐和鸣。水上人家多半在船上交易，山崖上的桥好像挂在树顶。登高俯视呈现出千村万落，远望即可见江水澄澈透明。这里的人说着异乡的语言，莺声却同家乡的一样好听。幸好眼前的山水饶有意趣，稍稍排解了我的别离之情。

息夫人〔1〕

莫以今时宠，能忘旧日恩〔2〕。
看花满眼泪，不共楚王言〔3〕。

【注释】

〔1〕息夫人：春秋时息国国君的妻子，楚文王灭息，把她据为己有。她虽与文王生有二子，但始终默默无言。楚文王问她为何如此，她说：我一妇人而事二夫，纵不能死，又有什么可说的呢？事见《左传·庄公十四年》。关于此诗，据孟棨《本事诗》记载：唐代宁王李宪贵盛，有宠妓数十人，均色艺绝佳，却又看上左邻饼师的妻子，夺了过来，十分宠爱。一年后，宁王问她还想不想饼师，她沉默不语。宁王派人把饼师招来，她见了泪流满面，情不自禁。当时在场的十几名文士都很感动，宁王命他们赋诗，王维最先作成，其余的见他作得很好，没有敢再提笔的。
〔2〕旧日恩：指息国国君的恩爱之情。
〔3〕共：同，与。

【今译】

不要以为有你今天的宠幸，就能使我忘掉旧日的恩情。对着鲜花不由我泪水涟涟，始终沉默不肯与楚王交谈。

班婕好〔1〕

宫殿生秋草，君王恩幸疏〔2〕。
那堪闻凤吹〔3〕，门外度金舆〔4〕。

【注释】

〔1〕班婕好：汉成帝的妃嫔，因赵飞燕进谗失宠，自请退居长信宫，侍奉太后。婕好，汉时女官名。此题共三首，此为第二首。

〔2〕恩幸疏：即失宠。恩幸，指帝王对后妃的宠爱与光顾。

〔3〕凤吹：指笙箫一类的细乐。

〔4〕金舆：皇帝的车驾。

【今译】

宫殿清冷寂寥秋草满院，往日的恩宠早已经疏远。哪堪再听到笙箫吹奏声，君王的銮驾正经过门前。

辋川集〔1〕

孟城坳〔2〕

新家孟城口，古木余衰柳。
来者复为谁？空悲昔人有。

【注释】

〔1〕王维将他晚年在辋川别墅与裴迪吟咏景物的二十首诗编为《辋川集》。

〔2〕孟城：坍废不存的古城。　坳：山间平地。

【今译】

住家新近搬到孟城口，那里只有枯木和衰柳。不知后来的又将是谁，何必为前人叹息悲愁。

华子冈

飞鸟去不穷，连山复秋色。
上下华子冈，惆怅情何极。

【今译】

鸟儿不断地飞来又飞去，群山笼罩在一派秋色里。我来来去去经过华子冈，眼前景色令人无限惆怅。

斤竹岭〔1〕

檀栾映空曲〔2〕，青翠漾涟漪。
暗入商山路〔3〕，樵人不可知。

【注释】

〔1〕斤竹岭：谢灵运有《从斤竹涧越岭溪行》，斤竹之名或源于此。

〔2〕檀栾：竹美貌。　空曲：空阔偏僻之处。

〔3〕商山：在陕西商州东南。蓝田与商州相邻，故云“暗入”。

【今译】

空旷深幽的地方长着竹林，风过处便荡起绿色的波涛。岭上有小路可以通往商山，连山中的樵夫也未必知晓。

鹿　柴[1]

空山不见人，但闻人语响。
返景入深林[2]，复照青苔上。

【注释】

〔1〕柴（zhài寨）：同“寨”，木栅栏。
〔2〕返景（yǐng影）：返照。景，日光。

【今译】

寂寂空山见不到人的足迹，只隐约听到有说话的声音。夕阳余晖返照在密林深处，又在青苔上投下斑驳的光影。

木兰柴[1]

秋山敛余照[2]，飞鸟逐前侣[3]。
彩翠时分明[4]，夕岚无处所[5]。

【注释】

〔1〕木兰：一名木莲，落叶乔木，开大花，有多种颜色。
〔2〕敛：收。
〔3〕侣：伙伴。
〔4〕彩翠：秋日余晖映照下形成的绚丽景色。
〔5〕夕岚：傍晚的山中云气。　无处所：指云气消散。

【今译】

秋山聚敛着落日的余晖，飞鸟互相追逐上下翻飞。山中斑斓色彩时隐时现，薄雾飘忽不定渐渐消散。

文杏馆

文杏裁为梁[1]，香茅结为宇[2]。
不知栋里云，去作人间雨。

【注释】

〔1〕文杏：杏树的异种。司马相如《长门赋》："刻木兰以为榱兮，饰文杏以为梁。"

〔2〕香茅：茅的一种，又名青茅。　宇：屋檐。

【今译】

用高大的文杏做栋梁，用芬芳的茅草盖屋宇。不知道文杏馆的云彩，会不会化作人间甘雨。

宫槐陌[1]

仄径荫宫槐[2]，幽阴多绿苔。
应门但迎扫[3]，畏有山僧来。

【注释】

〔1〕宫槐：槐的一种，即守宫槐。

〔2〕仄径：狭窄的小路。

〔3〕应门：指照看门户的仆人。

【今译】

茂密的宫槐遮蔽小路，幽深的庭院长满绿苔。看门人快去清扫迎候，怕是山僧有可能到来。

南　垞[1]

轻舟南垞去，北垞淼难即[2]。
隔浦望人家[3]，遥遥不相识。

【注释】

〔1〕垞（chá茶）：小山丘。
〔2〕淼（miǎo秒）：水大貌。　即：接近。
〔3〕浦：水边。

【今译】

驾一叶小舟从南垞出发，北垞烟波浩淼难以到达。只好隔着湖水遥望对岸，相距迢远不识那边人家。

欹　湖[1]

吹箫凌极浦[2]，日暮送夫君[3]。
湖上一回首，山青卷白云。

【注释】

〔1〕欹（qī七）湖：因湖势倾斜而得名。欹，倾斜。
〔2〕极浦：远处的水边。
〔3〕夫君：指友人。夫，语气词。

【今译】

箫声伴随友人登岸离去，日暮相送到遥远的水边。湖上蓦然回首望断天涯，唯见青山岭上白云舒卷。

栾家濑[1]

飒飒秋雨中[2]，浅浅石溜泻[3]。
跳波自相溅，白鹭惊复下。

【注释】

〔1〕濑（lài赖）：急流。

〔2〕飒（sà萨）飒：形容雨声。

〔3〕浅（jiān间）浅：水疾流貌。　石溜：从石上流过的水。

【今译】

在飒飒作响的秋雨声中，溪水从沙滩上急速下流。在石上溅起晶莹的水珠，使那觅食的白鹭受惊飞走。

白石滩[1]

清浅白石滩，绿蒲向堪把[2]。
家住水东西，浣纱明月下。

【注释】

〔1〕白石滩：辋川水边上由一片白石形成的浅滩。

〔2〕蒲：水草，可编席，嫩者可食。　向：临近，将近。　堪把：差不多可以用手把握。谓蒲草已长高。

【今译】

白石铺成的浅滩清澈透明，水中绿草已长大可用手把。少女们就住在河流的附近，月光下结伴来这里浣纱。

北 垞

北垞湖水北[1]，杂树映朱栏。
逶迤南川水[2]，明灭青林端。

【注释】

〔1〕湖：指欹湖。
〔2〕逶迤：曲折连绵貌。

【今译】

北垞更在欹湖的北面，杂树映着朱红的栏杆。蜿蜒的南川潺潺流过，在绿树林间忽隐忽现。

竹 里 馆

独坐幽篁里[1]，弹琴复长啸[2]。
深林人不知，明月来相照。

【注释】

〔1〕幽篁（huáng黄）：深幽的竹林。
〔2〕啸：嘬口出声。古代高士好长啸以抒情。

【今译】

独自坐在清幽的竹林里，一会儿弹琴一会儿长啸。无人知道这其中的乐趣，何况还有明月多情相照。

辛夷坞[1]

木末芙蓉花[2]，山中发红萼。
涧户寂无人[3]，纷纷开且落。

【注释】

〔1〕辛夷：即木笔树，落叶乔木。　坞：指四面高中间低的山地。

〔2〕木末：树梢、枝头。　芙蓉花：这里指辛夷花。花与芙蓉花形状花色相似，故称。

〔3〕涧户：涧边人家。

【今译】

形状好似芙蓉的辛夷花，在山中绽开红色的花朵。山涧里静悄悄空寂无人，任花儿开过又纷纷飘落。

漆　园

古人非傲吏[1]，自阙经世务[2]。
偶寄一微官[3]，婆娑数株树[4]。

【注释】

〔1〕傲吏：即庄周，他曾做漆园吏，后拒绝楚威王拜他为相的聘请。晋人郭璞《游仙诗》其一云“漆园有傲吏”，称其为傲吏。

〔2〕经：治理。

〔3〕寄：依。　微官：指漆园吏。

〔4〕婆娑：徘徊。此指偃息于林下。

【今译】

庄周并非人所说是什么傲吏，自认为缺少经国济世的能力。即使是做个微不足道的小官，无所事事只在漆园树下休息。

皇甫岳云溪杂题[1]

鸟 鸣 涧

人闲桂花落，夜静春山空。
月出惊山鸟，时鸣春涧中。

【注释】

〔1〕皇甫岳：作者友人。　云溪：皇甫岳别业的名称和所在地，疑在长安附近。按，本题共五首。此入选四首。

【今译】

悠闲地看到枝头的桂花飘零，春夜里深幽的山谷一派宁静。月亮悄悄升起竟惊动了山鸟，春涧中不时响起婉转的叫声。

鸬 鹚 堰[1]

乍向红莲没，复出青蒲扬[2]。
独立何褵褷[3]，衔鱼古查上[4]。

【注释】

〔1〕鸬鹚：水鸟名，俗称鱼鹰。　堰：挡水的低坝。
〔2〕蒲：一作“浦”。　扬：飞。
〔3〕褵褷（lí shī 离尸）：毛羽沾湿貌。
〔4〕查：同“楂”，水中浮木，木筏。

【今译】

忽而消失在红莲盛开的水中，忽而又飞出长满青蒲的水面。全身毛羽被水沾湿的鸬鹚鸟，口中衔着鱼站立在木筏上边。

上平田

朝耕上平田，暮耕上平田。
借问问津者，宁知沮溺贤[1]？

【注释】

〔1〕“借问”二句：用孔子遇见长沮、桀溺并耕，使子路上前问津，始知二人为有道隐士的典故。事见《论语·微子》。沮溺为长沮、桀溺的合称，此借以喻皇甫岳。津，渡口。宁知，岂知。

【今译】

早也在上平田躬耕，晚也在上平田躬耕。试问道旁的问路者，哪里知道你是贤人？

萍池[1]

春池深且广，会待轻舟回[2]。
靡靡绿萍合[3]，垂杨扫复开。

【注释】

〔1〕萍：浮萍。
〔2〕会：当。　回：回旋。
〔3〕靡靡：缓缓地。

【今译】

春天的池塘深幽又宽广，欲过萍池须待轻舟荡漾。小船过后绿萍慢慢合拢，垂杨枝条又将浮萍扫荡。

答裴迪辋口遇雨忆终南山之作[1]

淼淼寒流广[2]，苍苍秋雨晦[3]。
君问终南山，心知白云外。

【注释】

〔1〕题一作《答裴迪》。裴迪《辋口遇雨忆终南山因献王维》诗云："积雨晦空曲，平沙灭浮彩。辋水去悠悠，南山复何在？"

〔2〕淼淼：水大貌。

〔3〕苍苍：大貌。

【今译】

辋水流过峡谷浩淼清寒，秋雨连绵天地变得晦暗。你问终南山到底在哪里，明明知道是在白云外边。

送　别

山中相送罢，日暮掩柴扉。
春草年年绿，王孙归不归[1]？

【注释】

〔1〕"春草"二句：语本《楚辞·招隐士》："王孙游兮不归，春草生兮萋萋。"王孙，指送别的友人。意谓明年春草泛绿的时候，你回不回来？

【今译】

山中送别友人独自回返，日落天晚把柴门轻掩。春草年年都会重新吐绿，不知道你明年能否归山？

临高台送黎拾遗[1]

相送临高台，川原杳何极[2]。
日暮飞鸟还，行人去不息。

【注释】

〔1〕临高台：乐府古题之一。　黎拾遗：生平未详。拾遗，官名。唐代设左右拾遗，为谏官。

〔2〕杳（yǎo咬）：广远。

【今译】

送你一直送到高台下面，川原无限广阔望不到边。夕阳西下鸟儿纷纷归巢，你却步履匆匆愈行愈远。

崔九弟欲往南山马上口号与别[1]

城隅一分手[2]，几日还相见？
山中有桂花，莫待花如霰[3]。

【注释】

〔1〕崔九：即崔兴宗，作者表弟。　口号：犹“口占”，即随口吟成。

〔2〕隅：角落。

〔3〕霰（xiàn现）：水蒸气在高空中遇到冷空气凝结成的小冰粒，在

下雪花以前往往先下霰。

【今译】

你我在城边上一分手，不知要过几天才能再见？山里的桂花就要开了，切莫待花落如霰才回还。

杂诗二首[1]

家住孟津河[2]，门对孟津口。
常有江南船，寄书家中否？

【注释】

〔1〕杂诗二首：本题共三首，此为第一、第二首。

〔2〕孟津河：指黄河边孟津地方。孟津，黄河边的一个渡口，在今河南孟津西南、孟州南。

【今译】

我家住在孟津黄河之滨，孟津的渡口正对着家门。常有从江南开来的船只，有否捎来了丈夫的书信？

君自故乡来，应知故乡事。
来日绮窗前[1]，寒梅著花未[2]？

【注释】

〔1〕绮窗：用白绫糊的窗户。

〔2〕著花：开花。

【今译】

你刚刚从故乡来到这里，想必能告知故乡的消息。你来时在我的绮窗前面，是否已有梅花开在树枝？

相　思

红豆生南国[1]，春来发几枝。
劝君多采撷[2]，此物最相思。

【注释】

〔1〕红豆：一名相思子，草本而木质，结实如豌豆而微扁，色鲜红如珊瑚，可作饰物。　南国：指岭南。红豆多产于彼，故云。范摅《云溪友议》载：安禄山乱起，玄宗奔蜀。乐工李龟年流落湘中，曾于采访使筵席上唱“红豆生南国”、“清风明月苦相思”两诗，在座的人听了，莫不南望玄宗所在而惨然。

〔2〕采撷（xié协）：采摘。

【今译】

红豆生长在南国的土地，春来又萌发出多少新枝？朋友我希望你多多采摘，它最能寄托相思的情意。

哭孟浩然[1]

故人不可见[2]，汉水日东流。
借问襄阳老[3]，江山空蔡洲[4]。

【注释】

〔1〕题下原注：“时为殿中侍御史，知南选，至襄阳有作。”孟浩然卒于玄宗开元二十八年（740）王维来襄阳前不久。

〔2〕故人：指孟浩然。

〔3〕襄阳：今湖北襄樊，孟浩然的原籍。

〔4〕蔡洲：襄阳东北汉水中的小洲，因东汉蔡瑁曾在洲上居住而得名。

【今译】

故人从此再也不能相见，汉水日夜东流一去不还。试问襄阳那些亲朋故友，斯人已逝江山空悠一片。

少 年 行[1]

新丰美酒斗十千[2]，咸阳游侠多少年[3]。
相逢意气为君饮，系马高楼垂柳边。

【注释】

〔1〕少年行：本题共四首，此为第一首。

〔2〕新丰：古县名，在今陕西临潼东北。古代此地产名酒。　斗十千：一斗酒值十千文钱，极言酒的名贵。斗，酒器。

〔3〕咸阳：秦的都城，此指长安。

【今译】

新丰产的美酒一斗价值十千，咸阳游侠多是些英俊少年。萍水相逢意气相得相邀共饮，将马系在高楼前垂柳旁边。

九月九日忆山东兄弟[1]

独在异乡为异客，每逢佳节倍思亲。
遥知兄弟登高处，遍插茱萸少一人[2]。

【注释】

〔1〕九月九日：即重阳节。　山东：此时王家已由太原祁（今山西祁县）迁居于蒲（今山西永济），蒲在华山以东，所以称家乡为山东。原注有“时年十七”四字。

〔2〕茱萸：植物名，有香味。古代风俗，重阳节佩茱萸登高可以辟邪。

【今译】

独自一人长期客居在他乡，每逢佳节格外把亲人怀想。遥想兄弟此日正登高饮酒，佩插茱萸唯独我不在身旁。

送元二使安西〔1〕

渭城朝雨浥轻尘〔2〕，客舍青青柳色新〔3〕。
劝君更尽一杯酒〔4〕，西出阳关无故人〔5〕。

【注释】

〔1〕元二：其人未详。　安西：指唐代安西都护府，治所在今新疆库车附近。题一作《渭城曲》。此诗在当时即谱入乐府，被之管弦，广为吟唱，谓之《阳关三叠》。

〔2〕渭城：在今陕西西安西北。　浥（yì邑）：沾湿，润湿。

〔3〕客舍：指驿馆。

〔4〕更：再。

〔5〕阳关：见前《送平澹然判官》诗注。　故人：老朋友。

【今译】

清晨的细雨沾湿了路上的浮尘，雨后客舍杨柳都显得格外清新。临别时刻请您再满饮这一杯酒，出了阳关从此就再难遇到故人。

送韦评事〔1〕

欲逐将军取右贤〔2〕，沙场走马向居延〔3〕。
遥知汉使萧关外〔4〕，愁见孤城落日边〔5〕。

【注释】

〔1〕韦评事：生平未详。评事，大理寺属官，掌出使推勘案情。

〔2〕右贤：即右贤王，匈奴贵族的封号之一。《史记·卫将军骠骑列传》载：汉武帝元朔五年令车骑将军卫青将六将军兵十余万人击匈奴，围右贤王，获右贤裨王十余人，其众男女万五千余人。

〔3〕居延：见前《使至塞上》诗注。

〔4〕汉使：指韦评事。　萧关：见前《使至塞上》诗注。

〔5〕落日边：谓极西之地。

【今译】

想追随将军去征战敌顽，驰骋沙场一直奔赴居延。知道您要去那萧关之外，孤城一座在极远的西边。

送沈子归江东〔1〕

杨柳渡头行客稀，罟师荡桨向临圻〔2〕。
惟有相思似春色，江南江北送君归。

【注释】

〔1〕题一作《送沈子福归江东》。沈子福，其人未详。

〔2〕罟（gǔ古）师：渔人。这里借指船夫。罟，渔网。　临圻（qí其）：水边弯曲的河岸。此借指友人所往之地。

【今译】

杨柳渡头行人越来越少，船夫开始摇橹驶向临圻。相思就像这无边的春色，从江南到江北伴你归去。

寒食汜上作〔1〕

广武城边逢暮春〔2〕，汶阳归客泪沾巾〔3〕。
落花寂寂啼山鸟，杨柳青青渡水人。

【注释】

〔1〕寒食：见前《送綦毋潜落第还乡》诗注。 汜（sì四）：汜水，发源于河南巩义，流经荥阳，北入黄河。

〔2〕广武：古城名，故址在今河南荥阳东北广武山上，有东、西两城。

〔3〕汶阳归客：作者自指。汶阳，在今山东泰安、宁阳间，汶水北岸。

【今译】

途经广武古城适逢暮春，汶阳归客不由热泪沾巾。眼前落花无语山鸟悲啼，青青杨柳伴我这渡河之人。

王 缙

王缙（？—781），字夏卿。祖籍太原祁（今山西祁县）。其父徙居蒲州（治今山西永济）。兄维以诗名重当时。缙亦以文词知名。开元七年（719）登文词雅丽科。十五年又登高才沈沦草泽自举科。历仕侍御史、武部员外郎、大理丞、工部侍郎等职。广德二年（764）拜黄门侍郎同平章事，翌年，拜河南副元帅。大历五年（770）授门下侍郎、同中书门下平章事，封齐国公。缙工诗文，善书法。《全唐诗》存其诗八首。

同王昌龄裴迪游青龙寺昙壁上人兄院集和兄维〔1〕

林中空寂舍，阶下终南山。
高卧一床地〔2〕，回看六合间〔3〕。
浮云几处灭，飞鸟何时还？
问义天人接〔4〕，无心世界闲〔5〕。
谁知大隐者〔6〕，兄弟自追攀。

【注释】

〔1〕此诗乃和王维《青龙寺昙壁上人兄院集》而作。同咏此题的还有王昌龄、裴迪。　青龙寺：在长安新昌坊南门之东，为唐代密宗的根本道场。　昙壁上人：其人未详。

〔2〕一床：比喻地方狭小。

〔3〕六合：天地四方。

〔4〕义：指儒家经义。　天人接：即天人感应，中国古代哲学中关于天人关系的一种观点，认为天意与人事能够交相感应。

〔5〕无心：佛教语，指解脱邪念的真心。

〔6〕大隐：真正的隐士。

【今译】

寺院坐落在空寂的林间，台阶下是高峻的终南山。高卧院中只须狭小之地，便可饱览天地四方景观。天空白云飘浮时隐时现，鸟儿飞去何时能够飞还？天人相接是儒家的经义，排除杂念世界自然安闲。谁知哪里有真正的隐者，我们兄弟自当勉力追攀。

别辋川别业[1]

山月晓仍在，林风凉不绝。
殷勤如有情，惆怅令人别。

【注释】

〔1〕辋川别业：在陕西蓝田辋川谷口。宋之问曾建别墅于此，后归王维。别业，别墅。王维《辋川集序》云："余别业在辋川山谷，其游止有孟城坳、华子冈、文杏馆、斤竹岭、鹿柴、木兰柴、茱萸沜、宫槐陌、临湖亭、南垞、欹湖、柳浪、栾家濑、金屑泉、白石滩、北垞、竹里馆、辛夷坞、漆园、椒园等。与裴迪闲暇，各赋绝句云尔。"

【今译】

拂晓时山月仍高悬天际，林风带着凉意不绝如缕。殷勤向客仿佛满怀深情，使我惆怅留连不忍离去。

裴　迪

裴迪，生卒年不详，关中（今陕西）人。早年与王维、崔兴宗俱隐终南山；后王维得辋川别业，迪常从游，泛舟往来，弹琴赋诗，吟啸终日。王维裒集与裴迪酬唱诗各二十首，号《辋川集》。裴迪是唐代重要的山水田园诗人之一，擅长五言绝句，艺术风格接近王维。《全唐诗》存其诗二十九首。

孟城坳

结庐古城下[1]，时登古城上。
古城非畴昔[2]，今人自来往。

【注释】

〔1〕结庐：构筑园庐。　古城：指孟城。
〔2〕畴昔：往日，从前。

【今译】

园庐就修建在古城下面，闲暇时经常登城楼眺望。古城再也不是从前光景，今人自在城下来来往往。

华子冈

落日松风起，还家草露晞[1]。
云光侵履迹[2]，山翠拂人衣[3]。

【注释】

〔1〕晞：干燥。
〔2〕履迹：足迹。
〔3〕山翠：山气。山色青缥，亦曰翠微。

【今译】

太阳下山阵阵松风吹起，走下山冈草上清露已干。落日余晖浸染我的足迹，苍翠山色轻拂我的衣衫。

斤竹岭

明流纡且直[1]，绿筱密复深[2]。
一径通山路，行歌望旧岑[3]。

【注释】

〔1〕明流：清澈的水流。
〔2〕筱（xiǎo小）：细竹。
〔3〕岑：小而高的山。

【今译】

清澈的小河曲折又蜿蜒，翠绿的竹林浓密又幽暗。踏上那通往山间的小路，边走边唱旧山就在眼前。

鹿柴

日夕见寒山，便为独往客。
不知深林事，但有麏麚迹[1]。

【注释】

〔1〕麏（jūn君）：獐子。　麚（jiā家）：牡鹿。

【今译】

在暮色中远远望见寒山，独自前往丝毫不觉孤寂。不知深林发生什么事情，只留下麏麚出没的足迹。

木兰柴

苍苍落日时[1]，鸟声乱溪水。
缘溪路转深，幽兴何时已[2]。

【注释】

〔1〕苍苍：色不分明貌。
〔2〕幽兴：指寻幽探胜的兴致。

【今译】

夕阳缓缓下落景色朦胧不清，群鸟的喧啾夹杂着潺潺水声。沿小溪前行道路越来越深幽，搜奇探胜的兴致哪里有穷尽。

茱萸沜[1]

飘香乱椒桂，布叶间檀栾[2]。
云日虽迥照[3]，森沉犹自寒[4]。

【注释】

〔1〕茱萸：植物名，可入药。 沜：同“畔”，水边。
〔2〕檀栾：秀美貌，多用来形容竹子。
〔3〕迥：远。
〔4〕森沉：幽暗。

【今译】

远远飘来仿佛是椒桂的香气，紫色的茱萸丛中有修竹摇曳。日光穿过云层映照到水面上，池水平静依然一派森沉寒凉。

宫槐陌

门前宫槐陌，是向欹湖道。
秋来山雨多，落叶无人扫。

【今译】

古老宫槐下的门前小路，曲曲弯弯一直伸向欹湖。秋天寒风萧瑟山中多雨，落叶无人打扫满地堆积。

南垞

孤舟信一泊，南垞湖水岸。
落日下崦嵫[1]，清波殊淼漫[2]。

【注释】

〔1〕崦嵫（yān zī 烟兹）：神话传说中日落之处。

〔2〕淼漫：水广阔无际貌。

【今译】

一叶孤舟顺着水流飘浮，慢慢停泊在南垞的湖岸。夕阳缓缓坠落沉入崦嵫，湖水清波荡漾浩淼无边。

金屑泉

萦渟澹不流[1]，金碧如可拾。

迎晨含素华[2]，独往事朝汲[3]。

【注释】

〔1〕萦渟（tíng亭）：水回旋聚集不流貌。　澹：水波动荡貌。

〔2〕迎晨：黎明时分。　素华：白色的光华。

〔3〕汲：打水。

【今译】

金屑泉微波荡漾水流回旋，朝晖下金光闪闪碧波可探。清晨天边刚现出一片亮色，我独自汲水来到清清泉边。

白石滩

跂石复临水[1]，弄波情未极。
日下川上寒，浮云淡无色。

【注释】

〔1〕跂（qì气）石：垂足坐在石上。

【今译】

双脚垂在水边的大石上，把玩清波心情无比欢畅。夕阳西下河水清寒袭人，淡淡的云朵在天边飘荡。

辛夷坞

绿堤春草合，王孙自留玩[1]。
况有辛夷花，色与芙蓉乱。

【注释】

〔1〕“王孙”句：语本《楚辞·招隐士》:“王孙兮归来，山中兮不可以久留。”此反用其意。

【今译】

碧绿的春草环绕着堤岸，王孙自可留在山中游玩。这里还有盛开的辛夷花，颜色恰与芙蓉一样鲜艳。

辋口遇雨忆终南山因献王维

积雨晦空曲〔1〕，平沙灭浮彩〔2〕。
辋水去悠悠，南山复何在〔3〕？

【注释】

〔1〕空曲：广阔回环。
〔2〕浮彩：犹色彩。
〔3〕南山：终南山。

【今译】

连日阴雨四周一片晦暗，沙原平坦没有一点色彩。辋水穿过峡谷长流不息，我思念的南山又在哪里？

崔九欲往南山马上口号与别〔1〕

归山深浅去，须尽丘壑美〔2〕。
莫学武陵人〔3〕，暂避桃源里〔4〕。

【注释】

〔1〕崔九：崔兴宗，王维表弟。　口号：犹“口占”，即随口吟成。

〔2〕丘壑：山陵和溪谷。

〔3〕武陵人：指陶渊明《桃花源记》中所述的武陵人，捕鱼为业，入桃花林，因而发现世外桃源。

〔4〕桃源：喻指远离尘嚣的山水胜景。

【今译】

此次归山无论是深是浅，一定要饱览山水的美妍。切莫效仿那位武陵渔人，进入桃源却又很快归返。

崔兴宗

崔兴宗，生卒年不详，博陵（今河北安平）人。王维内弟。天宝十一载（752）曾任右补阙。有别业在蓝田，距辋川不远，时与裴迪、王维往还，互有赠答之作。《全唐诗》存其诗五首。

同王右丞送瑗公南归〔1〕

行苦神亦秀〔2〕，泠然溪上松〔3〕。
铜瓶与竹杖〔4〕，来自祝融峰〔5〕。
常愿入灵岳〔6〕，藏经访道踪。
南归见长老〔7〕，且为说心胸。

【注释】

〔1〕王右丞：即王维。　瑗公：其人未详。

〔2〕行（háng杭）苦：谓货物脆薄不坚固。
〔3〕泠然：悠然貌。
〔4〕铜瓶：僧人用于盥洗的净瓶。
〔5〕祝融峰：为南岳衡山七十二峰之一。
〔6〕灵岳：灵秀的山岳。
〔7〕南归：指自京城返回南岳。　长老：主持僧的尊称。

【今译】

你行囊简陋却丰神秀逸，泠然好似溪边一株青松。手持一座铜瓶一根竹杖，来自那高高的祝融山峰。我常想到那灵秀的山岳，去藏经寻访仙人的行踪。离京南归拜见长老之时，可别忘记转达我的心情。

留别王维

驻马欲分襟〔1〕，清寒御沟上〔2〕。
前山景气佳，独往还惆怅。

【注释】

〔1〕分襟：别离。
〔2〕御沟：流经宫苑的河道。

【今译】

停下马我们即将天各一方，就在这凄清寒冷的御沟旁。不管前山的景色多么优美，独自前往我不禁满怀惆怅。

储光羲

储光羲（706？—762？），润州延陵（今江苏丹阳）人。开元十四年（726）进士及第，历任安宜、下邽、汜水等县尉。二十一年辞官还乡。开元、天宝之际，隐于终南山。天宝九载（750）前后，曾任监察御史。安史乱后以受伪职，定罪后贬谪南方，卒于贬所。储光羲是唐代重要的山水田园诗人，与孟浩然、王维、綦毋潜等有交往。诗风清新质朴。《全唐诗》存其诗四卷。

泛茅山东溪〔1〕

清晨登仙峰，峰远行未极。
江海霁初景〔2〕，草木含新色。
而我任天和〔3〕，此时聊动息〔4〕。
望乡白云里，发棹清溪侧。
松柏生深山，无心自贞直。

【注释】

〔1〕茅山：即句曲山，在今江苏句容东南。
〔2〕霁：雨过天晴。
〔3〕天和：自然规律，天地的和气。
〔4〕动息：指行止进退。

【今译】

清晨我登上高高的仙山，山峰高远一时难以行遍。雨后初霁江上一派晴明，一草一木格外清新秀丽。沐浴着天地温和的气息，在山间姑且自由地来去。遥望家乡还在白云深处，登上船荡起桨泛舟清溪。青松翠柏生长在深山里，无思无虑自然坚贞刚直。

游茅山[1]

平生非作者[2]，望古怀清芬。
心以道为际，行将时不群。
兹山在人境，灵贶久传闻[3]。
远势一峰出，近形千嶂分。
冬春有茂草，朝暮多鲜云。
此去何所极，但言西日曛[4]。

昔贤居柱下[5]，今我去人间。
良以直心旷，兼之外视闲[6]。
垂纶非钓国[7]，好学异希颜[8]。
落日登高屿，悠然望远山。
溪流碧水去，云带清阴还。
想见中林士[9]，岩扉长不关。

名岳征仙事，清都访道书[10]。
山门入松柏，天路涵空虚[11]。
南极见朝采，西潭闻夜渔。
远心尚云宿[12]，浪迹出林居。
为己存实际[13]，忘形同化初。
此行良已矣，不乐复何如。

【注释】

〔1〕游茅山：一共五首，这里选的是后三首。

〔2〕作者：此指隐逸之人。

〔3〕灵贶（kuàng况）：神灵赐福。

〔4〕曛：日没时的余光。

〔5〕柱下：相传老子曾为周柱下史，后以“柱下”代称老子。

〔6〕外视：犹外观，外表。

〔7〕“垂纶”句：吕尚曾在渭滨之磻溪垂丝钓鱼，遇周文王而见知。事见《史记·齐太公世家》。这里反用吕尚事，借以表现真正的隐居。

〔8〕希颜：指仰慕颜渊。颜渊为孔子最贤能的弟子，后因用“希颜”泛指仰慕贤者。

〔9〕中林士：隐居山林的人。

〔10〕清都：传说中天帝居住的地方。

〔11〕空虚：指天空。

〔12〕远心：旷远的心怀。

〔13〕实际：佛教语，指“真如”、“法性”境界。犹言实相。

【今译】

我平生虽不是隐逸之士，却仰慕古人高尚的德行。内心时常以道理为标准，特立独行不与时俗苟同。此山就坐落在人境之中，神灵赐福之事早有所闻。望远方见一座孤峰耸立，观近处看千山历历分明。无论冬春都是百草丰茂，清晨黄昏多见美丽彩云。这一去哪里是山的尽头，夕阳的余晖笼罩着山岭。

昔日老子曾做过柱下史，今天我也要离开尘世间。实在有违我正直的心性，从外表看却是这样悠闲。水边垂钓并无辅国企望，好学又不同于古代先贤。黄昏时登上高高的山岭，情致悠然眺望远处群山。溪涧碧水一去不再复返，白云飘过来把天空遮暗。想那些隐居山林的人士，洞门大开从不闭关。

在名山询问仙人的故事，到天帝之都寻道家经典。山门掩映在苍松翠柏里，山路蜿蜒一直伸向云天。清早在南山可遇见樵夫，夜晚西潭有打鱼的篷船。我旷远的心怀上可薄天，自由自在到山林里游玩。虽然自身形体实实在在，我却仿佛回到远古时代。茅山之游如此令人快乐，再不满足还有什么可说。

夜到洛口入黄河〔1〕

河洲多青草，朝暮增客愁。
客愁惜朝暮，枉渚暂停舟〔2〕。
中宵大川静，解缆逐归流。
浦溆既清旷〔3〕，沿洄非阻修〔4〕。
登舻望落月〔5〕，击汰悲新秋〔6〕。
倘遇乘槎客〔7〕，永言星汉游〔8〕。

【注释】

〔1〕洛口：洛水流入黄河的水口，在今河南巩义。

〔2〕枉渚：弯曲的河道。

〔3〕浦溆（xù叙）：水边。

〔4〕沿洄：在水中回旋往返。　阻修：阻隔，遥远。

〔5〕舻：即舳舻，大船。

〔6〕击汰：划船。汰，水波。

〔7〕乘槎（chá查）客：晋张华《博物志》载，传说天河与海相通，有人乘槎每年八月从海上到达天河，又返回人间。槎，木筏。

〔8〕永言：长言，吟咏。

【今译】

河洲上到处是萋萋青草，无时不增添旅客的忧愁。羁愁使人倍加珍惜时光，河道弯曲只好暂且停舟。夜半时分黄河格外平静，解开缆绳让船顺水飘流。河岸两旁景象清幽旷远，船迂回向前不觉得路长。站立船头眺望月儿西下，划着船不禁为秋色生忧。如果遇到上天的乘槎客，将一同长吟去星汉遨游。

泊舟贻潘少府[1]

行子苦风潮[2]，维舟未能发[3]。
宵分卷前幔[4]，卧视清秋月。
四泽葭苇深[5]，中洲烟火绝。
苍苍水雾起，落落疏星没[6]。
所遇尽渔商，与言多楚越。
其如念极浦[7]，又以思明哲[8]。
常若千里余，况之异乡别。

【注释】

〔1〕贻：赠。　潘少府：生平未详。

〔2〕行子：出门远行的人。

〔3〕维：系。

〔4〕宵分：半夜，深夜。

〔5〕葭（jiā加）苇：芦苇。

〔6〕落落：稀疏，零落。

〔7〕其如：怎奈，无奈。

〔8〕明哲：聪明智慧的人，此指潘少府。

【今译】

出门远行的人最害怕风浪，不能开船只得在岸边停泊。夜静更深我起身卷起窗帘，独卧舟中观赏清秋的明月。四边水泽里有丛生的芦苇，洲滩漆黑看不到一点烟火。水面上升腾起朦胧的雾气，稀疏的星辰也已渐渐隐没。遇到的人尽是些渔夫商贾，攀谈的旅客多半来自楚越。怎奈我既想尽早前行赶路，又禁不住思念你这位贤哲。我们之间常常像远隔千里，更何况又是在这异乡分别。

终南幽居献苏侍郎[1]

中岁尚微道[2]，始知将谷神[3]。
抗策还南山[4]，水木自相亲。
深林开一道，青嶂成四邻[5]。
平明去采薇[6]，日入行刈薪[7]。
云归万壑暗，雪罢千岩春。
始看玄鸟来[8]，已见瑶华新[9]。
寄言搴芳者[10]，无乃后时人[11]。

【注释】

〔1〕终南：即终南山。 幽居：隐居。 苏侍郎：生平未详。侍郎，官名。中书、门下及尚书所属各部长官的副职。

〔2〕中岁：中年。 微道：微妙之道。

〔3〕谷神：道家用语。一说指神秘深隐的“道”，一说指腹中的元神。此指隐逸。

〔4〕抗策：扬鞭驱马。

〔5〕青嶂：如屏障的青山。

〔6〕平明：清晨。 采薇：见前《送綦毋潜落第还乡》诗注。

〔7〕刈（yì意）薪：砍柴。

〔8〕玄鸟：指燕子。

〔9〕瑶华：古代传说中吃了可以长寿的花。因《九歌·大司命》中有咏折瑶华以遗离居的诗句，后常借以表达赠离人以慰相思。

〔10〕搴（qiān千）芳：采摘花草。

〔11〕无乃：莫非，岂不是。

【今译】

从中年开始崇尚微妙之道，这才信奉老子所说的谷神。我快马加鞭回到终南山里，觉得一水一木都格外亲近。在深山密林开出一条道路，青山像一道屏风成为四邻。天一亮就起身出门去采薇，日落时砍一捆柴火回家门。云归山万壑瞬时一片昏暗，雪后千山争荣大地尽回春。先笑看燕子归来筑巢忙，更喜见百花开放万象更新。告诉那些采摘花草的人们，切莫错过机会误了好时辰。

酬綦毋潜校书梦邪溪见赠之作〔1〕

校文在仙掖〔2〕，每有沧州心〔3〕。
况以北窗下〔4〕，梦游清溪阴。
春看湖水漫，夜入回塘深。
往往缆垂葛，出舟望前林。
山人松下饭〔5〕，钓客芦中吟。
小隐何足贵〔6〕，长年固可寻。
还车首东道，惠言若黄金〔7〕。
以我采薇意，传之天姥岑〔8〕。

【注释】

〔1〕邪（yé 爷）溪：即若邪溪，在今浙江绍兴东南。

〔2〕校文：校勘文章。 仙掖：唐代门下、中书两省在宫中左右掖，因以“仙掖”借指门下、中书两省。

〔3〕沧州心：沧州乃古代隐士居住的地方，故以指代隐逸之心。

〔4〕北窗下：意指人生闲散自适，心境安逸。陶潜《与子俨等疏》：“尝言五六月中北窗下卧，遇凉风暂至，自谓是羲皇上人。”

〔5〕山人：指山中的隐士。

〔6〕小隐：谓隐居山林。

〔7〕惠言：此指綦毋潜见赠之诗。

〔8〕天姥岑：即天姥山，在今浙江新昌东。

【今译】

你身在宫掖校勘文字，却每每怀有归隐之思。隐逸生活是如此闲适，在梦境中去游览清溪。春天看湖水涨漫两岸，夜晚在回塘深处嬉戏。常常沿垂葛攀缘而上，荡桨向前方树林划去。隐士坐在松树下吃饭，钓客在芦苇丛中吟诗。在山林隐居何足称道，长生之道本可以寻觅。快掉过车头转向东路，感谢你黄金般的赠诗。将我想要归隐的心意，传到高峻的天姥山去。

登戏马台作〔1〕

君不见宋公杖钺诛燕后〔2〕，英雄踊跃争趋走。
小会衣冠吕梁壑〔3〕，大征甲卒碻磝口〔4〕。
天开神武树元勋〔5〕，九日茱萸飨六军〔6〕。
泛泛楼船游极浦〔7〕，摇摇歌吹动浮云。
居人满目市朝变〔8〕，霸业犹存齐楚甸〔9〕。
泗水南流桐柏川〔10〕，沂山北走琅邪县〔11〕。
沧海沉沉晨雾开〔12〕，彭城烈烈秋风来〔13〕。
少年自言未得意，日暮萧条登古台〔14〕。

【注释】

〔1〕戏马台：在今江苏徐州南，相传项羽曾在此驰马取乐，故名。晋义熙中，南朝宋武帝刘裕曾大会宾僚于此。

〔2〕宋公：刘裕在晋安帝义熙十二年（422）时被封的爵位。　杖钺（yuè越）：手持黄色大斧。常用来比喻执掌兵权或镇守一方。这里指率军征战。　诛燕：指义熙六年（416）消灭南燕，擒杀南燕主慕容超。

〔3〕衣冠：指士大夫、官绅。据《宋书·孔季恭传》："（季恭）辞事东归，高祖（刘裕）饯之戏马台，百僚咸赋诗以述其美。"　吕梁壑：地名，在今江苏铜山东南。

〔4〕碻磝（qiāo áo敲熬）：城名，故址在今山东茌平。晋时为后魏所

据，义熙十三年（417）刘裕攻后秦，向后魏借水路入黄河，以左将军向弥为北青州刺史，留戍碻磝，即此。

〔5〕天开：谓天予开发，启示。　神武：神明而英武。　树元勋：指建立了首功。

〔6〕九日：指农历九月九日重阳节。见前《九月九日忆山东兄弟》诗注。　飨：同“享”，以酒食款待人。　六军：古制，天子有六军，这里借指军队。

〔7〕楼船：有层叠的大船，多作为战船，这里指游船。

〔8〕居人：犹居民。　市朝：众人会集之所。陆机《门有车马客行》：“市朝忽迁易，城阙或荒丘。”

〔9〕齐楚甸：指刘裕建立功业的上述地区。

〔10〕泗水：发源于今山东泗水县陪尾山。古时泗水流经徐州入淮。　桐柏川：即淮水。

〔11〕沂山：在今山东临朐南。　琅邪县：在今山东诸城东南一带。

〔12〕沧海：指黄海。

〔13〕烈烈：形容风势很猛。

〔14〕古台：指戏马台。

【今译】

君不见宋公率军大败燕主，天下的英雄争相为他奔走。在戏马台大摆宴席饯群臣，大征军队驻守山东碻磝口。天护佑神武的人建立首功，重阳节在戏马台犒赏六军。楼船行驶直到遥远的水滨，音乐飘荡声震天上的浮云。尽管沧海桑田人事多变迁，刘裕霸业的影响后世流传。泗水向南流去汇入桐柏川，沂山向北一直延伸到琅邪县。东面沧海沉沉晨雾渐散开，秋风猛烈从彭城阵阵袭来。少年自言落拓失意不得志，在暮色中登上萧条的古台。

霁后贻马十二巽〔1〕

高天风雨散，清气在园林。
况我夜初静，当轩鸣绿琴。

云开北堂月，庭满南山阴。
不见长裾者[2]，空歌游子吟。

【注释】

〔1〕马十二巽（xùn 徇）：其人未详。

〔2〕长裾者：穿长衣的人。此指马巽。

【今译】

天空中已经是风歇雨停，园林里空气分外清新。何况在这人初静的夜晚，我独坐窗前弹响了绿琴。云彩飘散月光照亮北堂，庭院里铺满南山的阴影。看不见我穿长衣的朋友，只有唱起忧伤的游子吟。

题陆山人楼[1]

暮声杂初雁，夜色涵早秋。
独见海中月，照君池上楼。
山云拂高栋，天汉入云流[2]。
不惜朝光满[3]，其如千里游[4]。

【注释】

〔1〕陆山人：其人未详。

〔2〕天汉：天河。

〔3〕朝光：朝阳。

〔4〕其如：怎奈，无奈。　游：一作“愁”。

【今译】

黄昏里听得出早雁的叫声，夜色中分明感到秋天到来。大海上冉冉升起一轮明月，清辉洒向您那池边的楼台。山间浮云飘过高高屋宇，银河缓缓流动穿过云彩。不管朝阳将如何光明圆满，怎奈没办法到达千里之外。

寒夜江口泊舟

寒潮信未起，出浦缆孤舟。
一夜苦风浪，自然增旅愁。
吴山迟海月〔1〕，楚火照江流。
欲有知音者，异乡谁可求。

【注释】

〔1〕吴山：泛指江南的山。

【今译】

寒潮果真未能够到来，只得到水边系住孤舟。一整夜饱受风浪之苦，自然更增添羁思旅愁。吴山迟迟见海月升起，楚地灯火照亮了江流。一心想找知心的朋友，在这异乡去哪里寻求。

寻徐山人遇马舍人〔1〕

泊舟伊川右〔2〕，正见野人归〔3〕。
日暮春山绿，我心清且微。
岩声风雨度，水气云霞飞。
复有金门客〔4〕，来参萝薜衣〔5〕。

【注释】

〔1〕徐山人：生平未详。 马舍人：生平未详。舍人，中书舍人，官名，掌草拟诏诰。

〔2〕伊川：伊河所经之地，在今河南嵩县及伊川境。

〔3〕野人：乡野之人，隐士。此指徐山人。

〔4〕金门客：谓朝廷近臣，此指马舍人。金门，为汉代宫门金马门的省称。

〔5〕萝薜衣：隐士所服。此指代徐山人。萝，女萝。薜，薜荔。皆香草。

【今译】

将船儿停泊在伊水边上，正遇乡野之人回到山里。暮色中看春山到处青绿，心情即刻变得美好安适。风雨拍打山岩发出声响，水气伴着云霞冉冉升起。又遇见来自朝廷的客人，探望这身披萝薜的隐士。

寄孙山人〔1〕

新林二月孤舟还，水满清江花满山。
借问故园隐君子〔2〕，时时来往在人间。

【注释】

〔1〕孙山人：生平未详。

〔2〕借问：询问。 隐君子：隐士。即孙山人。

【今译】

正值仲春二月乘孤舟回返，只见清江浩淼鲜花开满山。询问家乡那位隐居的君子，人说他就在人间自由往还。

丘　为

丘为（703？—798？），苏州嘉兴（今属浙江）人。屡试不第，乃归山读书。天宝二年（743），进士及第。历仕主客郎中、司勋郎中，迁太子右庶子。以左散骑常侍致仕。丘为与王维、刘长卿友善，时相唱和。《全唐诗》存其诗十三首。

寻西山隐者不遇

绝顶一茅茨〔1〕，直上三十里。
扣关无童仆〔2〕，窥室唯案几。
若非巾柴车〔3〕，应是钓秋水。
差池不相见〔4〕，黾勉空仰止〔5〕。
草色新雨中，松声晚窗里。
及兹契幽绝〔6〕，自足荡心耳〔7〕。
虽无宾主意，颇得清净理。
兴尽方下山，何必待之子〔8〕。

【注释】

〔1〕茅茨：茅屋。

〔2〕扣关：同“叩关”，敲门。

〔3〕巾柴车：乘车出游。巾，用如动词，指覆盖。柴车，粗劣的车子。

〔4〕差（cī疵）池：不齐的样子。此指你来我往，交错而过。

〔5〕黾（mǐn敏）勉：努力，勉力。此为殷勤之意。　仰止：钦敬。《诗经·小雅·车舝》：“高山仰止，景行行止。”

〔6〕契：惬意。

〔7〕荡：荡涤。

〔8〕“兴尽”两句：晋王徽之（字子猷）居山阴时，曾于雪夜乘舟至剡溪访戴逵（字安道），既造门，不前而返。人问其故，曰：“本乘兴而来，兴尽而返，何必见戴。”事见《世说新语·任诞》。之子，这个人，指隐者。

【今译】

西山绝顶有一座小茅屋，从山脚攀登约有三十里。轻叩柴门听不到童仆应声，朝里看陈设简陋唯有桌椅。主人若不是驾着柴车出游，便是到秋江边上垂竿钓鱼。彼此间错过了相见的机会，我乘兴而来空怀仰慕之思。新雨中草色一片青葱翠绿，晚风把阵阵松涛送进窗里。清幽的环境契合我的兴趣，足可以荡涤身心增添欢愉。虽未享受宾主畅叙的快乐，却领悟到清净无为的道理。兴尽后我便悠然漫步下山，不必非要等到您这位隐士。

题农舍

东风何时至，已绿湖上山。
湖上春既早，田家日不闲。
塍沟流水处〔1〕，耒耜平芜间〔2〕。
薄暮饭牛罢〔3〕，归来还闭关〔4〕。

【注释】

〔1〕塍（chéng成）：田间的土埂。
〔2〕耒耜（sì四）：古代耕地用的农具。　平芜：草木丛生的旷野。
〔3〕饭牛：喂牛。
〔4〕闭关：闩门。指不为尘事所扰。

【今译】

东风何时悄悄来到人间，已经吹绿了湖上的丘山。湖上的春天既然来得早，田家便没有一日是空闲。沟渠田埂里有清水流淌，在杂草丛生的荒原耕田。薄暮时分给牛喂完草料，回到家中便把院门上闩。

留别王维

归鞍白云外，缭绕出前山。
今日又明日，自知心不闲。
亲劳簪组送〔1〕，欲趁莺花还〔2〕。
一步一回首，迟迟向近关。

【注释】

〔1〕簪组：谓官吏，显贵。此指王维。
〔2〕莺花：莺啼花开，泛指春天景色。

【今译】

归路还远在白云之外，曲折蜿蜒绕出了前山。过了今日明日就来到，自知心境从不曾安闲。劳您大驾亲自来相送，想趁莺啼花开时回还。依依不舍一步一回头，步履迟缓地走近城关。

左掖梨花〔1〕

冷艳全欺雪，余香乍入衣〔2〕。
春风且莫定，吹向玉阶飞〔3〕。

【注释】

〔1〕左掖：宫城正门的左边小门。

〔2〕乍：屡屡。
〔3〕玉阶：白石台阶的美称。

【今译】

梨花的冷艳胜过了白雪，袅袅余香屡屡袭人衣裾。春风啊你且莫停止吹拂，快送那花瓣往玉阶飘去。

祖 咏

祖咏，生卒年不详，洛阳（今属河南）人。开元十二年（724）进士及第，历仕无考。后移家汝坟间，以农耕、渔樵自终。与王维、储光羲、卢象等诗人友善，互有赠答。颇有文名，其诗多写山水景物，为唐代山水田园诗人之一。《全唐诗》存其诗一卷。

归汝坟山庄留别卢象〔1〕

淹留岁将晏〔2〕，久废南山期。
旧业不见弃，还山从此辞。
沤麻入南涧〔3〕，刈麦向东菑〔4〕。
对酒鸡黍熟，闭门风雪时。
非君一延首〔5〕，谁慰遥相思。

【注释】

〔1〕汝坟：指古汝河边。　卢象：详见本书卷上作者介绍。
〔2〕淹留：停留，滞留。　晏：晚。

〔3〕沤麻：将麻茎或已剥下的麻皮浸泡水中，使之自然发酵，达到部分脱胶的目的。

〔4〕刈（yì意）麦：割麦子。　东甾（zī兹）：泛指田园。

〔5〕延首：伸长头颈，指远望。

【今译】

滞留此地转眼已到年底，早就延误了归山的日期。过去做的事情不想放弃，我将要回南山就此告辞。回家后可到南涧去沤麻，或者去田地里收割麦子。对着美酒有煮好的饭菜，遇到风雪便将大门紧闭。如果不是你在翘首盼望，谁来慰藉我遥远的相思。

夕次圃田店〔1〕

前路入郑郊〔2〕，尚经百余里〔3〕。
马烦时欲歇，客归程未已。
落日桑柘阴，遥村烟火起。
西还不遑宿〔4〕，中夜渡泾水〔5〕。

【注释】

〔1〕次：停留。　圃田：一作甫田，古泽名，故址在今河南中牟西。

〔2〕郑：春秋时国名，都新郑（今属河南）。又为州名，隋时改荥州置，唐时州治管城（今郑州）。

〔3〕尚：一作“向”，是。

〔4〕不遑：来不及，无暇。

〔5〕泾水：泾河，渭河支流。源出宁夏六盘山东麓。东南流经甘肃到陕西高陵入渭河。泾水，一作“京水”，是。

【今译】

前面已进入郑州郊区，大约行进了一百多里。连马都疲惫不堪想歇息，旅客的归程却远未截止。太阳落山暮色笼罩桑柘，远处山村炊烟已经升起。向西赶路程来不及住宿，在夜半时分渡过了泾水。

田家即事

旧居东皋上〔1〕，左右俯荒村。
樵路前傍岭，田家遥对门。
欢娱始披拂〔2〕，惬意在郊原。
余霁荡川雾，新秋仍昼昏。
攀条憩林麓，引水开泉源。
稼穑岂云倦，桑麻今正繁。
方求静者赏〔3〕，偶与潜夫论〔4〕。
鸡黍何必具，吾心知道尊。

【注释】

〔1〕东皋：水边向阳高地，此指田园。

〔2〕披拂：指拨开草木。

〔3〕静者：深得清静之道，超然恬静的人。多指隐士或僧侣、道徒。

〔4〕潜夫：隐士。

【今译】

我的旧居就在田野的东边，左右可以俯看荒僻的村庄。山路弯弯通向前面的峰岭，农家院落的大门遥遥相望。高兴的时候拨开草木下田，最惬意的无非是身居田庄。雨后初晴河面上飘着雾气，新秋时节连白昼也不明朗。攀援枝条在丛林山麓休息，寻找水源引泉水流入村庄。耕种庄稼哪里能够怕辛苦，看看桑麻多繁茂长势兴旺。这样的生活正求静者欣赏，偶尔也会同隐逸之士谈讲。待客用不着什么杀鸡炊黍，我心里明白道的尊贵高尚。

长乐驿留别卢象裴总[1]

朝来已握手，宿别更伤心。
灞水行人渡[2]，商山驿路深。
故情君且足，谪宦我难任[3]。
直道皆如此[4]，谁能泪满襟？

【注释】

〔1〕题一作《留别卢象》。　裴总：其人未详。

〔2〕灞水：亦称灞河，渭河支流，在今陕西中部，源出蓝田东秦岭北麓，经西安东，过灞桥北流入渭河。

〔3〕谪宦：贬官。

〔4〕直道：正直的为人之道。

【今译】

早晨我们已经握手道别，暮宿时分别更令人伤心。路上行人一一渡过灞水，去商山的道路曲折幽深。故人的情谊你已经满足，迁谪的打击我难以担承。正直的人命运都是如此，谁能任泪纵横洒满衣襟？

苏氏别业[1]

别业居幽处，到来生隐心。
南山当户牖[2]，沣水在园林[3]。
竹覆经冬雪，庭昏未夕阴[4]。
寥寥人境外，闲坐听春禽。

【注释】

〔1〕苏氏：其人未详。

〔2〕南山：终南山。 户牖（yǒu有）：门窗。

〔3〕沣水：一作“丰水”，也作“酆水”。源出陕西长安西南秦岭山中，北流至西安西北入渭水。

〔4〕夕阴：傍晚阴晦的气象。

【今译】

别业坐落在幽静的沣水之滨，一到这里就不由得生出隐心。秀丽的终南山正好对着门窗，清澈潺湲的沣水正穿过园林。竹叶还残留经冬未消的积雪，竹林茂密白昼庭中气象萧森。寂寥空旷仿佛是在尘世之外，悠闲地坐听春鸟婉转啼鸣。

题韩少府水亭〔1〕

梅福幽栖处〔2〕，佳期不忘还。
鸟啼当户竹，花绕傍池山。
水气侵阶冷，藤阴覆座闲。
宁知武陵趣〔3〕，宛在朝市间。

【注释】

〔1〕韩少府：生平未详。

〔2〕梅福：见前《送李十一尉临溪》诗注。此以梅福借指韩少府。

〔3〕武陵趣：桃花源的乐趣。

【今译】

水亭宛如梅福幽栖之地，遇到好日子不忘记回还。鸟儿在窗外竹枝上啼啭，花儿盛开环绕池边青山。水气侵润台阶觉得清冷，在藤萝阴下却分外悠闲。没想到世外桃源的乐趣，就在这喧闹的城市里面。

望蓟门[1]

燕台一望客心惊[2]，箫鼓喧喧汉将营[3]。
万里寒光生积雪，三边曙色动危旌[4]。
沙场烽火连胡月[5]，海畔雪山拥蓟城[6]。
少小虽非投笔吏[7]，论功还欲请长缨[8]。

【注释】

〔1〕蓟（jì记）门：现名土城关，在今北京德胜门外。又称蓟丘，是当时东北边防要地。

〔2〕燕台：即黄金台，传系战国燕昭王为招纳贤士而筑，旧址在今北京东南。　客：作者自称。

〔3〕箫鼓：一作"笳鼓"。均军中乐器。　汉将营：借指唐军营。

〔4〕三边：汉代指幽、并、凉三州，这些边疆地区常受鲜卑族侵扰。《后汉书·鲜卑传》："灵帝立，幽、并、凉三州缘边诸郡无岁不被鲜卑寇抄，杀略不可胜数。"　危旌：很高很特出的大旗。

〔5〕烽火：古代战时报警的信号。

〔6〕蓟城：唐蓟州治所，在今天津蓟州，地临渤海。

〔7〕投笔吏：指东汉班超。《后汉书·班超传》载，班超年轻时为小吏，替官府抄写文书，一天，投笔长叹说："大丈夫无他志略，犹当效傅介子、张骞立功异域，以取封侯，安能久事砚间乎！"后从军平定了西域，战功显赫。

〔8〕请长缨：请求杀敌。语本《汉书·终军传》："南越（粤）与汉和亲，（汉武帝）乃遣（终）军使南越说其王，欲令入朝，比内诸侯。军自请，愿受长缨，必羁南越王而致之阙下。"

【今译】

一到燕台便令人魄散魂惊，军营里传来雄壮的笳鼓声。连绵积雪闪耀着万里寒光，旌旗招展映照着三边黎明。沙场烽火直冲胡天的冷月，大海云山簇拥着重镇蓟城。少时虽不似班超投笔从戎，要建功立业还须自请长缨。

家园夜坐寄郭微[1]

前阶微雨歇，开户散窥林。
月出夜方浅，水凉池更深。
余风生竹树，清露薄衣襟。
遇物遂遥叹，怀人滋远心。
依稀成梦想，影响绝徽音[2]。
谁念穷居者[3]，明时嗟陆沉[4]。

【注释】

〔1〕郭微：生平未详。
〔2〕影响：音息。　徽音：佳音，喜讯。对他人书信的美称。
〔3〕穷居：谓隐居不仕。
〔4〕陆沉：形容人守道而沉隐于世。

【今译】

独坐阶前小雨刚刚停歇，推开窗户眺望远方树林。月亮初升夜幕方才下落，水面寒凉池塘更觉幽深。微风吹动竹叶沙沙作响，晶莹的露珠打湿了衣襟。眼前一切不由使人叹息，想起友人怀远之心顿生。隐隐约约曾在梦中相见，已经很久未得你的音信。谁能想到幽居山林的人，在圣明时代却失意沉沦。

终南望余雪[1]

终南阴岭秀[2]，积雪浮云端。
林表明霁色[3]，城中增暮寒。

【注释】

〔1〕终南：终南山，秦岭主峰之一，在今陕西西安南。据《唐诗纪事》载，此诗为应试之作，本当写成律诗，但作者却只作了四句便交卷。别人问他为何不写完，他回答说："意尽。"

〔2〕阴岭：指终南山的北面，山以北为阴。从长安城南望，恰见终南山北。

〔3〕林表：林木的顶端。 霁（jì寄）色：雪后初晴的景色。

【今译】

远望终南山北岭风景秀丽，山顶上积雪仿佛飘在云端。夕阳给林梢镀上一层金色，暮色中长安城里更加清寒。

卢　象

卢象，生卒年不详，字纬卿。族望范阳（今河北涿州），家居汶上（今山东泰安、曲阜一带）。开元中登进士第，任秘书省校书郎，转右卫仓曹掾。历任左补阙、司勋员外郎、齐州司马、膳部员外郎等职。安史乱起，被迫受伪职，遭贬。与王维、李颀、李白、綦毋潜、祖咏等诗人交游，其诗多写山水田园。《全唐诗》存其诗一卷。

家叔征君东溪草堂〔1〕

开山十余里，青壁森相倚。
欲识尧时天〔2〕，东溪白云是。
雷声转幽壑，云气香流水。
涧影生龙蛇，岩端翳柽梓〔3〕。

大道终不易[4]，君恩曷能已[5]。
鹤羡无老时，龟言摄生理[6]。
浮年笑六甲[7]，元化潜一指[8]。
未暇扫云梯[9]，空惭阮家子[10]。

【注释】

〔1〕征君：对不接受朝廷征聘的隐士的尊称。

〔2〕尧时天：即尧天，谓盛世。

〔3〕翳：遮蔽。　柽（chēng秤）：即柽柳，也称观音柳、西河柳、三春柳、红柳等，一种落叶小乔木。　梓：木名，落叶乔木。

〔4〕大道：正道，常理。

〔5〕曷：何。

〔6〕“鹤羡”二句：鹤龟长寿，故羡其不老，言其养生之道。摄生理，养生的道理。

〔7〕浮年：谓逝去的岁月。　六甲：古时用天干地支计算时日，其中有甲子、甲寅、甲辰、甲午、甲申、甲戌，故称为六甲。

〔8〕“元化”句：语本《庄子·齐物论》：“天地一指也，万物一马也。”意思是天下虽大，一指可以蔽之；万物虽多，一马可以理尽，故无是无非。元化，谓造化，天地。

〔9〕云梯：指传说中仙人登天之路。

〔10〕“空惭”句：用刘阮遇仙事。传说东汉时刘晨、阮肇入天台山采药，遇仙女，留居半年，归来世上已过七世。事见刘义庆《幽明录》。后因用作咏游仙的典故。

【今译】

进入深山约莫有十余里，见青青的峭壁森然并立。要知道太平时节的景象，可去到白云缭绕的东溪。雷声在幽谷间发出回响，潺潺的流水都带着香气。溪涧里面有龙蛇的身影，山岩尽被柽梓树木遮蔽。信仰的正道决不再改变，您的深恩实在无法言喻。真羡慕鹤能够长生不老，信奉那神龟养生的道理。笑看已经逝去了的岁月，天地虽大却可藏于一指。没时间去打扫登仙的路，愧对天台遇仙的阮家子。

送祖咏

田家宜伏腊[(1)]，岁晏子言归[(2)]。
石路雪初下，荒村鸡共飞[(3)]。
东野多烟火，北涧隐寒晖。
满酌野人酒[(4)]，倦闻邻女机。
胡为困樵采[(5)]，几日罢朝衣[(6)]。

【注释】

〔1〕伏腊：夏天的伏日和冬天的腊日，这里偏指腊日。

〔2〕岁晏：岁末。

〔3〕村：一作“林”。

〔4〕野人：乡野之人，隐士。

〔5〕樵采：打柴。

〔6〕罢：一作“被”。　朝衣：官服。

【今译】

田家最闲适的就是腊日，你说过到年底便要回归。山石小路上刚刚下过雪，荒僻山村里群鸡正乱飞。东边田野上空腾起烟火，北边山涧中闪耀着寒晖。杯里斟满友人家酿的酒，困倦中传来邻女的织机。为什么要困顿于樵采中，何时再披上朝衣去出仕。

寄河上段十六[(1)]

与君相识即相亲，闻道君家住孟津[(2)]。
为见行舟试借问，客中时有洛阳人。

【注释】

〔1〕河上：黄河边。　段十六：其人排行十六，生平未详。一说，此诗为王维所作。

〔2〕孟津：黄河津渡名，在今河南孟津东、孟州西南。

【今译】

与你乍相识便觉得亲近，听说你的家就住在孟津。一见到船只就向人打听，旅客中常常会有洛阳人。

殷　遥

殷遥，生卒年不详，润州句容（今属江苏）人。开元中，为忠王府仓曹参军，后为校书郎。约卒于天宝初年。殷遥工诗，与王维、储光羲友善。《全唐诗》存其诗五首。

山　行

寂历青山晓〔1〕，山行趣不稀。
野花成子落，江燕引雏飞。
暗草薰苔径，晴杨扫石矶〔2〕。
俗人犹语此，余亦转忘机〔3〕。

【注释】

〔1〕寂历：寂静。

〔2〕石矶：水边突出的大块岩石。

〔3〕忘机：忘却世俗的纷争，自甘恬淡，与世无争。

【今译】

寂静青山里天光刚刚拂晓，沿着山路迤逦行饶有兴致。野花开过后果实洒落地面，江燕带领雏燕做飞翔练习。春草覆盖青苔滋生的小径，柳枝下垂仿佛在打扫石矶。世俗的人尚且会赞美这里，我自然忘却了纷扰的尘世。

卷　中

孟浩然

孟浩然（689—740），字浩然，襄州襄阳（今属湖北）人。早年隐居家乡读书，开元十六年（728）赴长安应进士试落第，归乡后曾漫游吴、越、湘、赣等地。开元二十五年张九龄为荆州长史，辟其为从事，不久辞归。开元二十八年，王昌龄游襄阳，孟浩然与之畅游欢甚，食鲜疾动而卒。孟浩然与张九龄、王维、裴朏、卢僎、裴总等为忘形之交。其诗多为山水行旅、田园隐逸之作，诗风冲淡自然，境界清远。与王维同为盛唐山水田园诗派的代表作家，世称“王孟”。《全唐诗》存其诗二卷。

登江中孤屿赠白云先生王迥〔1〕

悠悠清江水，水落沙屿出。
回潭石下深〔2〕，绿筱岸傍密〔3〕。
鲛人潜不见〔4〕，渔父歌自逸。
忆与君别时，泛舟如昨日。
夕阳开晚照，中坐兴非一〔5〕。
南望鹿门山〔6〕，归来恨相失〔7〕。

【注释】

〔1〕江：指汉江。　孤屿：江中小洲。　王迥：号白云先生，行九，

隐居鹿门山，为孟浩然好友。

〔2〕回潭：水流回旋的石潭。

〔3〕绿筱：绿色的细竹。

〔4〕鲛人：见前《送李判官赴江东》诗注。

〔5〕中：此中，指江中孤屿之上。 兴：兴致、兴会。

〔6〕鹿门山：在今湖北襄樊东南。

〔7〕恨相失：犹言怅然若失。

【今译】

脚下是悠悠流淌的清江水，江水退去便露出沙洲岛屿。岩石下潭水回旋深不见底，岸边翠绿的细竹长势稠密。鲛人潜入潭底看不见踪影，渔夫们唱着棹歌自在闲逸。回想当初与您分别的时候，泛舟的情景仿佛就在昨日。夕阳下景物染上一层金色，登孤屿其中兴味难以言喻。我向南遥望远方的鹿门山，归来以后禁不住怅然若失。

秋登兰山寄张五〔1〕

北山白云里〔2〕，隐者自怡悦〔3〕。
相望试登高，心随雁飞灭。
愁因薄暮起，兴是清秋发。
时见归村人，平沙渡头歇。
天边树若荠〔4〕，江畔舟如月。
何当载酒来〔5〕，共醉重阳节。

【注释】

〔1〕本诗题一作《九月九日岘山寄张子容》，一作《秋登万山寄张五儃》，待考。 兰山：在今山东临沂或四川庆符，但作者从未隐居此二地。据明凌濛初刻本及《四部丛刊本》，“兰”应为“万”字之误。万山，一名

汉皋山，在今湖北襄阳西十一里。　张五：其名未详。一说为张諲，官刑部员外郎，擅长书画。

〔2〕北山：指张五隐居之地。

〔3〕隐者：指张五。这两句化用陶弘景《诏问山中何所有赋诗以答》："山中何所有？岭上多白云。只可自怡悦，不堪持赠君。"

〔4〕荠：一种野菜。

〔5〕何当：何时能够。

【今译】

北山高耸就在那白云深处，你隐居山中是何等的欣喜。我登上高山遥望你的方向，心儿追随大雁消失在天际。薄暮降临触发淡淡的愁思，清秋景色激起闲逸的兴致。时见村民三三两两归来，穿过沙滩来到渡头边停歇。天边的树木荠菜一般细小，江畔的小船好似一弯新月。你我何时才能够携酒前来，一同酣饮欢度这重阳佳节。

湖中旅泊寄阎九司户防〔1〕

桂水通百越〔2〕，扁舟期晓发。
荆云蔽三巴〔3〕，夕望不见家。
襄王梦行雨〔4〕，才子谪长沙〔5〕。
长沙饶瘴疠〔6〕，胡为苦留滞。
久别思款颜〔7〕，承欢怀接袂〔8〕。
接袂杳无由，徒增旅泊愁〔9〕。
清猿不可听，沿月下湘流。

【注释】

〔1〕湖中：一作"湘中"。　阎九司户防：阎防，排行九，详见本书卷中作者介绍。

〔2〕桂水：在今湖南南部。　百越：即百粤，古族名、地名。南方

江、浙、闽、粤、桂之地，皆为古代越族所居。此为地名，指岭南一带。

〔3〕三巴：即巴郡、巴东、巴西的合称。此泛指川东鄂西一带，包括襄阳。

〔4〕“襄王”句：宋玉《高唐赋》序：“昔者，楚襄王与宋玉游于云梦之台，望高唐之观。其上独有云气，崪兮直上，忽兮改容。须臾之间，变化无穷。王问玉曰：‘此何气也？’玉对曰：‘所谓朝云者也。’王曰：‘何谓朝云？’玉曰：‘昔者先王尝游高唐，怠而昼寝，梦见一妇人，曰：妾巫山之女也，为高唐之客，闻君游高唐，愿荐枕席。王因而幸之。去而辞曰：妾在巫山之阳，高丘之阻，旦为朝云，暮为行雨，朝朝暮暮，阳台之下。’”

〔5〕“才子”句：汉代贾谊称才子，遭大臣之忌，出为长沙王太傅。阎防时谪居长沙，诗因以贾谊比拟之。

〔6〕饶：多。　瘴疠：湿热地区山林间流行的一种传染病。

〔7〕款颜：相会畅谈。

〔8〕承欢：博取欢心。　接袂（mèi妹）：衣袖相接，意为亲切相见。

〔9〕旅泊：飘泊。

【今译】

桂水流向遥远的百越，扁舟等待天亮就出发。荆云遮挡住三巴地区，暮色中眺望却不见家。楚襄王梦见高唐神女，才子贾谊曾贬谪长沙。长沙地区多瘴疠之气，你何必苦苦滞留这里。分别已久多渴望相聚，好同你一起促膝畅叙。可惜离得远无由相见，徒然增添了羁旅愁思。那堪再听那清猿哀鸣，月光下沿着湘水离去。

宿扬子津寄长山刘隐士〔1〕

所思在建业〔2〕，欲往大江深。
日夕望京口〔3〕，烟波愁我心〔4〕。
心驰茅山洞〔5〕，目极枫树林。
不见少微隐〔6〕，星霜劳夜吟〔7〕。

【注释】

〔1〕题一作《宿扬子津寄润州长山刘隐士》。　扬子津：古渡头名，在江都以南长江北岸，为渡江要津。　长山：在江苏丹徒南。　刘隐士：生平未详。

〔2〕建业：今江苏南京。按，建业与诗意不合，应作“梦寐”。

〔3〕京口：今江苏镇江。

〔4〕烟波：带有雾霭的宽阔水面。

〔5〕茅山：原名句曲山，在今江苏句容东南。相传汉茅盈与弟衷、固自咸阳来，得道于此，世号三茅君，因名茅山。

〔6〕少微：星名，又名处士星。常用以喻处士。　隐：一作“星”。

〔7〕星霜：星一年一周转，霜每年依时而降，故以星霜代表一年。星霜，一作“风霜”。

【今译】

思念的人只在梦寐里，眼前的江水既广又深。整日向京口方向眺望，浩瀚的烟波令人愁闷。我的心早飞往茅山洞，极目远方唯见枫树林。隐居的朋友你在哪里，让我常在深夜里长吟。

夏日南亭怀辛大〔1〕

山光忽西落〔2〕，池月渐东上。
散发乘夜凉〔3〕，开轩卧闲敞〔4〕。
荷风送香气，竹露滴清响〔5〕。
欲取鸣琴弹，恨无知音赏〔6〕。
感此怀故人，中宵劳梦想〔7〕。

【注释】

〔1〕辛大：据今人陈贻焮《唐诗论丛》，当指辛谔，行大，作者同乡，隐居西山，后被征辟入幕。

〔2〕山光：指落山的太阳。

〔3〕散发：古时男子束发于头顶，散发表示闲适。

〔4〕轩：本指有窗的长廊，也用以指窗。

〔5〕清响：竹露下滴的清脆响声。

〔6〕知音：指通晓音律。《吕氏春秋·本味》记俞伯牙善鼓琴，钟子期通晓音律。钟子期死，俞伯牙破琴绝弦，终身不复鼓琴，以为世无知音。这里指友人辛大。

〔7〕中宵：半夜。

【今译】

山后夕阳忽然向西边坠落，池月渐上高高悬挂在东方。散开头发沐浴夏夜的凉风，静卧在窗前倍觉悠闲舒畅。晚风送来荷花幽雅的香气，露滴竹叶发出悦耳的声响。我多想取来鸣琴弹奏一曲，可惜没有知音一同来欣赏。这良宵美景多愿与你共度，却只能在夜梦中把你怀想。

寻香山湛上人〔1〕

朝游访名山，山远在空翠〔2〕。
氛氲亘百里〔3〕，日入行始至。
杖策寻故人〔4〕，解鞍暂停骑〔5〕。
石门殊豁险，篁径转深邃〔6〕。
法侣欣相逢〔7〕，清谈晚不寐。
平生慕真隐，累日求灵异〔8〕。
野老朝入田〔9〕，山僧暮归寺。
松泉多逸响〔10〕，苔壁饶古意。
谷口闻钟声，林端识香气〔11〕。
愿言投此山〔12〕，身世两相弃。

【注释】

〔1〕湛上人：其人未详。

〔2〕空翠：此指碧空。

〔3〕氛氲（yūn晕）：山间云气弥漫之貌。　亘（gèn艮）：延续不断。

〔4〕杖策：手执马鞭。

〔5〕骑（jì寄）：带有鞍鞯的马。

〔6〕篁：竹。

〔7〕法侣：僧侣。

〔8〕累日：连日。

〔9〕野老：农夫。　入田：犹下田。

〔10〕逸响：奔放的乐声。

〔11〕“谷口”二句：一说应置于“日入行始至”之后。

〔12〕愿：每。　言：语助词，无义。

【今译】

一大早出游去寻访名山，路途遥远在空翠的天际。山间云气弥漫绵延百里，太阳升起才到达目的地。手执马鞭去寻访老朋友，解鞍下马信步前往山寺。眼前的石门开阔又深邃，竹林里小路越走越幽奇。不意中与僧人欣然相逢，彻夜清谈直到天明鸡啼。平生最仰慕真正的隐士，连日里探寻奇异的景致。农夫天一亮便荷锄下田，僧人踏着暮色回到山寺。松林泉水发出巨大声响，苔壁上刻着岁月的痕迹。在谷口听到山寺的钟声，山林边嗅到焚香的气息。每每希望投身这座山林，把自己和尘世统统忘记。

宿天台桐柏观〔1〕

海行信风帆，夕宿逗云岛。
缅寻沧洲趣〔2〕，近爱赤城好〔3〕。
扪萝亦践苔〔4〕，辍棹恣探讨〔5〕。
息阴憩桐柏〔6〕，采秀弄芝草〔7〕。

鹤唳清露垂[8]，鸡鸣信潮早[9]。
愿言解缨绂[10]，从此无烦恼。
高步凌四明[11]，玄踪得三老[12]。
纷吾远游意[13]，学彼长生道。
日夕望三山[14]，云涛空浩浩[15]。

【注释】

〔1〕天台：山名，在今浙江天台北，为佛教胜地之一。　桐柏观：在天台西北桐柏山上，唐景云二年（711）司马承祯所建。

〔2〕缅寻：远处探访。　沧洲趣：即隐逸的意趣。沧洲是沧江幽僻之地，隐者所居。

〔3〕赤城：山名，在浙江天台北六里，是登天台山的必经之地。

〔4〕扪：摸。　践：踏。

〔5〕辍棹（zhào罩）：停船。棹，划船工具，形似桨。　探讨：寻访探究。

〔6〕憩（qì气）：休息。　桐柏：指桐柏观。

〔7〕芝草：即灵芝。古人视为神草。

〔8〕鹤唳：鹤鸣。晋周处《风土记》："鸣鹤戒露，此鸟性警。至八月白露降，流于草上，滴滴有声，因即高鸣相警。"

〔9〕信潮：早潮按时而至，故称。

〔10〕缨绂（fú扶）：此借指官位。缨，帽带。绂，印绶。

〔11〕高步：大步。　凌：犹"历"。　四明：山名，天台山之余脉。

〔12〕三老：道教所指上元老君、中玄老君及下黄老君。《黄庭内景经》："注念三老子轻翔。"梁丘子注："三老谓元老、玄老、黄老之君也。"

〔13〕纷：喜。

〔14〕三山：亦称三壶，传说中的海上三神山，即蓬莱、方丈、瀛洲。

〔15〕浩浩：旷远阔大貌。

【今译】

驾起风帆在大海上航行，黄昏时分停泊在逗云岛。远行以探寻隐居的意趣，近观爱赤城风光的美好。我手揽着长萝足踏青苔，弃舟登上天台寻幽探讨。在桐柏观里只稍事歇息，便四处去采摘灵芝仙草。夜深鹤鸣惊觉清露滴落，拂晓鸡啼早潮适时而到。真想抛开这官服和印绶，从此丢掉人世间的烦恼。迈步登上四明山的高顶，探踪觅迹终于寻得三老。我早有离家远游的愿望，好好学他们的长生之道。日夜眺望海上三座神山，唯见云水相接一片浩淼。

岘潭作[1]

石潭傍隈隩[2]，沙岸晓夤缘[3]。
试垂竹竿钓，果得槎头鳊[4]。
美人骋金错[5]，纤手脍红鲜[6]。
因谢陆内史，莼羹何足传[7]。

【注释】

〔1〕题一作《岘山作》。

〔2〕隈隩：山水曲深处。

〔3〕夤（yín吟）缘：循依而行。

〔4〕槎头鳊：鱼名，即鳊鱼。亦称查头鳊或槎头。

〔5〕金错：金错刀。语本张衡《四愁诗》："美人赠我金错刀，何以报之英琼瑶。"

〔6〕脍（kuài块）：细切鱼肉。

〔7〕"因谢"两句：用张翰事。《晋书·张翰传》："张翰，字季鹰，吴郡吴人也。……齐王冏辟为大司马东曹掾。……因见秋风起，乃思吴中菰菜、莼羹、鲈鱼脍，曰：'人生贵得适志，何能羁宦数千里以要名爵乎？'遂命驾而归。"后世因以莼羹作为思乡的典故，这里则取其味美之意。陆内史，陆机。西晋吴郡人，字士衡。曾官平原内史。善诗文。按，莼羹乃张翰事，作者说成陆机，或因其为吴人而误记。莼（chún纯），亦作"莼"，一名水葵，又名凫葵，多生于河流湖泊中。可以作羹。

【今译】

岘山潭就在那山凹边，我清晨漫步沿着沙岸。在潭边尝试垂下钓竿，果然钓到一条槎头鳊。美人用精致的金错刀，纤手切出细细的鱼脍。告诉思乡的平原内史，蓴羹哪及鳊鱼味道鲜。

题终南翠微寺空上人房[1]

翠微终南里，雨后宜返照。
闭关久沉冥[2]，杖策一登眺[3]。
遂造幽人室[4]，始知静者妙[5]。
儒道虽异门，云林颇同调[6]。
两心喜相得[7]，毕景共谈笑[8]。
暝还高窗眠，时见远山烧[9]。
缅怀赤城标[10]，更忆临海峤[11]。
风泉有清音，何必苏门啸[12]。

【注释】

〔1〕终南：终南山。　翠微寺：佛寺名，即贞观时翠微宫，后改为寺。　空上人：生平未详。

〔2〕闭关：指闭门谢客。　沉冥：销声匿迹，指不求仕进。

〔3〕杖策：拄杖。

〔4〕造：到。　幽人：幽居之人，此指空上人。

〔5〕静者：与“幽人”义同。

〔6〕云林：指山林。　同调：指志趣相同。

〔7〕相得：相合。

〔8〕毕景：日落，黄昏。景，日光。

〔9〕烧（shào绍）：野火。

〔10〕赤城标：语本孙绰《游天台山赋》：“赤城霞起而建标。”谓山石色赤，状如云霞是赤城山的标识。赤城，山名，在今浙江天台北。

〔11〕临海峤：语本谢灵运诗题《登临海峤初发疆中》。临海，郡名。唐代台州治所，在今浙江临海。峤（qiáo乔），尖而高的山。

〔12〕苏门啸：相传晋代阮籍曾在苏门山（今河南辉县西北）遇见孙

登，谈及修炼之术，孙皆不应答。阮籍长啸而退，行至半山，忽听有鸾凤般的声音响彻山谷，原来是孙登的啸声。事见《晋书·阮籍传》。啸，嘬口出声，类似今天的打口哨。魏晋名士好长啸以抒情，成为一时风气。

【今译】

翠微寺就坐落在终南山里，雨后返照中景色最为美好。我久已闭门谢客隔绝人事，今日手拄竹杖到这里登高。造访上人的居室清幽静谧，从中方领略到幽人的高妙。儒家与佛道虽然旨趣不同，爱好大自然却可引为同调。我二人相见甚欢深相契合，一直到暮色降临仍在谈笑。夜晚回到寺中在窗下静卧，不时看见远山有野火燃烧。不由想起前人笔下的赤城，又忆起高耸峭拔的临海峤。风声泉吟自是清新的音乐，何必非得听古代名士长啸。

宿业师山房待丁大不至〔1〕

夕阳度西岭，群壑倏已暝〔2〕。
松月生夜凉，风泉满清听〔3〕。
樵人归欲尽〔4〕，烟鸟栖初定〔5〕。
之子期宿来〔6〕，孤琴候萝径〔7〕。

【注释】

〔1〕业师：授业的老师。　山房：此指佛寺精舍。　丁大：谓丁凤。生平未详。据作者《送丁大凤进士赴举呈张九龄》诗，知其有“王佐才”，但仕途蹭蹬，“十上空归来”。故孟浩然曾向名相张九龄推荐之。大，排行老大。

〔2〕倏（shū书）：忽然。

〔3〕满清听：犹言清音满耳。清，清越。

〔4〕樵：砍柴。

〔5〕烟鸟：暮烟中的鸟。

〔6〕之子：犹此子，指丁大。子，古代对男子的美称。　期：约

定。 宿：住宿。

〔7〕萝：女萝，亦称松萝，一种悬垂于山石林间的蔓生植物。

【今译】

夕阳已坠落在西边山岭，山岭丘壑霎时一片迷濛。月光洒满青松夜凉如水，清风吹拂泉水分外动听。山中的樵夫都已然归去，暮烟中禽鸟也入巢安寝。你既已约定来山寺夜宿，我抱琴等候在山间小径。

耶溪泛舟〔1〕

落景余清辉〔2〕，轻桡弄溪渚〔3〕。
澄明爱水物〔4〕，临泛何容与〔5〕。
白首垂钓翁，新妆浣纱女〔6〕。
相看似相识，脉脉不得语〔7〕。

【注释】

〔1〕耶溪：即若耶溪。故址在今浙江绍兴以南。

〔2〕落景：落日。

〔3〕桡（náo挠）：船桨。

〔4〕澄明：水深而清。

〔5〕容与：悠闲自得貌。

〔6〕浣纱女：若耶溪又名浣纱溪，溪旁有浣纱石，相传西施浣纱于此。这里是泛指。

〔7〕脉脉：含情未吐貌。语本《古诗十九首》："盈盈一水间，脉脉不得语。"

【今译】

落日散发出它最后的光线，轻摇木桨在若耶溪里划船。碧水清清水中生物多可爱，清溪泛舟是何等从容悠闲。白头老翁端坐在岸边垂钓，新妆的少女临水浣洗衣衫。彼此对望着仿佛曾经相识，却只能脉脉相视无由攀谈。

彭蠡湖中望庐山[1]

太虚生月晕[2]，舟子知天风[3]。
挂席候明发[4]，渺漫平湖中[5]。
中流见匡阜，势压九江雄[6]。
黤黕凝黛色[7]，峥嵘当曙空[8]。
香炉初上日[9]，瀑布喷成虹。
久欲追尚子[10]，况兹怀远公[11]。
我来限于役[12]，未暇息微躬[13]。
淮海途将半[14]，星霜岁欲穷[15]。
寄言岩栖者[16]，毕趣当来同[17]。

【注释】

〔1〕彭蠡（lǐ礼）湖：即今江西鄱阳湖。　庐山：在今江西九江南，鄱阳湖口以西。相传秦末有匡俗兄弟七人庐居此山而得名，一说以庐江而得名。故也称匡山、庐阜，总名匡庐。

〔2〕太虚：天空。　月晕：月四周有云气环绕称月晕。

〔3〕舟子：船夫。

〔4〕挂席：犹扬帆。　明发：犹黎明。

〔5〕渺漫：烟波浩淼的样子。

〔6〕九江：长江水系的九条江水，在彭蠡湖以北一段长江上。

〔7〕黤黕（àn dàn暗旦）：深黑色看不清楚。　黛：黑色颜料。

〔8〕峥嵘：高峻的样子。

〔9〕香炉：峰名，即庐山北峰，形似香炉，气蔼若烟，故名。

〔10〕尚子：指尚长，字子平，东汉高士。子女婚嫁已毕，便不问家事，出游名山大川，后不知所终。

〔11〕远公：即僧人慧远，居庐山东林寺。

〔12〕于役：原指服兵役或劳役，后也指离家远游。

〔13〕微躬：微贱之躯，自谦之辞。

〔14〕淮海：指扬州。　途将半：作者从故乡赴扬州，经彭蠡湖时只走了一半路程。

〔15〕星霜：指一年。

〔16〕岩栖者：隐士多栖止于山林，故称。

〔17〕毕趣：指赴扬州游历完毕。

【今译】

沉沉夜空里望见一轮月晕，船家知道明日将要起天风。挂起船帆等待天明就起航，船行进在烟波浩淼平湖中。到水流中央眼前忽见庐山，巍然屹立威镇九江气势雄。昏暗中黛色山峦看不分明，朝霞里山势高峻耸入天空。香炉峰仿佛镀上一层金辉，瀑布飞流直下像一道彩虹。早就想追随东汉隐士尚长，又怀念在此修行的慧远公。此次因有事在身还要赶路，没有闲暇在这里稍事停顿。赶赴扬州行程还不到一半，星转霜移不觉已一年将尽。给栖身山林的高士捎句话，事毕定要与你们一道归隐。

登鹿门山〔1〕

清晓因兴来，乘流越江岘〔2〕。
沙禽近方识〔3〕，浦树遥莫辨〔4〕。
渐到鹿门山，山明翠微浅〔5〕。
岩潭多屈曲〔6〕，舟楫屡回转〔7〕。
昔闻庞德公〔8〕，采药遂不返。
金涧养芝术〔9〕，石床卧苔藓〔10〕。
纷吾感耆旧〔11〕，结缆事攀践〔12〕。
隐迹今尚存〔13〕，高风邈已远。

白云何时去，丹桂空偃蹇[14]。
探讨意未穷[15]，回舻夕阳晚[16]。

【注释】

〔1〕题一作《登鹿门山怀古》。　鹿门山：在今湖北襄阳东南。《襄阳记》载，鹿门山原名苏岭山，东汉建武年间，襄阳侯习郁立神祠于山，刻二石鹿，夹神庙道口，俗称鹿门庙，遂以庙名山。

〔2〕江岘（xiàn现）：汉江沿岸的岘山。在襄阳城东南九里。

〔3〕沙禽：沙洲上的水鸟。

〔4〕浦树：水滨之树。

〔5〕翠微：山间云气青翠之色。

〔6〕岩潭：指山水。

〔7〕楫：划船的工具。

〔8〕庞德公：东汉襄阳人，躬耕岘山。刘表几次以礼延请，皆不就。后携妻子登鹿门山采药，不返。事见《后汉书·庞公传》。

〔9〕金涧：形容山涧神异。　芝术：此泛指草药。芝，灵芝草。术，白术、苍术。

〔10〕石床：此指庞德公隐居时用以歇息的平石。

〔11〕纷：形容繁多。　耆（qí其）旧：故老。

〔12〕结缆：指停船。　攀践：指攀登鹿门山。

〔13〕隐迹：指庞德公隐逸的遗迹。

〔14〕偃蹇：屈曲、盘曲貌。

〔15〕探讨：指游历山水，寻幽探胜。

〔16〕回舻：回舟。舻，船。

【今译】

天色刚发亮我就乘兴而来，由汉江顺流而下越过岘山。沙洲的水鸟靠近才能识别，江边上的树木却难以分辨。天亮时分终于来到鹿门山，晨曦中青青山色朦胧清淡。山岩间潭水环绕曲折蜿蜒，舟船只能沿河道迂回向前。听说从前这里有位庞德公，到深山去采药遂隐居不还。山涧依旧生长当年的药草，他卧过的石床已覆盖着苔藓。有感先贤的事迹来到这里，停下船系好缆绳开始登山。庞公的遗迹至今依稀可辨，他的高风亮节却已然藐远。像白云飘浮远去久已不存，空见丹桂盘曲仍在山崖间。我探寻名胜古迹意犹未尽，掉转船头已经是红霞满天。

游明禅师西山兰若[1]

西山多奇状，秀出傍前楹[2]。
亭午收采翠[3]，夕阳照分明。
吾师住其下[4]，禅坐证无生[5]。
结庐就嵌窟[6]，翦竹通径行[7]。
谈空对樵叟[8]，授法与山精[9]。
日暮方辞去，田园归冶城[10]。

【注释】

〔1〕明禅师：其人未详。禅师，对僧人的尊称。　西山：未详，从诗意看当在襄阳境内。　兰若：指寺院，梵语“阿兰若”的省称，意为清净、无苦恼烦乱之所。

〔2〕楹：房柱。

〔3〕亭午：正午。　采翠：指云霞雾霭。

〔4〕吾师：指明禅师。

〔5〕禅坐：参禅打坐。　证无生：谓修成佛门正果。无生，即佛法，佛家以不生不灭为义。

〔6〕结庐：修造房屋。　嵌窟：深洞。

〔7〕翦：除掉。

〔8〕谈空：讲说佛法。空，亦谓佛法，佛教认为四大皆空。

〔9〕山精：古代传说中的山间精怪。

〔10〕冶城：指冶城南园，即涧南园，在襄阳南郭外岘山旁，乃孟浩然故居。

【今译】

西山多奇形怪状的山峰，就在寺院近旁巍峨高耸。中午时分云霞雾气消散，山峰在夕阳下格外分明。明禅师就住在西山脚下，整日静坐参禅修炼无生。依傍山岩深洞修建房舍，砍去竹丛开辟一条小径。对樵夫林叟们讲说佛法，给山间的精怪传授佛经。我直到天黑才告辞归去，居住的涧南园就在冶城。

疾愈过龙泉寺精舍呈易业二公〔1〕

亭午闻山钟，起行散愁疾。
寻林采芝去〔2〕，转谷松萝密〔3〕。
傍见精舍开，长廊饭僧毕〔4〕。
石渠流雪水，金子耀霜橘。
竹房思旧游〔5〕，过憩终永日〔6〕。
入洞窥石髓〔7〕，傍崖采蜂蜜。
日暮辞远公〔8〕，虎溪相送出〔9〕。

【注释】

〔1〕过：过访。　龙泉寺：未详。　精舍：寺中僧人居处。　易业二公：未详。

〔2〕芝：灵芝。

〔3〕转谷：转过山谷。　松萝：一名女萝。萝，一作“翠”。

〔4〕饭僧：犹斋僧，设食以供僧人。

〔5〕竹房：指龙泉寺精舍。　旧游：故交，指易、业二公。

〔6〕过憩（qì气）：入内休息。　永日：整日。

〔7〕石髓：即钟乳石。古人传说服之可以长生。

〔8〕远公：即慧远。居庐山东林寺。这里借指易、业二公。

〔9〕虎溪：见前《过感化寺昙兴上人》诗注。这里借此典故言相送之远。

【今译】

中午听到从山寺传来钟声，连忙起身出门去散闷消遣。树林里四处寻找灵芝药草，转过山谷树梢上松萝挂满。一旁见到寺中的院门大开，长廊里僧人刚刚用过斋饭。融化的雪水在石涧里流淌，霜橘黄熟像金子一般耀眼。见到竹房便想起易业二公，走进里面消磨了整整一天。隔着缝隙窥探洞中的石髓，在崖边采集蜂蜜味美甘甜。直到天黑才辞别二位上人，依依话别相送已过虎溪边。

万山潭作〔1〕

垂钓坐磐石〔2〕，水清心亦闲。
鱼行潭树下，猿挂岛藤间。
游女昔解佩〔3〕，传闻于此山。
求之不可得，沿月棹歌还。

【注释】

〔1〕万山潭：在今湖北襄阳西北四十里万山下，滨汉江。

〔2〕磐石：扁平厚重的大石。

〔3〕“游女”二句：传说郑交甫于汉皋台下遇二女，交甫索佩，二女解佩以赠。待交甫转身走了十来步，佩和二女都不见了。事见《文选》曹植《洛神赋》李善注引《韩诗内传》。方志载万山一名汉皋山，其下潭曲有解佩渚，相传即神女解佩处。佩，系于带上的饰物。

【今译】

我坐在潭边大石上垂钓，水清澈心境也变得悠闲。鱼儿在树阴下游来游去，猿猴挂在枝上嬉戏林间。神女以玉佩相赠的故事，传说就发生在这座万山。我既无缘有这样的奇遇，乘月色唱着歌荡桨而还。

早发渔浦潭[1]

东旭早光芒[2]，渚禽已惊聒[3]。
卧闻渔浦口，桡声暗相拨。
日出气象分，始知江路阔。
美人常晏起[4]，照影弄流沫。
饮水畏惊猿，祭鱼时见獭[5]。
舟行自无闷，况值晴景豁[6]。

【注释】

〔1〕渔浦潭：在今浙江富阳东南。

〔2〕东旭：东方初升的太阳。

〔3〕渚禽：沙洲上的水鸟。　聒（guō郭）：声音嘈杂乱耳。

〔4〕美人：指江边浣纱女子。　晏：迟。

〔5〕“祭鱼”句：写时见水獭捉鱼。獭，俗称水獭，生于水边，捕鱼为食。常将鱼陈列于水边，又如陈物而祭，故称祭鱼，亦称獭祭。

〔6〕豁：开阔。

【今译】

旭日早从东方露出光芒，沙洲上水鸟已一片喧嚷。我躺在潭口的船舱里倾听，船桨正轻轻把流水拨响。太阳一出景象格外分明，才发现江面是如此宽广。贪睡的浣纱女迟迟才起身，拨开水沫照着倩影梳妆。舟行只怕惊扰猿猴饮水，时见水獭把鱼排列岸上。江上泛舟自然不觉得烦闷，何况这大晴天气象开朗。

岁暮海上作

仲尼既云殁[1]，余亦浮于海[2]。
昏见斗柄回[3]，方知岁星改[4]。
虚舟任所适[5]，垂钓非有待[6]。
为问乘槎人[7]，沧洲复何在[8]？

【注释】

〔1〕仲尼：孔子名丘，字仲尼。　殁：亡故。

〔2〕浮于海：《论语·公冶长》："子曰：'道不行，乘桴浮于海。'"后常用作避世隐遁的典故。

〔3〕斗柄：指北斗七星之第五至第七星。古人以北斗星斗柄之转运以计算月份。斗柄回，表示时间已经迁移。

〔4〕岁星：即木星，古人以之纪年。

〔5〕虚舟：形容船极轻便。　适：往。

〔6〕垂钓：吕尚曾在渭滨之磻溪（今陕西宝鸡东南）垂钓，遇文王而见知。事见《史记·齐太公世家》。后因用作咏吕尚或隐士的典故，常用以喻指隐士干主。

〔7〕乘槎人：见前储光羲《夜到洛口入黄河》诗注。

〔8〕沧洲：本为滨水之地，古诗中常指代隐士所居。

【今译】

孔夫子逝去已有很多年，我今也在海上乘桴漂泛。天黑见北斗星斗柄旋转，这才知道时光已到新年。任一叶小船随意去飘荡，垂钓并不是有什么期望。问一问乘槎归来的人们，海上仙洲究竟是在何方？

听郑五弹琴[1]

阮籍推名饮[2]，清风坐竹林[3]。
半酣下衫袖，拂拭龙唇琴[4]。
一杯弹一曲，不觉夕阳沉。
余意在山水，闻之谐夙心[5]。

【注释】

〔1〕题一作《听郑五愔弹琴》。 郑五：生平未详。

〔2〕阮籍：字嗣宗，三国魏著名诗人。嗜酒，能啸，善弹琴。生当魏晋易代之际，因感时伤乱，每以沉醉远祸。 推名饮：以善饮闻名于世。

〔3〕坐竹林：阮籍曾与嵇康、山涛、刘伶、阮咸、向秀、王戎经常聚于竹林之下弹琴饮酒，恣意游乐，世称“竹林七贤”。事见《世说新语·任诞》。这两句以阮籍喻郑愔。

〔4〕龙唇琴：陈旸《乐书·琴志》：“琴底有凤足，用黄杨木表其足，色本黄也。……龙唇者，声所由出也。”后人故以“龙唇”代琴。

〔5〕“余意”二句：春秋时俞伯牙善鼓琴，钟子期善听。伯牙鼓琴，志在高山，钟子期说：“善哉！峨峨乎若泰山。”志在流水，说：“善哉！洋洋乎若江河。”事见《列子·汤问》。这里用此典故是说郑愔意在山水琴音，正与自己的夙愿相合。

【今译】

郑愔就像那善饮的阮籍，在清风竹林下开怀畅饮。酒饮至半酣甩一甩衣袖，轻轻将龙唇琴拂拭干净。饮一杯美酒便弹奏一曲，不知不觉已经夕阳西沉。我的志趣本来就在山水，这高山流水正合我的心。

和张二自穰县还途中遇雪[1]

风吹沙海雪[2]，渐作柳园春。
宛转随香骑，轻盈伴玉人[3]。
歌疑郢中客[4]，态比洛川神[5]。
今日南归楚，双飞似入秦。

【注释】

〔1〕张二：生平未详。　穰（ráng瓤）县：唐属邓州，为邓州州治，即今河南邓州。

〔2〕沙海：地名，在穰县一带。

〔3〕玉人：容貌秀丽的青年男子或女子。

〔4〕郢（yǐng颖）中客：《文选》宋玉《对楚王问》言及郢中歌者，先歌《下里》《巴人》，后歌《阳春》《白雪》。此句借郢中歌有《白雪》以切咏雪。

〔5〕洛川神：即洛神。曹植《洛神赋》曾以“飘飘兮若流风之回雪”形容洛神，这里借洛神咏雪。

【今译】

大风吹起沙海皑皑白雪，渐渐化作柳园里的春意。翩翩飞舞追随香车之后，轻盈灵巧伴着美人舞姿。咏雪诗仿佛是《阳春》、《白雪》，雪花幽雅好似洛川神女。今日飞回南方的古楚国，明天双双飘舞又似入秦。

望洞庭湖赠张丞相[1]

八月湖水平[2]，涵虚混太清[3]。

气蒸云梦泽[4]，波撼岳阳城[5]。
欲济无舟楫[6]，端居耻圣明[7]。
坐观垂钓者[8]，徒有羡鱼情。

【注释】

〔1〕题一作《临洞庭》。　洞庭湖：在今湖南北部，长江南岸。　张丞相：有两说，一说指张九龄，一说指张说。

〔2〕湖水平：湖水漫溢，与岸齐平。

〔3〕涵虚：一作“含虚”，意通。　太清：天空。

〔4〕云梦泽：在今湖北南部、湖南北部一带长江沿岸广大地区。

〔5〕岳阳城：即今湖南岳阳，在洞庭湖东岸。

〔6〕济：渡。

〔7〕端居：犹独处，指隐居。　圣明：常用以指代皇帝，也指圣明时代。

〔8〕羡鱼情：语出《汉书·董仲舒传》：“古人有言曰：‘临渊羡鱼，不如退而结网。’”

【今译】

八月里洞庭湖水宽广无垠，水天一色仿佛包容了天空。水气蒸腾弥漫了云梦大泽，波涛汹涌摇撼着岳阳古城。有心渡过却发愁没有船只，山林闲居又愧对朝廷圣明。坐在一旁看别人临湖垂钓，我空怀这一腔羡慕的感情。

宿永嘉江寄山阴崔少府国辅[1]

我行穷水国[2]，君使入京华[3]。
相去日千里[4]，孤帆一天涯。
卧闻海潮至，起视江月斜。
借问同舟客，何时到永嘉？

【注释】

〔1〕永嘉江：即今浙江的瓯江，流经永嘉入海，故称。　山阴：县名，在今浙江绍兴。　崔少府国辅：崔国辅，开元时著名诗人。

〔2〕水国：犹水乡。

〔3〕京华：京师。

〔4〕“相去”句：作者来永嘉，崔国辅赴长安，故云。

【今译】

我此行将去水乡的尽头，您却要奉使命赶赴京华。日行千里相距越来越远，孤舟远隔各在地角天涯。静卧舟中倾听海潮奔涌，起看江上残月渐渐西斜。请问一道乘船行旅的人，什么时候才能到达永嘉？

夜泊庐江闻故人在东寺诗寄之〔1〕

江路经庐阜〔2〕，松门入虎溪〔3〕。
闻君寻寂乐，清夜宿招提〔4〕。
石镜山精怯〔5〕，禅枝怖鸽栖〔6〕。
一灯如悟道，为照客心迷〔7〕。

【注释】

〔1〕庐江：郡名，汉时治所在今安徽庐江西南。　东寺：指东林寺，在庐山麓，僧人慧远所建。

〔2〕庐阜：即庐山。在今江西九江南。

〔3〕松门：山名，在今江西都昌南。　虎溪：见前《过感化寺昙兴上人》诗注。

〔4〕招提：寺院的别名。

〔5〕石镜：《水经注·庐江水》：“（庐）山东有石镜，照水之所出。有一圆石，悬崖明净，照见人形，晨光初散，则延曜入石，毫细必察，故名石镜焉。”　山精：古代传说中山间奇怪的动物。

〔6〕怖鸽：据《涅槃经》卷二十八、《大智度论》卷十一载：有一鸽为鹰所逐，恐怖殊甚，佛以自己的身影遮蔽鸽身，始获安然。

〔7〕“一灯”二句：佛家往往以灯喻法，言佛法如灯，可以为人照亮道路，使脱迷津。

【今译】

沿大江行船来到庐山下，由松门山便进入了虎溪。听说为寻找清静的乐趣，夜晚你就歇息在寺院里。石镜使山中的精怪胆怯，枝上有受惊的鸽子栖息。佛法好似灯盏照亮道路，可以让人从迷津中脱离。

宿桐庐江寄广陵旧游〔1〕

山暝听猿愁〔2〕，沧江急夜流〔3〕。
风鸣两岸叶，月照一孤舟。
建德非吾土〔4〕，维扬忆旧游〔5〕。
还将两行泪，遥寄海西头〔6〕。

【注释】

〔1〕桐庐江：浙江北流经桐庐称桐庐江，亦称桐江。　广陵：即今江苏扬州，汉代称广陵国，故习称广陵。　旧游：老朋友。

〔2〕暝：昏暗，指夜色降临。

〔3〕沧江：深绿色的江水。

〔4〕建德：在今浙江梅城，地处桐庐江上游。　吾土：指故乡。王粲客游荆州时作《登楼赋》，其中说：“虽信美而非吾土兮。”

〔5〕维扬：扬州的别称。《尚书·禹贡》：“淮海惟扬州。”“惟”一作“维”。

〔6〕海西头：亦指扬州。隋炀帝《泛龙舟歌》：“借问扬州在何处？淮南江北海西头。”

【今译】

暮色苍茫闻猿啼更添羁愁，暗夜里江水急骤向东奔流。两岸树叶在风中沙沙作响，明月清寒映照着一叶孤舟。身在建德却不是我的故土，深切思念远在扬州的旧友。让我的相思化作两行热泪，随着江水遥寄到大海西头。

涧南即事贻皎上人〔1〕

敝庐在郭外〔2〕，素产惟田园〔3〕。
左右林野旷，不闻朝市喧〔4〕。
钓竿垂北涧〔5〕，樵唱入南轩〔6〕。
书取幽栖事〔7〕，将寻静者论〔8〕。

【注释】

〔1〕涧南：即涧南园，孟浩然祖居，在襄阳城南。　皎上人：生平未详。

〔2〕敝庐：作者自称其房舍。　郭：指襄阳城郭。

〔3〕素产：平人的家产。

〔4〕朝市：早晨的集市。

〔5〕北涧：涧南园北面的小溪。

〔6〕樵唱：即樵歌，打柴人唱的山歌。

〔7〕幽栖：犹隐居。

〔8〕静者：指皎上人。

【今译】

简陋的屋舍就建在郊外，平民的产业只能是田园。四周全是山野一片空旷，听不到集市的热闹喧嚷。悠闲时在北涧垂竿钓鱼，樵夫的山歌不时送进南窗。记下这隐居生活的乐趣，好找到您皎上人倾诉谈讲。

九日怀襄阳[1]

去国似如昨，倏然经杪秋[2]。
岘山望不见[3]，风景令人愁。
谁采篱下菊[4]，应闲池上楼[5]。
宜城多美酒[6]，归与葛彊游[7]。

【注释】

〔1〕题一作《途中九日怀襄阳》。

〔2〕倏（shū书）然：忽然。 杪秋：秋末。

〔3〕岘（xiàn现）山：在襄阳东南。

〔4〕“谁采”句：化用陶渊明《饮酒》诗：“采菊东篱下，悠然见南山。”

〔5〕“应闲”句：化用谢灵运《登池上楼》诗意。池上楼，在永嘉郡（今浙江温州）。以上两句，作者以陶渊明、谢灵运自比。

〔6〕宜城：县名，故城在今湖北宜城南，其地出美酒。

〔7〕葛彊：一作“葛强”，晋并州人，山简镇守襄阳时，尝与其游高阳池。

【今译】

离别故乡好像就在昨日，转眼之间已经到了晚秋。怀念岘山却又无法望见，眼前风光勾起无限乡愁。故园篱下菊花谁来采摘，无人登临便闲了池上楼。宜城一向盛产美酒佳酿，回去学山公与葛彊同游。

初出关旅亭夜坐怀王大校书[1]

向夕槐烟起[2]，葱茏池馆曛[3]。

客中无偶坐[4]，关外惜离群[5]。
烛至萤光灭，枯荷雨滴闻。
永怀芸阁友[6]，寂寞滞扬云[7]。

【注释】

〔1〕关：潼关，在陕西潼关县北。　王大校书：即王昌龄。排行老大，时任秘书省校书郎。

〔2〕向夕：傍晚。　槐烟：枝叶茂密的槐树。南朝梁简文帝《玄圃园讲颂序》："风生月殿，日照槐烟。"

〔3〕葱茏：草木青葱繁盛貌。　池馆：池滨之馆。　曛：日色昏暗。

〔4〕偶坐：对坐。

〔5〕关外：潼关之外。

〔6〕芸阁：一作"蓬阁"，指秘书省。

〔7〕扬云：扬雄，字子云。以辞赋著称，被推荐为郎官，历仕三帝而不徙官，终身失意。此以扬雄比王昌龄。

【今译】

薄暮时分风吹茂密的槐树，郁郁葱葱使池馆变得昏暗。客居驿亭内无人相伴对坐，潼关之外可叹我形只影单。烛光越来越弱终至熄灭，雨滴枯荷一声声送入耳边。永难忘怀那在芸阁的友人，不为人知就像当年扬子云。

早寒江上有怀

木落雁南度，北风江上寒。
我家襄水曲[1]，遥隔楚云端[2]。
乡泪客中尽，孤帆天际看。
迷津欲有问[3]，平海夕漫漫[4]。

【注释】

〔1〕襄水：汉水流经襄阳境内的一段。　曲：指河湾。

〔2〕楚云端：襄阳古为楚地，地势较长江下游为高，故称云端。

〔3〕迷津：迷失渡口。《论语·微子》："长沮、桀溺耦而耕，孔子过之，使子路问津焉。"作者用此典故表达自己在仕与隐之间徘徊的矛盾心情。

〔4〕平海：指长江下游宽阔的水面与海相平。

【今译】

黄叶飘零大雁纷纷南迁，北风呼啸江上一派清寒。我家就住在襄水深曲处，回望仿佛在遥远的南天。思乡泪早已在客中流尽，一叶孤帆在天边越飘越远。前路迷茫到底去向何方，夕阳下却只见江水漫漫。

留别王侍御维〔1〕

寂寂竟何待，朝朝空自归。
欲寻芳草去〔2〕，惜与故人违〔3〕。
当路谁相假〔4〕，知音世所稀。
只应守寂寞，还掩故园扉。

【注释】

〔1〕留别：行人以诗文或实物留赠送行者作为纪念，称作"留别"。开元十六年（728），孟浩然四十岁北上京师，次年应进士不第，失意而归，临行前作此诗。

〔2〕芳草：意谓隐逸。语出《离骚》："何所独无芳草兮，尔何怀乎故宇？"

〔3〕违：分手。

〔4〕当路：指当权者。　假：借，引申为帮助，援引。

【今译】

孤独寂寞还有什么可期待，每天都空怀希冀失望而归。我想要回返山林寻找芳草，又舍不得与老朋友相分离。当权的人有谁肯援手相助，人世间最稀少的莫过知己。看来我只有忍守孤寂冷清，返回故园把柴门紧紧关闭。

广陵别薛八〔1〕

士有不得志，栖栖吴楚间〔2〕。
广陵相遇罢，彭蠡泛舟还〔3〕。
樯出江中树〔4〕，波连海上山。
风帆明日远，何处更追攀？

【注释】

〔1〕广陵：即今扬州。　薛八：其人未详。
〔2〕栖栖：不安貌。
〔3〕彭蠡：湖名。即今江西鄱阳湖。
〔4〕樯：桅杆。

【今译】

读书人有抱负不得施展，满心栖惶奔走于吴楚间。两人在此相聚旋又分别，我将泛舟彭蠡返回故园。船上的桅杆比江树还高，江上的波涛与远山相连。乘风破浪渡船愈行愈远，到哪里再能够将你追攀？

与诸子登岘山作〔1〕

人事有代谢〔2〕，往来成古今。

江山留胜迹[3]，我辈复登临。
水落鱼梁浅[4]，天寒梦泽深[5]。
羊公碑尚在[6]，读罢泪沾襟。

【注释】

〔1〕诸子：指一同登山的几位友人。 岘（xiàn现）山：又名岘首山，在今襄樊东南。

〔2〕代谢：指新旧更替变化。

〔3〕胜迹：指下文提到的羊公碑。

〔4〕鱼梁：洲名。《水经注·沔水》："沔水中有鱼梁洲，庞德公所居。"沔水，即汉水。

〔5〕梦泽：即云梦泽。在今湖北南部、湖南北部一带长江沿岸广大地区。

〔6〕羊公碑：晋羊祜镇襄阳，颇有政绩。死后，襄人于岘山立碑纪念，岁时祭祀。望其碑者，莫不流涕，因名"堕泪碑"。

【今译】

世间的事总是新旧替换，岁月流逝从古变到今天。江山留下先贤的胜迹，我们今日又一起结伴登山。江水消退鱼梁洲露出地面，霜天寒冷云梦泽分外幽远。羊公碑依然矗立在山头，碑文读罢不禁泪湿衣衫。

寻天台山

吾爱太一子[1]，餐霞卧赤城[2]。
欲寻华顶去[3]，不惮恶溪名[4]。
歇马凭云宿[5]，扬帆截海行[6]。
高高翠微里[7]，遥见石梁横[8]。

【注释】

〔1〕爱：一作“友”。　太一子：亦作“太乙子”，天台山道士，生平未详。子，对道士的尊称。

〔2〕餐霞：道家以为餐霞饮露、不食人间烟火，可以成仙。　赤城：在今浙江天台北，登天台必经此山。

〔3〕华顶：天台山最高峰。

〔4〕惮（dàn旦）：害怕。　恶溪：源出今浙江缙云东北，西南流至丽水，入大溪。因水多滩险，故名。今称好溪。

〔5〕凭云宿：极言住宿之处高峻。

〔6〕截海行：谓横渡大海。天台近海，因云。

〔7〕翠微：山间淡青色的云气。

〔8〕石梁：又名“石桥”，在天台山北面，状如横虹，高架于两崖之间。宽不盈尺，长数十丈，下临绝涧，险峻多苔。

【今译】

我爱天台山上的太一子，餐霞饮露高卧赤城山里。我不避艰难到天台探胜，冒危险顾不得地近恶溪。在上接云天的高处歇息，扬帆横渡大海不怕流急。透过高山淡青色的云气，远远望见石梁横空出世。

晚泊浔阳望庐山〔1〕

挂席几千里〔2〕，名山都未逢。
泊舟浔阳郭〔3〕，始见香炉峰〔4〕。
尝读远公传〔5〕，永怀尘外踪〔6〕。
东林精舍近〔7〕，日暮但闻钟。

【注释】

〔1〕浔阳：今江西九江。

〔2〕挂席：犹扬帆。

〔3〕郭：外城。古代筑城，在内者曰城，在外者称郭。
〔4〕香炉峰：即庐山北峰，形似香炉，气蔼若烟，故名。
〔5〕远公：即僧人慧远，居庐山东林寺。
〔6〕尘外：尘世之外。僧人出家，摆脱世俗，故称尘外。
〔7〕东林精舍：即东林寺。精舍，佛寺。

【今译】

我扬帆远行几千里路程，连一座名山都无缘相逢。将船只停泊在浔阳城外，才见慕名已久的香炉峰。曾读过高僧慧远的传记，长想他高蹈出尘的行踪。这里距东林寺并不遥远，暮色中只听得声声晚钟。

武陵泛舟〔1〕

武陵川路狭，前棹入花林〔2〕。
莫测幽源里〔3〕，仙家信几深。
水回青嶂合〔4〕，云渡绿溪阴。
坐听闲猿啸〔5〕，弥清尘外心〔6〕。

【注释】

〔1〕武陵：即今湖南常德。相传桃花源即在其境。
〔2〕棹：船桨。　花林：即桃花林。
〔3〕幽源：指桃花源。
〔4〕青嶂：青山。嶂，高险如屏障的山。
〔5〕坐：聊，且。
〔6〕弥：更加。

【今译】

武陵溪水曲折狭窄，船只渐渐进入桃花林。难测幽深的桃花源里，仙人居处到底有多深？溪水迂回环抱着青山，白云飘来使绿溪更阴。且听山猿的声声啼叫，我出世之心愈加清净。

游精思观回王白云在后[1]

出谷未亭午[2]，至家已夕曛[3]。
回瞻下山路，但见牛羊群。
樵子暗相失[4]，草虫寒不闻。
衡门犹未掩[5]，伫立待夫君[6]。

【注释】

〔1〕精思观：道观名，当在襄阳附近。　王白云：谓王迥友。

〔2〕亭午：正午。

〔3〕夕曛：黄昏。曛，落日余晖。

〔4〕樵子：打柴的人。

〔5〕衡门：简陋的门。《诗经·陈风·衡门》："衡门之下，可以栖迟。"后因以指称隐士之家。

〔6〕夫君：犹"之子"，指王白云。

【今译】

走出山谷还不到中午，回到家中已日落黄昏。遥望方才下山的小路，只见牧归的牛羊成群。樵夫已在暮色中隐没，天寒听不到草虫长吟。到家后不把柴门轻掩，在门外等候您的光临。

题大禹寺义公房[1]

义公习禅寂[2]，结宇依空林[3]。
户外一峰秀，阶前众壑深。

夕阳连雨足[4]，空翠落庭阴[5]。
看取莲花净，方知不染心。

【注释】

〔1〕题一作《题大禹寺义公禅房》。　大禹寺：在今浙江绍兴会稽山。　义公：大禹寺僧人，生平未详。　房：禅房，僧人修行习静的处所。

〔2〕习禅寂：一作“习禅处”。

〔3〕结宇：构筑房屋。

〔4〕雨足：雨脚。

〔5〕空翠：山林中清澈透明的青绿色。

【今译】

义公在大禹寺里参禅习静，禅房就依傍着空寂的山林。窗外见一座孤峰峭拔耸立，台阶前道道山谷纵横幽深。雨刚住夕阳便散发出光彩，庭院里满眼都是青翠绿阴。看莲花出污泥却依然洁净，方知晓义公一尘不染之心。

裴司士员司户见寻[1]

府僚能枉驾[2]，家酝复新开[3]。
落日池上酌，清风松下来。
厨人具鸡黍[4]，稚子摘杨梅。
谁道山公醉[5]，犹能骑马回。

【注释】

〔1〕裴司士：据《唐代文学论丛》(九)，当谓裴朏。《全唐文》卷三九七：“裴朏，河东人。开元中官怀州司马，入为侍御史。二十八年，迁礼部员外郎。”著有《续文士传》十卷。　员司户：生平未详。司士、司户，皆官名。　见寻：犹寻访我，谦辞。

〔2〕府僚：王府或府署辟置的僚属。　枉驾：屈驾，称人来访的敬词。

〔3〕家酝：家中自酿的酒。

〔4〕鸡黍：丰盛的饭食。《论语·微子》："子路从而后，遇丈人，以杖荷蓧。……止子路宿，杀鸡为黍而食之。"

〔5〕山公：指晋征南将军山简。他镇守襄阳时，常豪饮醉酒。时有儿童歌曰："山公出何许，往至高阳池。日夕倒载归，茗艼无所知。时时能骑马，倒著白接䍦。"此以之喻友人。

【今译】

劳您大驾屈尊光临寒舍，赶忙将家酿的浊酒打开。夕阳里在池边开怀畅饮，清风从松树下徐徐吹来。厨子忙杀鸡煮好黄米饭，小孩子去果园摘来杨梅。谁说山简已经酩酊大醉，他还能够自己骑马而归。

李氏园卧疾〔1〕

我爱陶家趣〔2〕，园林无俗情。
春雷百卉坼〔3〕，寒食四邻清〔4〕。
伏枕嗟公幹〔5〕，归山羡子平〔6〕。
年年白社客〔7〕，空滞洛阳城。

【注释】

〔1〕李氏园：未详何地。

〔2〕陶家趣：指陶渊明不为五斗米折腰，辞官归隐田园那样的乐趣。

〔3〕百卉：百花。　坼（chè彻）：开。

〔4〕寒食：见前《送綦毋潜落第还乡》诗注。

〔5〕公幹：刘桢，"建安七子"之一，字公幹。其《赠五官中郎将四首之二》云："余婴沉痼疾，窜身清漳滨。"

〔6〕归山：指归隐。　子平：尚长，字子平，东汉高士。参前《彭蠡湖中望庐山》诗注。

〔7〕白社客：作者自喻。借以自叹羁旅他乡。魏晋时隐士董威辇常寄居于洛阳白社，后因以指代隐士居所。

【今译】

我爱陶渊明归隐的乐趣，田园生活高洁摆脱俗情。春天的雷雨将百花催开，每到寒食四邻一派清静。卧床想起染病的刘公干，归隐则羡慕高士尚子平。年年寄居在这白社为客，徒然羁旅久滞在洛阳城。

岁暮归南山〔1〕

北阙休上书〔2〕，南山归敝庐〔3〕。
不才明主弃〔4〕，多病故人疏〔5〕。
白发催年老，青阳逼岁除〔6〕。
永怀愁不寐，松月夜窗虚。

【注释】

〔1〕南山：指作者故乡襄阳岘山。

〔2〕北阙：位于宫殿北面的阙楼，乃朝臣谒见和上书的地方。此指代朝廷。　上书：指上书皇帝，请求任用。

〔3〕敝庐：对自己家园的谦称。

〔4〕不才：犹无才，系作者自谦。　明主：圣明的君主。

〔5〕疏：疏远。

〔6〕青阳：指春天。《尔雅·释天》："春为青阳。"　岁除：一年过去。

【今译】

用不着再到宫廷给皇帝上书，还是返回南山我简陋的家园。缺少才干自然会被明君遗弃，身多疾病怪不得老朋友疏远。时光易逝白发无情催人变老，一年将尽仿佛新春逼走旧年。满怀忧愁长夜漫漫无法入睡，月光清幽透过松枝照到窗前。

舟中晓望[1]

挂席东南望[2]，青山水国遥[3]。
舳舻争利涉[4]，来往接风潮。
问我今何适[5]，天台访石桥[6]。
坐看霞色晚[7]，疑是赤城标[8]。

【注释】

〔1〕题一作《舟中晚望》。

〔2〕挂席：犹扬帆行船。

〔3〕水国：犹水乡。

〔4〕舳舻：大船。舳，船头。舻，船尾。　利涉：渡河。语本《易·需》："利涉大川，往有功也。"

〔5〕适：往。

〔6〕石桥：即石梁。

〔7〕霞色晚：应作"霞色晓"，即指朝霞。

〔8〕赤城标：语本孙绰《游天台山赋》："赤城霞起而建标。"

【今译】

扬起风帆向东南方远望，只见青山隐隐水路漫漫。趁着风向和潮汛的便利，船只在河道上络绎往还。如果有人问我去往何处，到天台访石梁飞瀑奇观。且看远处朝霞殷红灿烂，怀疑那里就是赤城高山。

夜泊牛渚趁薛八船不及[1]

星罗牛渚夕，风退鹢舟迟[2]。

浦溆尝同宿[3]，烟波忽间之[4]。
榜歌空里失[5]，船火望中疑。
明发泛湖海[6]，茫茫何处期。

【注释】

〔1〕牛渚：山名，在今安徽当涂。其山脚突入长江的部分即采石矶。 薛八：生平未详。据作者《广陵别薛八》及《云门寺西六七里闻符公兰若最幽与薛八同往》诗“士有不得志，栖栖吴楚间”、“谓予独迷方，逢子亦在野”，知其为失意文士。

〔2〕鹢（yì益）舟：船头画有鹢鸟的船。鹢，一种水鸟。

〔3〕浦溆：水边。

〔4〕间：隔开。

〔5〕榜歌：船工之歌。

〔6〕明发：天刚亮。

【今译】

牛渚山夜空里密布群星，风消歇船只能缓缓前行。江岸边曾经在一起歇息，烟波又忽然把我们隔离。船歌消失在这沉沉夜色，连渔火也隐约看不分明。明早就将各自泛游湖海，路茫茫到哪里才能重逢？

夜渡湘水[1]

客舟贪利涉，暗里渡湘川。
露气闻芳杜[2]，歌声识《采莲》。
榜人投岸火[3]，渔子宿潭烟[4]。
行侣时相问[5]，浔阳何处边[6]？

【注释】

〔1〕湘水：亦称湘江，在湖南。

〔2〕杜：杜若，香草名。

〔3〕榜人：船工。

〔4〕渔子：渔夫。

〔5〕行侣：出行的伴侣。

〔6〕浔阳：今属江西，与湘水无涉。据《河岳英灵集》及《文苑英华》，当作“涔阳”，在今湖南澧县，唐属澧州。

【今译】

客船为了赶路急急渡河，在茫茫夜色中驶过湘川。露气中带着杜若的芳香，听歌声唱的是一曲《采莲》。船夫朝岸边的灯火划去，渔人住宿潭边升起炊烟。出行的同伴不时打听，问浔阳究竟是在哪一边？

永嘉上浦馆逢张八子容〔1〕

逆旅相逢处〔2〕，江村日暮时。
众山遥对酒，孤屿共题诗〔3〕。
廨宇邻鲛室〔4〕，人烟接岛夷〔5〕。
乡园万余里〔6〕，失路一相悲〔7〕。

【注释】

〔1〕永嘉：即今浙江温州。　上浦馆：《清一统志·浙江·温州府》：“上浦馆在（温州）府城东七十里。《明一统志》：唐孟浩然逢张子容赋诗（处）。”　张八子容：张子容，行八，作者同乡好友。玄宗先天（713）进士，为官乐城令。曾与孟浩然同隐鹿门山，诗篇唱答颇多。

〔2〕逆旅：客舍。

〔3〕孤屿：《浙江通志》：“孤屿山，《江心志》：在郡（温州）北江中，因名江心，东西广三百余丈，南北半之，距城里许。初离为两山，筑二塔

于其巅，中贯川流，为龙潭川。中有小山，即孤屿。”

〔4〕廨（xiè懈）宇：官署。　邻鲛室：谓临近大海。语本《述异记》：“南海中有鲛人室。”鲛人水居如鱼。

〔5〕岛夷：古代对东海岛上居民的称谓。

〔6〕乡园：一作“乡关”。

〔7〕失路：谓仕途失意。孟浩然应举不第，张子容时贬乐城（今浙江乐清），故云。

【今译】

与故人相逢在旅舍里，正是这江村黄昏之时。望远山一同对坐饮酒，登孤屿一起题写新诗。官署靠近鲛人的居室，岛上土著是村民邻居。故乡远在千万里之外，失意之人是何等悲凄。

宿武阳即事[1]

川暗夕阳尽，孤舟泊岸初。
松猿相叫啸，潭影似空虚。
就枕灭明烛，扣舷闻夜渔[2]。
鸡鸣问何处？人物是秦余[3]。

【注释】

〔1〕题一作《宿武陵即事》。　武阳：在今广西融水西。按，武阳其地与孟浩然之履历不合，且从诗之末句看，似应以“武陵”为是。武陵，即今湖南常德。陶渊明《桃花源记》所写世外桃源即在此境内。

〔2〕扣舷：敲击船帮打拍子。

〔3〕秦余：秦人的后代。典出陶渊明《桃花源记》：“自云先世避秦时乱，率妻子邑人，来此绝境，不复出焉，遂与外人间隔。”

【今译】

夕阳西下河面上愈来愈暗，天黑时分小船才靠近岸边。山岭上哀猿啼声此起彼伏，深潭里清水倒映着暮天。就枕安歇前将蜡烛吹灭，还听见渔人们在唱歌扣舷。听见鸡鸣问一声这是何处？人物古朴已来到世外桃源。

陪张丞相自松滋江东泊渚宫〔1〕

放溜下松滋〔2〕，登舟命楫师〔3〕。
讵忘经济日〔4〕，不惮冱寒时〔5〕。
岸帻岂独古〔6〕，濯缨良在兹〔7〕。
政成人自理〔8〕，机息鸟无疑〔9〕。
云物凝孤屿〔10〕，江山辨四维〔11〕。
晚来风稍紧，冬至日行迟。
猎响惊云梦〔12〕，渔歌激楚辞。
渚宫何处是？川暝欲安之。

【注释】

〔1〕张丞相：指张九龄。　松滋江：在长江南岸，地属湖北荆州。　渚宫：春秋时楚国的别宫，故址在今湖北江陵城内。

〔2〕放溜：使船顺流而下。

〔3〕楫师：船夫。楫，船桨。

〔4〕讵：岂，怎。　经济：经邦济世，指治理国家。

〔5〕冱（hù户）寒：天寒地冻，闭塞不流貌。用以比喻张九龄之遭贬谪。

〔6〕岸帻（zé责）：推起头巾，露出额头，形容穿着简率不拘。帻，头巾。

〔7〕濯（zhuó啄）缨：洗涤冠缨。楚地古歌谣曰："沧浪之水清兮，可以濯吾缨；沧浪之水浊兮，可以濯我足。"后用以喻操守高洁。

〔8〕政成：指政治清明。　理：治理。

〔9〕机息：谓停止使用捕捉鸟兽的器械。

〔10〕云物：山川景物。

〔11〕四维：四角。

〔12〕猎：指狩猎。 云梦：即云梦泽，在今湖北南部、湖南北部一带长江沿岸广大地区。

【今译】

船儿沿着松滋江顺流而下，登上船头命船夫解缆开航。怎能忘怀经邦济世的日子，也不惧怕眼前的天寒地冻。衣着简率岂是古代人才有，今日里权且在此洗涤冠缨。政治清明了百姓自然治理，停止捕捉飞鸟方不再怀疑。山川景物集中在江中孤屿，江山空旷四边看得很清楚。夜幕降临北风愈来愈凄厉，时至冬季太阳缓缓才升起。打猎的声响震动了云梦泽，渔歌激越响的是楚地歌声。楚成王修建的渚宫在哪里？天已暮我真想去那里安歇。

西山寻辛谔〔1〕

漾舟乘水便，因访故人居〔2〕。
落日清川里，谁言独羡鱼〔3〕。
石潭窥洞彻〔4〕，沙岸历纡余〔5〕。
竹屿见垂钓，茅斋闻读书。
款言忘景夕〔6〕，清兴属凉初〔7〕。
回也一瓢饮，贤哉常晏如〔8〕。

【注释】

〔1〕西山：未详，味诗意当在涧南园以西一带。 辛谔：行大，作者同乡、友人，曾隐居西山。

〔2〕故人：指辛谔。

〔3〕羡鱼：《汉书·董仲舒传》："古人有谚曰：'临渊羡鱼，不如退而结网。'"这里只取"临渊羡鱼"意，说不只羡鱼，而且欣赏眼前清溪落日的

美景。

〔4〕洞彻：透明，清澈。

〔5〕纡余：山水曲折蜿蜒貌。

〔6〕款言：亲切交谈。 景夕：日暮。景，日光。

〔7〕清兴：清雅的兴致。 属（zhǔ 主）：连。 凉初：天气渐凉。

〔8〕"回也"二句：颜回，春秋鲁人，孔子弟子，安贫乐道。《论语·雍也》："子曰：'贤哉回也！一箪食，一瓢饮，在陋巷，人不堪其忧，回也不改其乐。贤哉回也！'"晏如，安然自得。

【今译】

我荡起一叶轻舟顺流而下，去寻访老朋友的幽居。夕阳余晖洒在清澈的江面，谁会不顾美景去理会水中游鱼。石潭下是透明清净的流水，船沿沙岸行一路弯弯曲曲。遍栽翠竹的岛上可见您垂钓的身影，简陋的茅屋里传来您诵读的声音。与您亲切交谈不觉天色已晚，雅兴和好天气一样使人舒适。您居住深山与颜回一样，真是个安贫乐道的贤士。

夜泊宣城界〔1〕

西塞沿江岛〔2〕，南陵问驿楼〔3〕。
湖平津济阔〔4〕，风止客帆收。
去去怀前事〔5〕，茫茫泛溪流。
石逢罗刹碍〔6〕，山泊敬亭幽〔7〕。
火识梅根冶〔8〕，烟迷杨叶洲〔9〕。
离家复水宿，相伴赖沙鸥。

【注释】

〔1〕宣城：今属安徽。

〔2〕西塞：据《水经注》：荆门、虎牙二山，南北对峙，江水湍流而

过，为战国时楚国的西方门户，故称“西塞”。

〔3〕南陵：今属安徽，与宣城相邻。　驿楼：驿站，供行人歇息的地方。

〔4〕津济：犹“津渡”，渡口。

〔5〕去去：远去。

〔6〕罗刹：即板子矶，是今安徽繁昌荻港长江中的一块巨石。

〔7〕敬亭：山名，在宣城北。

〔8〕梅根冶：亦称梅根监，即今安徽梅埂，以冶炼名世。《读史方舆记要·池州府·贵州县》:“梅根监，府东五十里，亦名梅根冶。自六朝以来，皆鼓铸于此。”

〔9〕杨叶洲：在宣城西邻贵池境内的长江中，形似杨叶。

【今译】

西塞山前舟行沿着江岛，南陵县境住宿询问驿楼。湖面平静渡口十分开阔，风平浪静客船帆卷席收。一面追怀已经逝去的往事，一面望茫茫大江随船漂流。途经罗刹巨石障碍真险峻，船泊敬亭山下景色多清幽。火光熊熊可以见到梅根冶，烟雾迷濛却难再寻杨叶洲。远离家乡又在水上住宿，相伴的只有眼前的沙鸥。

送杜十四之江南〔1〕

荆吴相接水为乡〔2〕，君去春江正淼茫〔3〕。
日暮征帆何处泊，天涯一望断人肠。

【注释】

〔1〕题一作《送杜晃进士之东吴》，知杜十四为杜晃，生平未详。

〔2〕荆：指长江中游湖北一带。　吴：指长江下游江苏、浙江一带。

〔3〕淼茫：水势浩大貌。

【今译】

荆州与吴郡相接都是水乡，送别你只见江上烟水茫茫。日暮时你的小船停泊何处，望尽天涯我不禁痛断肝肠。

王昌龄

王昌龄（698？—757？），字少伯，京兆长安（今陕西西安）人。开元十五年（727）进士及第，授秘书省校书郎。二十二年登博学宏词科，授汜水尉，二十七年因事贬岭南，次年遇赦北返，改授江宁丞，天宝中再贬龙标。安史乱中，避乱江宁，为濠州刺史闾丘晓所杀。王昌龄与孟浩然、王维、高适、岑参、李白等著名诗人交往，其诗多边塞军旅、宫怨闺情和送别篇什，尤擅七言绝句，与李白相媲美，有“诗家夫子”之称。《全唐诗》存其诗四卷。

塞下曲〔1〕

蝉鸣空桑林，八月萧关道〔2〕。
出塞复入塞，处处黄芦草。
从来幽并客〔3〕，皆共尘沙老。
莫学游侠儿〔4〕，矜夸紫骝好〔5〕。

【注释】

〔1〕题一作《塞上曲》。按，本题共四首，此选其一、二两首。

〔2〕萧关：见前《使至塞上》诗注。

〔3〕幽：幽州，即今河北北部及辽宁一带。　并：并州，即今河北西部和山西的一部分。

〔4〕游侠儿：唐代任侠之风甚盛，游侠有重义轻生、救人急难的品质，也有恃勇而骄、矜夸武力的一面，故诗曰“莫学”。

〔5〕矜（jīn今）夸：夸耀。　紫骝：鬃毛为紫色的良马。

【今译】

秋蝉在落叶的桑林里鸣叫，八月里征人踏上萧关古道。出关隘入边塞路途何迢远，放眼望到处是枯黄的苇草。自古以来征戍幽并的健儿，从来都是在茫茫沙场终老。莫学恃勇而骄的游侠少年，只会矜夸炫耀自己的马好。

饮马渡秋水，水寒风似刀。
平沙日未没[1]，黯黯见临洮[2]。
昔日长城战，咸言意气高[3]。
黄尘足今古，白骨乱蓬蒿[4]。

【注释】

〔1〕平沙：广阔的沙漠。

〔2〕黯黯：日色昏暗貌。　临洮（táo桃）：即今甘肃岷县。一说，指临洮军。

〔3〕咸：都。

〔4〕蓬蒿：蓬草和蒿草，泛指草丛。

【今译】

饮好战马渡过秋天的河水，秋水寒秋风烈有如快刀。大漠苍茫夕阳还未下山，远方昏暗隐约可见临洮。昔日这里曾经鏖战激烈，人人都夸将士英勇意气雄豪。如今只见遍地黄沙漫漫，累累白骨弃于野草蓬蒿。

郑县宿陶太公馆中赠冯六元二[1]

儒有轻王侯，脱略当世务[2]。

本家蓝田下[3]，非为渔弋故[4]。
无何困躬耕[5]，且欲驰永路[6]。
幽居与君近，出谷同所骛[7]。
昨日辞石门，五年变秋露。
云龙未相感[8]，干谒亦已屡。
子为黄绶羁[9]，余忝蓬山顾[10]。
京门望西岳，百里见郊树。
飞雨祠上来，霭然关中暮[11]。
驱车郑城宿，秉烛论往素[12]。
山月出华阴，开此河渚雾。
清光比故人，豁达展心晤。
冯公尚戢翼[13]，元子仍跼步[14]。
张范善终始[15]，吾等岂不慕。
罢酒当凉风，屈伸备冥数[16]。

【注释】

〔1〕郑县：今陕西华县。　陶太公：其人未详。　冯六元二：二人生平均未详。

〔2〕脱略：摆脱。

〔3〕蓝田：即蓝田山，在今陕西蓝田东。

〔4〕渔弋：捕鱼猎禽。

〔5〕无何：不久。

〔6〕永路：长途，远路。

〔7〕骛：追求。

〔8〕“云龙”句：《易·乾》：“云从龙，风从虎，圣人作而万物睹。”后因以比喻君臣风云际会。

〔9〕黄绶：黄色印绶，指佐吏。

〔10〕忝：辱。　蓬山：官署名，秘书省的别称。作者曾授秘书省校书郎。

〔11〕霭然：暗淡不明貌。　关中：地区名。指今陕西关中平原。

〔12〕往素：犹往昔。

〔13〕戢翼：敛翅止飞。喻归隐或谦卑自处。

〔14〕跼步：小步。

〔15〕“张范”句：东汉范式与张劭为生死之交，传说张劭死后，范式梦见张劭来告之丧辰，因而赶去送葬。事见《后汉书·范式传》。此用以形容友情牢固的生死之交。

〔16〕屈伸：指进退。　冥数：旧时所谓上天所定的气数或命运。

【今译】

儒生多轻视荣华富贵，希望摆脱尘俗的世务。本来就住在蓝田山下，并非从事渔猎的缘故。不久便为躬耕所困窘，离家门踏上漫漫长途。我的居处距离你不远，走出山谷去寻求出路。昨日我刚刚辞别石门，五年里多次变换秋露。可惜得不到君王赏识，不得不屡屡向人干谒。你作为官员身不由己，我虽不才也忝为校书。从京城遥望西岳华山，百里之外只看见郊树。飒飒风雨从祠上飘来，关中笼罩着一片薄暮。驱车马前往郑县投宿，在烛下回忆谈论往事。秋月从华阴渐渐升起，河上被照亮云雾消失。明月清光就像是故人，我豁然开朗敞开心扉。冯公至今仍困顿失意，元子也沉沦有志难伸。张劭范式为生死之交，怎不令我们心怀羡慕。饮罢酒正当凉风习习，人的屈伸自会有定数。

听弹风入松阕赠杨补阙〔1〕

商风入我弦〔2〕，夜竹深有露。
弦悲与林寂，清景不可度。
寥落幽居心，飕飗青松树〔3〕。
松风吹草白，溪水寒日暮。
声意去复还，九变待一顾〔4〕。
空山多雨雪，独立君始悟。

【注释】

〔1〕风入松：琴曲名。 阕：曲。 杨补阙：生平未详。补阙，朝中职司劝谏的官员。

〔2〕商风：秋风。《礼记·月令》："孟秋之月其音商。"

〔3〕飕飗：风声。

〔4〕九变：多次演奏。 一顾：《三国志·周瑜传》："瑜少精意于音乐。时人谣曰：'曲有误，周郎顾。'"

【今译】

秋风吹入琴弦萧瑟凄寒，深夜露水盈盈竹林幽暗。琴声哀怨凄婉空林寂寥，景色清幽冷寂动人心弦。忽而展现寥落幽居心境，忽而变作清风吹过林间。松风拂动白草起伏偃仰，夕阳映照溪水景象清寒。曲已终意犹在余音袅袅，仿佛在期待着知音赏叹。深山里多雨雪空旷阴森，独立沉思自可心领神会。

缑氏尉沈兴宗置酒南溪留赠〔1〕

林色与溪古，深篁引幽翠〔2〕。
山樽在渔舟〔3〕，棹月情已醉〔4〕。
始穷清源口，壑绝人境异。
春泉滴空崖，萌草拆阴地〔5〕。
久之风榛寂，远闻樵声至。
海雁时独飞，永然沧洲意〔6〕。
古时青冥客〔7〕，灭迹沦一尉〔8〕。
吾子踌躇心〔9〕，岂其纷埃事〔10〕。
缑岑信所剋〔11〕，济北余乃遂〔12〕。
齐物意已会〔13〕，息肩理犹未〔14〕。
卷舒形性表，脱略贤哲议〔15〕。

仲月期角巾[16]，饭僧嵩阳寺[17]。

【注释】

〔1〕缑（gōu沟）氏：河南府所属县名。　沈兴宗：字季长，与李华同时。李华《三贤论》有“吴兴沈兴宗”语，知其为吴兴（今属浙江）人。

〔2〕篁：竹林。

〔3〕山樽：即山杯，山里人家用竹节、葫芦等做的酒具。

〔4〕棹：船桨。

〔5〕坼（chè彻）：开裂。

〔6〕永然：悠然。　沧洲：水滨之地，此指代隐逸之地。

〔7〕青冥客：指地位显要或有远大前程的人。

〔8〕灭迹：指隐遁。

〔9〕吾子：指沈兴宗。　踌躇：从容自得貌。

〔10〕纷埃：纷多尘埃。

〔11〕缑岑：在缑氏县东南二十九里，相传王子乔得仙处。　剋：同“克”，必然。

〔12〕济北：用张良遇黄石公事。黄约曰：“十三年孺子见我济北，谷城山下黄石即我矣。”事见《史记·留侯世家》。

〔13〕齐物：指天下事无高下之分，同等看待。　意已会：一作“可任今”。

〔14〕息肩：卸去负担。

〔15〕脱略：摆脱。

〔16〕仲月：每季的第二个月。　角巾：有棱角的方巾，古代隐者服饰。此指代宋兴宗。

〔17〕饭僧：斋僧。　嵩阳寺：在嵩阳山上。

【今译】

密林中溪涧古老又清幽，竹丛深杳景色苍翠青葱。在渔船上举起山杯对饮，令人陶醉在月光下漂流。一直深入到水流的源头，山壑奇绝景色迥然不同。泉水滴落空崖发出声响，花草在绿荫里绽放萌生。过了很久风儿渐渐平静，远远传来樵夫砍柴声音。天空时有海雁独自飞过，使人悠然而生幽居之心。古代那些有抱负的志士，沦落为一尉后便去隐遁。你行事一向潇洒又从容，难道还摆不脱纷乱埃尘。你在缑山成仙势所必然，到济北也了却我的心愿。万物同一之理已经领悟，息肩之道尚未完全了然。或仕进或隐退身心自如，摆脱古代贤哲们的议论。每到仲月都期待你到来，一起到嵩阳寺舍饭斋僧。

同从弟南斋玩月忆山阴崔少府〔1〕

高卧南斋时，开帏月初吐〔2〕。
清辉澹水木〔3〕，演漾在窗户〔4〕。
苒苒几盈虚〔5〕，澄澄变今古〔6〕。
美人清江畔〔7〕，是夜越吟苦〔8〕。
千里其如何〔9〕，微风吹兰杜〔10〕。

【注释】

〔1〕从弟：堂弟。　崔少府：即崔国辅。生平见本卷作者小传。

〔2〕帏：窗帘。

〔3〕澹：摇曳貌。

〔4〕演漾：流动摇荡貌。

〔5〕苒苒：指光阴渐移。　盈虚：指月亮圆缺。

〔6〕澄澄：形容月光清澈明净。

〔7〕美人：喻贤士或所思慕的人。此指崔少府。

〔8〕越吟：战国时越人庄舄事楚，富贵不忘故国，病中犹作楚吟，后因以“越吟”喻思乡或思念故国。事见《史记·张仪列传》附《陈轸传》。

〔9〕其：一作“共”。

〔10〕兰杜：兰草和杜若，皆为香草。

【今译】

静夜里我在南斋悠闲高卧，拉开窗帏见新月刚刚升起。波光和树影在清辉中摇曳，水月的清光投射到窗户里。月圆月缺不知经历多少回，却依然澄澈不似人世改易。我怀想的人儿正在清江畔，此刻你是否又在苦苦吟诗。千里远隔却共对一轮明月，微风送来兰杜浓郁的香气。

巴陵别刘处士[1]

刘生隐岳阳，心远洞庭水。
偃帆入山郭[2]，一宿楚云里[3]。
竹映秋馆深，月寒江门起。
烟波桂阳接[4]，日夕数千里[5]。
袅袅清夜猿，孤舟坐如此[6]。
湘中有来雁[7]，雨雪候音旨[8]。

【注释】

〔1〕巴陵：今湖南岳阳。　刘处士：生平未详。
〔2〕偃帆：收起风帆。　山郭：山城，山村。
〔3〕楚云：南方楚地天空的云。
〔4〕桂阳：今湖南郴州。
〔5〕日夕：日夜，每一天。
〔6〕坐：自。
〔7〕“湘中”句：相传雁飞到湖南衡山回雁峰即止，春天再北飞。
〔8〕音旨：音信。

【今译】

刘处士虽在岳阳隐逸，心却与洞庭湖水远离。收起风帆进入小山村，住宿在缥缈的白云里。竹丛掩映秋馆何深幽，秋月清冷在江门升起。烟波浩瀚同桂阳相接，一日数千里奔流不息。清夜里猿啼声声不绝，在孤舟漂泊只能如此。湘中有大雁从北飞来，雨雪中盼望你的消息。

宿裴氏山庄[1]

苍苍竹林暮，吾亦知所投。
静坐山斋月，清溪闻远流。
西峰下微雨，向晓白云收。
还解尘中组[2]，终南春可游[3]。

【注释】

〔1〕裴氏：其人未详。
〔2〕尘中组：即尘组，指官吏所戴的官帽。组，组缨。
〔3〕终南：终南山。

【今译】

穿过青翠竹林暮色已降临，前方便是可以投宿的山村。静坐山斋看明月渐渐东上，远处有溪水潺潺清晰可闻。夜半时西峰飘落一阵小雨，拂晓仍见含着雨意的白云。回去快解下官帽摆脱俗务，到山里来游赏春天的美景。

斋　心[1]

女萝覆石壁[2]，溪水幽蒙笼[3]。
紫葛蔓黄花，娟娟寒露中[4]。
朝饮花上露，夜卧松下风。
云英化为水[5]，光采与我同。
日月荡精魄[6]，寥寥天宇空[7]。

【注释】

〔1〕斋心：清心寡欲。

〔2〕女萝：松萝，地衣类植物。

〔3〕蒙笼：同“朦胧”，形容水色。

〔4〕娟娟：细长貌。

〔5〕云英：云母的一种，可供药用。

〔6〕精魄：精神，魂灵。

〔7〕寥寥：空阔貌。

【今译】

弯弯女萝攀缘在石壁上，清清溪流水色深幽朦胧。紫色葛藤上开满小黄花，又细又长挺立在寒露中。清晨起来饮花上的露水，夜晚躺在松下沐浴清风。溪水清澈好似云母所化，澄澈透明与我心境相同。日月光华荡涤心中尘垢，胸襟开阔好似朗朗天空。

江上闻笛

横笛怨江月，扁舟何处寻。
声长楚山外，曲绕胡关深。
相去万余里，遥传此夜心。
寥寥浦溆寒〔1〕，响尽惟幽林。
不知谁家子，复奏邯郸音〔2〕。
水客皆拥棹〔3〕，空霜遂盈襟。
羸马望北走〔4〕，迁人悲越吟〔5〕。
何当边草白〔6〕，旌节陇城阴〔7〕。

【注释】

〔1〕浦溆：水边。

〔2〕邯郸音：即邯郸曲，古代赵国都城流行的舞曲。

〔3〕水客：船夫。　拥棹：手持船桨，形容乘船或行船。

〔4〕羸马：瘦马。　北走：马出北方，闻笛思故土而北走。

〔5〕迁人：被放逐的人。　越吟：见前《同从弟南斋玩月忆山阴崔少府》诗注。

〔6〕何当：何况。

〔7〕旌节：指仪仗。旌，旗帜。节，古代使者所持的凭证。唐代节度使给双旌双节，旌以专赏，节以专杀。　陇城：在今甘肃秦安一带。

【今译】

江上忽传来幽怨的笛声，月下一叶扁舟何处找寻。笛声悠长回荡在楚山之外，曲声不断环绕着胡关边城。与家乡山水远隔千万里，在这夜里带去我的乡情。水边空阔渐渐变得寒凉，一曲终了眼前唯见幽林。此刻不知是谁家的后生，又弹奏邯郸曲动人心魂。船夫听了奋力划动船桨，秋霜飞降遂落满衣襟。胡马闻笛思乡皆朝北走，迁客闻笛更是倍觉伤情。何况边地的草木已变白，节度使仪仗遮阴了陇城。

赵十四兄见访[1]

客来舒长簟[2]，开阁延清风[3]。
但有无弦琴[4]，共君尽樽中。
晚来尝读《易》，顷者欲还嵩[5]。
世事何须道，黄精且养蒙[6]。
嵇康殊寡识[7]，张翰独知终[8]。
忽忆鲈鱼脍，扁舟往江东。

【注释】

〔1〕题一作《赵十四兄见寻》。　赵十四：生平未详。

〔2〕簟（diàn店）：竹席。

〔3〕延：请。

〔4〕无弦琴：《宋书·陶潜传》："潜不解音律而畜素琴一张，无弦，每有酒适，辄抚弄以寄其意。"后因以"无弦琴"形容人意趣高雅脱俗。

〔5〕顷者：近日。　嵩：河南嵩山。

〔6〕黄精：百合科植物，茎供药用，能补气。　养蒙：养蒙昧的本性。道家认为"能以蒙昧隐默，自养正道"。

〔7〕嵇康：魏正始诗人，于魏晋易代之际不能及时引退，故遭杀身之祸。　寡识：少识见。

〔8〕张翰：西晋人。齐王冏执政，张翰为大司马，因见秋风起，乃思吴中菰菜、鲈鱼脍，曰："人生贵得适志，何能羁宦数千里以要名爵乎？"遂辞官归家。不久冏败，翰独免祸。事见《晋书·张翰传》。　知终：知止。

【今译】

客人到来赶忙铺展长席，敞开房门好让清风吹进。我这里只有无弦琴一张，与友人一道举酒杯酣饮。夜晚我曾经研读过《周易》，不久就打算回到嵩山岭。世事纷乱还有什么可说，不如服食黄精得以养生。嵇康不识时务丧了性命，张翰归隐得以远祸全身。忽然想念家乡的鲈鱼脍，驾一叶小舟朝江东行进。

过华阴

云起太华山〔1〕，云山互明灭。
东峰始含景〔2〕，了了见松雪〔3〕。
羁人感幽栖〔4〕，窅映转奇绝〔5〕。
欣然忘所疲，永望吟不辍。
信宿百余里〔6〕，出关玩新月。
何意昨来心〔7〕，遇物遂迁别。
人生屡如此，何以肆愉悦。

【注释】

〔1〕太华山：即西岳华山，在今陕西华阴南。

〔2〕含景：谓日光照临。

〔3〕了了：清楚，分明。

〔4〕羁人：寄居他乡的人。　幽栖：指幽僻的栖止之所。

〔5〕窅（yǎo咬）映：渺远貌。

〔6〕信宿：谓两三天。

〔7〕昨来：从前。

【今译】

云从华山后冉冉升起，云山相掩映忽阴忽晴。日光刚照亮东面山峰，阳光下松雪历历分明。羁旅者向往清幽居处，路迢远不断变换新景。见此景欣然忘记疲劳，久久眺望不停地吟咏。两三天走了百余里路，出关隘观赏明月初升。哪里想到从前的心意，一遇此情便很快变更。人生在世常常是这样，怎么能够尽情地欢欣。

送李擢游江东〔1〕

清洛日夜涨〔2〕，微风引孤舟。
离觞便千里〔3〕，远梦生江楼。
楚国橙橘暗，吴门烟雨愁〔4〕。
东南具今古，归望山云秋。

【注释】

〔1〕李擢：生平未详。

〔2〕洛：洛水。即今河南洛河。

〔3〕离觞：离杯。

〔4〕吴门：泛指苏州一带。

【今译】

清澈的洛水日夜上涨，微风吹拂着一叶孤舟。一离别从此远隔千里，只有在梦中出现江楼。楚地的橙橘已经熟透，吴门烟雨濛濛使人愁。东南自古是繁华之地，回头望山云一派清秋。

客广陵〔1〕

楼头广陵近，九月在南徐〔2〕。
秋色明海县〔3〕，寒烟生里闾〔4〕。
夜帆归楚客〔5〕，昨日渡江书。
为问易名叟，垂纶不见鱼〔6〕。

【注释】

〔1〕广陵：今江苏扬州。

〔2〕南徐：州名。即今江苏镇江。

〔3〕海县：靠海的县。

〔4〕里闾：里巷，乡里。

〔5〕楚客：泛指客居他乡的人。

〔6〕垂纶：垂钓。吕尚曾在渭滨的磻溪垂钓，后遇文王而见知。事见《史记·齐太公世家》。这里用吕尚事喻隐士欲致仕而不得。

【今译】

登楼看广陵距离并不远，暮秋九月到达南徐之地。秋高气爽临海之县景物分明，里巷中一缕缕寒烟升起。楚客们在夜晚乘船归来，刚收到渡江送来的音书。请问那隐名埋姓的老叟，垂钓却为何不见鱼上钩。

宿京江口期刘昚虚不至[1]

霜天起长望[2]，残月生海门[3]。
风静夜潮满，城高寒气昏。
故人何寂寞，久已乖清言。
明发不能寐[4]，徒盈江上樽。

【注释】

〔1〕京江：即今江苏镇江北的一段长江。　刘昚虚：详本卷作者小传。

〔2〕霜天：秋天。

〔3〕海门：海口。

〔4〕明发：黎明。语本《诗经·小雅·小宛》："明发不寐，有怀二人。"

【今译】

秋霜满地我起身远望，只见残月正斜挂海门。风平夜静潮水已涨满，在城上寒气阵阵袭人。老朋友是何等的寂寞，久违了你高雅的谈论。直到天明仍不能入睡，在江上白白斟满酒樽。

答武陵田太守[1]

仗剑行千里，微躯敢一言[2]。
曾为大梁客[3]，不负信陵恩[4]。

【注释】

〔1〕武陵：今湖南常德。　田太守：生平未详。

〔2〕微躯：微贱的身躯，自谦之辞。　敢：应作"感"。

〔3〕大梁：战国时魏国都城，在今河南开封西。

〔4〕信陵：即信陵君，魏国公子。此用以比田太守。《史记·魏公子列传》:“公子为人仁而下士，士无贤不肖皆谦而礼交之，不敢以其富贵骄士。士以此方数千里争往归之，致食客三千人。”

【今译】

我身佩宝剑辗转数千里地，感佩您一言愿为知己者死。曾得到您热情慷慨的礼遇，定不负您信陵君般的恩义。

送张四[1]

枫林已愁暮，楚水复堪悲[2]。
别后冷山月，清猿无断时。

【注释】

〔1〕张四：其人未详。

〔2〕楚水：泛指古楚地的江河湖泽。

【今译】

暮色中枫林已感到忧愁，楚地的江河也悲伤呜咽。自别后山月更暗淡幽冷，凄哀的猿鸣声从未断绝。

从军行[1]

烽火城西百尺楼[2]，黄昏独坐海风秋[3]。
更吹羌笛《关山月》[4]，无那金闺万里愁[5]。

【注释】

〔1〕从军行：乐府《相和歌辞·平调曲》旧题。本题共七首。

〔2〕烽火：古代边防报警的信号。

〔3〕海风：指从瀚海（沙漠）吹来的带着秋意的凉风。

〔4〕更：再。 《关山月》：乐府《鼓角横吹曲》，多叙征戍之苦和相思离别之情。

〔5〕无那：无奈。 金闺：闺房的美称。此指代妻子。

【今译】

烽火城西孤零零一座百尺高楼，日落黄昏征人独坐海风秋色中。忽传来阵阵吹奏《关山月》的笛声，无法安慰万里之外妻子的愁情。

琵琶起舞换新声，总是关山离别情〔1〕。
缭乱边愁听不尽〔2〕，高高秋月照长城。

【注释】

〔1〕关山：一语双关，既指关隘山川，也指《关山月》乐曲。 离别情：一作“旧别情”。

〔2〕缭乱：纷乱。

【今译】

琵琶伴舞不断变换新的曲调，却总是离不开关山离别之情。听不尽的浓重边愁扰人心绪，秋月高悬照耀着古老的长城。

大漠风尘日色昏，红旗半卷出辕门〔1〕。
前军夜战洮河北〔2〕，已报生擒吐谷浑〔3〕。

【注释】

〔1〕辕门：军营之门。古代行军扎营，用车环卫，出入处将两车的车辕相向竖起，对立如门，称作辕门。

〔2〕洮河：即洮水，源出甘肃临潭西北的西倾山，是黄河上游的支流

之一。

〔3〕吐谷（yù玉）浑：晋时鲜卑族慕容氏的后裔，据有洮水西南等处，时扰边境，后被唐高宗和吐蕃的联军所败。这里指代敌人。

【今译】

大漠里风沙滚滚遮天蔽日，将士们半卷红旗向前挺进。前军夜来在洮河打了大仗，已传来捷报生擒敌寇首领。

出　塞[1]

秦时明月汉时关，万里长征人未还。
但使龙城飞将在[2]，不教胡马度阴山[3]。

【注释】

〔1〕出塞：乐府《横吹曲》旧题。

〔2〕龙城飞将：指西汉名将李广。《史记·李将军列传》："（李）广居右北平，匈奴闻之，号曰汉之飞将军，避之数岁，不敢入右北平。"龙城，一说为匈奴大会祭天之处，故址在今蒙古国鄂尔浑河西侧的和硕柴达木湖附近。一说为卢龙城，在今河北喜峰口附近，为汉代右北平郡所在地。

〔3〕阴山：在今内蒙古自治区中部，汉代为防备匈奴的屏障。

【今译】

秦汉时的明月依旧照耀着雄关，将士万里征战多少人未能生还。威镇敌胆的飞将军若依然健在，绝不会让胡人的兵马越过阴山。

西宫春怨[1]

西宫夜静百花香，欲卷珠帘春恨长。

斜抱云和深见月〔2〕，朦胧树色隐昭阳〔3〕。

【注释】

〔1〕西宫：即长信宫，因在昭阳殿西，故名。

〔2〕云和：琴瑟名。　深见月：因隔帘遥望故曰“深见”。

〔3〕昭阳：汉宫殿名，为赵飞燕所居，汉成帝常来游乐。

【今译】

西宫里夜静更深百花芬芳，想要卷起珠帘却春恨绵长。斜抱云和琴久久凝望秋月，朦胧的树影已遮住了昭阳。

西宫秋怨

芙蓉不及美人妆〔1〕，水殿风来珠翠香〔2〕。
谁分含情掩秋扇〔3〕，空悬明月待君王。

【注释】

〔1〕芙蓉：荷花。

〔2〕水殿：临水的殿堂。

〔3〕分：料想。　秋扇：即团扇。相传汉成帝嫔妃班婕妤失宠后作《团扇歌》，以秋扇被弃喻君恩断绝。歌云：“新裂齐纨素，皎洁如霜雪。裁成合欢扇，团团如明月。出入君怀袖，动摇微风发。常恐秋节至，凉飙夺炎热。弃捐箧笥中，恩情中道绝。”

【今译】

荷花再美也比不上美人漂亮，水殿清风吹来她身上的芳香。满怀深情谁料君恩已经断绝，苦苦期待空负这如水的月光。

长信秋词[1]

奉帚平明金殿开[2]，且将团扇共徘徊[3]。
玉颜不及寒鸦色，犹带昭阳日影来[4]。

【注释】

〔1〕题一作《长信怨》。诗凡五首，此选其三、四两首。　长信：汉宫殿名，是班婕妤失宠后被遣去侍奉太后的地方。唐人多借班婕妤事反映唐代宫廷妇女的生活。

〔2〕奉帚：拿着扫帚打扫宫殿。班婕妤居长信宫作《百悼赋》，有“供洒扫于帷幄兮”句，此用其意。　平明：清晨。

〔3〕团扇：见前《西宫秋怨》诗注。

〔4〕日影：喻君王恩宠。

【今译】

天一亮便照例打开宫门清扫金殿，百无聊赖暂且手持团扇四处徘徊。玉貌花容竟比不上那丑陋的寒鸦，它还能带着昭阳殿上的日影飞来。

真成薄命久寻思，梦见君王觉后疑。
火照西宫知夜饮，分明复道承恩时[1]。

【注释】

〔1〕复道：楼阁之间上下两层的空中通道。

【今译】

真成了薄命人痛苦地久久思忖，梦中又见君王醒来却倍觉伤情。西宫灯火通明知是在彻夜欢饮，分明是当初在复道承恩的情景。

青楼怨[1]

白马金鞍从武皇[2]，旌旗十万宿长杨[3]。
楼头小妇鸣筝坐[4]，遥见飞尘入建章[5]。

【注释】

〔1〕题一作《青楼曲》。 青楼：贵显人家妇女所居之处。

〔2〕白马金鞍：指羽林郎，皇帝的侍卫。 武皇：汉武帝，唐人多用以借指唐玄宗。

〔3〕旌（jīng京）旗：旗帜。 长杨：汉行宫名，故址在今陕西周至东南。

〔4〕小妇：少妇。

〔5〕建章：汉宫殿名，在长安未央殿西。

【今译】

将军白马金鞍紧紧跟随武皇，旌旗招展十万大军夜宿长杨。高楼上一位少妇正坐弹鸣筝，烟尘滚滚遥见车马驰入建章。

李四仓曹宅夜饮[1]

霜天留饮故情欢，银镯金炉夜不寒。
欲问吴江别来意[2]，青山明月梦中看。

【注释】

〔1〕李四仓曹：生平未详。仓曹，官名。唐时各王府或地方均设仓曹参军事，职掌仓谷事务。

〔2〕吴江：县名，始置于汉，即唐之松陵镇。今苏州吴江区。

【今译】

秋夜里友人留饮畅叙旧情，银镯金炉使人忘却了寒冷。想要询问吴江别后的情景，青山明月常常出现在梦中。

听流人水调子[1]

孤舟微月对枫林，分付鸣筝与客心[2]。
岭色千重万重雨，断弦收与泪痕深[3]。

【注释】

〔1〕流人：被流放的人。《水调子》：即《水调》，相传为隋炀帝所作，声调悲切。

〔2〕分付：同“吩咐”。

〔3〕断弦：因曲调凄紧，弦为之断。

【今译】

月下一叶孤舟独对枫林，吩咐弹奏鸣筝排遣客情。山岭笼罩着千万重雨雾，断弦似将山雨收作泪痕。

梁　苑[1]

梁园秋竹古时烟，城外风悲欲暮天。
万乘旌旗何处在[2]，平台宾客有谁怜[3]？

【注释】

〔1〕梁苑：汉时梁孝王所修的宫苑，又称梁园、兔园、竹园。在今河南开封东南。梁孝王常在园中接待文士。

〔2〕万乘：指天子。

〔3〕平台：相传乃春秋时宋国皇国父为平公所筑，在今河南商丘东北，与梁园相连。因南朝宋谢惠连曾在此作《雪赋》，故又名雪台。

【今译】

梁园里秋竹依旧烟云纷纷，古城外秋风凄清夜色将临。不知天子旌旗如今在何处，当年的平台宾客有谁怜悯？

送魏二[1]

醉别江楼橘柚香，江风引雨入秋凉。
忆君遥在潇湘月[2]，愁听清猿梦里长。

【注释】

〔1〕魏二：其人未详。

〔2〕潇湘：潇水、湘水于湖南零陵合流，称潇湘。

【今译】

江楼为君饯别橘柚飘香，江风伴秋雨一派寒凉。遥想你此去独对潇湘孤月，睡梦中愁听啼猿声声悠长。

芙蓉楼送辛渐[1]

寒雨连江夜入吴[2]，平明送客楚山孤[3]。
洛阳亲友如相问，一片冰心在玉壶[4]。

【注释】

〔1〕本题共二首。 芙蓉楼：在今江苏镇江西北。 辛渐：作者的好友，生平未详。

〔2〕吴：泛指江苏南部，长江以南地区，古为吴地。

〔3〕楚山：指润州（治所在江苏镇江）一带的山。古代吴、楚地域相连，这里吴、楚实际上都是指润州一带。

〔4〕“一片”句：语本鲍照《代白头吟》：“直如朱丝绳，清如玉壶冰。”

【今译】

夜雨连着江水流入吴地，清晨送别友人楚山兀立。洛阳亲友若问起我的近况，请告知我依然洁如冰玉。

丹阳城南秋海阴〔1〕，丹阳城北楚云深。
高楼送客不能醉，寂寂寒江明月心。

【注释】

〔1〕丹阳：县名，即今江苏丹阳。

【今译】

丹阳城南一望海气沉沉，丹阳城北遥看暮云深深。高楼饯别无法酣饮沉醉，唯见寒江寂寞秋月清冷。

重别李评事〔1〕

莫道秋江离别难，舟船明日是长安。
吴姬缓舞留君醉〔2〕，随意青枫白露寒。

【注释】

〔1〕李评事：生平未详。

〔2〕吴姬：吴地美女。　缓舞：舒缓柔曼的舞姿。

【今译】

莫要说秋江离别令人难堪，明日解缆开船就驶向长安。看吴姬轻歌曼舞你我尽情酣饮，休去管青枫白露秋夜凄寒。

卢溪主人[1]

武陵溪口驻扁舟[2]，溪水随君向北流。
行到荆门上三峡[3]，莫将孤月对猿愁。

【注释】

〔1〕卢溪主人：其人未详。卢溪，即今湖南卢溪。

〔2〕武陵溪口：指沅水经武陵（今湖南常德）入洞庭湖处。

〔3〕荆门：山名，在今湖北宜都西北长江南岸。　三峡：即瞿塘峡、巫峡、西陵峡。

【今译】

你在武陵溪口登上一叶扁舟，溪水将伴随着你一直向北流。当你到荆门进入三峡的时候，切莫在月下听猿啼引起忧愁。

送柴侍御[1]

沅水通波接武冈[2]，送君不觉有离伤。
青山一道同云雨，明月何曾是两乡。

【注释】

〔1〕柴侍御：生平未详。

〔2〕沅水：即今湖南沅江。　武冈：今湖南武冈。

【今译】

沅江流水一直通向武冈，为你送别并不觉得悲伤。同样的青山同样的云雨，共一轮明月又何曾在不同的地方。

刘昚虚

刘昚虚，生卒年不详。字全乙，洪州新吴（今江西奉新）人。或言开元中进士及第，又登博学宏词科。官弘文馆校书郎，后流落不偶。与王昌龄、孟浩然、高适友善，有诗作往还。其诗情幽兴远，思苦语奇。《全唐诗》存其诗一卷。

江南曲

美人何荡漾〔1〕，风日湖上长〔2〕。
玉手欲有赠，徘徊双明珰〔3〕。
歌声随绿水，怨色起春阳〔4〕。
日暮还家望，云波横洞房〔5〕。

【注释】

〔1〕荡漾：形容思潮起伏。

〔2〕风日：风景。

〔3〕明珰：珠玉做的耳饰。

〔4〕春阳：春天。春，一作“青”。

〔5〕云波：谓波影如云。　洞房：深邃的内室。

【今译】

美人的心潮为何起伏荡漾，眼前一派旖旎的湖上风光。纤纤玉手仿佛有信物相赠，一对明珠在耳边不住摇晃。悠扬的歌声随着绿水回荡，美妙的春天撩起人的怨怅。暮色降临时返回家中一望，见如云的波影映照在洞房。

暮秋扬子江寄孟浩然〔1〕

木叶纷纷下，东南日烟霜。
林山相晚暮，天海空青苍。
暝色况复久〔2〕，秋声亦何长。
孤舟兼微月，独夜仍越乡〔3〕。
寒笛对京口〔4〕，故人在襄阳〔5〕。
咏思劳今夕，江汉遥相望〔6〕。

【注释】

〔1〕扬子江：长江。

〔2〕暝色：暮色。　况：一作“空”。

〔3〕越乡：远离故乡。

〔4〕京口：今江苏镇江。

〔5〕襄阳：今湖北襄樊。孟浩然乃襄阳人。

〔6〕江汉：长江和汉水。

【今译】

暮秋时节树叶凋零纷纷下落，东南的日光山岚都染上薄霜。树林与山峦皆沉浸在暮色里，天空江海望去一片莽莽苍苍。暝色笼罩着大地久久不消散，凄厉肃杀的秋声是何等悠长。微弱的月光下孤舟缓缓行驶，独自一人在夜晚离开了故乡。凄凉悠长的笛声飘向了京口，我所思念的友人却远在襄阳。如今整夜都在这里咏叹思念，浩瀚的长江和汉水遥遥相望。

浔阳陶氏别业〔1〕

陶家习先隐，种柳长江边〔2〕。
朝夕浔阳郭，白衣来几年〔3〕。
霁云明孤岭〔4〕，秋水澄寒天。
物象自清旷，野情何绵联〔5〕。
萧萧丘中赏〔6〕，明宰非徒然〔7〕。
愿守黍稷税〔8〕，归耕东山田〔9〕。

【注释】

〔1〕浔阳：郡名，治所在今江西九江。　陶氏：指陶潜。

〔2〕种柳：陶渊明宅边有五株柳，因自号“五柳先生”。

〔3〕白衣：犹布衣。

〔4〕霁（jì记）云：雨后的云。

〔5〕野情：天然情趣。　绵联：绵延不断。

〔6〕丘中：田园，乡邑。指归隐之地。

〔7〕明宰：贤明的官吏。指陶潜，他曾任彭泽令。　徒然：偶然，谓无因。

〔8〕黍稷：黍和稷，泛指五谷。

〔9〕东山田：用晋谢安隐居东山事，见前《戏赠张五弟諲》诗注。代指隐士之田。

【今译】

陶潜效法前代的隐士，把柳树栽种在长江边。浔阳郭里好打发日月，以布衣之身来此几年。雨后晴云照亮了孤岭，秋水清澈倒映出寒天。秋天的原野清远空旷，自然的情趣连绵不断。丘园萧疏实令人叹赏，陶令归田园绝非偶然。愿守住这稼穑的岁月，归耕东山打发这余年。

登庐山峰顶寺

孤峰临万象〔1〕，秋气何高清。
天际南郡出〔2〕，林端西江明〔3〕。
山门二缁叟〔4〕，振锡闻幽声〔5〕。
心照有无界〔6〕，业悬前后生〔7〕。
徒知真机静〔8〕，尚与爱网并〔9〕。
方首金门路〔10〕，未遑参道情〔11〕。

【注释】

〔1〕万象：自然界的一切事物、景象。

〔2〕天际：宜作“庭际”。　南郡：汉时辖境相当于今湖北粉青河及襄樊以南，荆门、洪湖以西，长江和清江流域以北，西至四川巫山。

〔3〕西江：长江中上游。

〔4〕山门：寺院大门。　缁叟：老僧。

〔5〕振锡：谓僧人出行。僧人持锡杖，行则振动有声，故云。

〔6〕有无界：指宇宙万物。

〔7〕业：佛教语。佛教谓业由身、口、意三处发动，分别称身业、口业、意业。业分善、非善、非不善三种，一般偏指恶业，孽。它决定人在六道中的生死轮回。

〔8〕真机：佛道所谓造物主的奥秘。

〔9〕爱网：尘网，情网。

〔10〕金门路：仕途。

〔11〕未遑：无暇，来不及。

【今译】

一座孤峰高耸于万物之上，秋日里天气何等高朗凄清。庭院里清晰可见远远的南郡，林边有西江流过清澈透明。山门遇见两位出行的老僧，手中的锡杖不时发出轻声。内心里可以观照宇宙万物，业之善恶决定人今世来生。虽知空静是造物主的奥秘，却不能摆脱尘缘皈依佛门。皆因自己才刚刚踏上仕途，还来不及参悟佛家的道义理情。

寻东溪还湖中作

出山更回首，日暮清溪深。
东岭新别处，数猿叫空林。
昔游有初迹〔1〕，此路还独寻〔2〕。
幽兴方在往，归怀复为今。
云峰劳前意，湖水成远心。
望望已超越〔3〕，坐鸣舟中琴。

【注释】

〔1〕有初：一作“初有”。
〔2〕路：一作“迹”。
〔3〕望望：瞻望。

【今译】

走出山来频频回头瞻望，暮色中清溪更显得幽深。就在那刚刚离开的东岭，空寂的林中回荡着猿鸣。往昔曾见过远古的印迹，今日我还想独自去追寻。幽雅的兴致促使人前往，归来怀想复有今日之行。入云的山峰是我的慰藉，清清湖水使人心胸沉静。眷恋此地不住回首遥望，独坐舟中我自弹奏鸣琴。

寄阎防[1]

青冥南山口[2]，君与缁锡邻[3]。
深路入古寺，乱花随暮春。
纷纷对寂寞，往往落衣巾。
松色空照水，经声时有人[4]。
晚心复南望，山远情独亲。
应以修往业[5]，亦惟立此身。
深林度空夜，烟月资清真[6]。
莫叹文明日[7]，弥年徒隐沦[8]。

【注释】

〔1〕阎防：详卷中作者小传。又，题下自注："防时在终南丰得寺读书。"
〔2〕青冥：青天。冥，一作"暝"。　南山：终南山。
〔3〕缁锡：缁衣锡杖，指代僧人。
〔4〕经声：诵经之声。
〔5〕往业：前定的业缘。
〔6〕资：一作"锁"。　清真：纯洁朴素。指情怀淡泊。
〔7〕文明日：文教昌明之世。
〔8〕弥年：终年。　隐沦：隐居。

【今译】

在高入云天的终南山口，您得与山寺的僧人为邻。幽深的小路直通到古寺，暮春时节只见落花缤纷。花瓣寂寞无声纷纷飘洒，往往飞落沾上人的衣巾。松树的身影倒映在水中，不时传来人诵经的声音。我这迟暮的人再向南望，离山愈远感情愈觉亲近。应努力修行前定的业缘，也只有以此来修养立身。在幽深的林中度过夜晚，烟月使情怀更淡泊真淳。切莫叹息在昌明的时代，却常年在这山林里隐遁。

送东林廉上人还庐山[1]

石溪流已乱，苔径入渐微。
日暮东林下，山僧还独归。
常为炉峰意[2]，况与远公违[3]。
道性深寂寞[4]，世情多是非。
会寻名山去[5]，岂复无清机[6]。

【注释】

〔1〕此诗作者，一说系王昌龄（见《全唐诗》卷一四〇）。　东林：寺名，在庐山。　廉上人：生平未详。

〔2〕炉峰：庐山香炉峰。

〔3〕远公：东晋高僧慧远，此喻指廉上人。

〔4〕道性：出家修道的情志。

〔5〕会：应，当。

〔6〕清机：清净的心机。

【今译】

石溪中的水流纵横交错，小径长满青苔细长深微。暮色已经笼罩着东林寺，山僧在小路上踽踽独归。我常常怀想庐山香炉峰，何况与上人您已经久违。修道的情志须耐得寂寞，世俗之情不免多有是非。从此我当追寻名山而去，哪里会没有清净的心扉。

阙　题

道由白云尽，春与青溪长。
时有落花至，远随流水香。

闲门向山路[1]，深柳读书堂。
幽映每白日[2]，清辉照衣裳。

【注释】

〔1〕闲门：一作“开门”。　山路：一作“溪路”。

〔2〕幽映：细微的光亮。

【今译】

山道弯弯伸展到白云深处，青溪蜿蜒一路伴随着春光。片片花瓣不时飘落在水面，随着流水送来一阵阵清香。小屋门正对着上山的路径，杨柳深处绿荫环绕着书房。山林里白天但见细微的光亮，阳光透过树荫照在衣襟上。

寄江滔求孟六遗文[1]

南望襄阳路[2]，思君情转亲。
偏知汉水广，应与孟家邻[3]。
在日贪为善，昨来闻更贫[4]。
相如有遗草[5]，一为问家人[6]。

【注释】

〔1〕江滔：生平未详。　孟六：即孟浩然，排行六。

〔2〕襄阳：今湖北襄樊。

〔3〕孟家邻：刘向《列女传·母仪传》载，孟母考虑到邻居对未成年的孟轲的影响，几次迁居，最后选择学宫为邻，使孟轲受到诗书礼乐的熏陶。后遂以此作为称美邻居的典故。这里喻指江滔到了孟六（浩然）的家乡。

〔4〕昨来：近来。

〔5〕“相如”句：汉代司马相如临终前留一卷书给妻子，说：“有使来

求书，奏之。”后果如他所言。其所遗书札乃言封禅事。此借指求孟浩然的遗文。遗草，犹遗稿。

〔6〕一为：一使，一令。

【今译】

向南眺望通往襄阳的道路，思念友人愈来愈意切情真。偏偏知道汉水浩淼又宽广，你当与高士孟浩然家为邻。知道他在世时就争着行善，近来听说他家里更加清贫。孟夫子有无遗留下的诗文，请代我去向他的家人打听。

常　建

常建，生卒年不详。开元十五年（727）进士及第。以仕途失意，遂放浪琴酒，往来太白、紫阁诸峰，有肥遁之志。天宝中隐居于鄂渚。其诗旨远兴僻，时有佳句，为时人所推重。《全唐诗》存其诗一卷。

送李十一尉临溪〔1〕

泠泠花下琴〔2〕，君唱渡江吟。
天际一帆影，预悬离别心。
以言神仙尉〔3〕，因致瑶华音〔4〕。
回轸抚商调〔5〕，越溪澄碧林〔6〕。

【注释】

〔1〕李十一：生平未详。　尉：任县尉。用作动词。　临溪：县名。

始置于唐，以临余不溪而名之。故地在今浙江德清北。

〔2〕泠（líng玲）泠：形容声音清脆。

〔3〕神仙尉：汉代梅福曾任南昌尉，正直敢言，上书言事，因不满王莽专权，弃家隐遁，传以为仙。事见《汉书·梅福传》。此以梅福事切李十一出任县尉。

〔4〕瑶华：《楚辞·九歌·大司命》有“折疏麻兮瑶华，将以遗兮离居”之句，后遂以瑶华称赠离人以慰相思的诗文或书信。

〔5〕“回轸（zhěn枕）”句：一作“轸起宫商调”。轸，古代车后的横木。商调，乐曲七调之一，音调悲怆。

〔6〕越溪：指余不溪。一名龟溪，又名清溪、苧溪，在今浙江吴兴北，自杭县流经德清城。

【今译】

花下传来清脆悠扬的琴声，您伴着琴弦高唱起渡江吟。天边隐约可望见孤帆远影，不由得悬起这颗离别的心。你此去将似梅福出任县尉，我这里寄去慰相思的书信。回车抚琴弹起悲怆的曲调，遥对越溪清碧澄凝的树林。

送楚十少府[1]

微风吹霜气[2]，寒影流前除[3]。
落日未能别，萧萧林木虚[4]。
愁烟闭千里，仙尉其如何[5]？
因送《别鹤操》[6]，赠之双鲤鱼[7]。
鲤鱼在金盘，《别鹤》哀有余。
心事则如此，请君开素书[8]。

【注释】

〔1〕楚十少府：生平未详。

〔2〕霜气：寒气。

〔3〕流：一作“明”。　前除：屋前台阶。

〔4〕萧萧：萧条貌。

〔5〕仙尉：指梅福。见前《送李十一尉临溪》诗注。

〔6〕《别鹤操》：曲名，传说为商陵牧子伤夫妻将离异而作。此借以表示送友伤别之情。

〔7〕双鲤鱼：代指书信。

〔8〕素书：指书信。古人多以白绢作书，故称。

【今译】

微风轻轻吹来秋霜的气息，寒冷的光影在台阶上移动。日落时分我们仍未忍分别，林木萧萧四周围一片空旷。浓密愁惨的烟云弥漫千里，不知您此时的心情是怎样？先送上伤离的古曲《别鹤操》，再赠给你传达书信的鲤鱼一双。鲤鱼就盛在金色的盘子里，《别鹤操》则有无尽的悲哀凄凉。我的心事正像悲伤的曲调，当你打开书信便知道端详。

江上琴兴

江上调玉琴，一弦清一心。
泠泠七弦遍〔1〕，万木澄幽阴〔2〕。
能使江月白，又令江水深。
始知枯桐枝〔3〕，可以徽黄金〔4〕。

【注释】

〔1〕七弦：古琴有弦七根，因云。

〔2〕阴：一作“音”。

〔3〕枯桐枝：东汉蔡邕曾以烧焦之桐木制琴，后因以指代琴。事见《后汉书》本传及《搜神记》卷十三。

〔4〕徽：琴徽。即系弦的绳。后称七弦琴面十三个指示音节的标志

为徽。

【今译】

在流水清悠的江上弹奏玉琴，每拨弄一弦都令人气爽神清。琴声清脆将七根弦逐一弹过，两岸树木都青幽繁茂绿阴深。清泠的琴声使月光分外皎洁，又能令眼前的江水更加幽深。这才知道用枯焦的梧桐树枝，可做成如此珍贵神奇的古琴。

宿王昌龄隐居[1]

清溪深不测，隐处惟孤云。
松际露微月，清光犹为君。
茅亭宿花影，药院滋苔纹[2]。
余亦谢时去[3]，西山鸾鹤群[4]。

【注释】

〔1〕王昌龄隐居：在今安徽含山境内石门山。
〔2〕药院：种药的庭院。
〔3〕谢时：摆脱世俗的牵累，指辞官归隐。
〔4〕鸾鹤群：与鸾鹤为伍。

【今译】

清清溪流是那样深不可测，山林深处唯有飘浮的孤云。苍松的树梢露出月牙弯弯，为你而洒下清光无限深情。茅亭里映照着朦胧的花影，种芍药的庭院里长满苔痕。我也要像你那样远离尘俗，同西山的青鸾白鹤结伴为群。

闲斋卧病行药至山馆稍次湖亭二首[1]

旬时结阴霖[2]，帘外初白日。
斋沐清病容[3]，心魂畏虚室[4]。
闲梅照前户，明镜悲旧质。
同袍四五人[5]，何不来问疾？

行药至石壁，东风变萌芽。
主人山门绿[6]，小隐湖中花。
时物堪独往[7]，春帆宜别家。
辞君向沧海，烂漫从天涯[8]。

【注释】

〔1〕卧病：一本作“卧雨”。　行药：古人服药后，漫步以散发药性。　次：停留。

〔2〕旬时：十日。　阴霖：淫雨。

〔3〕斋沐：斋戒沐浴。

〔4〕虚：一作“灵”。

〔5〕同袍：喻好友。

〔6〕主人：一作“山人”。　山门：一作“门外”。

〔7〕时物：应时的草木等景物。

〔8〕烂漫：放浪，不受拘束。

【今译】

淫雨霏霏大约有十天时间，打开帷帘见太阳刚刚露脸。斋戒沐浴一番以清理病容，身心虚弱只嫌屋舍太空闲。门前的一树梅花幽雅耀眼，悲叹镜中自己衰老的容颜。我志同道合的四五位好友，为什么却至今不见来探看？

服药后缓步前行来到石壁，东风催动小草已生出幼芽。主人山馆外已是一片新绿，隐隐约约见湖中开着小花。草木应时而生可独自观赏，扬起春帆最适宜此时离家。辞别友人我一心奔向大海，乘长风破万里浪笑傲天涯。

仙谷遇毛女意知是秦宫人〔1〕

溪口水石浅，泠泠明药丛。
入溪双峰峻，松栝疏幽风〔2〕。
垂岭枝袅袅，翳泉花濛濛。
夤缘霁人目〔3〕，路尽心弥通。
盘石横阳岸，前流殊未穷。
回潭清云影，弥漫长天空。
水边一神女，千岁为玉童〔4〕。
羽毛经汉代，珠翠逃秦宫。
目觌神已寓〔5〕，鹤飞言未终〔6〕。
祈君青云秘〔7〕，愿谒黄仙翁〔8〕。
尝以耕玉田〔9〕，龙鸣西顶中。
金梯与天接，几日来相逢？

【注释】

〔1〕毛女：《列仙传》："毛女，字玉姜，秦始皇宫人，逃至华阴山中，食松柏，遍体生毛，故谓之毛女。"

〔2〕栝（guā瓜）：即桧树。

〔3〕夤（yín寅）缘：攀缘。

〔4〕玉童：仙童。

〔5〕觌（dí笛）：见。

〔6〕鹤飞：传说中成仙者多化鹤飞去。此以喻毛女。

〔7〕青云秘：指成仙的天界秘籍。

〔8〕黄仙翁：即黄石公。相传自称为黄石的老者曾于下邳授张良以《太公兵法》。事见《史记·留侯世家》。

〔9〕耕玉田：传说春秋时杨伯雍（一作“阳翁伯”）于山中义务供人饮水，感动仙人，得石子，在山中种出白玉。其地被称为玉田。后因用作咏仙迹的典故。事见晋干宝《搜神记》。

【今译】

清清溪水中露出粼粼白石，水声叮咚映照有草药丛丛。沿溪水前行忽见两座高山，松栝林轻轻吹过清幽的风。树枝随微风摆动垂下山岭，野花遮蔽着泉水纷繁茂盛。沿山路攀缘使人眼前一亮，路虽穷尽内心却豁然贯通。一块巨石横在向阳的河岸，从这里望不见水流的尽头。倒映在水潭里的悠悠白云，随风飘荡弥漫在万里长空。在溪水旁边遇见一位神女，虽历千载仍有仙童的姿容。遍体生羽毛已经历了汉代，原是当年的宫女逃离秦宫。一见到神女我就心领神会，言未终便化鹤飞去无影踪。想从她那里得到天界秘籍，愿像当年张良拜谒黄石公。曾经像仙家那样耕种玉田，有神龙在西峰顶引颈长鸣。长长的金梯可与上天相接，不知再过多久方能够相逢？

梦太白西峰〔1〕

梦寐升九崖〔2〕，杳蔼逢元君〔3〕。
遗我太白岑〔4〕，寂寥辞垢氛〔5〕。
结宇在星汉〔6〕，宴林闭氤氲〔7〕。
檐楹覆余翠〔8〕，巾舄生片云〔9〕。
时往溪谷间〔10〕，孤亭昼仍曛〔11〕。
松风引天影〔12〕，石濑清霞文〔13〕。
恬目缓舟趣，霁心投鸟群〔14〕。
春风又摇棹，潭岛花纷纷。

【注释】

〔1〕太白：山名，又名“太一”、“太乙”。在陕西眉县南，属秦岭山脉。

〔2〕九崖：指高耸的山峰。

〔3〕杳霭：云雾飘渺貌。　元君：道教语，对女子成仙者的美称。

〔4〕岑：山峰。

〔5〕垢氛：污秽的环境，此指尘世。

〔6〕结宇：建造房屋。

〔7〕宴林：安居林木之间。　氤氲（yīn yūn阴晕）：云烟弥漫貌。

〔8〕檐楹：屋檐下柱子。

〔9〕巾舄（xì戏）：头巾和鞋子。

〔10〕溪谷：一作“青溪”。

〔11〕曛：昏暗。

〔12〕风：一作“峰”。

〔13〕石濑：从石上流过的急流。

〔14〕霁心：心旷神怡。

【今译】

在睡梦中登上巍峨的山岭，蒙蒙云雾中遇到一位仙人。把我留在高高的太白山顶，就此独自离开污浊的世尘。在飘渺的星空里建造屋宇，安居林间四周里烟云纷纷。屋檐下的廊柱被绿荫覆盖，头巾和鞋上飘出片片白云。有时行进在溪流山谷之间，孤亭在白日里也昏暗不明。松峰引来青天投下的身姿，石上急流中有彩霞的倒影。安然享受缓缓行舟的乐趣，心旷神怡将目光投向鸟群。和煦的春风又荡起了船桨，潭中小岛上一片花叶缤纷。

晦日马镫曲稍次中流作[1]

夜寒宿芦苇[2]，晓色明西林。
初日在川上，便澄游子心。
晴天无纤翳[3]，郊野浮春阴。
波静随钓鱼，舟小绿水深。

出浦见千里，旷然谐远寻。
扣舷应渔父，因唱《沧浪吟》[4]。

【注释】

〔1〕晦日：阴历月末。　马镫：同“马鞧”，马鞍两边之脚踏。

〔2〕寒：一作“来”。

〔3〕纤翳：微小的障碍。此指浮云。

〔4〕“扣舷”二句：用《楚辞·渔父》的典故，表示隐逸的情趣。屈原被放逐，行吟泽畔，见渔父，表示宁可葬身鱼腹，也不愿蒙受世俗尘埃。渔父莞尔而笑，鼓枻而去，乃歌曰：“沧浪之水清兮，可以濯吾缨。沧浪之水浊兮，可以濯吾足。”劝他退隐以自全。《沧浪吟》即指这一在古楚地流传的歌谣。

【今译】

昨夜露宿在芦苇丛中十分寒冷，拂晓天明清晰地照见西林。初升的太阳照耀在河面上，游子的心田顿时一派开朗澄静。万里晴空看不见一丝云彩，郊野里弥漫着春天的气氛。在平静的水面上垂下钓竿，小船在深湛的绿水中行进。出水口视野开阔一望千里，心胸豁达找寻远古的知音。在船舷上击节与渔父应和，唱起《沧浪歌》寄托隐逸之情。

西　山

一身为轻舟，落日西山际。
常随去帆影，远接长天势。
物象归余清，林峦分夕丽。
亭亭碧流暗[1]，日入孤霞继。
渚日远阴映，湖云尚明霁。
林昏楚色来[2]，岸远荆门闭[3]。

至夜转清迥[4]，萧萧北风厉[5]。
沙边雁鹭泊[6]，宿处蒹葭蔽[7]。
圆月逗前浦，孤琴又摇曳。
泠然夜遂深[8]，白露沾人袂[9]。

【注释】

〔1〕亭亭：同“渟渟”，缓流貌。

〔2〕楚色：楚地的景色。

〔3〕荆门：山名，在今湖北宜都西北五十里长江南岸，与北岸之虎牙山相对，上合下开，其状如门。

〔4〕清迥：清明旷远。

〔5〕萧萧：寒风声。

〔6〕鹭：一种鸟类。

〔7〕蒹葭：芦苇。

〔8〕泠然：悠然。

〔9〕袂（mèi妹）：衣袖。

【今译】

我独自一人荡起一叶轻舟，夕阳眼看就没入西山山底。目光时常追随消逝的帆影，水天相接一直到远方天际。四周景物留有清凉的气息，夕照中丛林山峰分外美丽。缓缓流动的碧水变得深沉，日落唯见霞光在遥天升起。水边日色与远处绿阴相映，湖面上笼罩着闪亮的云气。山林昏暗楚地风光迷人眼，江岸遥远荆门山隐隐如闭。到夜晚四野更加清明旷远，北风呼啸发出尖厉的声息。沙岸边停泊有成群的水鸟，茂密的芦苇把栖息处遮蔽。圆月照前浦流光徘徊不定，弹奏起孤琴乐声悠扬摇曳。悠然夜色已经越来越深浓，盈盈露水将人的衣袖沾湿。

吊王将军墓

嫖姚北伐时[1]，深入几千里。

战余落日黄，军败鼓声死。
尝闻汉飞将〔2〕，可夺单于垒〔3〕。
今与山鬼邻，残兵哭辽水〔4〕。

【注释】

〔1〕嫖姚：指嫖姚将军霍去病。此借指王将军。

〔2〕汉飞将：指汉代名将李广，匈奴称其为飞将军。

〔3〕单于：匈奴的君主。

〔4〕辽水：辽河，在中国东北部地区。

【今译】

嫖姚将军率兵北伐的时候，曾深入几千里到敌人后方。眼前残阳照大地一片昏黄，战败后军鼓沉沉不再敲响。听说你就像那飞将军李广，身先士卒夺取单于的营帐。如今兵败身死与山鬼为邻，残兵的哭声回荡在辽水上。

题破山寺后院〔1〕

清晨入古寺，初日照高林。
竹径通幽处，禅房花木深〔2〕。
山光悦鸟性，潭影空人心。
万籁此俱寂〔3〕，但余钟磬声〔4〕。

【注释】

〔1〕题一作《题破山寺后禅院》。　破山寺：即兴福寺，原为南齐郴州刺史倪德光的住宅，后舍为寺，在今江苏常熟虞山北。

〔2〕禅房：僧人修行居住的地方。

〔3〕万籁：指各种自然声响。

〔4〕钟磬：僧寺中敲击乐器，用作僧人活动的信号。钟，表示开始；磬，表示停止。

【今译】

清晨步入古老的寺院门，朝阳照耀着高大的丛林。曲折小径通向深幽佳境，禅房就掩映在花木丛中。山光使鸟儿也感到欢悦，清潭荡涤了心中的俗尘。天地万物此刻一片寂静，只听见阵阵清脆的钟磬声。

三日寻李九庄〔1〕

雨歇杨林东渡头，永和三日荡轻舟〔2〕。
故人家在桃花岸，直到门前溪水流〔3〕。

【注释】

〔1〕三日：农历三月三日为上巳节，古人有临水祓除不祥的习俗。

〔2〕永和三日：晋王羲之《兰亭诗序》："永和九年，岁在癸丑，暮春之初（上巳节），会于会稽山阴之兰亭，修禊事也。"

〔3〕"故人"二句：暗用桃花源事，写李九居处的清幽。

【今译】

雨后溪水涨满杨林渡头，永和三日荡起一叶轻舟。友人的家就在桃花岸边，桃花溪水一直流到门口。

送宇文六〔1〕

花映垂杨汉水清〔2〕，微风林里一枝轻。
即今江北还如此，愁杀江南离别情。

【注释】

〔1〕宇文六：生平未详。

〔2〕汉水：长江最长的支流。源出陕西，经湖北而入长江。

【今译】

春花杨柳两相映汉水清清，一枝轻摇有微风拂过树林。江北花正开已然撩人心绪，江南春意更浓愈愁杀离人。

李　颀

李颀，生卒年不详。居颍阳（今河南登封）。开元二十三年（735）进士及第。曾仕新乡尉。后归隐颍阳，炼丹求仙。与王昌龄、崔颢、綦毋潜、岑参、王维、高适等皆有交往。工诗，尤擅七言。其七言歌行音节鲜明，情致曲折。《全唐诗》存其诗三卷。

塞下曲

黄云雁门郡〔1〕，日暮风沙里。
千骑黑貂裘，皆称羽林子〔2〕。
金笳吹朔风〔3〕，铁马嘶云水。
帐下饮蒲萄〔4〕，平生寸心是〔5〕。

【注释】

〔1〕雁门郡：战国赵武灵王置。秦、西汉治所在善无（今山西右玉南）。后多次移治。隋大业初改代州为雁门郡。唐武德元年（618）复为代州。唐天宝、至德时又曾改代州为雁门郡。

〔2〕羽林子：羽林军，禁城的卫戍部队。
〔3〕金笳：对胡笳的美称。
〔4〕蒲萄：指葡萄酒。
〔5〕寸心：即心。

【今译】

雁门上空弥漫着阵阵黄云，暮色中狂风卷起漫天沙尘。上千骑兵身披黑貂裘驰来，号称是护卫皇家的羽林军。胡笳声和着北风格外悲壮，奔驰的战马在云水间嘶鸣。身在军帐下畅饮蒲萄美酒，如此足可慰我平生的壮心。

渔父歌

白首何老人，蓑笠蔽其身。
避世长不仕，钓鱼清江滨。
浦沙明濯足〔1〕，山月静垂纶〔2〕。
寓宿湍与濑〔3〕，行歌秋复春。
持竿湘岸竹〔4〕，爇火芦洲薪〔5〕。
绿水饭香稻，青荷包紫鳞〔6〕。
于中还自乐，所欲全吾真。
而笑独醒者〔7〕，临流多苦辛。

【注释】

〔1〕濯（zhuó浊）足：暗用《楚辞·渔父》典故，表示隐逸的情趣。屈原被放逐，行吟泽畔，见渔父，表示宁可葬身鱼腹，也不愿蒙受世俗尘埃。渔父莞尔而笑，鼓枻而去，乃歌曰："沧浪之水清兮，可以濯吾缨。沧浪之水浊兮，可以濯吾足。"劝他退隐以自全。

〔2〕垂纶：垂钓。纶，丝线。

〔3〕湍：急流。
〔4〕竿：一作"桡"。
〔5〕爇（ruò若）火：烧火。
〔6〕紫鳞：指鱼。
〔7〕独醒：形容人清高自守，不肯同流合污。《楚辞·渔父》载屈原对渔父曰："举世皆浊我独清，众人皆醉我独醒。"这里用其文意切咏渔父。

【今译】

哪来的这样一位白发老人，一袭蓑衣斗笠遮蔽了全身。远离喧嚣的尘世不肯做官，长年垂钓就在那清江之滨。在明净的沙岸边濯足隐逸，在山月的清辉下静坐垂纶。歇息就在那湍急的流水边，潇洒地边走边唱从秋到春。用湘水边的翠竹做成钓竿，点燃篝火砍来芦洲的木薪。清碧的江水煮熟香稻米饭，青荷叶里包鱼清香又鲜嫩。在其中感受到满足和快乐，一心追求保全自己的本性。可笑不肯同流合污的人们，不能超脱到头来如此苦辛。

东郊寄万楚[1]

濩落久无用[2]，隐身甘采薇[3]。
仍闻薄宦者[4]，还事田家衣。
颍水日夜流[5]，故人相见稀。
春山不可望，黄鸟东南飞。
濯足岂长往[6]，一樽聊可依。
了然潭上月[7]，适我胸中机[8]。
在昔同门友[9]，如今出处非[10]。
优游白虎殿[11]，偃息青琐闱[12]。
且有荐君表，当看携手归。
寄书不待面[13]，兰茝空芳菲[14]。

【注释】

〔1〕万楚：见本书卷下作者介绍。

〔2〕濩（huò获）落：无聊失意。

〔3〕采薇：见前《送綦毋潜落第还乡》诗注。

〔4〕薄宦：卑微的官职。

〔5〕颍水：源出河南登封嵩山西南，流至安徽寿县正阳关入淮河。

〔6〕濯足：见前《渔父歌》诗注。

〔7〕了然：清楚，明白。

〔8〕机：心意。

〔9〕同门友：同师受业之友，犹今之学友。

〔10〕出处：进退，引申指行径。

〔11〕优游：闲适地居处其中。　白虎殿：汉宫殿名，即白虎观。

〔12〕偃息：安闲休息。　青琐闱：借指皇宫。

〔13〕待：一作“代”。

〔14〕兰茝（zhǐ旨）：兰草与白茝。香草名。茝，同“芷”。

【今译】

失意落魄久久得不到任用，甘心效法先贤隐逸去采薇。听说那些官卑职微的人们，回家也不免到田地里躬耕。颍河之水日夜不停地流淌，故人相见的机会越来越少。大地回春却不敢登山远眺，只见黄鸟向东南翩然高飞。官场污浊岂是那久留之地，以一杯薄酒聊且慰藉平生。潭上的皓月多么晶莹澄澈，照耀人的心怀如冰清玉洁。往昔同门受业的那些学友，如今个个前程都比我辉煌。在朝廷有令人歆羡的官爵，还幸运地得到君王的赏识。已经有荐举你的表章上奏，你定能够与他们携手荣归。书信往来哪里能代替相聚，无人共赏的兰芷空自芳菲。

寄万齐融〔1〕

名高不择仕，委世随虚舟。
小邑常叹屈，故乡行可游。

青枫半村户，香稻盈田畴。
为政日清净，何人同海鸥[2]。
摇巾北林夕，把菊东山秋。
对酒池风满，向家湖水流。
岸阴止鸣鹤，山色映潜虬[3]。
靡靡俗中理[4]，萧萧川上幽[5]。
昔年至吴郡[6]，常忆卧江楼。
我有一书札，因之芳杜洲。

【注释】

〔1〕万齐融：详见本书卷下作者介绍。

〔2〕海鸥：见前《积雨辋川庄作》诗注。这里借以咏超尘出世的生活情趣。

〔3〕潜虬：潜龙。

〔4〕靡靡：纷多貌。

〔5〕萧萧：萧条，寂静。

〔6〕吴郡：即今江苏苏州。

【今译】

名高的人不计较职位高下，听天由命乘小舟随波逐流。寄身小邑虽常常叹惜屈才，只因是故乡仍愿游衍逗留。青青枫树掩映大半个村庄，田野飘香稻谷已变得金黄。公门里每天政事清净减省，有谁能追随鸥鸟逍遥海上。驾巾车游北林见夕阳正好，手把菊花东山上秋高气爽。斟满酒杯水池边微风清凉，家门前悠悠湖水绿波荡漾。阴凉的岸边白鹤停止鸣叫，水中山色倒影像一条潜龙。尘俗中世事何等纷多杂乱，萧条寂静的江上清幽宜人。常忆起当年在吴郡的日子，悠闲地醉卧在临江的小楼。在这里我写下了一封书信，遥寄你那长满芳草的江洲。

登首阳山谒夷齐庙[1]

古人已不见[2]，乔木竟谁过？
寂寞首阳山，白云空复多。
苍苔归地骨[3]，皓首《采薇歌》[4]。
毕命无怨色[5]，成仁其若何[6]？
我来入遗庙，时候微清和[7]。
落日吊山鬼，回风吹女萝[8]。
石门正西豁，引领望黄河[9]。
千里一飞鸟，孤光东逝波。
驱车层城路[10]，惆怅此岩阿[11]。

【注释】

〔1〕首阳山：亦称首山，在今山西永济蒲州南。周武王灭殷，伯夷、叔齐耻食周粟，隐居于此，采薇为生，终至饿死。

〔2〕古人：一作“故人”。

〔3〕地骨：指石头。

〔4〕皓首：年老发白。《采薇歌》：指《采薇操》，亦曰《晨游高举》。相传为“伯夷所作”。（见《琴集》）歌词有曰：“登彼高山，言采其薇。以乱易暴，不知其非。”

〔5〕毕命：死亡。

〔6〕成仁：成就仁德。

〔7〕清和：天气清明和暖。

〔8〕女萝：松萝，地衣类植物。

〔9〕引领：伸长脖子望，形容盼望殷切。

〔10〕层城：高城。

〔11〕岩阿：山的曲折处，山边。

【今译】

古人早已仙逝不复得见，庙前的高树下又有谁经过？首阳山上一片空旷寂寥，悠悠白云从天空中飘过。石头上已长满苍苍青苔，白发老人唱着《采薇》之歌。伯夷叔齐到死都无怨色，虽成就了仁德又能如何？我今到此进入这空空的庙宇，正值云淡风轻天气晴和。落日缓缓仿佛在凭吊山鬼，回荡风起吹拂遍地的女萝。石门西面看去豁然开阔，在此伸长脖颈眺望黄河。千里之外见有一只飞鸟，河水闪着亮光滚滚而过。我驱车走在回高城的路上，满怀惆怅离开这寂寞的山阿。

送王昌龄

漕水东去远〔1〕，送君多暮情。
淹留野寺出〔2〕，向背孤山明〔3〕。
前望数千里，中无蒲稗生〔4〕。
夕阳满舟楫，但爱微波清。
举酒林月上，解衣沙鸟鸣。
夜来莲花界〔5〕，梦里金陵城〔6〕。
叹息此离别，悠悠江海行。

【注释】

〔1〕漕水：漕运之水。唐、宋后对用于漕运的河流的泛称。
〔2〕淹留：停留，滞留。
〔3〕向背：正反两面。
〔4〕蒲稗：蒲草与稗草，多生于稻田或低湿之地。
〔5〕莲花界：莲花世界，指佛地。即佛教所称之西方极乐世界。
〔6〕金陵：今江苏南京。

【今译】

漕河水向东流去越来越远，送别您我充满迟暮的忧伤。一同在荒郊野寺前面驻足，前后的山峰一一凸现路旁。向前眺望大地茫茫数千里，一片荒凉连蒲稗也不生长。夕阳把余晖洒满在小船上，最爱水中的清波轻轻荡漾。举酒独对初上林梢的明月，就寝时听见沙洲的水鸟欢唱。夜来宿在清净的佛门胜地，梦境里已经看到金陵古城。只可叹我与你将从此分手，江海悠悠你只得独自前行。

留别王卢二拾遗[1]

此别不可道，此心当报谁？
春风灞水上[2]，饮马桃花时。
误作好文士，只今游宦迟[3]。
留书下朝客[4]，我有故山期[5]。

【注释】

〔1〕王卢二拾遗：二人均生平未详。
〔2〕灞水：渭河支流，在陕西中部。
〔3〕游宦：外出为官。
〔4〕下朝客：指王卢二人。
〔5〕故山：故乡。

【今译】

此番离别的心绪无从说起，满腹心里话不知倾吐给谁？春风骀荡依依惜别灞水边，桃花春涨正是饮马好地方。错在我爱好诗文做了文士，如今外出作官为时已太迟。留封书信给你们二位官员，故乡正等待我这游子归去。

古从军行

白日登山望烽火[1]，黄昏饮马傍交河[2]。
行人刁斗风沙暗[3]，公主琵琶幽怨多[4]。
野云万里无城郭，雨雪纷纷连大漠。
胡雁哀鸣夜夜飞，胡儿眼泪双双落。
闻道玉门犹被遮[5]，应将性命逐轻车[6]。
年年战骨埋荒外[7]，空见蒲桃入汉家[8]。

【注释】

〔1〕望烽火：指瞭望边警。

〔2〕交河：在今新疆维吾尔自治区吐鲁番西北，因河水分流绕走城下，故名。

〔3〕刁斗：古代军用铜器，白天作炊具，夜晚用于巡更。

〔4〕公主琵琶：汉武帝以江都王刘建女为公主，远嫁乌孙（西域国名），恐其途中烦闷，弹琵琶以娱之，故称。

〔5〕玉门：玉门关。在今甘肃敦煌西北，古代通西域的要道。《史记·大宛列传》：汉武帝曾派李广利攻大宛，欲到贰师城取良马。作战两年，战事不利，士卒伤亡很重。李广利上书请求罢兵，汉武帝大怒，派使者遮拦玉门关，说："军有敢入，斩之！"

〔6〕逐：追随。　轻车：汉有轻车将军，这里泛指将帅。

〔7〕荒外：边远之地。

〔8〕蒲桃：即葡萄，本西域特产，汉武帝时采其种归，遍植离宫周围。

【今译】

白日里登上山头瞭望烽火，黄昏时牵着战马饮水交河。风沙里不时传来刁斗阵阵，又听到公主琵琶幽怨声声。万里荒凉看不见一座城郭，雨雪纷纷覆盖着无边大漠。飞过胡天的大雁夜夜哀鸣，驻守胡地的士兵心酸泪落。听说玉关的归路已被阻拦，也只好跟着将军拼死向前。年年有多少白骨埋葬荒野，只换来葡萄传入汉家宫苑。

缓 歌 行

小来托身攀贵游，倾财破产无所忧。
暮拟经过石渠署〔1〕，朝将出入铜龙栖〔2〕。
结交杜陵轻薄子〔3〕，谓言可生复可死。
一沈一浮会有时，弃我翻然如脱屣〔4〕。
男儿立身须自强，十年闭户颍水阳〔5〕。
业就功成见明主，击钟鼎食坐华堂〔6〕。
二八娥眉梳堕马〔7〕，美酒清歌曲房下〔8〕。
文昌宫中赐锦衣〔9〕，长安陌上退朝归。
五陵宾从莫敢视〔10〕，三省官僚揖者稀〔11〕。
早知今日读书是，悔作从前任侠非。

【注释】

〔1〕石渠署：即石渠阁，西汉皇室藏书之处，在长安未央宫北。唐人常用以喻指秘书省、集贤殿书院。

〔2〕铜龙：汉太子宫门名，门楼上饰有铜龙。亦借指帝王宫阙。

〔3〕杜陵：在长安东南，秦时为杜县，汉宣帝陵墓在此，故称杜陵。轻薄子：行为骄纵轻狂的少年。

〔4〕屣（xǐ洗）：鞋。

〔5〕颍水：源出河南登封嵩山西南，流至安徽寿县正阳关入淮河。

〔6〕击钟鼎食：击钟列鼎而食，形容富贵豪华。　华堂：华美的屋室。

〔7〕二八：指十六岁。　娥眉：指美女。　堕马：即堕马髻，古代妇女一种发髻的名称。

〔8〕曲房：内室。

〔9〕锦衣：彩衣，古代显贵的服饰。

〔10〕五陵：指汉代的长陵、安陵、阳陵、茂陵、平陵，均在长安附近。

〔11〕三省：尚书省、中书省、门下省的合称。

【今译】

从小就托身豪门攀附权贵，为此倾家荡产也在所不惜。晚上一心梦想经过秘书省，早上盼着能够出入皇宫里。结交的都是那些轻狂少年，都说是为朋友将万死不辞。浮沉不定终有冷落的一天，背弃我就像蹬掉一双鞋子。男子汉大丈夫做人当自强，颍水北闭门十年苦读文章。功业成就拜见圣明的君主，终盼来钟鸣鼎食高坐华堂。二八佳人堕马髻妖娆无比，内室里清歌悦耳酒香四溢。文昌宫中赐我显贵的朝服，长安道驶过我退朝的车舆。京城的权贵哪个还敢漠视，三省的高官见了无须拜揖。早知今日读书是如此荣耀，后悔以前任侠太不合时宜。

放歌行答从弟墨卿[1]

小来好文耻学武，世上功名不解取。
虽沾寸禄已后时[2]，徒欲出身事明主。
柏梁赋诗不及宴[3]，长楸走马谁相数[4]？
敛迹俯眉心自甘[5]，高歌击节声半苦[6]。
由是蹉跎一老夫[7]，养鸡牧豕城东隅[8]。
空歌汉代萧相国[9]，肯事霍家冯子都[10]。
徒尔当年声籍籍[11]，滥作词林两京客[12]。
故人斗酒安陵桥[13]，黄鸟春风洛阳陌。
吾家令弟才不羁[14]，五言破的人共推[15]。

兴来逸气如涛涌，千里长江归海时。
别离短景何萧索[16]，佳句相思能间作。
举头遥望鲁阳山[17]，木叶纷纷向人落。

【注释】

〔1〕从弟：堂弟。

〔2〕寸禄：微薄的俸禄。

〔3〕柏梁赋诗：汉武帝刘彻于长安建柏梁台，与群臣宴饮赋诗其上。作者登科后调新乡县尉，追怀此事，自叹不得任职朝中，侍宴君侧。

〔4〕长楸：高大的楸树，古代常种于大路旁。此借指大路。

〔5〕敛迹：藏身不出。　俯眉：低眉。表示谦卑、恭顺。

〔6〕击节：打拍子。

〔7〕蹉跎：虚度光阴。

〔8〕豕（shǐ始）：猪。

〔9〕萧相国：即萧何，从刘邦起事，以功封酂侯，官至相国。此喻指宰相。

〔10〕肯：岂肯。　冯子都：西汉贵戚霍光的家奴，常仗势横行，使百官避畏。这里借以自述不肯屈事权贵。

〔11〕声籍籍：名声显赫。

〔12〕两京：指长安、洛阳。

〔13〕安陵：在今河南鄢陵西北。

〔14〕不羁：谓才行高远，不可拘限。

〔15〕破的：射中箭靶。比喻言语中肯，说中要害。

〔16〕短景：日影短，谓白日将近。

〔17〕鲁阳山：即鲁山，在今河南鲁山东十八里。

【今译】

从小就爱好诗文耻于学武，世上功名不懂如何去追逐。虽有微薄俸禄却错过时机，空怀一腔效忠明主的抱负。欲效柏梁联诗却无缘侍宴，大道上骑马走过又有谁知？谦恭地藏身不出自甘隐退，击节高歌歌声里半是凄苦。从此只是一个无用的老夫，在城东喂鸡养猪光阴虚度。虽然对汉相萧何空怀羡慕，终不肯去屈事豪奴冯子都。当年的显赫名声付之东流，只好在两京文坛浪迹漂泊。老友在安陵桥头备酒款待，洛阳道旁春风里黄鸟高歌。好兄弟你的才华不可拘限，诗文精妙备受众人的推崇。豪兴一来逸气如波涛涌起，就好似千里长江汇注大海。别离时夕阳西下一派萧瑟，相思的佳句不时脱口吟出。抬起头遥望远方的鲁阳山，凋零的树叶纷纷向人洒落。

送刘十〔1〕

三十不官亦不娶，时人焉识道高下？
房中唯有老氏经〔2〕，枥上空余少游马〔3〕。
往来嵩华与函秦〔4〕，放歌一曲前山春。
西林独鹤引闲步，南涧飞泉清角巾〔5〕。
前年上书不得意，归卧东窗兀然醉〔6〕。
诸兄相继掌青史〔7〕，第五之名齐骠骑〔8〕。
烹葵摘果告我行，落日夏云纵复横。
闻道谢安掩口笑〔9〕，知君不免为苍生。

【注释】

〔1〕刘十：未详何人。一本作“刘十一”。

〔2〕老氏：指老子。

〔3〕枥上：马槽。　少游马：《后汉书·马援传》：“士生一世，但取衣食裁足，乘下泽车，御款段马……斯可矣。”又：“吾从弟少游，驭款段马。”款段，马行迟缓貌。

〔4〕嵩华：嵩山与华山。　函秦：泛指长安一带。

〔5〕角巾：有棱角的方巾，古代隐者的服饰。

〔6〕兀然：昏沉貌。

〔7〕掌青史：指史官。青史，史籍。

〔8〕“第五”句：称刘十的五哥名与骠骑将军相齐。

〔9〕谢安：字安石，初隐居东山，四十始出仕，官至宰相，位列三

公。此用以喻刘十。

【今译】

而立之年不做官也不成家，世人哪知道您出众的才华？书房里只藏有老子的经典，马槽边还剩下迟缓的老马。往来于长安城与嵩华一带，放歌一曲前山顿时春意生。你就像西林独鹤幽闲信步，南涧泉水洗角巾不染纤尘。前些年上书却未得到任用，归卧东窗取酒独饮醉沉沉。几个兄弟相继都做了史官，五哥名望比得上骠骑将军。烹葵茶摘山果你又要远行，黄昏时天幕上夏云正纵横。说起先贤谢安你掩口而笑，知道你终将出山为着苍生。

送康洽入京进乐府〔1〕

识子十年何不遇，只爱欢游两京路〔2〕。
朝吟左氏《娇女篇》〔3〕，夜诵相如《美人赋》〔4〕。
长安春物旧相宜，小苑蒲萄花满枝。
柳色偏浓九华殿〔5〕，莺声醉杀五陵儿〔6〕。
曳裾此日从何所〔7〕？中贵由来尽相许〔8〕。
白夹春衫仙吏赠〔9〕，乌皮隐几台郎与〔10〕。
新诗乐府唱堪愁，御伎应传鳷鹊楼〔11〕。
西上虽因长公主〔12〕，终须一见曲阳侯〔13〕。

【注释】

〔1〕康洽：生平未详。
〔2〕两京：指长安和洛阳。
〔3〕左氏《娇女篇》：晋左思有《娇女诗》咏自己的爱女。
〔4〕相如《美人赋》：汉司马相如著有《美人赋》。
〔5〕九华殿：汉掖庭中的殿名。

〔6〕五陵儿：指豪侠少年或纨绔子弟。五陵，是汉代豪侠少年聚集之地。

〔7〕曳裾：拖着衣襟。裾，衣服的大襟。　日：一作“夜”。

〔8〕中贵：中贵人（宦官）的简称。

〔9〕白夹：白色夹衣。　仙吏：仙界、天庭的职事人员。

〔10〕乌皮隐几：乌羔皮裹饰的小几案。古人坐时用以靠身。　台郎：尚书郎或御史。

〔11〕御伎：帝王家的乐伎。　鸩（zhī支）鹊楼：南朝楼阁名，在江苏南京。

〔12〕长公主：皇帝的姊妹或皇女之尊者的封号。

〔13〕曲阳侯：汉成帝时五侯之一王根，乃成帝之舅，于河平二年（前27）受封曲阳侯。此用以指代权贵。

【今译】

知你怀抱奇才十年不得知遇，于是只爱在京城里放荡欢娱。清早起来吟咏左思的《娇女诗》，夜晚不眠诵读相如的《美人赋》。长安城的春天风物依旧宜人，小园里葡萄开花挂满了藤枝。九华殿里柳色青青春意最浓，五陵少年莺歌声里意乱情迷。衣裾飘飘今日该往何处游弋？结识的中贵一个个竞相推许。飘逸的白色夹衣似仙吏所赠，乌皮小几乃是台郎大人赐予。唱起新词乐府声声使人愁绝，禁苑里多来自鸩鹊楼的名伎。西上长安虽说是长公主相邀，你终须一见曲阳侯方近情理。

别梁锽[1]

梁生倜傥心不羁[2]，途穷气盖长安儿。
回头转眄似雕鹗[3]，有志飞鸣人岂知[4]。
虽云四十无禄位[5]，曾与大军掌书记[6]。
抗辞请刃诛部曲[7]，作色论兵犯二帅[8]。
一言不合龙额侯[9]，击剑拂衣从此弃[10]。

朝朝饮酒黄公垆[11]，脱帽露顶争叫呼[12]。
庭中犊鼻昔尝挂[13]，怀里琅玕今在无[14]。
时人见子多落魄[15]，共笑狂歌非远图。
忽然遣跃紫骝马，还是昂藏一丈夫[16]。
洛阳城头晓霜白，层冰峨峨满川泽[17]。
但闻行路吟新诗[18]，不叹举家无担石[19]。
莫言贫贱长可欺，覆篑成山当有时[20]。
莫言富贵长可托，木槿朝看暮还落[21]。
不见古时塞上翁，倚伏由来任天作[22]。
去去沧波无复陈，五湖三江愁杀人。

【注释】

〔1〕梁锽（huáng皇）：唐天宝（742—755）中诗人，曾官执戟，生平未详。

〔2〕倜傥：洒脱，不拘束。　不羁：不受约束。

〔3〕转眄（miǎn免）：转动眼珠斜视，表示高傲。　雕、鹗：均善于搏击的猛禽。

〔4〕飞鸣：语本《史记·滑稽列传》："此鸟不飞则已，一飞冲天；不鸣则已，一鸣惊人。"

〔5〕无禄位：指没有做过官。

〔6〕掌书记：唐代节度使和军帅幕府的属官，掌管章表书记文檄。这一职务可以由节度使或军帅指派，不是朝廷命官。从诗中看，梁锽是以布衣身份参加幕府，详情未可考知。

〔7〕抗辞：高声陈辞。　请刃：请求授予生杀之权。　诛部曲：指平定军中的叛乱。部曲，古时军队的编制单位。《续汉书·百官志》："将军领军，皆有部曲，大将军营五部，部校尉一人。部下有曲，曲有军侯一人。"

〔8〕作色：脸上变色。这里指意志慷慨。　论兵：议论军事。　犯：冒犯。

〔9〕龙额（é俄）侯：汉代韩说以校尉击匈奴，封龙额侯。此借指军帅。

〔10〕拂衣：提衣、振衣，此处表示决绝之意。

〔11〕黄公垆：黄公酒垆。晋王戎常与嵇康、阮籍饮酒于此。这里借指酒店，也有将梁锽与嵇、阮比况之意。

〔12〕脱帽露顶：指不拘礼法。

〔13〕“庭中”句：用晋人阮咸事。《世说新语·任诞》：“阮仲容（咸）、步兵（籍）居道南，诸阮居道北。北阮富，南阮贫。七月七日，北阮盛晒衣，皆纱罗锦绮。仲容以竿挂大布犊鼻于中庭。”犊鼻，围裙之类。

〔14〕琅玕（láng gān郎干）：像珠子似的美石。

〔15〕子：指梁锽。

〔16〕昂藏：形容人的气概轩昂。

〔17〕峨峨：高峻貌。

〔18〕吟新诗：《全唐诗》录存梁锽诗作十五首。

〔19〕无担石：略无储存的粮食。《后汉书·明帝纪》：“生者无担石之储。”

〔20〕覆篑（kuì溃）成山：一筐筐土倒在地上终能堆成山，比喻贫贱之士终有扬眉吐气之日。篑，古代盛土的筐子。

〔21〕木槿：落叶灌木，夏秋开花，朝开暮落。

〔22〕“不见”二句：用《淮南子·人间训》“塞翁失马，焉知非福”的典故，说明祸福相依的道理。又，《老子》：“福兮祸之所倚，祸兮福之所伏。”

【今译】

你梁生性格倜傥一向不受羁绊，仕途困顿志气盖过长安少年。回过头眼珠一转锐利如雕鹗，有志高飞一鸣惊人非比等闲。已到不惑之年却从未做过官，只在节度使军中担任掌书记。慷慨陈辞请求平定军中叛乱，出语直率不惜将主副帅冒犯。与权高势大的主帅一言不合，击剑拂衣弃之而去回到中原。天天与友人聚在酒店里饮酒，脱帽露顶放浪形骸争相叫喊。也曾将犊鼻裈高挂在庭院中，不知才学是否仍似美玉一般。世俗的人见你竟然如此落魄，都嘲笑你狂放没有长远打算。当你忽然扬鞭驱马奋蹄腾跃，仍然是男子汉大丈夫气度伟岸。洛阳城头清晨披满皑皑白霜，重叠堆积的冰层覆盖着河川。只听到你边行路边吟诵新诗，却不闻半声叹老嗟贫的哀怨。不要以为贫贱之人便可欺辱，一筐一筐的土终能堆积成山。不要以为荣华富贵可以长久，木槿花朝开暮落只一时鲜艳。你不见古时塞上睿智的老翁，懂得祸福相倚之理自古而然。你此去面对沧波不必我细说，五湖三江水使离人肝肠寸断。

少室雪晴送王宁[1]

少室众峰几峰别，一峰晴见一峰雪。
隔城半山连青松，素色峨峨千万重[2]。
过景斜临不可道[3]，白云欲尽难为容。
行人与我玩幽境，北风切切吹衣冷[4]。
惜别浮桥驻马时，举头试望南山岭。

【注释】

〔1〕少室：山名。中岳嵩山分两支，东曰太室，西曰少室。在今河南登封北。　王宁：生平未详。

〔2〕峨峨：高峻貌。

〔3〕过景：犹过隙。

〔4〕切切：凄清寒凉。

【今译】

少室山有几座山峰与众不同，一峰放晴另一座还飘着白雪。隔城望去半山青松连成一片，千万重山银装素裹分外巍峨。眼前的感受难以用语言表达，天际白云虚无飘渺无法形容。同远行人一起赏玩清幽景色，北风凄厉吹动衣衫感到寒冷。在浮桥上停下马来挥手告别，依依惜别举头遥望南山山岭。

送陈章甫[1]

四月南风大麦黄，枣花未落桐阴长[2]。

青山朝别暮还见，嘶马出门思旧乡〔3〕。
陈侯立身何坦荡〔4〕，虬须虎眉仍大颡〔5〕。
腹中贮书一万卷，不肯低头在草莽〔6〕。
东门沽酒饮我曹〔7〕，心轻万事如鸿毛。
醉卧不知白日暮，有时空望孤云高。
长河浪头连天黑，津吏停舟渡不得〔8〕。
郑国游人未及家〔9〕，洛阳行子空叹息〔10〕。
闻道故林相识多〔11〕，罢官昨日今如何？

【注释】

〔1〕陈章甫：江陵（今属湖北）人，于开元年间制策登科，曾官太常博士，隐居嵩山二十余年。

〔2〕阴：一作“叶”。

〔3〕旧乡：故乡。

〔4〕陈侯：对陈章甫的美称。　坦荡：语出《论语·述而》：“君子坦荡荡。”

〔5〕虬须：胡须卷曲。　仍：通“乃”。　大颡（sǎng 嗓）：宽额。

〔6〕草莽：草野。《孟子·万章下》：“在野曰草莽之臣。”

〔7〕沽酒：买酒。

〔8〕津吏：管理渡口的小官。津，渡口。

〔9〕郑国游人：指陈章甫。春秋时郑国在济水西洛水东河水南颍水北之区域间，陈氏隐居嵩山，故云。　及：到。

〔10〕洛阳行子：作者自谓。

〔11〕故林：故乡。

【今译】

四月里南风吹大麦一片金黄，枣花还未落桐叶已又密又长。早晨告别青山晚上又能相见，送别的马嘶声触动人的愁肠。陈侯立身行事胸怀何其坦荡，虬须虎眉天庭饱满气宇轩昂。读书万卷才识渊博经纶满腹，怎能够长久屈身沦落在草莽。在东门买酒与我们畅饮话别，等闲看那世间万事轻如鸿毛。醉卧中常不知不觉已经日暮，有时候仰头望天心比孤云高。黄河水浪滔滔暮色一片苍茫，船家只得停泊岸边不敢开航。你这位郑国游子不能返家去，我这洛阳行客只有空自叹息。听说你在故乡有不少老朋友，不知你罢官归去处境将如何？

听安万善吹觱篥歌[1]

南山截竹为觱篥[2]，此乐本自龟兹出[3]。
流传汉地曲转奇[4]，凉州胡人为我吹[5]。
傍邻闻者多叹息，远客思乡皆泪垂。
世人解听不解赏，长飙风中自来往[6]。
枯桑老柏寒飕飕[7]，九雏鸣凤乱啾啾[8]。
龙吟虎啸一时发[9]，万籁百泉相与秋[10]。
忽然更作《渔阳掺》[11]，黄云萧条白日暗。
变调如闻《杨柳春》，上林繁花照眼新[12]。
岁夜高堂列明烛[13]，美酒一杯声一曲。

【注释】

〔1〕安万善：唐代少数民族音乐家，生平不详。　觱篥（bì lì毕力）：亦作“筚篥”、“悲栗”，又名“笳管”，簧管乐器，以竹为管，前开七孔，后开一孔，管口插芦制哨子。起源于西域龟兹城国，汉代传入内地，为隋唐燕乐及唐宋教坊音乐的重要乐器。今民间流行者称“管子”，或称“管”。

〔2〕南山：终南山。

〔3〕龟兹（qiū cí丘慈）：古代西域国名，在今新疆库车一带。居民擅长音乐。汉通西域后属西域都护府，在唐代曾为安西都护府治所。

〔4〕汉地：指内地。

〔5〕凉州：治所在今甘肃武威。

〔6〕长飙：暴风。

〔7〕飕飕：风声。

〔8〕九雏鸣凤：谓许多小凤凰啾啾乱鸣。化用古乐府诗："凤凰鸣啾啾，一母将九雏。"

〔9〕吟：鸣叫。

〔10〕万籁：自然界的各种声响。《庄子·齐物论》谓天地间有"天籁"、"人籁"、"地籁"，总称万籁。

〔11〕《渔阳掺（càn灿）》：一作《渔阳掺挝》，鼓曲名。《后汉书·祢衡传》："衡方为《渔阳》参挝，蹀躞而前。"李贤注："参挝是击鼓之法。"

〔12〕上林：古苑名。秦时开辟，汉武帝扩大后，周围二百余里。苑内广植树木花卉，放养珍禽异兽，又建离宫别馆数十处，供皇帝游猎玩乐。旧址在今陕西长安至眉县一带。

〔13〕岁夜：除夕。

【今译】

从南山采伐青竹做成觱篥，这种乐器本出自西域龟兹。流传到汉地曲调更加奇妙，吹奏者名安万善来自胡地。周围的人听了都为之叹息，思乡的游子听了无不垂涕。世人只会感动却不知欣赏，乐曲如疾风在天地间回荡。像刮过枯桑老柏的飕飕寒风，又像雏鸟凤凰在争相鸣唱。时而像龙吟虎啸一齐迸发，时而像百泉交汇共对秋凉。忽听得《渔阳》鼓曲声情悲壮，愁云惨雾天地也变得昏黄。霎时又吹奏《杨柳》曲调轻柔，上林苑繁花耀眼春光明媚。除夕夜在高堂上燃起明烛，倾听一支乐曲饮美酒一杯。

爱敬寺古藤歌[1]

古藤池水盘树根，左攫右拿龙虎蹲[2]。

横空直上相陵突[3]，丰茸离纚若无骨[4]。

风雷霹雳连黑枝，人言其下藏妖魑。

空庭落叶作开合，十月苦寒常倒垂。

忆昨花飞满空殿，密叶吹香饭僧遍[5]。
南阶双桐一百尺，相与年年老霜霰[6]。

【注释】

〔1〕爱敬寺：寺庙名，其地未详。
〔2〕攫（jué决）：抓。
〔3〕陵突：突出，超越。
〔4〕丰茸：花草繁茂。　离缡：柔软，羽毛初生貌。
〔5〕饭僧：斋僧。
〔6〕霰（xiàn现）：雪珠。

【今译】

古藤盘根错节生长在水池边，有如龙踞虎蹲紧紧缠绕大树。枝叶互相交叉伸展横空直上，枝条丰满繁茂仿佛柔嫩无骨。风雷和霹雳把枝条变得黝黑，人们纷纷传说树下藏有妖怪。空庭里飘落的树叶一开一合，十月里天气苦寒藤枝常倒垂。回想当年花开花落铺满空殿，僧人在密叶的香气里用着斋饭。南阶两株桐树高达一百余尺，经霜浴雪一直与这古藤相伴。

古　意[1]

男儿事长征，少小幽燕客[2]。
赌胜马蹄下[3]，由来轻七尺[4]。
杀人莫敢前，须如猬毛磔[5]。
黄云陇底白雪飞[6]，未得报恩不得归[7]。
辽东小妇年十五[8]，惯弹琵琶解歌舞[9]。
今为羌笛《出塞》声[10]，使我三军泪如雨。

【注释】

〔1〕古意：犹“拟古”。

〔2〕幽燕：即今河北、辽宁一带。幽，古幽州。燕，古燕国。此地自古多慷慨悲歌之士，舍生取义，英勇善战。

〔3〕赌胜：赌决胜负。

〔4〕由来：从来。　七尺：指身躯。古代七尺约合今四尺八寸四，略近于一个人的身高。

〔5〕须：胡须。　猬毛磔（zhé哲）：形容人胡须浓密粗硬，如猬毛般张开。《晋书·桓温传》:“温眼如紫石棱，须作猬毛磔。”

〔6〕陇：山陵。

〔7〕报恩：报答国恩。

〔8〕小妇：少妇。

〔9〕解歌舞：能歌善舞。

〔10〕羌笛：乐器名，源出古羌族。《出塞》：乐府横吹曲名，为军中乐。

【今译】

从军远征是男子汉的本色，何况身处幽燕的游侠少年。沙场上常与伙伴输赢决赌，从来就把生与死视若等闲。冲锋陷阵使敌人闻风丧胆，胡须粗又短似刺猬毛一般。疆场上黄沙滚滚白云飘飞，未能够报答君恩誓不回还。辽东一位少妇芳龄才十五，弹一手好琵琶且能歌善舞。羌笛中传出悲凉的《出塞曲》，竟使我三军将士泪如雨倾。

送刘昱[1]

八月寒苇花，秋江浪头白。
北风吹五两[2]，谁是浔阳客[3]？
鸬鹚山头片雨晴[4]，扬州郭里暮潮生。
行人夜宿金陵渚[5]，试听沙边有雁声。

【注释】

〔1〕刘昱：生平未详。

〔2〕五两：见前《送宇文太守赴宣城》诗注。

〔3〕浔阳：今江西九江。

〔4〕鸬鹚：水鸟名，俗称鱼鹰。

〔5〕金陵：即今江苏南京。

【今译】

八月里芦苇开花一片凄清，秋江水浪花如雪波涛阵阵。北风吹动桅杆上的风信仪，是谁将去浔阳即刻动身？微雨初晴从鸬鹚山头出发，到扬州城外但闻暮潮声声。夜晚投宿金陵江畔的沙渚，孤寂中不断传来大雁哀鸣。

送郝判官〔1〕

楚城木叶落〔2〕，夏口青山转〔3〕。
鸿雁向南时，君乘使者传〔4〕。
枫林带水驿〔5〕，夜火明山县。
千里送行人，蔡州如眼见〔6〕。
江连清汉东逶迤，遥望荆云相蔽亏〔7〕。
应问襄阳旧风俗，为余骑马习家池〔8〕。

【注释】

〔1〕郝判官：生平未详。

〔2〕楚城：古楚国都城，即今湖北江陵。

〔3〕夏口：又称沔口，汉水入江处。

〔4〕使者传（zhuàn撰）：使者乘坐的驿车。

〔5〕水驿：水路驿站。

〔6〕蔡州：治所在上蔡，属今河南汝南。

〔7〕荆：古楚国的别称。　蔽亏：因遮蔽而半隐半现。

〔8〕习家池：襄阳游宴胜地，晋征南将军山简镇守襄阳，常在这里醉饮。这里用襄阳轶事点明郝判官的去向。

【今译】

暮秋时节江陵城下落叶纷纷，夏口一带青色山峦曲折连绵。当大雁纷纷向南飞去的时候，您将要离去登上使者的驿车。火红的枫林一直延伸到水驿，夜火照亮了幽静的山区小县。在这里送别远行千里的友人，遥远的蔡州仿佛出现在眼前。长江连着汉水逶迤向东流去，荆州在云遮雾绕中半隐半现。别忘记问襄阳风俗是否依旧，替我骑马到习家池饮酒流连。

听董大弹胡笳声兼寄语房给事[1]

蔡女昔造胡笳声[2]，一弹一十有八拍[3]。
胡人落泪沾边草，汉使断肠对归客[4]。
古戍苍苍烽火寒[5]，大荒沉沉飞雪白。
先拂商弦后角羽[6]，四郊秋叶惊摵摵[7]。
董夫子，通神明，深山窃听来妖精。
言迟更速皆应手，将往复还如有情。
空山百鸟散还合，万里浮云阴且晴。
嘶酸雏雁失群夜[8]，断绝胡儿恋母声[9]。
川为净其波，鸟亦罢其鸣。
乌孙部落家乡远[10]，逻娑沙尘哀怨生[11]。
幽音变调忽飘洒，长风吹林雨堕瓦。
迸泉飒飒飞木末[12]，野鹿呦呦走堂下[13]。
长安城连东掖垣[14]，凤凰池对青琐门[15]。

高才脱略名与利[16]，日夕望君抱琴至。

【注释】

〔1〕董大：唐玄宗、肃宗时期的著名琴师。 弹胡笳声：用琴弹出胡笳的声音。 房给事：即房琯。当时任给事中，给事为其省称。房是董的知音。

〔2〕蔡女：指东汉蔡琰。蔡琰被匈奴掳去时，曾作《胡笳十八拍》以抒发悲愤。但今传该曲歌词或系后人伪托。

〔3〕拍：乐曲的节奏。

〔4〕汉使：指曹操派去迎接蔡琰归国的使者。 归客：指蔡琰。

〔5〕古戍：古代遗留下来的要塞。 苍苍：苍茫萧瑟的样子。

〔6〕拂：弹奏。 商、角、羽：均古代五声之一。这里指不同的乐调。

〔7〕摵（shè舍）摵：落叶声。此喻琴声。

〔8〕嘶酸：叫声哀痛辛酸。

〔9〕胡儿恋母声：用蔡琰《悲愤诗》中描写她行将归汉时，其子恋母的一段情事："儿前抱我颈，问母欲何之。人言母当去，岂复又还时。阿母常仁恻，今何更不慈。我尚未成年，奈何不顾思。"

〔10〕乌孙：在今内蒙古自治区境内。

〔11〕逻娑：今西藏拉萨。

〔12〕飒飒：风声。这里形容泉水迸出之声。

〔13〕呦（yōu悠）呦：鹿叫声。《诗经·小雅·鹿鸣》："呦呦鹿鸣，食野之苹。"

〔14〕东掖：宫殿东边的房屋。房琯任给事中，属门下省。门下省就在东掖。 垣（yuán园）：墙。

〔15〕凤凰池：对中书省和门下省的美称。 青琐门：皇宫的门，漆似青色，上有连琐形的花纹。

〔16〕高才：指房琯。 脱略：看得随便，无所谓。

【今译】

蔡文姬曾将胡笳谱成琴曲，弹唱起来总共有一十八拍。胡人听了伤心流泪湿边草，汉使也伤感断肠面对归客。古戍楼一派苍茫烽火凄寒，荒漠沉沉白雪飞茫茫一片。先拨动商弦再弹奏角和羽，四郊黄叶都惊得飒飒飘散。董夫子琴技高妙感动神明，深林里的妖精也前来偷听。快弹慢拨无一不得心应手，回旋往复流泻出款款深情。琴声里空山百鸟散了又聚，长空中万里浮云时阴时晴。忽而像失群雏雁深夜悲鸣，忽而像胡儿恋母哀哀哭声。琴声绝妙使江流波平浪静，天地间鸟儿也屏住了鸣声。好像乌孙公主思乡的叹息，又似文成公主远嫁的哀吟。幽凄的曲调忽然变得潇洒，像风吹树林细雨滴落屋瓦。轻快如山泉飒飒掠过树梢，悠柔似野鹿呦呦跑过堂下。门下省院墙就在宫廷东边，凤凰池与青琐宫门正对面。房给事才情高远不慕荣利，日夜盼望你董大抱琴来弹。

寄镜湖朱处士〔1〕

澄罶晚流阔〔2〕，微风吹绿蘋〔3〕。
鳞鳞远峰见〔4〕，淡淡平湖春。
芳草日堪把〔5〕，白云心所亲。
何时可为乐，梦里东山人〔6〕。

【注释】

〔1〕镜湖：又名鉴湖、长湖、庆湖，在今浙江绍兴会稽山北麓。　朱处士：生平未详。

〔2〕澄罶：清澈澄明。一作“澄霁”。

〔3〕蘋：多年生水生蕨类植物。

〔4〕鳞鳞：犹点点。此指隐约，模糊。

〔5〕堪把：可以用手握住。

〔6〕东山：咏隐居。见前《戏赠张五弟諲》诗注。此用以喻朱处士。

【今译】

暮色中清澈的水流格外宽阔，绿蘋在阵阵微风中摇曳不停。远处点点山峰变得隐约模糊，平湖的春天平淡而富有诗情。芳草渐渐长大可以用手把握，天空中飘浮的白云令人亲近。什么时候我才能够感到快乐？在梦中与隐居镜湖的你重逢。

送人归沔南[1]

梅花今正发，失路复何如[2]？
旧国云山在[3]，新年风景余。
春饶汉阳梦，日寄武陵书[4]。
可即明时老[5]，临川莫羡鱼[6]。

【注释】

〔1〕沔（miǎn免）：沔州，治汉阳（今湖北武汉汉阳）。

〔2〕失路：失意。

〔3〕旧国：故乡。

〔4〕武陵：县名，治今湖南常德。

〔5〕明时：政治清明的时代。

〔6〕“临川”句：古谚有“临渊羡鱼”语，谓徒具愿望而不见行动。汉人董仲舒用以比拟徒有求治之心。东汉人张衡用以比喻求仕，自叹长期求仕不果。后因以喻指求仕。

【今译】

梅花如今正竞相开放，你仕途失意又当何如？故乡里白云群山依旧，新年伊始风光自旖旎。春天里频频梦到汉阳，日日从武陵寄去书信。可趁圣明时隐居终老，切莫学他人临川羡鱼。

送卢逸人[1]

洛阳为此别，携手更何时？

不复人间见[2]，只应海上期[3]。
清溪入云木，白首卧茅茨[4]。
共惜卢敖去，天边望所思。

【注释】

〔1〕卢逸人：即卢敖，生平事迹未详。逸人，隐士。

〔2〕人间：指尘世。

〔3〕海上：《论语·公冶长》载："子曰：道不行，乘桴浮于海。"后因以乘桴海上咏隐遁避世。

〔4〕茅茨：指简陋的居室。

【今译】

你我在洛阳城就此分别，再度相见不知更待何时？纵使相逢不会再在尘世，只可能以山林田园为期。清溪蜿蜒延伸到云树里，你将终老在简陋的居室。恋恋不舍地送别你归去，目送你渐渐消失在天际。

望秦川[1]

秦川朝望迥[2]，日出正东峰。
远近山河净，逶迤城阙重[3]。
秋声万户竹，寒色五陵松[4]。
客有归欤叹[5]，凄其霜露浓[6]。

【注释】

〔1〕秦川：地名，这里指关中平原。

〔2〕迥：远。

〔3〕逶迤：长而曲折貌。　城阙：城楼。阙，宫楼前的望楼。

〔4〕五陵：见前《缓歌行》诗注。

〔5〕客：作者自指。　归欤：犹言归哉。欤，语气词。《论语·公冶长》："子在陈曰，归与归与。"与，同欤。

〔6〕凄其：凄凉。其，助词。

【今译】

清晨我眺望秦川一望无际，朝阳正从东面的山峰升起。远近的山河一片清新明净，曲折蜿蜒的城阙重叠壮丽。秋风里家家竹木飒飒作响，五陵的松树泛着冷光寒意。客子不免发出归家的叹息，在这霜露浓重的凄凉秋日。

寄司勋卢员外〔1〕

流澌腊月下河阳〔2〕，草色新年发建章〔3〕。
秦地立春传太史〔4〕，汉宫题柱忆仙郎〔5〕。
归鸿欲度千门雪，侍女新添五夜香〔6〕。
早晚荐雄文似者，故人今已赋《长杨》〔7〕。

【注释】

〔1〕司勋：官名。　卢员外：生平未详。员外，员外郎，官名。始置于晋武帝。

〔2〕流澌：河流解冻时随流飘动的冰块。　河阳：县名，在今河南孟州西。

〔3〕建章：汉宫殿名，在长安未央殿西，武帝时建。

〔4〕太史：官名。职掌天文历法，兼有修史之职。《续汉书·百官志》："太史令一人，六百石。掌天时星历。凡岁将终，奏新年历。……灵台掌候日月星气，皆属太史。"

〔5〕"汉宫"句：东汉尚书郎田凤有容仪，汉灵帝题殿柱加以称赞。事见赵岐《三辅决录》。这里以此称美卢员外受到皇帝赏识。

〔6〕五夜：第五更。

〔7〕“早晚”二句：《汉书·扬雄传》：“孝成帝时，客有荐雄文似相如者……召雄待诏承明之庭。”又，扬雄曾写《长杨赋》讽谏汉成帝大肆游猎。这里以扬雄自比，希望友人给予援引。早晚，多早晚，什么时候。

【今译】

腊月里河水夹杂着残冰流向河阳，建章宫前春天的青草已散发清香。立春时节秦地传送着太史的指令，得到皇帝赏识您就像汉代的仙郎。大雁北归从冰雪未融的千门飞过，五更时分侍女又新添了一支夜香。何时能够像扬雄那样得到你推荐，如今我也写出《长杨赋》这样的文章。

送魏万之京[1]

朝闻游子唱骊歌[2]，昨夜微霜初渡河。
鸿雁不堪愁里听，云山况是客中过。
关城树色催寒近[3]，御苑砧声向晚多[4]。
莫见长安行乐处，空令岁月易蹉跎。

【注释】

〔1〕魏万：又名炎，后改名颢，自号王屋山人。仰慕李白大名，相访数千里不遇。　之京：往京都长安。

〔2〕游子：指魏万。　骊歌：《骊驹》之歌。乃古代咏辞别的逸诗篇名。辞曰：“骊驹在门，仆夫具存；骊驹在路，仆夫整驾。”

〔3〕关城：当指潼关。

〔4〕御苑：皇家园囿。此指代长安。　砧声：捣衣声。　向晚：傍晚。

【今译】

晨曦里听你唱起离别之歌，踏着昨夜初降的微霜送你渡河。愁苦中不忍再听大雁的哀鸣，更何况翻山越岭全在异地他乡经过。遥望潼关树色苍茫寒气逼人，临近皇都暮色中传来捣衣声声。切莫把长安当成行乐之地，白白虚掷时光令岁月蹉跎。

送李回[1]

知君官署大司晨[2]，诏幸骊山职事雄[3]。
岁发金钱供御府[4]，昼看仙液注离宫[5]。
千岩曙雪旌门上[6]，十月寒花辇路中[7]。
不睹声明与文物[8]，自伤流滞去关东[9]。

【注释】

〔1〕李回：生平未详。

〔2〕大司晨：官名。掌租税钱谷和国家财政收支。

〔3〕骊山：在今陕西临潼。山上有温泉。史载唐玄宗每年十月幸骊山。　职事：职务。

〔4〕御府：帝王的府库。

〔5〕仙液：指温泉。　离宫：皇宫之外修筑的宫殿苑林。

〔6〕旌门：古代帝王出行，张帷幕为行宫，宫前树旌旗为门，称旌门。

〔7〕辇路：皇帝车驾所经之路。

〔8〕声明：声威教化与文明。

〔9〕关东：函谷关以东（一说山海关以东）。

【今译】

知道您现在已经官居大司晨，在骊山侍奉君王是何等荣幸。每年拨金钱供给帝王的府库，白日里能看到温泉流过离宫。旌门前千岩上长年覆盖积雪，十月耐寒的秋花开在辇路中。无缘看到帝王的声威与文物，可叹我只能流落蹉跎在关东。

宿莹公禅房闻梵[1]

花宫仙梵远微微[2]，月隐高城钟漏稀[3]。
夜动霜林惊落叶，晓闻天籁发清机[4]。
萧条已入寒空静，飒沓仍随秋雨飞[5]。
始觉浮生无住著[6]，顿令心地欲皈依[7]。

【注释】

〔1〕莹公：生平未详。　梵：诵经声。
〔2〕花宫：指佛寺。
〔3〕钟漏：报时的钟声。
〔4〕清机：清净的心机。
〔5〕飒沓：飘飞貌。
〔6〕浮生：人生。　住著（zhuó着）：佛教语，犹执著。
〔7〕皈（guī归）依：佛教指皈依佛、法、僧三宝。

【今译】

佛寺远远传来仙乐般飘渺的诵经声，月亮藏在高城背后钟漏声依稀可闻。夜间经声惊动了霜林落叶悄然而下，拂晓这天籁般的声音使人气爽神清。诵经声渐渐沉寂在静谧清寒的天空，余音袅袅好像仍随着秋雨萦绕飘动。闻此声才觉得浮生一梦何必太执著，顿时感到心境空明只想要皈依佛门。

题睿公山池[1]

远公遁迹庐山岑[2]，开士幽居只树林[3]。
片石孤峰窥色相[4]，清池皓月照禅心[5]。

指挥如意天花落[6]，坐卧闲房春草深。
此外俗尘俱不染，惟余玄度得相寻[7]。

【注释】

〔1〕睿公：生平未详。 山池：山中的水池。

〔2〕远公：指晋代高僧慧远。 遁迹：逃避人世，指隐居。

〔3〕开士：菩萨的别名，借作对僧人的敬称。

〔4〕色相：佛教语，指万物的形貌。

〔5〕禅心：佛教语，指清净寂定的心境。

〔6〕指挥：以手持物挥动示意。 如意：器物名。梵语“阿那律”的意译。古之爪杖。用骨、角、竹、木、玉、石、铜、铁等制成，长三尺许，前端作手指形。 天花：亦作“天华”。佛教语，天界仙花。

〔7〕玄度：玄妙的法理，指佛法。

【今译】

高僧慧远当年居住在庐山岭，您如今也隐逸在深幽的山林。从片石孤峰可窥知万物形貌，清池明月使人心境寂定清净。举手一挥如意天界仙花飘落，闲来坐卧禅房门前春草深深。人世间一切俗尘都纤毫不染，只对玄妙的佛理潜心去探寻。

宿香山寺石楼[1]

夜宿翠微半[2]，高楼闻暗泉。
渔舟带远火，山磬发孤烟[3]。
衣拂云松外，门清河汉边[4]。
峰峦低枕席，世界接人天。
霭霭花出雾[5]，辉辉星映川。
东林曙莺满，惆怅欲言旋[6]。

【注释】

〔1〕香山寺：在今河南洛阳西南二十五里，始建于后魏。唐白居易曾在此构筑石楼，自号香山居士。

〔2〕翠微：青翠的山色。此指香山。

〔3〕山磬：山寺的磬声。

〔4〕河汉：指天河。

〔5〕霭霭：云气浓盛貌。

〔6〕旋：回返。

【今译】

夜宿的香山寺坐落在龙门山间，独卧高楼隐约可听到流泉。远处只见星星点点的渔火，悠扬的磬声里有袅袅孤烟。衣袖仿佛飘到白云松林外，山门好像在清清银河旁边。连绵群峰低伏在我的床下，这里似将人间与天上相连。霭霭云雾中只见花朵绽放，星光闪烁映照着河流山川。拂晓东林里一片莺歌婉转，我不觉满怀惆怅想要回还。

送卢少府赴延陵〔1〕

闻君从所宦，何日府中趋。
遥指金陵县〔2〕，青山天一隅。
行人怀寸禄〔3〕，小吏献新图〔4〕。
北固波涛险〔5〕，南天风俗殊〔6〕。
春江连橘柚，晚景媚菰蒲〔7〕。
漠漠花生渚〔8〕，亭亭云过湖〔9〕。
滩沙映春火，水雾敛樯乌。
回首东门路，乡书不可无〔10〕。

【注释】

〔1〕卢少府：生平未详。　延陵：春秋时吴邑名，故址在今江苏常州。

〔2〕金陵县：今江苏南京。

〔3〕寸禄：微薄的俸禄。

〔4〕小吏：职位很低的官员。　新图：新的谋划，计议。

〔5〕北固：山名，在今江苏镇江北。下临大江。

〔6〕南天：指南方。

〔7〕菰蒲：茭白与菖蒲，均生于水边。

〔8〕漠漠：广阔貌。

〔9〕亭亭：缓行貌。

〔10〕乡书：家信。

【今译】

听说您就要动身前去赴任，不知何时才能赶到您府中。遥指着金陵县所在的方向，一抹青山仿佛在天的尽头。奔波劳碌只为这微薄俸禄，位卑职微忙献上新的划谋。北固山下长江水波涛险恶，南方风俗与这里迥然不同。春水浩淼江岸边橘柚成行，暮色中孤蒲摇曳姿态万方。水渚边盛开着繁茂的春花，湖面缓缓飘过洁白的云朵。烧荒的春火映红河岸沙滩，水雾渐渐遮住了船上的樯帆。回过头来再望望家乡的路，千万别忘了寄家书报个平安。

奉送五叔入京兼寄綦毋三〔1〕

云阴带残日，怅别此何时？

欲望黄山道，无由见所思〔2〕。

【注释】

〔1〕綦毋三：即綦毋潜，行三。

〔2〕无由：无法。

【今译】

阴云映带残阳天空一派昏黄，在这样的时刻离别分外惆怅。想要纵目眺望远去黄山的道路，无法见到我思念的人现在何方。

寄韩鹏[1]

为政心闲物自闲，朝看飞鸟暮飞还。
寄书河上神明宰[2]，羡尔城头姑射山[3]。

【注释】

〔1〕韩鹏：生平未详。

〔2〕神明：指神仙。 宰：一城之主。

〔3〕姑射山：藐姑射之山，神仙居处。《庄子·逍遥游》："藐姑射之山，有神人居焉。肌肤若冰雪，绰约如处子。"

【今译】

当政的人无事可做众人也自悠闲，清晨看鸟儿飞去黄昏又看它飞还。寄封信给河上逍遥似神仙的县太爷，好羡慕您城外有一座藐姑射之山。

百花原[1]

百花原头望京师，黄河水流无尽时[2]。
秋天旷野行人绝，马首东来知是谁[3]？

【注释】

〔1〕题一作《白花原》。

〔2〕尽：一作“已”。
〔3〕东来：一作“西来”。

【今译】

伫立百花原头眺望京城，黄河一泻千里长流不尽。秋天原野空旷绝少人迹，一马由东驰来知是何人？

遇刘五〔1〕

洛阳一别梨花新，黄鸟飞飞逢故人〔2〕。
携手当年共为乐，无惊蕙草惜残春〔3〕。

【注释】

〔1〕刘五：未详何人。
〔2〕黄鸟：黄莺，又称黄鹂、仓庚。
〔3〕蕙草：香草名。此指蕙兰，暮春开花，一茎可发八九朵。

【今译】

当年洛阳分手时正值梨花开放，在这黄莺飞舞的时节又遇故人。让我们像当年一样携手共欢乐，莫要见蕙草开花叹惜已是残春。

綦毋潜

綦毋潜，生卒年不详。字孝通。虔州南康（今属江西）人。开元十四年（726）进士及第。天宝初，弃官还江东。天宝十三载

（754）自集贤职迁广文博士，仕终著作郎。后不知所终。工诗，善写方外之情。与王维、孟浩然、李颀、高适、储光羲友善。《全唐诗》存其诗一卷。

冬夜寓居寄储太祝[1]

自为洛阳客，夫子吾知音。
爱义能下士[2]，时人无此心。
奈何离居夜，巢鸟悲空林。
愁坐至月上，复闻南邻砧[3]。

【注释】

〔1〕储太祝：谓储光羲。太祝，官名，掌祭祀祈祷之事。储光羲曾任此职，故称。

〔2〕下士：犹礼贤下士，即屈身结交贤士。

〔3〕砧：捣衣石。唐代妇女每于秋夜捣衣，因咏。

【今译】

自从我客居来到这洛阳城，先生您就成了我的知音。您守信重义又能礼贤下士，时人哪有这样高尚的德行。无奈在这孤凄的分离之夜，空林里回荡着巢鸟的悲鸣。我忧愁寂寞独坐直到月上，南邻又传来悲凉的捣衣声。

春泛若耶溪

幽意无断绝[1]，此去随所偶[2]。

晚风吹行舟，花路入溪口。
际夜转西壑[3]，隔山望南斗[4]。
潭烟飞溶溶[5]，林月低向后。
生事且弥漫[6]，愿为持竿叟[7]。

【注释】

〔1〕幽意：幽静的心性。

〔2〕偶：遇。

〔3〕际夜：傍晚。际，临近。

〔4〕南斗：星名。南斗六宿，即斗宿，为越分野。绍兴属古越地。

〔5〕溶溶：弥散貌。

〔6〕生事：生计，谋生之事。 弥漫：茫茫无际。

〔7〕持竿叟：即渔翁。东汉严子陵，会稽人，曾与汉光武帝刘秀同学，召为谏议大夫，不受，归隐富春山，常在富春江边持竿垂钓。

【今译】

探寻幽境的念头从未改变，溪中泛舟且任它随意漂流。晚风吹送着船儿何等轻快，沿春花怒放的河岸入溪口。黑夜里小船转入西边山谷，隔山头可仰望南天的星斗。潭水面上升腾起濛濛烟雾，明月伴随着树林悄悄退后。世事纷繁如烟雾迷茫缥缈，我愿做个溪边垂钓的老叟。

题鹤林寺[1]

道林隐形胜[2]，向背隔层霄[3]。
松覆山殿冷，花藏溪路遥。
珊珊宝幡挂[4]，焰焰明灯烧[5]。
迟日半空谷[6]，春风连上潮。

少适水木兴[7]，暂令身心调。
愿谢携手客[8]，兹山禅侣饶。

【注释】

〔1〕鹤林寺：原在今江苏丹徒黄鹤山下。始建于晋代，南朝宋改称今名。

〔2〕道林：一作“道门”，是。指寺观。　形胜：谓壮美的山川。

〔3〕层霄：高空。

〔4〕珊珊：象声词，形容舒缓的声响。　宝幡：佛寺上悬挂的旗幡。

〔5〕焰焰：火光明亮貌。

〔6〕迟日：春日。

〔7〕少：少顷，短时。

〔8〕谢：告辞。

【今译】

鹤林寺就隐藏在清幽的深山，远望它仿佛耸立在云天上。松柏覆盖的山殿幽清冷寂，山花掩映的小溪曲折绵长。旗幡被清风吹动珊珊作响，宝殿里灯烛燃烧光焰明亮。和暖的春日挂在山谷半空，和煦的春风中有潮水上涨。轻轻呼吸山水芬芳的气息，疲惫的身心暂时得到调养。辞别曾经相伴的尘世俗客，此山有不少高僧令我向往。

题招隐寺绚公房[1]

开士度人久[2]，空岩花雾深。
徒知燕坐处[3]，不见有为心[4]。
兰若门对壑[5]，田家路隔林。
还言证法性[6]，归去比黄金。

【注释】

〔1〕招隐寺：在今江苏丹徒南七里招隐山上。晋隐士戴颙曾居此山，梁昭明太子萧统亦曾读书于此。　绚公：生平未详。

〔2〕开士：菩萨的别名，借作对僧人的敬称。　度人：谓使人出家，意谓引其离俗出生死。

〔3〕燕坐：即宴坐，此指坐禅。

〔4〕有为：佛教语，指有为法，谓因缘所生、无常变幻的现象世界。

〔5〕兰若：梵语“阿兰若”的省称，指寺院。

〔6〕法性：皈依佛教者的心性。

【今译】

大师您普度众生长年累月，山岩里深幽空寂花浓雾深。只见您在那里静静地打坐，心地空明看不见半点埃尘。山寺大门对着深深的山谷，林间小路通向下面的山村。用妙言点化皈依者的心性，我得道归来胜似得到黄金。

题灵隐寺山顶禅院〔1〕

招提此山顶〔2〕，下界不相闻。
塔影挂清汉〔3〕，钟声和白云。
观空静室掩〔4〕，行道众香焚〔5〕。
且驻西来驾，人天日未曛〔6〕。

【注释】

〔1〕灵隐寺：在杭州西郊飞来峰下。

〔2〕招提：佛寺。

〔3〕清汉：天空。

〔4〕静室：指寺院里的僧房。

〔5〕行道：修道。

〔6〕人天：泛指世间。　曛：夕阳余晖。

【今译】

灵隐寺坐落在高高的峰顶，隔绝尘世下界消息不相闻。高耸的佛塔好似挂在天上，悠悠钟声仿佛追随着白云。僧房虚掩寺观中一片静寂，修道讲法宝殿里香烟氛氲。西来的鹤驾暂且停留片刻，尘世间还未到日落黄昏。

若耶溪逢孔九[1]

相逢此溪曲，胜托在烟霞[2]。
潭影竹间动，岩阴檐外斜。
人言上皇代[3]，犬吠武陵家[4]。
借问淹留日[5]，春风满若耶。

【注释】

〔1〕孔九：生平未详。

〔2〕胜托：美好的寄托。　烟霞：指山水胜境。

〔3〕上皇：谓伏羲。陶渊明自谓羲皇上人，后以上皇人喻指淳朴自在的人。

〔4〕武陵家：指陶渊明《桃花源记》里描写的人家。

〔5〕淹留：停留，滞留。

【今译】

同您在这清幽的小溪边相逢，山水烟霞寄托着高雅的情怀。竹林间清冽的潭水波影摇荡，背阴的山岩横斜伸出屋檐外。这里的人们生活在上皇时代，犬吠声声仿佛来到武陵人家。请问您在这儿还要停留几日，骀荡的春风把整个若耶吹绿。

王之涣

王之涣（688—742），字季凌，郡望晋阳（今山西太原）。六世祖王隆之于北魏时任绛州刺史，遂占籍绛郡（今山西新绛）。开元十年（722）前后任冀州衡水主簿。不久即辞官，优游山水。开元二十年前后，曾流寓蓟门。晚年补莫州文安尉。是唐代著名边塞诗人之一。《全唐诗》存其诗六首。

送　别

杨柳东风树〔1〕，青青夹御河〔2〕。
近来攀折苦，应为别离多。

【注释】

〔1〕杨柳：泛指柳树。“柳”、“留”谐音，古诗多用以写离别。

〔2〕御河：专供皇室用的河道。

【今译】

东风拂过葱茏茂密的杨柳，御河两岸望去是一片新绿。柔嫩的枝条不堪攀折之苦，是因为人间有太多的别离。

凉州词〔1〕

黄河远上白云间〔2〕，一片孤城万仞山〔3〕。
羌笛何须怨《杨柳》〔4〕，春风不度玉门关〔5〕。

【注释】

〔1〕题一作《出塞》。 凉州：唐州名。始置于汉代，三国魏始将治所移今甘肃武威。

〔2〕黄河远上：一作“黄沙直上”。

〔3〕万仞：极言其高峻。仞，古时八尺为一仞。

〔4〕羌笛：古代羌族的一种乐器。《杨柳》:《折杨柳》的简称。北朝乐府《折杨柳歌辞》:“上马不捉鞭，反折杨柳枝。蹀坐吹长笛，愁杀行客儿。”此化用其句意。

〔5〕玉门关：在今甘肃敦煌西。

【今译】

遥望黄河一直伸向白云的顶端，近看一座孤城在万仞高山之间。羌笛何必吹奏哀怨的《折杨柳》曲，春风从来就吹不到这玉门边关。

登鹳雀楼〔1〕

白日依山尽，黄河入海流。
欲穷千里目，更上一层楼。

【注释】

〔1〕鹳雀楼：故址在山西蒲州（今山西永济）西，位于黄河中的一个岛上，因时有鹳雀栖其上，故名。楼高三层，前瞻中条山，下瞰黄河水，为唐代登临胜地。不少人留诗于此，这是其中最负盛名的一首。

【今译】

夕阳随着山峦慢慢隐没，黄河朝向大海日夜奔流。若想将目光远及千里之外，还须要再登上一层城楼。

张子容

张子容，生卒年不详。行八。襄阳（今湖北襄樊）人。早年隐于白鹤山。开元元年（713）进士及第，开元中任晋陵尉，贬为乐城尉，后弃官归旧业。与孟浩然有通家之好，常相唱酬。诗风亦与孟浩然相近。《全唐诗》存其诗一卷。

春江花月夜

林花发岸口，气色动江新〔1〕。
此夜江中月，流光花上春〔2〕。
分明石潭里〔3〕，宜照浣纱人。

【注释】

〔1〕气色：景色，景象。
〔2〕流光：指如水的月光。
〔3〕分明：明亮。

【今译】

江岸上鲜艳的林花正竞相绽放，春天江上的景色格外明媚清新。今夜江中高悬一轮皎洁的明月，月光如水将春花照得更加分明。明亮的月光洒在清澈的石潭里，正好倒映出浣纱人美丽的身影。

送孟浩然归襄阳

东越相逢地〔1〕，西亭送别津。

风涛看解缆[2]，云海去愁人。
乡在桃林岸，江连枫树春。
因怀故园意，归与孟家邻[3]。

【注释】

〔1〕东越：指浙东地区。

〔2〕解缆：指开船。

〔3〕孟家邻：见前刘昚虚《寄江滔求孟六遗文》诗注。

【今译】

我们刚刚在浙东一带相逢，西亭却又成了送别的渡津。在风涛中望着你解缆开船，茫茫云海不见了你的踪影。你的家乡就在那桃林岸边，春江连着一片青青的枫林。我由此顿生对故园的怀念，赶快归去好与你孟家为邻。

阎 防

阎防，生卒年不详，行九。郡望常山（今河北正定），河中（今山西永济）人。开元二十二年（734）进士及第，曾官大理评事，二十五年前后因事贬为长沙司户。开元末、天宝初曾隐居终南山丰德寺。有诗名，与孟浩然、储光羲、岑参等相友善，有诗相酬。《全唐诗》存其诗五首。

晚秋石门礼拜[1]

轻策临绝壁[2]，招提谒金仙[3]。

舟车无由径，岸峤乃属天[4]。
踯躅淹昃景[5]，夷犹望新弦[6]。
石门变暝色[7]，谷口生人烟。
阳雁叫平楚[8]，秋风急寒川。
驰晖苦代谢[9]，浮脆暂贞坚[10]。
永欲卧丘壑，息心依梵筵[11]。
誓将历劫愿[12]，无以外物牵。

【注释】

〔1〕石门：山名。全国有多处石门山，据诗人履历，此石门似在山西解县东南，一名径岭。　礼拜：向神佛行礼。

〔2〕策：杖。

〔3〕招提：佛寺。　金仙：指如来。

〔4〕峤：同“乔”，高。　属（zhǔ主）天：接天。

〔5〕踯躅：徘徊不进貌。　昃景（zè yǐng仄影）：指日影西斜。

〔6〕夷犹：迟回不前貌。　新弦：新月。

〔7〕暝色：暮色。

〔8〕阳雁：大雁。　平楚：树梢平整的丛林。

〔9〕驰晖：飞驰的时光。　代谢：更替变化。

〔10〕浮脆：指水面结成的冰。

〔11〕息心：排除俗念。　梵筵：指佛门生活。

〔12〕历劫：佛教语，谓经历几多年代。

【今译】

拄着手杖攀越陡峭的山岩，到佛寺虔诚拜谒大仙如来。山路幽险逼仄无路通车马，崖岸高峻仿佛直伸到云外。踌躇满怀见夕阳缓缓西下，天边新月如钩我犹豫徘徊。石门山笼罩着浓浓的暮色，谷口的人家升起袅袅炊烟。丛林中传来南雁鸣声阵阵，瑟瑟秋风吹过寒冷的河川。时光飞驰人事不断在交替，就像浮冰不过是暂时贞坚。只想就这样永远退居林泉，除杂念一心皈依在佛门前。誓将实现这一多年的心愿，不再受尘世间的俗事牵绊。

百丈溪新理茅茨读书[1]

浪迹弃人世，还山自幽独。
始傍巢由踪[2]，吾其获心曲[3]。
荒庭何所有，老树半空腹。
秋蜩鸣北林[4]，暮鸟穿我屋。
栖迟乐遵渚[5]，恬旷寡所欲[6]。
开卦推盈虚[7]，散帙攻节目[8]。
养闲度人事，达命知止足[9]。
不学东国儒[10]，俟时劳伐辐[11]。

【注释】

〔1〕茅茨：茅屋。茨，用茅草、芦苇盖的屋顶。

〔2〕巢由：指巢父、许由，古代隐士。

〔3〕心曲：内心深处。

〔4〕秋蜩（tiáo条）：秋蝉。

〔5〕栖迟：隐居。　遵渚：语出《诗经·豳风·九罭》："鸿飞遵渚，公归无所。"原谓鸿雁循着水中小洲飞翔，后用以形容鸿飞。

〔6〕恬旷：安恬旷达。

〔7〕开卦：谓占卜。　盈虚：盈满或虚空，谓发展变化。

〔8〕散帙：打开书帙，指读书。　节目：难点。

〔9〕达命：通晓天命，安分守己。

〔10〕东国：指河南洛阳，古称东都。作者企羡追慕巢父、许由，巢许二人皆隐河南登封的箕山，因与"东国儒"对举而言之。

〔11〕"俟时"句：语出《诗经·魏风·伐檀》："坎坎伐辐兮，置之河之侧兮。"讽刺贪鄙者尸位素餐而贤者不得仕进。

【今译】

萍踪浪迹我远离红尘俗世，归隐山林独享这清幽宁静。追攀巢父许由当年的踪迹，亲身感受先贤的亮节高风。荒凉寂寥的庭院一无所有，虬枝盘曲的老树主干半空。秋蝉在树林里一声声长鸣，暮归的鸟儿从茅屋里穿过。目送归鸿的闲逸我逍遥自在，安恬旷达的心怀清净寡欲。开卦占卜能推测盈虚之数，打开书帙来穷究深奥文理。安闲清淡中度过人间岁月，通晓天命自能够安分知足。决不学洛阳那些愚妄儒生，到时便搜刮民脂不劳而获。

与永乐诸公夜泛黄河作〔1〕

烟深载酒入，但觉暮川虚。
映水见山火，鸣榔闻夜渔〔2〕。
爱兹山水趣，忽与人世疏。
无暇然官烛〔3〕，中流有望舒〔4〕。

【注释】

〔1〕永乐：县名。故城在今山西永济东南一百二十里。
〔2〕榔：渔夫用以敲击船舷令鱼惊入网之长木板。
〔3〕然：同“燃”。　官烛：公家的灯烛。
〔4〕望舒：传说中为月亮驾车的仙人。此指月影。

【今译】

在深浓的烟霭中载酒泛舟，暮色中眼前山川格外空寂。山火燃烧光焰映红了水面，听到榔鸣知是船家在捕鱼。由衷喜爱这里的山水情趣，仿佛忽然之间疏离了尘世。贪恋眼前景无暇点燃烛火，船到中流水面有婆娑月影。

卷　下

高　适

高适（700？—765），字达夫。郡望渤海蓨（今河北景县）。早年生活困顿，随父旅居岭南。开元七年（719）前后，入长安求仕无成，乃东归梁宋，北上蓟门，对东北边塞生活有切身体验。天宝八载（749），因人荐举有道科，及第，授封丘县尉。三年后弃官入河西节度使哥舒翰幕府，掌书记。安史乱起，从玄宗至蜀，拜谏议大夫。后历仕淮南节度使及蜀州、彭州刺史。代宗朝，任刑部侍郎、转左散骑常侍，世称高常侍。进封渤海县侯。高适为唐代边塞诗派代表作家，与岑参齐名，并称“高岑”。其诗多胸臆语，兼有气骨。《全唐诗》存其诗四卷。

寄孟五少府〔1〕

秋气落穷巷〔2〕，离忧兼暮蝉。
后时已如此〔3〕，高兴亦徒然〔4〕。
知君念淹泊〔5〕，忆我屡周旋〔6〕。
征路见来雁，归人悲远天〔7〕。
平生各千里，相望在贞坚〔8〕。

【注释】

〔1〕孟五少府：其人未详。

〔2〕秋气：一作“秋风”。　穷巷：隐僻的里巷。
〔3〕后时：失时，不及时。
〔4〕兴：兴趣，兴致。
〔5〕淹泊：滞留。此指贤才沉沦下位。
〔6〕周旋：交际，应酬。
〔7〕远天：远路。
〔8〕贞坚：正直坚定。

【今译】

萧瑟的秋意笼罩着穷巷陋室，离愁中闻暮蝉使人倍感愁烦。错过时光才落到今天的境地，在清秋时节也无法兴致盎然。知道你会有沉沦下位的感受，时常惦念我而屡有书信往还。途中见大雁更勾起思乡之念，天涯游子总不免流离的悲叹。值得宽慰的是虽然远隔千里，彼此却怀着坚贞不渝的情感。

酬裴主簿雨后睢阳北楼见赠之作〔1〕

暮霞照新晴，归云犹相逐〔2〕。
有怀晨昏暇〔3〕，想见登眺目。
问礼侍彤襜〔4〕，题诗访茅屋〔5〕。
高楼多古今，陈事满陵谷〔6〕。
地久微子封〔7〕，台余孝王筑〔8〕。
徘徊顾霄汉，豁达俯川陆〔9〕。
远水对秋城，长天向乔木。
公门何清净〔10〕，列戟森已肃〔11〕。
不叹携手稀，恒思著鞭速〔12〕。
终当拂羽翰〔13〕，轻举随鸿鹄〔14〕。

【注释】

〔1〕题一作《酬鸿胪裴主簿雨后北楼见赠之作》。本诗一说为王昌龄所作。 裴主簿：生平未详。主簿，鸿胪主簿。官名，从七品上。 睢阳：今河南商丘。

〔2〕归云：归山之云。

〔3〕晨昏："晨昏定省"的略语。谓朝夕慰问侍奉双亲。语本《礼记·曲礼》："凡为人子之礼，冬温而夏凊，昏定而晨省。"

〔4〕问礼：询问、学习礼法。 彤襜（chān 搀）：赤色蔽膝，贵者所服。此指代睢阳太守。

〔5〕茅屋：指诗人居处。

〔6〕陈事：往事。

〔7〕地：指睢阳。 微子封：事见《史记·宋微子世家》："周公既承成王命，诛武庚，杀管叔，放蔡叔，乃命微子开代殷后……国于宋。"宋即睢阳。

〔8〕台：即平台。在河南商丘东北。汉梁孝王筑。

〔9〕豁达：开朗。

〔10〕公门：衙门。

〔11〕列戟：官府门前所列之戟，以为仪仗。

〔12〕著鞭：表现人奋发争先，报国建功。语本《晋书·刘琨传》："（琨）与范阳祖逖为友，闻逖被用，与亲故书曰：'吾枕戈待旦，志枭逆虏，常恐祖生先吾著鞭。'"

〔13〕拂羽翰：拂拭鸟羽，指高飞。

〔14〕轻举：犹翱翔。 鸿鹄：大鸟名。《史记·陈涉世家》："燕雀安知鸿鹄之志哉！"此喻裴氏。

【今译】

雨后初晴晚霞映红了大地，争相归山的云气随风飘散。我想象你在晨昏定省的闲暇登楼，那极目远眺的目光仿佛就在眼前。到睢阳侍奉太守并且问礼，造访敝庐时题赠新的诗篇。登临睢阳北楼生怀古之思，往事的遗迹布满山谷河川。睢阳历史悠久本属微子封地，著名的平台还是梁孝王修建。徘徊楼上仰望寥廓的天空，脚下但见广阔的河流平原。城外远处的流水曲折蜿蜒，近处高大的树木伸向长天。官府里刑宽讼简何等清净，衙门前列戟陈兵肃穆森严。不为我们不能长聚而叹息，只望你快马加鞭得遂心愿。相信你总有一天展翅高飞，在天空翱翔我当紧紧相随。

同诸公登慈恩寺浮图[1]

香界泯群有[2]，浮图岂诸相[3]。
登临骇孤高[4]，披拂欣大壮[5]。
言是羽翼生[6]，迥出虚空上。
顿疑身世别，乃觉形神王[7]。
宫阙皆户前，山河尽檐向。
秋风昨夜至，秦塞多清旷[8]。
千里何苍苍，五陵郁相望[9]。
盛时惭阮步[10]，末宦知周防[11]。
输效独无因[12]，斯焉可游放[13]。

【注释】

〔1〕诸公：指薛据、储光羲、岑参、杜甫。除薛据诗已不传外，余者皆存。诗为天宝十一载（752）秋五人同登慈恩寺塔时纪游之作。　慈恩寺浮图：即慈恩寺塔，在今陕西西安南八里处慈恩寺内，隋时为无漏寺，唐太宗贞观二十一年（647），太子李治为纪念其母文德皇后改建又名大雁塔。浮图，亦作“浮屠”、“佛图”。梵语音译“佛陀窣堵波”的讹略，即佛塔。

〔2〕香界：佛寺。　泯：泯灭。　群有：犹言万物。

〔3〕诸相：指尘俗中的各种形相。

〔4〕孤高：突兀高峻。

〔5〕大壮：《易》卦名，借以形容壮观之义。

〔6〕言：发语词。

〔7〕王：通“旺”，盛貌。

〔8〕秦塞：指关中一带。

〔9〕五陵：见前《缓歌行》诗注。

〔10〕阮步：阮步兵，即阮籍。阮籍以世多故，“遂纵酒昏酣，遗落世事。……时率意独驾，不由径路。车迹所穷，辄痛哭而反”。

〔11〕末宦：微官。 周防：《后汉书·周防传》："周防，字伟公，汝南汝阳人也。……防年十六，仕郡小吏。世祖巡狩汝南，召掾吏试经，防尤能诵读，拜为守丞，防以未冠谒去。"

〔12〕输效：贡献报国的愿望。 无因：无由，无路。

〔13〕斯焉：此地。焉，代词。 游放：纵情游览。

【今译】

庄严的佛寺使人万念俱灭，佛塔岂容各种尘俗的色相。登塔临视方惊异它的高峻，披襟拂衣更感知它的雄壮。登临塔上仿佛生出了双翼，展翅高飞远出于天空之上。身心恍惚怀疑离开了尘世，只觉得心情振奋形神健旺。长安城宫殿仿佛在塔门前，山川河流亦似在塔檐近旁。昨夜忽然有阵阵秋风吹来，关中平原一时更寥廓清朗。放眼望草木无际莽莽苍苍，五陵林木葱郁正遥遥相望。居盛世却像阮籍不禁惭愧，似周防做个小官失意彷徨。想报效国家却找不到路径，只好在此地纵情游览观赏。

同薛司直诸公秋霁曲江俯见南山作[1]

南山郁初霁[2]，曲江湛不流[3]。
若临瑶池前[4]，想望昆仑丘。
回首见黛色[5]，眇然波上秋[6]。
深沉俯峥嵘[7]，清浅延阻修[8]。
连潭万木影，插岸千岩幽。
杳霭信难测[9]，渊沦无暗投[10]。
片云对渔父，独鸟随虚舟。
我心寄青霞[11]，世事惭白鸥[12]。
得意在乘兴，忘怀非外求。
良辰自多暇，欣与数子游[13]。

【注释】

〔1〕薛司直：即薛据。生平详卷下作者小传。　诸公：储光羲有《同诸公秋霁曲江俯见南山》，当与此诗同时而作。　霁（jì记）：雨过天晴。　曲江：在长安城南，是著名的风景区。　南山：终南山，在西安市南五十里。

〔2〕郁：盛貌。

〔3〕湛：清。

〔4〕瑶池：传为西王母居所，与下文“昆仑”均为道家所称之美丽仙境。

〔5〕黛色：深翠色。

〔6〕眇然：远貌。

〔7〕峥嵘：高峻貌。

〔8〕阻修：曲折绵长。

〔9〕杳（yǎo咬）霭：形容水的深广。　信：实在。

〔10〕渊沦：细微的水波。

〔11〕寄青霞：寄托于云霞，指隐逸出世。

〔12〕白鸥：事见《列子·黄帝》：“海上之人有好沤鸟者，每旦之海上，从沤鸟游，沤鸟之至者百，住而不止，其父曰：‘吾闻沤鸟皆从汝游，汝取来吾玩之。’明日之海上，沤鸟舞而不下也。”沤鸟即鸥。

〔13〕数子：指薛司直诸公。

【今译】

南山郁郁葱葱雨过初晴，曲江池水清澈波平如镜。使人恍若置身瑶池之上，生出遐思向往昆仑仙境。回首见终南山青苍如黛，低头看曲江水深广含秋。南山的峰峦倒映在江中，清浅处也可见绵延山影。潭中万木倒影与它相连，像清幽的岩峦插在岸边。曲江深邃广阔实难测度，江水深沉明净无影不显。渔父独对白云悠闲自在，江上一只鸟儿追逐虚舟。把隐逸之心寄托给青霞，拘牵于世俗将愧对白鸥。得意的事是随兴之所至，忘得失无须从身外寻求。太平盛世自然多有空闲，欣然与诸友人尽兴同游。

古大梁行[1]

古城苍莽饶荆榛[2]，驱马荒城愁杀人。
魏王宫殿尽禾黍[3]，信陵宾客随灰尘[4]。
忆昨雄都旧朝市[5]，轩车照耀歌钟起[6]。
军容带甲三十万[7]，国步连营五千里[8]。
全盛须臾那可论，高台曲池无复存。
遗墟但有狐狸迹，古地空余草木根。
暮天摇落伤怀抱[9]，抚剑悲歌对秋草。
侠客犹传朱亥名[10]，行人尚识夷门道[11]。
白璧黄金万户侯，宝刀骏马填山丘。
年代凄凉不可问，往来唯见水东流[12]。

【注释】

〔1〕题一作《大梁行》，属新乐府辞。　大梁：战国时魏的都城，在今河南开封。

〔2〕苍莽：青色无边貌。　饶：多。　荆榛：两种灌木，比喻荒芜。

〔3〕宫殿：一作“宫观”。　禾黍：《诗经·王风·黍离》序：“周大夫行役至于宗周，过故宗庙宫室，尽为禾黍。”

〔4〕信陵：即魏公子信陵君。史载其礼贤下士，有食客三千。

〔5〕雄都：喻大都会。

〔6〕轩车：一种华丽的车马，多为达官贵人所乘。　歌钟：指官宦人家的音乐歌舞。

〔7〕“军容”句：据《史记·苏秦列传》：“魏，天下之强国也。……大王之卒，武士二十万，苍头二十万，奋击二十万，厮徒十万，车六百乘，骑五千匹。”带甲，披铠甲的士兵。

〔8〕国步：此指国境。

〔9〕摇落：凋谢零落。

〔10〕朱亥：大梁城屠夫。《史记·信陵君列传》载，朱亥随信陵君到

军中，“袖四十斤铁椎，椎杀晋鄙，公子遂将晋鄙军。”

〔11〕夷门：战国时魏都大梁（今河南开封）的城东门，因看守夷门的人侯嬴而闻名。侯嬴为魏之隐士，曾建议魏公子请求如姬盗出兵符并带朱亥到晋鄙军中夺取兵权。待信陵君到达晋鄙军中之日，即遵照事先对公子的许诺，北向自刎而死。

〔12〕水：指汴水。

【今译】

大梁城外古老苍茫荆榛丛生，驱马来到这荒凉古城令人伤情。魏王宫殿楼台如今长满禾黍，信陵君的宾客也已化作灰尘。遥想当年的大都会人才荟萃，车马华丽金碧辉煌歌乐声声。军容雄壮驻扎着雄兵三十万，国境线宽广接连五千里军营。全盛时光转眼逝去不堪回首，高台曲池如今已是荡然无存。废墟上唯见狐狸出没的足迹，古老的土地只留下枯树草根。秋风萧瑟草木零落伤人怀抱，手按宝剑放声悲歌空对秋草。朱亥大名仍在侠客口中传颂，过往行人依然认识夷门古道。昔日万户侯空享有荣华富贵，宝刀骏马一并埋入了荒山废丘。回想以往的时光更觉得凄凉，荒凉的古城下只见汴水东流。

邯郸少年行[1]

邯郸城南游侠子，自矜生长邯郸里[2]。
千场纵博家仍富[3]，几处报仇身不死。
宅中歌笑日纷纷，门外车马如云屯[4]。
未知肝胆向谁是，令人却忆平原君[5]。
君不见今人交态薄[6]，黄金用尽还疏索[7]。
以兹感叹辞旧游[8]，更于时事无所求。
且与少年饮美酒[9]，往来射猎西山头[10]。

【注释】

〔1〕邯郸：战国时赵国的都城，即今河北邯郸。

〔2〕自矜：自夸。

〔3〕纵博：豪赌。

〔4〕云屯：喻车马之多。

〔5〕平原君：即战国时赵公子，名胜。《史记·平原君列传》载其“喜宾客，宾客盖至者数千人。……是时，齐有孟尝，魏有信陵，楚有春申，故争相倾以待士”。

〔6〕交态：交情。

〔7〕疏索：疏远冷淡。

〔8〕旧游：旧交。

〔9〕少年：指邯郸游侠子。

〔10〕射猎：意谓遗忘世事。《史记·李将军列传》：“家居数岁，广家与故颍阴侯孙屏野，居蓝田南山中，射猎。”此暗用其意。　西山：《史记·赵奢列传》：“赵奢已死。”《集解》：“张华曰：赵奢冢，在邯郸界西山上，谓之马服山。”

【今译】

游侠少年家住在邯郸城南，夸耀自己从小生长在邯郸。虽豪赌千场家计依然富裕，几度复仇杀人仍得以保命全身。宅院里每日充满欢歌笑语，常有如云的车马堵塞门前。却不知该向何人披肝沥胆，不禁忆念平原君这位先贤。君不见如今人情比纸还薄，黄金一旦用尽便各自离散。有感于世情就此辞别旧友，对于世上之事更别无所求。姑且与邯郸少年酣饮美酒，一同射猎到城外的西山头。

燕歌行〔1〕

汉家烟尘在东北〔2〕，汉将辞家破残贼。
男儿本自重横行〔3〕，天子非常赐颜色〔4〕。
摐金伐鼓下榆关〔5〕，旌旆逶迤碣石间〔6〕。
校尉羽书飞瀚海〔7〕，单于猎火照狼山〔8〕。

山川萧条极边土，胡骑凭陵杂风雨[9]，
战士军前半死生，美人帐下犹歌舞。
大漠穷秋塞草腓[10]，孤城落日斗兵稀。
身当恩遇常轻敌，力尽关山未解围。
铁衣远戍辛勤久[11]，玉箸应啼别离后[12]。
少妇城南欲断肠[13]，征人蓟北空回首[14]。
边庭飘摇那可度[15]，绝域苍茫何所有[16]。
杀气三时作阵云[17]，寒声一夜传刁斗[18]。
相看白刃血纷纷，死节从来岂顾勋[19]。
君不见沙场征战苦，至今犹忆李将军[20]。

【注释】

〔1〕燕歌行：乐府《相和歌辞·平调曲》旧题。歌辞多咏边地征戍之情。本诗作于开元二十六年（738）。原序云："开元二十六年，客有从御史大夫张公出塞而还者，作《燕歌行》以示，适感征戍之事，因而和焉。"御史大夫张公，即河北节度副大使张守珪。开元二十三年因与契丹作战有功，拜辅国大将军、右羽林大将军，兼御史大夫。据《旧唐书·张守珪传》记载，开元二十六年，其部将败于契丹余部，张守珪不但不据实上报，反贿赂派去调查真相的牛仙童，为他掩盖败绩。是诗即有感于此而作。

〔2〕汉家：汉代。唐代诗人常借汉喻唐。　烟尘：烽烟和尘土，指战争。开元十八年以后，唐与契丹、奚的战争连年不绝，故曰烟尘"在东北"。

〔3〕横行：指横扫敌寇，所向无敌。语本《史记·季布传》载樊哙语："臣愿得十万众，横行匈奴中。"

〔4〕非常赐颜色：即厚加礼遇。

〔5〕摐（chuāng窗）金伐鼓：金鼓齐鸣，指行军。摐，敲击。金，指钲铃一类铜制的响器。伐，敲打。　下：出。　榆关：山海关，为通往东北的要塞。

〔6〕旌旆（pèi配）：军中的各种旗帜。　碣石：山名，在今河北昌黎。

〔7〕校尉：武官名，位次于将军。　羽书：插有羽毛表示军情紧急的文书。　瀚海：沙漠。这里指今内蒙古自治区东北一带的沙漠，当时为奚族所占据。

〔8〕单于：古代对匈奴首领的称呼，这里泛指北方少数民族的头领。　猎火：打猎所燃起的火。古代游牧民族常在作战前举行大规模打猎活动，作为军事演习。　狼山：今内蒙古自治区西北有狼居胥山，其他地方也有同名山，这里当是对交战之地的泛指。

〔9〕凭陵：凭借某种优势而欺凌别人。

〔10〕穷秋：深秋。　腓：枯萎。

〔11〕铁衣：铠甲，指代士兵。

〔12〕玉箸：眼泪。

〔13〕城南：长安住宅区在城南，故云。

〔14〕蓟北：蓟州（今天津蓟州）以北。此泛指河北、东北边地。

〔15〕边庭：边地。　飘摇：指狂风漫卷。

〔16〕绝域：极偏远的地方。

〔17〕三时：指早、午、晚三个时辰，即一整天。一说，指春、夏、秋三季。　阵云：战云。

〔18〕刁斗：军中打更、做饭两用的铜器。

〔19〕死节：为国事献身的气节。　勋：功勋。

〔20〕李将军：指汉代名将李广。史载他战时能身先士卒，平时与士兵同甘共苦。

【今译】

战争的烽烟已笼罩着东北边境，大将辞别家园讨伐残余的敌人。男子汉本该在战场上纵横驰骋，皇帝对出征将领格外的礼遇垂青。敲钲击鼓浩浩荡荡出了山海关，旌旗连绵不断飘扬在碣石山间。校尉穿越沙漠送来了紧急军书，单于正在围猎火光照亮了狼山。边境上山川荒凉一派萧条冷落，敌人的骑兵挟风趁雨大举进犯。战士在阵前浴血奋战伤亡惨重，将军的营帐中却美女歌舞正酣。秋风萧瑟大漠里草木一片枯萎，斜阳照着孤城士兵已日渐稀少。身为将帅受皇恩竟然麻痹轻敌，战士筋疲力尽仍难解关山之围。身穿铁甲在边地长期辛勤戍守，妻子在闺中日夕思念泪水长流。少妇在家乡独守空房肝肠欲断，征夫在边关遥望家园枉自回头。边风飘摇边地迢远如何度得过，天地的尽头满目苍凉一无所有。白日里只见杀气腾腾战云密布，寒夜中只传来悲凉的刁斗声声。战士在疆场厮杀血战不顾性命，以死报国岂是为了建个人功勋？你不见沙场征战多么艰苦惨烈，到今天人们仍在怀念李广将军。

人日寄杜二拾遗〔1〕

人日题诗寄草堂〔2〕，遥怜故人思故乡〔3〕。
柳条弄色不忍见〔4〕，梅花满枝空断肠。
身在南蕃无所预〔5〕，心怀百忧复千虑。
今年人日空相忆，明年人日知何处？
一卧东山三十春〔6〕，岂知书剑老风尘〔7〕。
龙钟还忝二千石〔8〕，愧尔东西南北人〔9〕。

【注释】

〔1〕人日：农历正月初七。　杜二拾遗：指杜甫。杜甫排行第二，至德二年（757）夏曾拜右拾遗，故称。

〔2〕草堂：指杜甫在成都浣花溪畔所营草堂。

〔3〕故人：老朋友，此指杜甫。

〔4〕弄色：修饰颜色。这两句暗用薛道衡《人日思归》诗意："入春才七日，离家已二年。人归落雁后，思发在花前。"

〔5〕南蕃：指蜀地。

〔6〕卧东山：见前《戏赠张五弟諲》诗注。此用谢安事自比。

〔7〕书剑：指文才武略，语本《史记·项羽本纪》："项籍少时，学书不成，去学剑，又不成。"　风尘：指久客在外，旅途艰辛。

〔8〕龙钟：衰老貌。　忝：辱，自谦之词。　二千石（dàn担）：汉朝太守官俸二千石，故因以称太守。唐刺史的职位相当于汉的太守。

〔9〕东西南北人：指四方奔走志在君国的人，语本《礼记·檀弓》："今丘也，东南西北之人也。"

【今译】

在人日里题诗句寄往草堂，遥怜友人此刻正思念故乡。杨柳枝吐绿你却不忍观赏，梅花开满枝头更令你断肠。身处边远怎能够参与大事，无奈心中怀有无限的忧伤。今年的人日彼此空相忆念，明年人日你我不知在何方。高卧东山虚度了多少光阴，谁愿壮志消磨于悠悠风尘。我衰朽不堪有辱刺史的职位，更愧对你这为国四处奔走的人。

送浑将军出塞〔1〕

将军族贵兵且强，汉家已是浑邪王〔2〕。
子孙相承在朝野，至今部曲燕支下〔3〕。
控弦尽用阴山儿〔4〕，临阵长骑大宛马〔5〕。
银鞍玉勒绣蝥弧〔6〕，每逐嫖姚破骨都〔7〕。
李广从来先将士〔8〕，卫青未肯学孙吴〔9〕。
传有沙场千万骑，昨日边庭羽书至〔10〕。
城头画角三四声〔11〕，匣里宝刀昼夜鸣。
意气能甘万里去，辛勤动作一年行。
黄云白草无前后〔12〕，朝建旌旄夕刁斗〔13〕。
塞下应多侠少年，关西不见春杨柳〔14〕。
从军借问所从谁〔15〕，击剑酣歌当此时。
远别无轻绕朝策〔16〕，平戎早寄仲宣诗〔17〕。

【注释】

〔1〕浑将军：当指皋兰府（今甘肃兰州、白银分治其地）都督浑惟明，曾任哥舒翰的部将，天宝十三载（754）加云麾将军。

〔2〕浑邪王：《新唐书·宰相世系表》："浑氏出自匈奴浑邪王，随拓

拔氏徙河南，因以为氏。”《史记·霍去病传》载，汉武帝元狩三年（前120），单于怒浑邪王为汉所破，亡数万人，欲召诛之，浑邪王因此降汉，被封为漯阴侯。

〔3〕部曲：指部队。部、曲均为军队的编制单位。将军辖部，部下有曲。　燕支：燕支山，亦名焉支山。在今甘肃山丹东。

〔4〕控弦：引弓，此代指战士。　阴山：山名，起于内蒙古河套西北，绵延数千里，东与内兴安岭相接。

〔5〕大宛（yuān渊）：《史记·大宛列传》：“大宛在匈奴西南……多善马，马汗血，其先天马子也。”

〔6〕蝥（máo矛）弧：旗名。先秦时为诸侯之旗，此指军旗。

〔7〕嫖姚：亦作“剽姚”。一说指哥舒翰，一说指节度使安思顺。　骨都：《史记·匈奴列传》：“置左右贤王、左右谷蠡王、左右大将、左右大都尉、左右大当户、左右骨都侯。”《集解》：“骨都，异性大臣。”此指突厥大臣。

〔8〕李广：汉代名将。此指浑将军。　先将士：指身先士卒。《史记·李将军列传》：“匈奴左贤王将四万骑围广，广军士皆恐。……广为圆陈（阵）外向胡急击之，矢下如雨，汉兵死者过半，汉矢且尽，广乃令士持满毋发，而广身自以大黄射其裨将，杀敌人，胡虏益解，会日暮，吏士皆无人色，而广意气自如，益治军，军中自是服其勇也。”

〔9〕“卫青”句：《史记·卫青霍去病列传》：“天子尝欲教之孙吴兵法，（霍去病）对曰：‘顾方略如何耳，不至学古兵法。’”孙、吴，孙武、吴起，皆春秋战国时军事家。此句谓浑将军用兵自有韬略。

〔10〕羽书：紧急军事文书。

〔11〕画角：古代军中所用一种有彩绘的吹奏乐器。

〔12〕白草：似莠而细，干熟时为白色的草。

〔13〕旌旄：旗帜，旗杆上有牦牛尾、羽毛等饰物。

〔14〕关西：玉门关以西。

〔15〕“从军”句：用王粲《从军诗》诗意：“从军有苦乐，但问所从谁。所从神且武，焉得久劳师。”本指曹操，这里借指哥舒翰。

〔16〕绕朝策：指有先见之明的谋划，也形容临别友人赠行。绕朝，秦国大夫。策，马鞭。《左传·文公十三年》：“（士会）乃行，绕朝赠之以策，曰：子无谓秦无人，吾谋适不用也。”杜预注：“临行授之马挝，并示己所策以展情。”

〔17〕平戎：平定敌寇。　仲宣：王粲字仲宣，有《从军行》诗云：“一举灭獯虏，再举服羌夷。西收边地贼，忽若俯拾遗。”

【今译】

浑将军出身高贵兵强马壮，先辈早在汉代便封浑邪王。子子孙孙代代相继在朝野，统帅的旧部仍在燕支山下。拉弓射箭尽是些阴山健儿，临阵杀敌常骑着大宛良马。跨骏马高举战旗驰骋疆场，经常跟随着主帅转战边庭。作战从来身先士卒似李广，用兵自有方略又好像卫青。忽传敌人千军万马来侵犯，昨日边地送来了紧急军情。边城上响起了三四声号角，匣中宝刀日夜不停地悲鸣。意气风发甘心万里去出征，为国辛劳哪在乎时间久长。赴边路上处处见黄云白草，晓行夜宿旌旗舞刁斗声壮。边塞自古以来多游侠少年，玉关外从来不见杨柳春光。冲锋陷阵当跟从英明将领，出征时击剑高歌奋发意气。当远行且莫轻视临别赠言，平定敌寇尽早寄来祝捷诗。

赋得还山吟送沈四山人〔1〕

还山吟，天高日暮寒山深，送君还山识君心。
人生老大须恣意〔2〕，看君解作一生事。
山间偃仰无不至〔3〕，石泉淙淙若风雨〔4〕，
桂花松子常满地。
卖药囊中应有钱〔5〕，还山服药又长年。
白云劝尽杯中物〔6〕，明月相随何处眠？
眠时忆问醒时事，梦魂可以相周旋〔7〕。

【注释】

〔1〕赋得：凡指定、限定的诗题，例在题目前加此二字。 沈四山人：指沈千运。生平见卷下作者小传。

〔2〕老大：年老。 恣意：纵情，适意。

〔3〕偃仰：俯仰，指安居游乐。

〔4〕淙淙：水声。

〔5〕“卖药”句：用韩康事。《后汉书·逸民传》：“韩康，字伯休，一名恬休，京兆霸陵人，家世著姓。常采药名山，卖于长安市，口不二价。”

〔6〕杯中物：指酒。

〔7〕“眠时”二句：意谓梦中意念与醒时相同，聊可慰相思。《韩非子》佚文：“张敏高惠为友，每相思不能见，敏便于梦中往寻，行至半道，即迷不知路，遂回，如此者三。”问，一作“同”。事，一作“意”。周旋，犹言应接。

【今译】

在这寒山苍翠的秋日黄昏，送别时完全明白你的心思。人生在世到老年务求适意，你真正参悟了人生的真谛。回到山里一切都那么惬意，山泉淙淙流淌如清风细雨，桂花和松子常常飘落满地。到山里采集药材可以卖钱，回山后服食又能益寿延年。相邀白云为友共举杯饮酒，有明月做伴何处不可安眠？睡眠时若不忘醒时的思念，就一定会在梦中相聚攀谈。

途中寄徐录事〔1〕

落日风雨至，秋天鸿雁初。
离忧不堪比〔2〕，旅馆复何如？
君又几时去，我知音信疏。
空多箧中赠〔3〕，长见右军书〔4〕。

【注释】

〔1〕《四库》本及《全唐诗》题下有注：“比以王书见赠。” 徐录事：谓徐浩。字季海。工文辞，精书法。唐肃宗时曾官中书舍人，四方诏令，多出其手。录事，官名。录事参军的省称。隋唐时为州郡佐官。

〔2〕离忧：离愁。

〔3〕箧（qiè切）：箱。

〔4〕右军：晋王羲之曾官右军将军，世称王右军，其草隶为古今书法

之冠。此用以喻徐浩。

【今译】

黄昏日落又兼萧萧风雨，正是秋天鸿雁南飞之初。别离的忧愁实无法比拟，旅舍孤身一人又当何如？不知你几时将离此而去，料想今后彼此音信更疏。空对箱中你所赠的信件，可以长见你精妙的手书。

酬卫八雪中见寄[1]

季冬忆淇上[2]，落日归山樊[3]。
旧宅带流水，平田临古村。
雪中望来信[4]，醉里开衡门[5]。
果得希代宝[6]，缄之那可论。

【注释】

〔1〕卫八：生平未详。据杜甫《赠卫八处士》诗，此人乃未仕之士子。

〔2〕季冬：指农历十二月。　淇：水名，在今河南北部。古为黄河支流，源出淇山。

〔3〕山樊：山旁，山阴。

〔4〕信：指使者。

〔5〕衡门：横木为门，比喻简陋的房屋。

〔6〕希代宝：稀世之宝，此指卫八的赠诗。

【今译】

寒冬腊月淇上怀念友人，归山的落日已渐渐西沉。旧宅旁有溪水潺潺流过，平旷的田野紧靠着乡村。大雪天盼望信使的到来，朦胧醉意里打开了柴门。你的赠诗犹如稀世之宝，赶忙珍藏还有什么可论。

送冯判官[1]

碣石辽西地[2]，渔阳蓟北天[3]。
关山唯一道，雨雪尽三边[4]。
才子方为客[5]，将军正渴贤[6]。
遥知幕府下[7]，书记日翩翩[8]。

【注释】

〔1〕冯判官：其人未详。

〔2〕碣石：山名，在今河北昌黎北。 辽西：郡名，故城在今河北卢龙东。

〔3〕渔阳：郡名，故城在今天津蓟州。 蓟北：从蓟州往北一带地方，泛指河北、东北边地。

〔4〕三边：古称幽、并、凉三州之地为三边。此泛指边塞。

〔5〕才子：指冯判官。

〔6〕渴贤：犹求贤若渴。

〔7〕幕府：将军府。

〔8〕“书记”句：语本曹丕《与吴质书》:“元瑜书记翩翩，致足乐也。”元瑜，即竹林七贤之一的阮瑀。此用以比喻冯判官。书记，书牍奏记之类，从事撰写此种文字的人也称掌书记、管记或书记。翩翩，文采风流貌。

【今译】

碣石山属于辽西郡地面，渔阳古来是蓟州的属县。关山险阻只有一路可通，地处边塞雨雪连绵不断。你这位才子将客居这里，适逢将军正若渴般求贤。遥知渔阳的军营幕府里，将新添文采风流书记官。

自蓟北归

驱马蓟门北[1]，北风边马哀。
苍茫远山口，豁达胡天开。
五将已深入，前军止半回[2]。
谁怜不得意，长剑独归来[3]。

【注释】

〔1〕蓟门：蓟州（今天津蓟州）以北的地方，泛指河北、东北边地。

〔2〕“五将”二句：记述开元二十一年（733）唐军与契丹的一次战役。据《旧唐书·契丹传》：是年，“可突于又来抄掠。幽州长史薛楚玉遣副将郭英杰、吴克勤、邬知义、罗守忠率精骑万人，并领降奚之众追击之。军至渝关都山之下，可突于领突厥兵以拒官军。奚众遂持两端，散走保险。官军大败，知义、守忠率麾下遁归，英杰、克勤没于阵，其下六千余人，尽为贼所杀”。又《新唐书·契丹传》记此役云：“明年，可突于盗边，幽州长史薛楚玉、副总管郭英杰、吴克勤、邬知义、罗守忠率万骑及奚击之，战都山下。”据此，知“五将”为薛、郭、吴、邬、罗五人。

〔3〕“长剑”句：战国时，孟尝君门客冯谖因未得重视，弹铗（剑把）作歌曰：“长铗归来乎，食无鱼。”表示对待遇的不满。事见《战国策·齐策》。时作者仍在蓟北，目睹边患严重，而请缨无路，不得不南归，故用此典自伤失意。

【今译】

从蓟门以北独自驱马归来，北风呼啸边马也鸣声凄哀。远望莽莽苍苍的山口，那是胡人居住的开阔云天。将领们率兵深入敌境作战，到头来战士只有半数生还。谁能像孟尝君那样重人才？空怀良策我只有失意而归。

夜别韦司士[1]

高馆张灯酒复清，夜钟残月雁归声。
只言啼鸟堪求侣[2]，无那春风欲送行[3]。
黄河曲里沙为岸[4]，白马津边柳向城[5]。
莫怨他乡暂离别，知君到处有逢迎[6]。

【注释】

〔1〕题一作《夜别韦司士得城字》。 韦司士：其人未详。司士，官名。唐制，在州曰司士参军，在县曰司士。掌管河津、营造、桥梁、廨宇之属。

〔2〕“只言”句：意谓鸟尚求侣，人岂可无友。《诗经·小雅·伐木》：“伐木丁丁，鸟鸣嘤嘤。出自幽谷，迁于乔木。嘤其鸣矣，求其友声。相彼鸟矣，犹求友声。矧伊人矣，不求友生。”

〔3〕无那：无奈。

〔4〕黄河曲：即河曲，在今山西永济西。

〔5〕白马津：在河南滑县北。

〔6〕逢迎：接待。

【今译】

高馆里张灯设酒为你饯行，夜钟残月又传来归雁鸣声。只说是啼鸟尚且知道求友，无奈春风欲送你乘舟远征。你将去往的河曲黄沙为岸，白马津边满城见绿柳成荫。别抱怨客居他乡又兼离别，知你到处会受到热情欢迎。

送李少府贬峡中王少府贬长沙[1]

嗟君此别意何如？驻马衔杯问谪居[2]。

巫峡啼猿数行泪[3]，衡阳归雁几封书[4]。
青枫江上秋天远[5]，白帝城边古木疏[6]。
圣代即今多雨露[7]，暂时分别莫踌躇。

【注释】

〔1〕李少府：其人未详。据作者《钜鹿赠李少府》诗，李某薄宦高节，好客慷慨，颇负时誉。　峡中：长江三峡地区。　王少府：生平未详。　长沙：今属湖南。

〔2〕衔杯：饮酒饯别。　谪居：贬官外任。

〔3〕巫峡：三峡之一。《水经注·江水二》："巴东三峡巫峡长，猿鸣三声泪沾裳。"此指李少府贬地。

〔4〕衡阳：今属湖南，在长沙南。衡阳南有回雁峰，峰势如雁回转，相传雁至此峰而止，遇春而回。

〔5〕青枫江：指青枫浦一带之浏水，即浏阳河。《清一统志》卷二七六："浏水经浏阳县西南三十五里，曰青枫浦，折而西入长沙县，至县西北十里骆驼嘴入湘。"又云："枫浦在浏阳县南三十里浏水中，一名青枫浦。"

〔6〕白帝城：故址在今四川奉节。古称鱼复，又名夔州。西汉公孙述割据时，改名白帝城。

〔7〕圣代：盛世。　雨露：喻皇帝恩泽。

【今译】

此一别不知二位心境何如？且下马举杯以慰迁谪之苦。巫峡猿哀啼催人伤心落泪，衡阳雁北归带来远方音书。青枫江上秋风伴孤帆远去，白帝城边黄叶落古木萧疏。逢盛世皇恩浩荡广施雨露，暂时分手请不要心中踌躇。

哭单父梁少府[1]

开箧泪沾臆[2]，见君前日书。

夜台犹寂寞[3]，疑是子云居[4]。

【注释】

〔1〕据清康熙扬州书局本《全唐诗》，题一作《哭单父梁九少府》。其下尚有如下诗句："畴昔贪灵奇，登临赋山水。同舟南楚下，望月西江里。契阔多别离，绸缪到生死。九泉知何在，万事皆如此。晋山徒嵯峨，斯人已冥冥。常时禄且薄，没后家复贫。妻子在远道，兄弟无一人。十上多苦辛，一官恒自哂。青云将可致，白日忽西尽。唯独身后名，空留无远近。" 单（shàn善）父：地名，故城在今山东单县南。 梁少府：据别题当谓梁洽。洽工画花鸟松石，尤擅寺庙壁画。然属唐宪宗时人，与作者并不同时，疑别是一"梁九少府"。

〔2〕沾臆：沾湿胸襟。

〔3〕夜台：阴间。

〔4〕子云居：西汉文学家扬雄字子云。家贫，少田产，门前冷落。后因以"子云居"比文士的贫居。

【今译】

打开书箱不由得泪湿胸襟，怎忍见你生前寄来的书信。身在坟墓里仍然孤单寂寞，就像当年扬雄的故居冷落凄清。

塞上听吹笛[1]

雪净胡天牧马还，月明羌笛戍楼间。
借问《梅花》何处落[2]？风吹一夜满关山。

【注释】

〔1〕题一作《和王七玉门关听吹笛》，前两句作："胡人吹笛戍楼间，楼上萧条海月闲。"又作《塞上闻笛》，诗中"吹笛"作"羌笛"，"海月"作"明月"。据今人岑仲勉《唐人行第录》考证，此诗乃是和王之涣《凉州词》。

〔2〕《梅花》：即笛曲《梅花落》。《乐府诗集》卷二十四汉《横吹曲》

有《梅花落》。

【今译】

塞外积雪融化牧马回还，明月高照戍楼笛声悠远。试问一曲《梅花落》飘向何处？它随着长风一夜响彻关山。

岑　参

岑参（715？—770？），荆州江陵（今属湖北）人。出身于没落世家。天宝三载（744）进士及第，授右内率府兵曹参军。天宝间曾两次出塞，来往于安西、北庭都护府间，任节度使高仙芝幕掌书记、节度判官。肃宗时历任右补阙、起居舍人、虢州长史等职。大历二年（767）出守嘉州，世称“岑嘉州”。以边塞诗著称，与高适并称“高岑”，系盛唐边塞诗派的代表作家，善于描写边塞风物。其诗语奇体峻，意亦造奇。《全唐诗》存其诗四卷。

初至西虢官舍南池呈左右省及南宫诸故人[1]

黜官自西掖[2]，待罪临下阳[3]。
空积犬马恋[4]，岂思鹓鹭行[5]。
素多江湖意[6]，偶佐山水乡[7]。
满院池月静，卷帘溪雨凉。
轩窗竹翠湿，案牍荷花香[8]。
白鸟上衣桁[9]，青苔生笔床[10]。

数公不可见，一别尽相忘[11]。
早年迷进退，晚节悟行藏[12]。
他日能相访，嵩南旧草堂[13]。

【注释】

〔1〕西虢（guó国）：周代诸侯国名，都城原在今陕西宝鸡，周平王东迁后徙于上阳（今河南陕州东南）。西虢之地唐时分隶陕、虢二州，这里借以指虢州。 左右省：分别指门下省和中书省。 南宫：指尚书省。

〔2〕黜官：贬官。 西掖：中书省。岑参出为虢州长史前任起居舍人，隶属中书省，故云。

〔3〕待罪：等待处分。自谦之辞。 下阳：周代诸侯国北虢的都城，在今山西平陆。

〔4〕犬马恋：犬马恋主之情。此以犬马自比。

〔5〕鹓（yuān冤）鹭行：鹓鹭飞行有序，故用以比喻朝官的行列。鹓，鹓雏，一种像凤凰的鸟。

〔6〕江湖意：退隐江湖之意。

〔7〕佐：辅佐。 山水乡：指虢州。

〔8〕案牍：官府文书。

〔9〕衣桁（héng恒）：衣架。

〔10〕笔床：笔架。

〔11〕《全唐诗》此句后尚有“敢恨青琐客，无情华省郎”二句。

〔12〕行藏：出处，行止。语本《论语·述而》：“子谓颜渊曰：‘用之则行，舍之则藏，惟我与尔有是夫！’”

〔13〕嵩南：嵩山之南。岑参早年曾隐居嵩山，因云。

【今译】

原在起居舍人隶属的西掖，我如今被贬官来到了下阳。空怀着一腔犬马恋主之情，哪里还有忝列朝班的奢望。平素就有隐居江湖的心意，竟意外地来到这山水之乡。庭院静池水清洒满了月光，卷起帘溪雨飘入分外凉爽。窗外经雨的绿竹更加青翠，公文上飘浮着荷花的清香。白鸟安详地栖息在衣架上，苔藓青青爬满案头的笔床。昔日的同僚朋友难再相见，自分别杳音信都把我遗忘。早年对出处进退痴迷不解，到老年方才悟出用舍行藏。他日友人如能够屈尊来访，请到我嵩山之南的旧草堂。

秋夜宿仙游寺南凉堂呈谦道人[1]

太乙连太白[2]，两山知几重[3]。
路盘石门窄[4]，匹马行才通。
日西到山寺[5]，林下逢支公[6]。
昨夜山北时，星星闻此钟[7]。
秦女去已久[8]，仙台在中峰[9]。
箫声不可闻，此地留遗踪。
石潭积黛色[10]，每岁投金龙[11]。
乱流争迅湍，喷薄如雷风。
夜来闻清磬[12]，月出苍山空。
空山满清光，水树相玲珑[13]。
回廊映密竹，秋殿隐深松。
灯影落前溪，夜宿水声中。
爱兹林峦好，结宇向溪东[14]。
相识唯山僧，邻家一钓翁。
林晚栗初拆[15]，枝寒梨已红。
物幽兴易惬，事胜趣弥浓。
愿谢区中缘[16]，永依金人宫[17]。
寄报乘辇客[18]，簪裾尔何容[19]。

【注释】

〔1〕秋夜：清康熙扬州诗局本作“冬夜”，误。　仙游寺：在陕西周至（盩厔）附近。　谦道人：生平未详。道人，晋宋以后称和尚为道人，意思是修道之人。

〔2〕太乙：山名，终南山的主峰，在今陕西武功。这里指代终南山。一说即今西安南之南五台山。　太白：山名，在今陕西眉县南。

〔3〕知几重：自太乙至太白两山绵延数百里，均为秦岭山脉的峰峦，故云。

〔4〕石门：两旁山崖相对如门。

〔5〕山寺：即仙游寺。

〔6〕支公：东晋高僧支遁，字道林，时负盛名。后因以指代高僧。此指谦道人。

〔7〕星星：微细貌。

〔8〕秦女：指弄玉。《列仙传》："萧史得道好吹箫……秦穆公以女弄玉妻之，遂教弄玉吹箫，作凤鸣，有凤来止其屋，公为作凤台。后弄玉乘凤，萧史乘龙，共升天去。"

〔9〕仙台：即凤台，相传故址在太白山中。

〔10〕石潭：即太白山中之仙游潭，又名黑水潭。

〔11〕投金龙：投金龙入潭，是当时朝廷祈雨的一种仪式。金龙，铜制的龙。

〔12〕磬：钵状金属响器。佛寺中多用来敲击以聚集僧人。

〔13〕玲珑：空明貌。

〔14〕结宇：构筑屋舍。

〔15〕拆：裂开。

〔16〕谢：辞。　区中缘：人世间的尘缘。

〔17〕金人宫：佛寺，此指仙游寺。金人，金铸佛像。

〔18〕乘辇客：指在朝为官的人。辇，车。

〔19〕簪裾：仕宦者华贵的服饰。

【今译】

太乙山太白山两山连通，群山间不知有山峰几重。路盘曲石对峙有如门户，道险峻仅能容匹马通行。太阳西沉时方到达山寺，在林下适逢你这位高僧。昨夜在山北住宿的时候，依稀传来山寺声声暮钟。秦女久已乘凤升天离去，凤台相传就在太白山中。仙人的箫声已渺不可闻，此地只留下弄玉的遗踪。仙游潭中积水一片深黑，每年朝廷祈雨投入金龙。水流湍急仿佛疾风骤雨，浪花激荡飞涌声如雷霆。夜来听到清越的钟磬声，月照苍山格外幽静空濛。空山里洒满明月的清光，树木倒映水中一派空明。寺中回廊曲折密竹掩映，秋日的殿堂隐没松林中。灯烛的光影映入前溪里，夜晚在潺潺水声中入梦。深爱这林峦优美的景色，真想把屋舍修建在溪东。平素结识往来只有山僧，比邻而居是一垂钓老翁。林中板栗成熟外壳开裂，枝头梨子经霜皮色泛红。景物清幽容易感到惬意，赏心悦目令人兴高情浓。但愿告别这人世的尘缘，皈依佛门永居仙游寺中。寄言那些在朝为官的人，怎能体会个中乐趣无穷。

宿华阴东郭客舍忆阎防[1]

次舍山郭近[2]，解鞍鸣钟时[3]。
主人炊新粒，行子充夜饥[4]。
关月生首阳[5]，照见华阴祠[6]。
苍茫秋山晦，萧瑟寒松悲。
久从园庐别[7]，遂与朋知辞[8]。
旧壑兰杜晚[9]，归轩今已迟[10]。

【注释】

〔1〕华阴：唐县名，今属陕西。　东郭：城东。　阎防：生平见本书卷中作者小传。

〔2〕次舍：住旅店。　山郭：山城，指华阴，城在华山之北。

〔3〕解鞍：解下马鞍，即投宿。

〔4〕行子：行人，作者自指。

〔5〕关：指潼关，在华阴附近。　首阳：即首阳山，亦名首山，在今山西永济南。相传为伯夷、叔齐不食周粟而饿死处。

〔6〕华阴祠：即西岳庙，又名华阴庙。在华阴东五里。

〔7〕园庐：田园庐舍。指作者隐居的嵩山少室。

〔8〕朋知：朋友，相知。

〔9〕旧壑：旧山，指嵩山少室。　兰杜：兰草，杜若。

〔10〕归轩：归车。轩，车的通称。

【今译】

旅店坐落在华阴山城附近，投宿时正值山寺暮钟响起。客店主人连忙煮好新米饭，使我这赶路的人可以充饥。潼关的月亮从首阳山升起，明月的清辉照耀着华阴祠。秋色苍茫山峦间一片晦暗，秋风萧瑟松涛响声声悲凄。我离开嵩山园庐已经太久，也因此与相知的友人分离。旧山中的香草已然凋谢，只怪我的车马回来太迟。

巩北秋兴寄崔明允〔1〕

白露被梧桐〔2〕，玄蝉尽夜号〔3〕。
秋风动万里，日暮黄云高。
君子佐休明〔4〕，小人事蓬蒿〔5〕。
所适在鱼鸟，焉能徇椎刀〔6〕。
孤舟向广武〔7〕，一鸟归成皋〔8〕。
胜概日相与〔9〕，思君心郁陶〔10〕。

【注释】

〔1〕巩：巩县，今属河南。　崔明允：博陵（今河北蠡县南）人，开元十八年（730）尝为试官，天宝元年（742）中制举文辞秀逸科，二年官朝议郎、左拾遗、内供奉。

〔2〕被：覆盖。一本作“披”。

〔3〕玄蝉：即寒蝉，因身黑，故称。

〔4〕君子：指崔明允。　佐休明：辅佐圣明天子，意谓在朝为官。

〔5〕小人：作者自指。　事蓬蒿：指隐居。蓬蒿，飞蓬和蒿草。

〔6〕焉：一作“乌”。　徇：曲从。　椎刀：尖头小刀，喻微细之利。

〔7〕广武：山名，在今河南荥阳东北。

〔8〕成皋：县名。始置于汉代。治所在今河南荥阳汜水。曾为楚汉相争之军事要地。

〔9〕胜概：美景。

〔10〕郁陶：忧愁聚集貌。

【今译】

高大的梧桐覆盖着凄凄白露，寒蝉在漫漫长夜里凄厉哀号。萧瑟的秋风吹遍了万里河山，日暮时分天空中黄云笼罩。你为官在朝廷辅佐圣明天子，而我这草野之人隐居在蓬蒿。所追求的是鱼鸟一般的自在，怎么能为蝇头小利摧眉折腰。我将要驾小舟一路驶向广武，就好像一只鸟儿回返到成皋。虽然我成日里与美景打交道，思念友人你却使我郁闷心焦。

终南云际精舍寻法澄上人不遇归高冠东潭石淙望秦岭微雨作贻友人〔1〕

昨夜云际宿，旦从西峰回〔2〕。
不见林中僧，微雨潭上来。
诸峰借青翠，秦岭独不开〔3〕。
石鼓有时鸣〔4〕，秦王安在哉〔5〕？
东南云开处，突兀猕猴台〔6〕。
崖口悬瀑流，半空白皑皑。
喷壁四时雨，傍村终日雷。
北瞻长安道，日夕生尘埃。
若访张仲蔚〔7〕，衡门满蒿莱〔8〕。

【注释】

〔1〕题一作《潭石淙望秦岭微雨贻友人》，又作《终南云际精舍寻法澄上人》。　终南：终南山。　云际精舍：即云际山大定寺。云际山属终南山，在陕西鄠邑东南。精舍，佛寺。　法澄上人：其人未详。　高冠东

潭：即高冠潭，在终南山高冠谷内。　石淙：高冠谷内地名。　秦岭：即终南山。　贻（yí移）：赠。

〔2〕旦：一作“适”。　峰：一作“岭”。

〔3〕开：开朗。

〔4〕石鼓：鼓形大石。古人认为石鼓发声是战事的征兆。《汉书·五行志上》：“成帝鸿嘉三年五月乙亥，天水冀南山大石鸣……石长丈三尺，广厚略等……民俗名曰石鼓。石鼓鸣，有兵。”

〔5〕秦王：唐太宗李世民即位前的封号。史载开元、天宝之际，唐同吐蕃、奚、契丹多次发生战争，这两句慨叹秦王不在，未能使边境安定。

〔6〕突兀：高峻貌。　猕猴台：终南山峰名。

〔7〕张仲蔚：东汉隐士。此用以自比。

〔8〕衡门：横木为门，形容屋舍简陋。　蒿莱：泛指野草。

【今译】

昨夜还在云际山寺院投宿，一大早便下山从西峰归来。欲寻访林中僧人惜未相遇，只见高冠潭上有细雨飘来。其他的山峰都是满目青翠，唯见终南山一片云遮雾盖。山中的石鼓不时发出鸣响，安定天下的秦王如今安在？东南方天边忽然云开雾散，清晰呈现出高峻的猕猴台。崖口悬挂的瀑布奔泻而下，半空中水流飞溅一片白皑皑。喷洒石壁像雨水四季不断，附近村落终日可听到雷鸣。向北望通往长安城的大道，整日里人迹稀少生满尘埃。若过访张仲蔚这样的隐士，只须看他的门上长满蒿莱。

送王大昌龄赴江宁〔1〕

对酒寂不语，怅然悲送君。
明时不得用〔2〕，白首徒攻文〔3〕。
泽国从一官〔4〕，沧波几千里。
群公满天阙〔5〕，独去过淮水〔6〕。
旧家富春渚〔7〕，尝忆卧江楼〔8〕。

自闻君欲行，频望南徐州[9]。
穷巷独闭门[10]，寒灯静深屋。
北风吹微雪，抱被肯同宿。
君行到京口，正是桃花时。
舟中饶孤兴，湖上多新诗。
潜虬且深蟠[11]，黄鹄举未晚[12]。
惜君青云器[13]，努力加餐饭[14]。

【注释】

〔1〕王大昌龄：唐人多以行第称呼友人，王昌龄在家族弟兄中排行居长，故称。生平详见本书卷中作者小传。　江宁：在今江苏南京。开元二十八年（740）冬，王昌龄谪官江宁县丞。

〔2〕明时：清明之时。

〔3〕攻文：研治诗文。

〔4〕泽国：江宁地处长江之滨，因云。　从：就，为。

〔5〕天阙：指朝廷。

〔6〕淮水：即淮河。

〔7〕富春：富春江，浙江的一段，在浙江富阳南。　渚：水中小洲。岑参父亲岑植曾任衢州（今浙江衢州）司仓参军，衢州境内的谷水江（今衢江）为浙江之一源，故称富春渚为旧家。

〔8〕卧江楼：指富春江畔之楼。

〔9〕南徐州：东晋南渡，在京口（今江苏镇江）侨置徐州，故名南徐州，辖今江苏长江以南、太湖以北一带。岑植又曾任江南东道润州句容县令，句容地当古南徐州辖境，故云。

〔10〕穷巷：深僻的里巷。

〔11〕虬：有角的龙。　蟠：盘曲。《易·乾》："潜龙勿用。"孔颖达疏："潜者，隐伏之名。……言于此潜龙之时，小人道盛，圣人虽有龙德，于此时唯宜潜藏勿可施用。"

〔12〕黄鹄（hú胡）：一种善于高飞的大鸟。此用以喻王昌龄。

〔13〕青云器：比喻杰出的人才。

〔14〕"努力"句：嘱友人多自珍摄。语本古诗《行行重行行》："弃捐勿复道，努力加餐饭。"

【今译】

设酒饯行彼此却相对无言，惆怅悲凉的气氛笼罩酒宴。清明时代却不为朝廷所用，研治诗文到白头也是枉然。独自一人到长江之滨赴任，乘风破浪足有几千里路程。朝廷上有那么多王公大臣，却让你一人渡淮水去江宁。过去我的家就住在富春渚，常常怀想坐落江畔的高楼。自从听说你将要去往那里，便禁不住频频遥望南徐州。住在穷巷陋舍将大门深掩，冬夜里孤灯独对格外凄寒。窗外北风中雪花翩翩飞舞，临别前邀你抱被同榻而眠。你到达京口虽是孑然一身，却正值桃花盛开春光烂漫。你泛舟江上必然饶有兴味，观湖上美景定多新的诗篇。你就像潜龙暂时深藏水底，迟早有黄鹄高举的那一天。望你珍惜不同凡俗的才能，善自珍摄须努力多加餐饭。

澧头送蒋侯〔1〕

君住澧水北，我家澧水西。
两村辨乔木〔2〕，五里闻鸣鸡〔3〕。
饮酒溪雨过，弹棋山月低〔4〕。
徒闻蒋生径〔5〕，尔去谁相携？

【注释】

〔1〕澧头：澧水头，又称丰水，即今西安南澧河。澧水发源于终南山，西北流入渭河。　蒋侯：其人未详。侯，对人的敬称。

〔2〕乔木：高大的树木。

〔3〕“五里”句：本于陶渊明《桃花源记》:“阡陌交通，鸡犬相闻。”

〔4〕弹棋：古代的一种游戏，后失传。

〔5〕闻：一作“开”。　蒋生径：赵岐《三辅决录》:“蒋诩，字元卿，隐于杜陵，舍中三径，唯羊仲、求仲从之游。二仲皆挫廉逃名之士。”此以蒋诩事喻与蒋侯友谊深笃。

【今译】

澧水蜿蜒从山里向西北流去，你在澧水北我家就在澧水西。相距不远两村树木清晰可辨，五里之内互相可以听到鸣啼。促膝对饮之际不觉溪雨飘过，相向弹棋转眼山月将要西沉。白白开辟了这条往来的小路，你走了又有谁与我携手同行？

与高适薛据登慈恩寺浮图〔1〕

塔势如涌出〔2〕，孤高耸天宫〔3〕。
登临出世界〔4〕，磴道盘虚空〔5〕。
突兀压神州〔6〕，峥嵘如鬼工〔7〕。
四角碍白日〔8〕，七层摩苍穹〔9〕。
下窥指高鸟，俯听闻惊风〔10〕。
连山若波涛，奔凑似朝东。
青槐夹驰道〔11〕，宫馆何玲珑〔12〕。
秋色从西来，苍然满关中〔13〕。
五陵北原上〔14〕，万古青濛濛〔15〕。
净理了可悟〔16〕，胜因夙所宗〔17〕。
誓将挂冠去〔18〕，觉道资无穷〔19〕。

【注释】

〔1〕此诗与杜甫《同诸公登慈恩寺塔》为天宝十一载（751）秋岑参、杜甫、高适、储光羲、薛据五人同登慈恩寺塔时纪游之作。薛据诗已不传。四人之作中，刻画景物之妙，首推岑参此诗。　慈恩寺浮图：即慈恩寺塔，又名大雁塔。见前高适《同诸公登慈恩寺浮图》诗注。

〔2〕“塔势”句：语本《妙法莲华经·宝塔品》：“佛前有七宝塔，高五百由旬，纵广二百五十由旬，从地涌出。”

〔3〕天宫：犹天空。

〔4〕出世界：高出宇宙。

〔5〕磴道：石阶。

〔6〕突兀：高耸貌。

〔7〕峥嵘：高峻貌。　鬼工：鬼斧神工，非人力所能为。

〔8〕四角：大雁塔为方形，四周皆有曲檐，称四阿。

〔9〕七层：慈恩寺塔初为五层，后渐损毁，武则天长安元年（701）重修，增为七层。　摩：挨近。　苍穹：青天。

〔10〕惊风：疾风。

〔11〕驰道：皇帝乘辇经行之道。《史记·秦始皇本纪》："二十七年治驰道。"驰道宽五十步，两旁植青松。

〔12〕宫馆：长安城中的宫殿楼馆。

〔13〕关中：指今陕西中部地区。

〔14〕五陵：见前《缓歌行》诗注。

〔15〕青濛濛：青色迷茫貌。

〔16〕净理：佛理。　了：了然。

〔17〕胜因：佛教语，善缘。　夙：素来。

〔18〕挂冠：辞官。《后汉书·逢萌传》载，王莽时，逢萌预料天下将乱，解冠挂东都城门，携家属浮海，客居辽东。

〔19〕觉道：悟道。

【今译】

大雁塔突兀眼前拔地而起，孤零零耸立直插向天宫。登上高塔仿佛超出人世，石梯盘旋一级级攀向天空。塔身巍峨威镇神州大地，气象峥嵘宛如鬼斧神工。四角的飞檐可遮天蔽日，七层塔顶能触摸到苍穹。俯视脚下有翩飞的小鸟，低头细听是呼啸的狂风。山脉蜿蜒像波涛般起伏，气势磅礴一直奔腾向东。驰道两旁是高大的槐树，宫观楼阁何其精巧玲珑。斑斓秋色由西悄然而至，一派苍茫之气弥漫关中。北原上沉睡的汉家陵墓，从古至今一派青苍迷濛。佛家玄机妙理了然可悟，因果报应素为我所信从。暂将辞官归隐返回山林，潜心修道必将受用无穷。

终南山双峰草堂作[1]

敛迹归山田[2]，息心谢时辈[3]。
昼还草堂卧，但与孤峰对。
兴来恣佳游，事惬符胜概。
著书高窗下，日夕见城内。
曩为世人误，遂负平生爱[4]。
久与林壑辞，及来松杉大。
偶兹精庐近[5]，数预名僧会[6]。
有时逐樵渔[7]，尽日不冠带[8]。
崖口上新月[9]，石门破苍霭[10]。
色向群木深，光摇一潭碎。
缅怀郑生谷[11]，颇忆严子濑[12]。
胜事犹可追，斯人邈千载。

【注释】

〔1〕双峰草堂：当为诗人在终南山的别墅，似因其对面有两个相连的山峰而得名。

〔2〕敛迹：指隐居。

〔3〕息心：排除杂念。　谢：辞。　时辈：指同僚。

〔4〕平生爱：指山林之好。

〔5〕偶兹：值此。　精庐：佛寺。

〔6〕预：参与。

〔7〕樵渔：砍柴打鱼的人。

〔8〕冠带：戴帽束带。

〔9〕崖口：即终南山中石鳖崖口，亦称石鳖谷。

〔10〕石门：即终南山中石门谷。　苍霭：苍茫的云气。

〔11〕郑生谷：西汉隐士郑朴隐居的山谷，在今陕西泾阳西北。郑朴，

字子真，谷口人。修道静默，世服其清高。成帝时，大司马大将军王凤以礼聘之，遂不屈。扬雄盛称其德曰："谷口郑子真，耕于岩石之下，名振京师。"事见《三辅决录》。

〔12〕严子濑：又称严陵濑，东汉隐士严光隐居垂钓之处。严光，字子陵，东汉会稽余姚人。少与光武帝刘秀同游学，有高名。刘秀称帝，严光变姓名隐遁。秀诏授谏议大夫，不受，退隐于富春山。事见《后汉书·隐逸传》。

【今译】

辞别尘世回到田园去隐居，摒弃功名告别作官的同辈。白天我悠闲地在草堂高卧，只与远处的孤峰遥遥相对。兴致一来便任意游赏山水，心境与佳境谐和事事顺遂。在草堂的窗下安静地著书，早晚可以饱览长安的景色。以往受世俗影响误入仕途，辜负了平生对山林的爱好。离开隐居的林壑已经很久，此次重归松杉都已经长高。住的地方正好与佛寺相邻，经常能够与名僧聚会往来。有时候跟随那些渔夫樵子，整天不必冠戴是何等自在。夜晚石鳖谷升起一轮新月，山谷巍然挺立将云雾劈开。月光朦胧树林更显得幽深，水潭里荡漾着细碎的波纹。遥想西汉郑朴隐居的山谷，缅怀东汉严光垂钓的钓台。隐逸的事后人虽可以追随，无奈先贤们已经远逝千载。

因假归白阁西草堂〔1〕

雷声傍太白〔2〕，雨在八九峰。
东望白阁云，半入紫阁松〔3〕。
胜概纷满目〔4〕，衡门趣弥浓〔5〕。
幸有数亩田，得延二仲踪〔6〕。
早闻达士语〔7〕，偶与心相通〔8〕。
误徇一微官〔9〕，还山愧尘容〔10〕。
钓竿不复把，野碓无人舂〔11〕。

惆怅飞鸟尽，南溪闻夜钟〔12〕。

【注释】

〔1〕因假：一作“田假”。田假，唐代官吏到职田理田的假期。《新唐书·选举志》:“四门学生补太学，太学生补国子学，每岁五月，有田假。”一说，“田”乃“由”之误。唐制:“内外官五月给由假。” 白阁：终南山的一个山峰，在陕西鄠邑东南。

〔2〕太白：太白山，在陕西眉县南。

〔3〕紫阁：终南山的一个山峰。

〔4〕胜概：美景。

〔5〕衡门：此指白阁西草堂。

〔6〕延：及。 二仲：指求仲、羊仲。见前《澧头送蒋侯》诗注。

〔7〕达士：明智达理之士。

〔8〕偶：恰。

〔9〕徇：曲从。

〔10〕尘容：俗态。

〔11〕碓（duì对）：舂米的器具。

〔12〕南溪：泛指白阁西草堂南边的溪涧。

【今译】

雷声就在太白山旁边震响，雨点却只落在八九座山峰。向东遥望白阁峰顶的云雾，仿佛有一半散入紫阁青松。美妙的景象纷然出现眼前，草堂隐居的生活趣味更浓。自家里幸好还有几亩田地，得以追随二仲隐逸的行踪。早就知晓有识之士的见解，自己内心里恰与他们相通。如今错误地屈从一介小官，不免为沾染尘俗感到愧疚。早年垂钓的鱼竿不复把玩，舂米的石碓也已弃置不用。飞鸟投林激起我无限惆怅，南溪畔又传来报时的夜钟。

楚夕旅泊古兴〔1〕

独鹤唳江月〔2〕，孤帆凌楚云〔3〕。

秋风冷萧瑟，芦荻花纷纷[4]。
忽思湘川老[5]，欲访云中君[6]。
麒麟息悲鸣[7]，愁见豺虎群[8]。

【注释】

〔1〕楚：一说，当为“秋”字之讹。 古兴：发怀古之兴。

〔2〕唳：鸟鸣。

〔3〕凌楚云：其时作者沿长江东行，欲经楚地北归，故云。

〔4〕芦荻：芦与荻，均多年生草本植物，生于水边，秋天开花。

〔5〕湘川老：指湘君，即舜。相传舜南巡，死于苍梧，成为湘水之神。

〔6〕云中君：云神。湘君、云中君都是古时楚地民间所祀之神。

〔7〕麒麟：一作“骐驎”，良马名。此喻贤才。

〔8〕豺虎群：喻恶人。

【今译】

鹤鸟独对江月发出声声哀鸣，孤帆沿江飞驶仿佛追赶楚云。凄冷的秋风带来了阵阵寒意，江边有芦荻花开枝叶纷纷。见此景不由得怀念湘君舜帝，又想去拜访那传说中的云神。贤才皆如麒麟般停止了悲鸣，眼前是豺虎成群怎能不愁闷。

暮秋山行

疲马卧长坂[1]，夕阳下通津[2]。
山风吹空林，飒飒如有人。
苍旻霁凉雨[3]，石路无飞尘。
千念集暮节[4]，万籁悲萧晨[5]。
鹍鸠昨夜鸣[6]，蕙草色已陈[7]。

况在远行客，自然多苦辛。

【注释】

〔1〕长坂：漫长的山坡。

〔2〕通津：四通八达的渡口。

〔3〕苍旻（mín民）：苍天。

〔4〕千念：纷乱的思绪。 暮节：暮秋时节。

〔5〕万籁：自然界的一切声响。 萧晨：秋晨。

〔6〕鶗鴂（tí jué提决）：亦作“鹈鴂”，即杜鹃。

〔7〕蕙草：香草名。以上两句本于屈原《离骚》:“恐鶗鴂之先鸣兮，使夫百草为之不芳。”以鶗鴂先鸣，百草凋零，比喻自己年华已逝，将失去施展抱负的机会。

【今译】

马儿疲惫地倒卧在山坡，夕阳已在渡口缓缓西沉。山风吹过空荡荡的林间，飒飒作响好似传来人声。云收雨散天空刚刚放晴，石路洁净没有一点飞尘。时当晚秋令我百感交集，秋日清晨万物一派萧森。杜鹃声声昨夜已在鸣叫，青青芳草如今也已凋零。何况在长途跋涉的游子，自然比常人更忧愁艰辛。

白雪歌送武判官归京〔1〕

北风卷地白草折〔2〕，胡天八月即飞雪〔3〕。
忽如一夜春风来，千树万树梨花开。
散入珠帘湿罗幕〔4〕，狐裘不暖锦衾薄〔5〕。
将军角弓不得控〔6〕，都护铁衣冷难著〔7〕。
瀚海阑干百丈冰〔8〕，愁云惨淡万里凝〔9〕。
中军置酒宴归客〔10〕，胡琴琵琶与羌笛〔11〕。

纷纷暮雪下辕门[12]，风掣红旗冻不翻[13]。
轮台东门送君去[14]，去时雪满天山路[15]。
山回路转不见君，雪上空余马行处。

【注释】

〔1〕武判官：生平未详。　京：京城长安。

〔2〕白草：西域所产牧草，性极坚韧，干枯时成白色，故名。

〔3〕胡天：指西域。

〔4〕罗幕：丝罗织成的帷幕。

〔5〕狐裘：狐皮袍。　锦衾：锦缎被子。

〔6〕角弓：以兽角为饰的硬弓。　控：挽，拉。

〔7〕都护：官名。唐初于边地置都护府，府设都护一人，总领府事。此处泛指镇守边疆的长官。　铁衣：铠甲。

〔8〕瀚海：维吾尔语称山中险隘深谷为“杭海尔”，坡谷幽静处为“杭海洛”，瀚海为其音转。此指天山峡谷山崖峭壁。一说，即大沙漠。　阑干：纵横貌。

〔9〕惨淡：暗淡。

〔10〕中军：本指主帅亲自率领的军队，此借指主帅所居的营帐。　归客：指武判官。

〔11〕胡琴：泛指西域之琴，非今之胡琴。

〔12〕辕门：军营之门。古时行军住宿，将两兵车辕木相向倒立，故名。

〔13〕掣（chè彻）：牵曳。

〔14〕轮台：在今新疆乌鲁木齐东北。属北庭都护府。

〔15〕天山：即今新疆乌鲁木齐以东之博格多山脉。

【今译】

北风席卷大地把白草吹折，八月的塞外已是漫天飞雪。就像一夜之间有春风吹过，千树万树绽开了梨花朵朵。飘雪飞入珠帘打湿了罗幕，狐皮袍不暖锦被也嫌单薄。将军手冻僵了拉不开角弓，都护的铁甲冷得难以穿着。大漠纵横覆盖着百丈坚冰，阴云密布凝聚在万里长空。中军帐下摆酒宴给你饯行，胡琴琵琶羌笛都拿来助兴。黄昏时雪纷纷落满了辕门，红旗被冻住狂风也扯不动。在轮台东门城外送你归去，茫茫大雪掩盖了天山道路。山回路转看不见你的身影，雪地上空留下一行行蹄印。

轮台歌奉送封大夫出师西征〔1〕

轮台城头夜吹角〔2〕，轮台城北旄头落〔3〕。
羽书昨夜过渠黎〔4〕，单于已在金山西〔5〕。
戍楼西望烟尘黑，汉兵屯在轮台北〔6〕。
上将拥旄西出征〔7〕，平明吹笛大军行〔8〕。
四边伐鼓雪海涌〔9〕，三军大呼阴山动〔10〕。
虏塞兵气连云屯〔11〕，战场白骨缠草根。
剑河风急云片阔〔12〕，沙口石冻马蹄脱〔13〕。
亚相勤王甘苦辛〔14〕，誓将报主静边尘〔15〕。
古来青史谁不见，今见功名胜古人。

【注释】

〔1〕轮台：唐代北庭州有轮台县（不同于汉轮台），治所在今新疆米泉。　封大夫：即封常清。从高仙芝幕，累以军功授职。天宝十三载（754）入朝，官御史大夫，故称。

〔2〕角：军营中用以号令、报时的号角。

〔3〕旄头：星宿名，古人以为是胡人的象征。旄亦作“髦”。《史记·天官书》：“昴曰髦头，胡星也。”旄头跳跃主胡兵大起，旄头落则主胡兵覆灭。

〔4〕渠黎：即渠犁，故址在今新疆吉木萨尔与米泉之间。

〔5〕单于：指西域少数民族首领。　金山：即今新疆乌鲁木齐东之博格多山，为天山之一峰。

〔6〕汉兵：借指唐军。

〔7〕上将：指封常清。　旄：旄节。古代皇帝将旄节赐予使臣、大将

以为凭信。唐代也赐给节度使，以为军权的象征。

〔8〕平明：清晨。

〔9〕伐鼓：击鼓。　雪海：当指天山以北之沙陀碛，即今乌鲁木齐北之古尔班通古特沙漠。其地冬季寒冷多雪，一片白茫茫，故称。

〔10〕三军：古代兵制，中军、左军、右军统称三军。　阴山：指今新疆境内天山东部。

〔11〕虏塞：边地要塞。　连云屯：形容军队集结很多。

〔12〕剑河：水名，当在北庭附近。

〔13〕沙口：一作“河口”。　脱：脱落，打滑。

〔14〕亚相：对封常清的美称。汉代多以御史大夫为副丞相。唐代以亚相称御史大夫。　勤王：为王事尽力。

〔15〕报主：报效君主。　静边尘：平定边患。

【今译】

轮台城头夜晚响起了号角，轮台城北旄头星正在坠落。紧急军书昨夜递送到渠黎，入寇敌兵已到了金山以西。从哨楼西望只见烟尘滚滚，守边汉军正在轮台北屯兵。大将手持节旄率部队西征，天拂晓吹响军笛浩荡启程。战鼓声声如雪海波涛汹涌，三军的呐喊要把阴山撼动。敌营里腾腾杀气上冲云霄，战场上累累白骨缠绕草根。剑河暗狂风怒号云片翻卷，沙口寒石冻路滑马匹难行。亚相一片忠心甘愿受辛苦，发誓愿报效君主扫净边尘。古来青史留名谁人不钦敬，而今你的功勋胜过了古人。

走马川行奉送出师西征〔1〕

君不见，走马川行雪海边〔2〕，平沙莽莽黄入天。
轮台九月风夜吼〔3〕，一川碎石大如斗〔4〕，
随风满地石乱走。
匈奴草黄马正肥〔5〕，金山西见烟尘飞〔6〕，
汉家大将西出师〔7〕。

将军金甲夜不脱[8]，半夜行军戈相拨[9]，
风头如刀面如割。
马毛带雪汗气蒸，五花连钱旋作冰[10]，
幕中草檄砚水凝[11]。
虏骑闻之应胆慑[12]，料知短兵不敢接[13]，
车师西门伫献捷[14]。

【注释】

〔1〕走马川：当指唐轮台西之白杨河，即今之玛纳斯河。维语称“恰马河”，汉语称“走马川”。

〔2〕雪海：见前《轮台歌奉送封大夫出师西征》诗注。

〔3〕轮台：见前《轮台歌奉送封大夫出师西征》诗注。

〔4〕川：指走马川。

〔5〕草黄马正肥：古代北方游牧民族作战以骑兵为主，秋天水草丰茂，马匹养得肥壮，正好发动掠夺战争。

〔6〕金山：见前《轮台歌奉送封大夫出师西征》诗注。　烟尘：指代战事。

〔7〕汉家大将：指封常清。

〔8〕金甲：铁甲。

〔9〕拨：碰撞。

〔10〕五花：五花马，马鬣修剪成五瓣的马。　连钱：即连钱骢，一种毛色斑驳的良马。　旋：立刻。

〔11〕幕中：戎幕之中，指军营。　草檄：起草声讨敌人的文书。

〔12〕慑：惧怕。

〔13〕短兵：刀剑戈矛一类的短兵器。

〔14〕车师：即北庭都护府治庭州，在今新疆乌鲁木齐东北。　伫：等待。

【今译】

你不见，走马川在雪海边，大漠无边无垠黄沙蔽天。轮台九月夜里狂风大作，搅起一川碎石巨大如斗，随着狂风翻卷满地乱走。秋高气爽匈奴草肥马壮，阿尔泰山西面扬起烟尘，汉家大将亲率大

军西征。将军身着铁甲日夜不脱，夜行军只听到戈矛相撞，寒风尖厉扑面如同刀割。马鬃上的雪刚被汗融化，转眼间雪片又覆盖马背，砚池里的水也结上冰花。料敌人闻风应胆战心惊，不敢再与我军短兵相接，在车师等待着传来佳音。

函谷关歌送刘评事使关西[1]

君不见函谷关，崩城毁壁至今在。
树根草蔓遮古道，空谷千年长不改。
寂寞无人空旧山，圣朝无事不须关[2]。
白马公孙何处去[3]？青牛老人更不还[4]。
苍苔白骨空满地，月与古时长相似。
野花不省见行人[5]，山鸟何曾识关吏。
故人方乘使者车[6]，吾知郭丹却不如[7]。
请君时忆关外客[8]，行到关西多致书。

【注释】

〔1〕函谷关：亦称崤函，在今河南灵宝。　刘评事：其人未详。　关西：指函谷关以西之地。

〔2〕圣朝：指唐朝。　关：指设关守卫。

〔3〕白马公孙：即公孙龙，战国末期赵国人，名家学派的主要代表人物。著名论点有“白马非马论”。传说公孙龙一日骑马过关，官吏阻拦曰：“此关不许过马。”他答曰：“白马不是马。”事见《吕氏春秋·审应览·淫辞》高诱注。

〔4〕青牛老人：指老子。姓李名耳，字聃，春秋楚人。他西游乘青牛过函谷关，为关令尹喜著《道德经》上下五千余言而去，后莫知所终。事见《史记·老庄申韩列传》。人，一作“子”。

〔5〕不省（xǐng醒）：不知晓。

〔6〕故人：指刘评事。

〔7〕郭丹：南阳人，买符入函谷关，慨然叹曰："丹不乘使者车，终不出关。"后征为谏议大夫，持节使归南阳，果乘高车出关，如其志焉。

〔8〕关外客：作者自称。其时他尚未移家长安，故云。

【今译】

你不见著名的函谷古关么？它的断垣残壁如今还存在。树根草蔓遮满了古道荒山，千年不变的是荒凉的容颜。山谷里人迹罕至一片空旷，圣朝既天下太平不须闭关。公孙龙骑白马今去往何处？老子乘青牛西游更不回还。眼前唯苍苔丛生白骨满地，今日的明月与古时长相似。遍地野花不认识过往行人，山中鸟儿又何曾认得关吏。老朋友你此番方乘车出使，我虽知郭丹事却自愧不如。请时常想到远在关外的我，到达关西还望常寄来音书。

胡笳歌送颜真卿使赴河陇〔1〕

君不闻胡笳声最悲，紫髯碧眼胡人吹。
吹之一曲犹未了，愁杀楼兰征戍儿〔2〕。
凉秋八月萧关道〔3〕，北风吹断天山草。
昆仑山南月欲斜，胡人向月吹胡笳。
胡笳怨兮将送君，秦山遥望陇山云〔4〕。
边城夜夜多愁梦，向月胡笳谁喜闻？

【注释】

〔1〕胡笳：我国古代北方少数民族的一种管乐器，木制，有孔，两端弯曲，其音悲凉。　颜真卿：字清臣，京兆万年（今陕西长安）人。开元中进士，官至太子太师，封鲁郡公，世称颜鲁公。两《唐书》有传。　河陇：河西、陇右。河西节度使治在凉州（今甘肃武威），陇右节度使治所在鄯州（今青海乐都）。

〔2〕楼兰：汉时西域国名，故地在今新疆维吾尔族自治区若羌东北。

此借指西域之地。

〔3〕萧关：见前《使至塞上》诗注。

〔4〕秦山：即终南山。终南山又名秦岭，故名。　陇山：又名陇坂或陇坻，在今陕西陇县西北，为赴河、陇必经之地。

【今译】

你不闻胡笳的曲调最伤悲，紫须碧眼的胡人最擅长吹。吹奏起胡笳一曲还未听完，戍边的将士已是愁肠寸断。八月里秋风凉经过萧关道，强劲的北风吹断了天山草。昆仑山南麓月儿正欲西斜，胡人吹起胡笳对一轮明月。胡笳声悲愁啊将送别友人，从秦山望不见陇山的白云。边城的梦境夜夜萦绕故乡，明月下吹起胡笳谁忍去听？

与独孤渐道别长句兼呈严八侍御〔1〕

轮台客舍春草满，颍阳归客肠堪断〔2〕。
穷荒绝漠鸟不飞〔3〕，万碛千山梦犹懒〔4〕。
怜君白面一书生〔5〕，读书千卷未成名。
五侯贵门脚不到〔6〕，数亩山田身自耕。
兴来浪迹无远近，及至辞家忆乡信。
无事垂鞭信马头，西南几欲穷天尽。
奉使三年独未归〔7〕，边头词客旧来稀〔8〕。
借问君来得几日，到家不觉换春衣〔9〕。
高斋清昼卷罗幕，纱帽接䍦慵不着〔10〕。
中酒朝眠日色高〔11〕，弹棋夜半灯花落〔12〕。
冰片高堆金错盘〔13〕，满堂凛凛五月寒〔14〕。
桂林蒲萄新吐蔓〔15〕，武城刺蜜未可餐〔16〕。

军中置酒夜挝鼓[17]，锦筵红烛月未午[18]。
花门将军善胡歌[19]，叶河蕃王能汉语[20]。
知尔园林压渭滨[21]，夫人堂上泣罗裙。
鱼龙川北盘溪雨[22]，鸟鼠山西兆水云[23]。
台中严公于我厚[24]，别后新诗满人口。
自怜弃置天西头，因君为问相思否。

【注释】

〔1〕独孤渐：生平未详。　长句：指七言古诗。　严八侍御：即严武，字季鹰，华阴（今陕西华阴）人。官至剑南节度使、礼部尚书。天宝六载（747），陇右节度使哥舒翰荐为判官，累迁至侍御史。两《唐书》有传。

〔2〕颍阳归客：作者自谓。岑参早年移居颍阳，有少室别业，故称。颍阳，唐县名，故址在今河南登峰西南颍阳镇。

〔3〕绝漠：极其荒僻之地。

〔4〕碛（qì气）：沙漠。　梦犹懒：意指道路遥远，连梦中也难到。

〔5〕怜：怜惜。

〔6〕五侯：指王侯权贵。《汉书·元后传》："河平二年，上悉封舅谭为平阿侯，商成都侯，立红阳侯，根曲阳侯，逢时高平侯。五人同时封，故世谓之'五侯'。"又，后汉桓帝封太监单超、徐璜、具瑗、左悺、唐衡五人为侯，亦称"五侯"。

〔7〕奉使：指出使西域。　三年：岑参自天宝十三载（754）赴北庭至天宝十五载春已近三年。

〔8〕词客：指文人墨客。

〔9〕换春衣：脱掉春衣，谓春天已逝。

〔10〕纱帽：南北朝至隋时，为皇帝及显贵所服，至唐则变为一种便帽。　接䍦（lí离）：一种白纱帽。　慵：懒。

〔11〕中（zhòng众）酒：醉酒。

〔12〕弹棋：古代的一种游戏，后失传。

〔13〕冰片：即龙脑，以龙脑树胶制成，无色透明，状似冰。可做香料，又可入药。　金错盘：嵌有金色花纹的盘子。

〔14〕凛凛：寒冷貌。　五月：作者预想独孤渐到家之时月。

〔15〕桂林：西域地名，其地未详。

〔16〕武城：遗址在今新疆吐鲁番西南。　刺蜜：一种可食用的草。

〔17〕挝（zhuā抓）：敲击。

〔18〕锦筵：华丽的坐席。　未午：未到中天。

〔19〕花门：唐时回纥的别称。

〔20〕叶河：在今新疆乌苏境内。这里“花门将军”、“叶河蕃王”均泛指西域少数民族。

〔21〕压：临。　渭滨：渭水之滨。

〔22〕鱼龙川：即龙鱼川。其水流经今陕西陇县，于宝鸡西北注入渭水。　盘溪：指今甘肃平凉境内之潘杨涧河，为泾水诸源之一。

〔23〕鸟鼠山：在今甘肃渭源西，渭水源出于此。　兆水：即今甘肃洮河，在鸟鼠山之西。

〔24〕台：指御史台。　严公：指严武。

【今译】

轮台客舍已经是春草遍地，强烈的乡愁使我肠断悲凄。在这人迹罕至的沙漠荒原，路迢迢连梦中都懒得归去。可叹你本是一介白面书生，诗书饱读千卷也未能成名。豪门权贵从不登你的门坎，只有几亩山田由自己耕种。乘兴浪迹天下不管路远近，一旦离开又盼望家乡音讯。骑着马漫无目的信步而行，足迹遍及西南一直到天边。自奉命出使已有三年未归，边地的词客一向寥寥无几。请问你来时途中得用几日，推算回到家春天已经过去。到家后白日里把罗幕卷起，连纱帽也懒得戴不拘行迹。酒醉酣眠日已高还不起身，玩弹棋直到夜深灯花燃尽。冰片高高堆满在金错盘中，在五月里也使人凛凛生寒。桂林产的蒲萄才刚刚吐蔓，武城出的刺蜜还不能尝鲜。军营中置酒送别擂起大鼓，锦宴上红烛高照月未上中天。花门将军唱胡歌歌喉美妙，叶河蕃王竟能用汉语交谈。知道你的园林就在渭水边，家中太夫人苦苦把你思念。鱼龙川的流水盘溪里的雨，鸟鼠山西兆水上白云舒卷。台中的严公与我交情深厚，分别后你的新诗人口传遍。我自叹久在边地不得调迁，不知他是否也在将我思念。

送费子归武昌[1]

汉阳归客悲秋草[2]，旅舍叶飞愁不扫。

秋来倍忆武昌鱼[3]，梦著只在巴陵道[4]。
曾随上将过祁连[5]，离家十年恒在边。
剑锋可惜虚用尽，马蹄无事今已穿。
知君开馆常爱客，樗蒲百金每一掷[6]。
平生有钱将与久[7]，江上故园空四壁[8]。
吾观费子毛骨奇[9]，广眉大口仍赤髭[10]。
看君失路尚如此[11]，人生贵贱那得知。
高秋八月归南楚[12]，东门一壶聊出祖[13]。
路指凤凰山北云[14]，衣沾鹦鹉洲边雨[15]。
勿叹蹉跎白发新，应须守道勿羞贫[16]。
男儿何必恋妻子，莫向江村老却人。

【注释】

〔1〕费子：其人未详。　武昌：在今湖北鄂城。

〔2〕汉阳：今属武汉。

〔3〕武昌鱼：三国时吴主孙皓自建业迁都武昌，大臣陆凯上疏反对，疏引童谣说："宁饮建业水，不食武昌鱼；宁还建业死，不止武昌居。"事见《三国志·陆凯传》。相传武昌鱼味道鲜美。

〔4〕著：同"着"。　巴陵：即岳州，治所在今湖南岳阳。

〔5〕祁连：祁连山。有南北之分，南祁连即今甘肃境内的祁连山，北祁连即今新疆境内的天山。这里指北祁连。

〔6〕樗（chū出）蒲：古代博戏的一种。

〔7〕将：送。　久：疑当作"人"。

〔8〕空四壁：谓家贫空无一物。《史记·司马相如列传》："家居徒四壁立。"

〔9〕毛骨：相貌。

〔10〕髭（zī咨）：嘴上边的胡子。

〔11〕失路：不得志。

〔12〕高秋：深秋。　南楚：地名，三楚之一，在今湖北、湖南、安徽、江西一带地区。

〔13〕东门：指长安东门。　一壶：一壶酒。　出祖：古人出门前祭祀路神称祖道，引申为饯别。

〔14〕凤凰山：在今武汉武昌北二里。

〔15〕鹦鹉洲：在今武汉汉阳西南长江中。

〔16〕勿羞贫：语本《论语·卫灵公》："君子忧道不忧贫。"

【今译】

秋草枯黄汉阳归客更添羁愁，任旅舍前落叶满地也不清扫。秋风一起倍加思念武昌鲜鱼，梦境中也会出现回家的小道。曾经跟随上将远征到祁连山，离家已经十载一直转战边关。如今去职赋闲空将剑锋用尽，纵然马蹄踏穿一切都是枉然。知你热情接纳四面八方来客，为人豪爽慷慨游戏一掷百金。平生仗义疏财助人从不吝惜，自己的旧居里却是家徒四壁。我看你相貌清奇理应得富贵，粗眉大口唇上生有红色胡须。谁知你的命运却是如此不济，可见人生富贵贫贱难以预知。你在这深秋八月里回归南楚，我在东门置酒一壶为你饯行。路上可遥望凤凰山北的白云，衣服会沾上鹦鹉洲边的细雨。切莫嗟叹光阴虚度又添白发，当固守道义不以贫贱为羞耻。男子汉何必去贪恋天伦之乐，切莫无所事事地终老江村里。

偃师东与韩樽同诣景云晖上人即事[1]

山阴老僧解《楞伽》[2]，颍阳归客远相过[3]。
烟深草湿昨夜雨，雨后秋风渡漕河[4]。
空山终日尘事少，平郊远见行人小。
尚书碛石黄昏钟[5]，别驾渡头一归鸟[6]。

【注释】

〔1〕偃师：即今河南偃师。　韩樽：生平未详。　诣：到，特指去尊长处。　景云：寺名，故址在今河南巩义西南，偃师之东。一说为人名，与岑参同时，善草书，《全唐诗》存其诗三首。　晖上人：生平未

详。 即事：就眼前事有感而作。

〔2〕山阴：山北。 解：了悟。 《楞伽》：佛经名，全称为《楞伽阿跋多罗宝经》。

〔3〕颍阳归客：作者自谓。岑参早年移居颍阳，有少室别业，故称。颍阳，唐县名，故址在今河南登峰西南颍阳。 过：访。

〔4〕漕河：漕运之河。古代称水道运粮为漕运，此指洛河。唐代由江南运米到东都洛阳及京师长安，都走洛河。

〔5〕尚书碛：与下句中“别驾渡”均未详何地。碛，水中沙堆。 石：一作“上”。

〔6〕归鸟：归林之鸟，作者自喻。

【今译】

山北老僧研习《楞伽》精通明晓，颍阳归客前来探访跋涉远道。烟云深芳草湿皆因昨夜雨降，山雨后我渡过洛河秋风萧萧。身居深山终日远离尘俗之事，郊野平旷行人身影愈来愈小。尚书碛黄昏时传来声声晚钟，别驾渡头见翩飞投林的归鸟。

卫节度赤骠马歌〔1〕

君家赤骠画不得，一团旋风桃花色。
红缨紫鞚珊瑚鞭〔2〕，玉鞍锦鞯黄金勒〔3〕。
请君鞁出看君骑〔4〕，尾长窣地如红丝〔5〕。
自矜诸马皆不及〔6〕，却忆百金新买时〔7〕。
香街紫陌凤城内〔8〕，满城见者谁不爱。
扬鞭骤急白汗流〔9〕，弄影行骄碧蹄碎〔10〕。
紫髯胡雏金翦刀〔11〕，平明翦出三鬉高〔12〕。
枥上看时独意气〔13〕，众中牵出偏雄豪。
骑将猎向南山口〔14〕，城南狐兔不复有。

草头一点疾如飞[15]，却使苍鹰翻向后[16]。
忆昨看君朝未央[17]，鸣珂拥盖满路香[18]。
始知边将真富贵[19]，可怜人马相辉光。
男儿称意得如此，骏马长鸣北风起。
待君归去扫胡尘[20]，为君一日行千里。

【注释】

〔1〕卫节度：即卫伯玉。原为安西将领。乾元二年（759）官四镇、北庭行营节度使。两《唐书》有传。　赤骠马：有白色斑点的红马。

〔2〕红缨：系在马颈下的饰物。　鞚（kòng控）：应作“缰”，即马缰绳。　珊瑚鞭：柄上饰有珊瑚的马鞭。

〔3〕鞯：马鞍垫。　勒：带嚼子的马笼头。

〔4〕鞁（bèi备）：同“鞴”，配置马具。

〔5〕窣（sū苏）：垂，拂。

〔6〕矜：夸耀。

〔7〕新：一作“初”。

〔8〕香街紫陌：皆指长安城繁华的街道。　凤城：京城长安。

〔9〕白汗：指马汗。《战国策·楚策》：“夫骥之齿至矣，服盐车而上大行，蹄申膝折，尾湛胕溃，漉汁洒地，白汗交流，外阪迁延，负辕而不能上。”高诱注：“不缘暑而汗也。”

〔10〕碧蹄：形容马蹄色如碧玉。

〔11〕紫髯胡雏：指马夫是胡人。

〔12〕三鬉（zōng综）：把马鬃剪成三瓣的式样，即三花马。鬉，同“鬃”。

〔13〕枥：马厩。

〔14〕将：语助词。　南山：终南山。

〔15〕草头：草梢。

〔16〕翻：反。

〔17〕朝未央：朝见皇帝。未央，汉宫名，故址在今西安西北，此借指唐宫。

〔18〕鸣珂：马勒上的玉饰行走时发出响声。　盖：华盖，古时达官显贵出行时所用仪仗。

〔19〕边将：指卫伯玉，因其原为安西边将。

〔20〕胡尘：指安史叛军。

【今译】

您家的赤骠马实难描画，好似一团旋风艳若桃花。红缨穗紫缰绳珊瑚马鞭，玉马鞍锦缎垫黄金马勒。请您牵出马来看看您骑，长尾曳地好似缕缕红丝。自夸其他的马都比不上，想起用百金购马的时光。在京城繁华的大街小巷，满城看马的人谁不赞赏。时而扬鞭飞驰热汗直流，时而玉蹄轻挪姿影摇曳。紫髯少年马夫手拿剪刀，天亮把马鬃修剪成三瓣。在马厩里已是气概不凡，牵出马群更觉姿态矫健。跨上骏马行猎终南山口，追得城南狐兔全都逃走。马蹄踏过草地迅疾如飞，空中苍鹰反而掉到后头。回想您当初来皇宫朝拜，仪仗威风凛凛前呼后拥。才知边关将领多么富贵，人马互相映衬何等威风。男儿自应如此才称心意，骏马在北风中阵阵长鸣。待您东去扫平战乱之日，骏马为您一日驰骋千里。

浐水东店送唐子归嵩阳〔1〕

野店临官路〔2〕，重城压御堤〔3〕。
山开灞水北〔4〕，雨过杜陵西〔5〕。
归梦秋能作，乡书醉懒题。
桥回忽不见〔6〕，征马尚闻嘶。

【注释】

〔1〕浐水：在长安附近，源出陕西蓝田西南，西北流经长安合灞水入渭河。　唐子：其人未详。　嵩阳：县名。始置于隋代，唐改称登封，今属河南。

〔2〕官路：官府修筑的公路。

〔3〕御堤：指皇家禁苑中的堤岸。

〔4〕灞水：在长安附近，源出陕西蓝田东，西北流经长安合浐水入渭河。

〔5〕杜陵：地名，又称乐游原。在今长安东南。秦置杜县，汉宣帝筑

陵墓葬此，因称。

〔6〕桥：指灞桥，在今长安东灞水上，为唐人送别之地。

【今译】

郊野小店临近官修的大路，城墙仿佛逼近禁苑的河堤。灞水以北的山势极为开阔，风雨一直飘洒过杜陵之西。秋日里故乡常出现在梦境，在酣醉中却懒于书写家信。桥回路转已不见友人身影，远远地还听到征马的嘶鸣。

送郑堪归东京汜水别业[1]

客舍见春草，忽闻思旧山[2]。
看君灞陵去[3]，匹马成皋还[4]。
对酒风与雪，向家河复关。
因悲宦游子[5]，终岁无时闲。

【注释】

〔1〕郑堪：一作“郑甚”，其人未详。　东京：即东都洛阳。　汜（sì四）水：唐县名，在今河南荥阳西北汜水镇。

〔2〕旧山：旧居，指汜水别业。

〔3〕灞陵：即霸陵，在霸水之上，本名霸上，汉文帝筑陵葬此，因称霸陵，在今陕西长安东。

〔4〕成皋：唐县名。见前《巩北秋兴寄崔明允》诗注。

〔5〕宦游子：离家在外做官的人。

【今译】

长安客舍已见遍地长满青草，忽听你萌发了对故乡的思念。惆怅地目送你离开灞陵远去，独个儿上路回归成皋的故园。风雪飘飞之时为你把酒饯别，还家途中要经过河流和关山。我由此为宦游的人感到悲哀，终年在外奔波哪得片时清闲。

送杜佐下第归陆浑别业[1]

正月今欲半，陆浑花未开。
出关见青草[2]，春色正东来。
夫子且归去[3]，明时方爱才[4]。
还须及秋赋[5]，莫即隐蒿莱[6]。

【注释】

〔1〕杜佐：生平未详。一作“杜位”。 陆浑：唐县名，在今河南嵩县东北。

〔2〕关：指潼关。

〔3〕夫子：指杜佐。

〔4〕明时：政治清明之时。

〔5〕秋赋：指秋贡，即秋时举行的科举。赋，贡士之意。

〔6〕隐蒿莱：隐于草野。

【今译】

正月已经过去了将近一半，陆浑那里的春花却还未开。一出潼关便可见萋萋青草，浓郁的春色从东扑面而来。夫子你即将动身回归别业，须知清明之时正爱惜贤才。劝君还应趁秋贡继续应试，切莫因失意就此隐居蒿莱。

还高冠潭口留别舍弟[1]

昨日山有信，只今耕种时。
遥传杜陵叟[2]，怪我还山迟。
独向潭上酌，无上林下棋。

东溪忆汝处[3]，闲卧对鸬鹚[4]。

【注释】

〔1〕高冠潭：石潭名，在今陕西长安东南终南山高冠谷内，为作者隐居之地。

〔2〕杜陵叟：指与作者一起隐居的隐者。

〔3〕东溪：疑即高冠谷水。

〔4〕鸬鹚：鱼鹰。

【今译】

昨天山里有人捎信给我，说现在已经是耕种之时。信里转达了杜陵叟的话，埋怨我不该迟迟不归去。他只好独自到潭边饮酒，也再不能到树林里下棋。在东溪旁闲躺着想念你，百无聊赖地独对着鸬鹚。

送张子尉南海[1]

不择南州尉，高堂有老亲[2]。
楼台重蜃气[3]，邑里杂鲛人[4]。
海暗三山雨[5]，花明五岭春[6]。
此乡多宝玉[7]，慎莫厌清贫。

【注释】

〔1〕张子：一本作“杨瑗”，生平未详。　尉：任县尉，用作动词。　南海：县名。唐属岭南道广州。故地在今广东南海。

〔2〕“不择”二句：语本《韩诗外传》卷一：“任重道远者，不择地而息；家贫亲老者，不择官而仕。”南州，泛指南方。

〔3〕重：重叠。　蜃气：即海市蜃楼，古人以为是蜃（传说海中蛟一类动物）吐气而成。

〔4〕鲛人：见前《送李判官赴江东》诗注。

〔5〕三山：在广州南二十八里，属南海县地。临江三峰并起，高三十余丈，旧有三山寨。

〔6〕花明：一本作“江明”。　五岭：有多种说法。据晋邓德明所著《南康记》，五岭是指大庾岭、骑田岭、都庞岭、萌渚岭、越城岭，为南方最大的丘陵山脉。

〔7〕宝玉：南海一带出产珠、玑、象牙、犀革等珍奇之物。

【今译】

你不嫌地远职卑出仕南海，皆因高堂上有年迈的双亲。这里常出现重重海市蜃楼，传说居民中杂有海底鲛人。雨落三山使天地变得晦暗，花开五岭春光更明媚怡人。海南多出产各种珍奇宝物，千万要保持操守莫厌清贫。

送张都尉东归〔1〕

白羽绿弓弦〔2〕，年年只在边〔3〕。
还家剑锋尽，出塞马蹄穿。
逐虏西逾海〔4〕，平胡北到天。
封侯应不远，燕颔岂徒然〔5〕。

【注释】

〔1〕张都尉：生平未详。按，《四部丛刊》本此诗题下注云：“时封大夫初得罪。”天宝十四载（755）冬封常清入朝，值安禄山之乱，玄宗以封常清为范阳、平卢节度使，赴东都募兵讨贼，战于洛阳，官军大败，退守潼关。封常清因此被削除官爵，不久处死。所谓“初得罪”即指此事。事见《旧唐书·封常清传》。

〔2〕白羽：箭名，以白色羽毛为箭羽。　绿弓弦：绿弦之弓。

〔3〕边：边塞。

〔4〕虏：敌寇。

〔5〕“封侯”二句：典出《后汉书·班超传》：“相者指曰：‘生燕颔虎项，飞而食肉，此万里侯相也。’”燕颔，大口。因燕口阔大，故称。颔，口。

【今译】

身佩白色箭羽绿沉弓弦，常年都在边关塞外转战。屡经战阵剑锋几乎折尽，出塞还家马蹄已经踏穿。追击敌寇往西远到海岸，平定胡虏向北直至天边。封侯受赏之日料应不远，岂空有贵人的骨相容颜。

送王七录事赴虢州〔1〕

早岁即相知，嗟君最后时〔2〕。
青云仍未达〔3〕，白发欲成丝。
小店关门树〔4〕，长河华岳祠〔5〕。
弘农人吏待〔6〕，莫使马行迟。

【注释】

〔1〕王七录事：即王季友。排行七，河南洛阳人。宝应中，历仕华阴尉、虢州录事参军。生平散见于《唐才子传》卷四、《唐诗纪事》卷二六。录事，官名，录事参军的省称。隋初以录事参军为郡官，相当于汉时州郡主簿之职。唐宋因之，在京府则称司录参军。　虢州：唐州名，治所在今河南灵宝。

〔2〕后时：指出仕落后于时人。

〔3〕青云：喻高位。

〔4〕关：潼关。

〔5〕河：黄河。　华岳祠：即西岳庙，始建于汉代。在华阴东五里。

〔6〕弘农：唐县名，在今河南灵宝。　人：民，百姓。

【今译】

早年我们便成为了知己，你落后于时人深可叹息。至今仍未登上青云之路，可怜黑发都快变成白丝。小店外潼关前树木苍郁，黄河绕西岳庙长流不息。弘农百姓小吏都在期盼，快马加鞭赶路切莫迟疑。

终南东溪中作

溪水碧于草，潺潺花底流〔1〕。
沙平堪濯足〔2〕，石浅不胜舟〔3〕。
洗药朝与暮，钓鱼春复秋。
兴来从所适〔4〕，还欲向沧州〔5〕。

【注释】

〔1〕潺潺：流水声。
〔2〕濯：洗。
〔3〕石浅：溪水多石而浅。　胜：承受。
〔4〕从所适：任意而往。
〔5〕向沧州：指归隐。

【今译】

东溪的水比草还要青碧，水声潺潺绕过花底流去。平坦的沙岸可用来濯足，溪水清浅船只无法行驶。清晨傍晚在此洗涤药草，春秋之季独坐溪边钓鱼。兴之所至便可随意而往，还想远离尘俗在此隐居。

汉上题韦氏庄〔1〕

结茅闻楚客〔2〕，卜筑汉江边〔3〕。

日落数归鸟，夜深闻扣舷[4]。
水痕侵岸柳，山翠借厨烟。
调笑提筐妇[5]，春来蚕几眠？

【注释】

〔1〕汉上：指汉水流域。　韦氏：其人未详。
〔2〕结茅：建造简陋的屋舍。　楚客：指客居他乡的人。
〔3〕卜筑：择地建屋。
〔4〕扣舷：敲击船帮打拍子。
〔5〕调笑：戏谑取笑。

【今译】

听说客子在他乡构筑茅舍，择地而居就建在汉江岸边。日落时可观察天上的归鸟，夜深时分还听到船家扣舷。江水涨满侵润了河岸柳枝，青翠山色映衬着袅袅炊烟。同提筐采桑的农妇们打趣，询问春来蚕儿已经有几眠？

题永乐韦少府厅壁[1]

大河南郭外[2]，终日气昏昏[3]。
白鸟下公府[4]，青山当县门[5]。
故人是县邑[6]，过客驻征轩[7]。
不惮烟波阔[8]，思君一笑言。

【注释】

〔1〕永乐：在今山西芮城西南。　韦少府：生平未详。
〔2〕大河：指黄河。
〔3〕昏昏：烟雾迷茫貌。

〔4〕白鸟：白色水鸟，指鸥、鹤一类。　公府：官署。

〔5〕县门：县衙门。

〔6〕故人：即韦少府。　县邑：县城。

〔7〕过客：作者自谓。　驻：停。　征轩：远行之车。

〔8〕“不惮”句：作者当时是由黄河南岸的盘豆横渡黄河至永乐，故云。不惮，不怕。

【今译】

滔滔黄河从城南门外流过，终日里烟雾迷茫水气蒸腾。白鹭纷纷飞下栖息在官署，青山横卧正对着县衙大门。老朋友你在这里出任县尉，我停下车马暂时不再远行。横渡黄河不惧怕烟波浩淼，为的是到此能够与你欢饮。

首春渭西郊行呈蓝田张二主簿[1]

回风度雨渭城西[2]，细草新花踏作泥。
秦女峰头云未尽[3]，胡公陂上日初低[4]。
愁窥白发羞微禄，悔别青山忆旧溪。
闻道辋川多胜事[5]，玉壶春酒正堪携。

【注释】

〔1〕首春：初春。　渭西：指渭城西。　蓝田：唐县名，在今陕西蓝田。　张二主簿：生平未详。主簿，官名，掌县衙簿书，是县令的佐吏。

〔2〕回风：旋风。

〔3〕秦女峰：在陕西渭南龙尾坡西。

〔4〕胡公陂：疑指渼陂。胡公泉（在陕西户县西南十里）水流注入渼陂，故名。

〔5〕辋川：水名，在陕西蓝田南。

【今译】

渭城县西回风化作了春雨，雨后的小草新花踏落成泥。秦女峰头的云雾还未散尽，胡公陂上朝阳已冉冉升起。白发对微禄令人羞愧忧戚，悔不该离开青山怀念旧溪。听说辋川有许多美景佳胜，正好携玉壶春酒前往游历。

西过渭州见渭水思秦川[1]

渭水东流去，何时到雍州[2]。
凭添两行泪[3]，寄向故园流[4]。

【注释】

〔1〕渭州：唐州名，治所在今甘肃陇西西南，渭水流经这里。　秦川：犹关中，指今陕西中部地区。

〔2〕雍州：唐初置雍州，治所在长安。开元元年（713）改为京兆府。这里借指长安。

〔3〕凭：请。

〔4〕故园：岑参有别业在杜陵山中，因称长安为故园。

【今译】

渭水日夜不息向东奔流，什么时候才能到达雍州？拜托你把我的两行眼泪，顺着水流带向长安故丘。

献封大夫破播仙凯歌[1]

汉将承恩西破戎[2]，捷书先奏未央宫[3]。
天子预开麟阁待[4]，只今谁数贰师功[5]。

【注释】

〔1〕本题共六章，这里选的是第一、第四章。　封大夫：封常清，生平详前注文。　播仙：在今新疆且末东北车尔臣河北岸。封常清破播仙事，史传无载。　凯歌：《乐府诗集》卷二十：唐制，凯歌“用铙吹二部”，“迭奏《破阵乐》等四曲”。

〔2〕汉将：指封常清。　承恩：犹奉命。　戎：古代对西方少数民族的称谓。

〔3〕未央宫：汉宫殿名，故址在今西安西北。此借指唐宫。

〔4〕麟阁：即麒麟阁。汉宣帝在阁内绘霍光、苏武等十一位功臣像，以示褒扬。

〔5〕贰师：汉贰师将军李广利。太初元年（前104）汉武帝以李广利为贰师将军率兵击大宛，获胜，得良马三千余匹。事见《汉书·李广利传》。

【今译】

封大夫奉命西征大破敌军，胜利的捷报早已飞奏朝廷。麒麟阁门大开迎将士凯旋，将军盖世的功劳远过前人。

日落辕门鼓角鸣〔1〕，千群面缚出蕃城〔2〕。
洗兵鱼海云迎阵，秣马龙堆月照营〔3〕。

【注释】

〔1〕辕门：军营之门。古时行军住宿，将两兵车辕木相向倒立，故名。　鼓角：战鼓与号角，军中令行禁止的信号。

〔2〕面缚：即背缚，双手反绑于后。系请罪之状。　蕃城：当指播仙镇。

〔3〕“洗兵”二句：语本左思《魏都赋》：“洗兵海岛，刷马江州。”写班师景象。洗兵，打仗结束洗涤兵器。即休兵之意。鱼海，泛指湖泊。阵，军阵，此指唐军。秣马，喂马。龙堆，即白龙堆，今新疆南部库穆塔格沙漠。其形如土龙。

【今译】

日落黄昏辕门外鼓角齐鸣，押解成千俘虏走出播仙镇。将士们在湖水里洗濯兵器，喂马白龙堆明月高照大营。

玉关寄长安李主簿〔1〕

东去长安万里余，故人何惜一行书〔2〕。
玉关西望堪肠断，况复明朝是岁除。

【注释】

〔1〕玉关：玉门关，在今甘肃敦煌西北。 长安：县名，今属陕西。 李主簿：生平未详。主簿，县主簿，县令佐吏，掌县衙簿书。

〔2〕故人：指李主簿。

【今译】

身居塞外距离长安万里有余，寥寥一行书信你又何必吝惜。玉门关外满目荒凉令人悲伤，何况明日是万家团圆的除夕。

虢州后亭送李判官使赴晋绛〔1〕

西原驿路挂城头〔2〕，客散红亭雨未收〔3〕。
君去试看汾水上〔4〕，白云犹似汉时秋〔5〕。

【注释】

〔1〕虢州：唐州名，治所在今河南灵宝。 李判官：其人未详。 晋绛：即晋州、绛州，皆在今山西境内。治所分别在今临汾和新绛。

〔2〕驿路：公路。

〔3〕红亭：即虢州后亭。

〔4〕汾水：源出山西宁武管涔山，流经山西中部。

〔5〕“白云”句：用《汉武故事》：“元鼎四年（前113），上行幸河东，祀后土，顾视帝京，欣然，中流与群臣饮燕。上欢甚，乃自作《秋风

辞》。”辞中有“秋风起兮白云飞，草木黄落兮雁南归”。“君去”两句既点出李判官所往之地，又暗寓景物依旧而人事已非之意。

【今译】

西去的驿路仿佛高挂在城头，江亭外送客冷雨萧萧仍未收。你此番远行到达那汾水之上，白云飘飞仍好像汉代的秋光。

赴北庭度陇思家〔1〕

西向轮台万里余〔2〕，也知乡信日应疏。
陇山鹦鹉能言语〔3〕，为报家人数寄书〔4〕。

【注释】

〔1〕北庭：即北庭节度使驻地庭州，在今新疆吉木萨尔北破城子。　陇：陇山，亦名陇坻、陇坂，在今陕西、甘肃交界处。

〔2〕轮台：在今新疆乌鲁木齐东北。属北庭都护府。

〔3〕陇山鹦鹉：据《元和郡县志》卷三十九载，陇山多鹦鹉。

〔4〕数：屡次。

【今译】

踏上西赴轮台的万里长途，自己也知家信会日渐稀疏。陇山的鹦鹉能够学人说话，快告知家人多多寄来音书。

崔　颢

崔颢（？—754），汴州（今河南开封）人。开元十一年（723）进士及第。开元后期，以监察御史任职河东军幕，得以“一窥塞垣”。天宝初，任太仆寺丞，后改司勋员外郎。其诗名重当时。少年为诗，属意浮艳，晚岁忽变常体，风骨凛然。《全唐诗》存其诗一卷。

古游侠呈军中诸将[1]

少年负胆气，好勇复知机[2]。
仗剑出门去，孤城逢合围[3]。
杀人辽水上[4]，走马渔阳归[5]。
错落金锁甲[6]，蒙茸貂鼠衣[7]。
还家行且猎[8]，弓矢速如飞。
地迥鹰犬疾[9]，草深狐兔肥。
腰间带两绶[10]，转眄生光辉[11]。
顾谓今日战，何如随建威[12]？

【注释】

〔1〕题一作《古游侠》。　游侠：古代指重义轻生，好结交，救人急难的人。

〔2〕知机：懂得把握机遇。

〔3〕合围：被包围。

〔4〕辽水：即辽河。

〔5〕渔阳：古郡名，辖区相当于今北京东南的一部分地区。

〔6〕错落：交错纷杂。　金锁甲：用金属薄片连锁而成的战甲，以防刀剑。

〔7〕蒙茸：蓬乱貌。

〔8〕行且猎：一作“且行猎”。

〔9〕迥：远。

〔10〕绶：绶带，古代系印纽所用。

〔11〕转眄（miǎn免）：转动眼珠，顾盼。眄，一作“盼”。

〔12〕建威：将军称号，东汉光武帝刘秀以耿弇为建威将军。东汉末，东吴名将周瑜曾为建威中郎将。这里指在辽水作战的主将。

【今译】

游侠少年武艺高强胆气壮，英勇果断又善于抓住机会。意气慷慨手提利剑出门去，适逢孤城被敌军团团包围。辽河上义无反顾英勇杀敌，功成后骑马途经渔阳回归。身上的铠甲已经斑驳脱落，貂皮大衣也已蓬乱落满尘灰。离开军营回家园纵情游猎，挽强弓射利箭弓矢快如飞。原野上辽阔无边鹰犬迅猛，恰值藏身草丛的狐兔正肥。少年腰间系着两颗官印，意气高傲顾盼间生光辉。今日辽水作战主将的雄风，能否与当年建威将军媲美?

赠王威古呈军中诸将〔1〕

三十羽林将〔2〕，出身常事边〔3〕。
春风吹浅草，猎骑何翩翩。
插羽两相顾〔4〕，鸣弓新上弦〔5〕。
射麋入深谷〔6〕，饮马投寒泉。
马上共倾酒，野中聊割鲜〔7〕。
相看未及饮，杂虏寇幽燕〔8〕。
烽火去不息，胡尘高际天〔9〕。
长驱救东北，战解城亦全。
报国行赴难，古来皆共然。

【注释】

〔1〕题一作《赠王威古》。　王威古：一本作“王威吉”，生平未详。

〔2〕羽林将：唐代有左右羽林军，是皇帝的禁卫部队，王威古为军中将领。

〔3〕出身：此指献身。　事边：在边疆服役。

〔4〕插羽：指腰上挂着箭。箭尾裹有羽毛，称羽箭。

〔5〕鸣弓：指发箭。　新上弦：一作“上新弦”。

〔6〕麋：麋鹿，俗称“四不像”。

〔7〕割鲜：割取猎物的鲜肉。

〔8〕杂虏：一作“杂胡”。　幽燕：唐代幽州，辖境相当于战国时燕国境，故称幽燕，即今河北北部及辽宁西部一带。唐代在此地设范阳、平卢两节度使，防奚族和契丹的侵扰。天宝初年，安禄山任此二镇节度使。

〔9〕际天：接天，形容敌军进攻的紧急。

【今译】

你三十岁就做了羽林将军，为国效力常年转战在边关。春风吹拂刚刚泛绿的小草，草原上纵情驰骋马蹄翩翩。身佩着箭囊彼此会心相视，全神贯注把响箭搭上弓弦。追逐麋鹿深入高山深谷，饮马休息在清冽的泉水边。就在马上一起用杯子斟酒，旷野里以捕获的猎物为餐。举杯相看还没来得及开饮，忽听胡兵正大举侵犯幽燕。冲天的烽火久久燃烧不息，胡人兵马的扬尘直上云天。快马加鞭长途驱驰赴东北，平息敌寇使城池得以保全。怀抱着一腔热血急赴国难，志士从古到今就都是这般。

孟门行〔1〕

黄雀衔黄花〔2〕，翩翩傍檐隙。
本拟报君恩，如何反弹射。
金罍美酒满座春〔3〕，平原爱才多众宾〔4〕。
满堂尽是忠义士，何意得有谗谀人。
谀言反覆那可道，能令君心不自保。
北园新栽桃李枝，根株未固何转移。
成阴结实君自取〔5〕，若问旁人那得知？

【注释】

〔1〕《孟门行》：乐府诗题。孟门，古地名，在今河南辉县西。

〔2〕“黄雀”句：用“黄雀衔环”典故。东汉杨宝救了一只黄雀，夜间有一黄衣童子以白环四枚相报，曰：“令君子孙洁白，位登三公，当如此环矣。”后杨宝子孙果然显贵。事见《后汉书·杨震传》注引《续齐谐记》。

〔3〕罍（léi雷）：古代酒器，形状像壶。

〔4〕平原：即战国时期贵族平原君，他任赵国相，广招人才，礼贤下士，有门客三千。

〔5〕成阴结实：喻人才成长。

【今译】

黄雀口中衔来一朵黄花，翩翩飞来栖息在屋檐下。本想来此报答你的恩德，不知为何反遭弹射惊吓。金罍斟满美酒满座欢笑，平原君最爱才宾客盈门。满堂尽是忠诚仁义之士，何曾想到内有谗佞之人。谄媚的话能够翻云覆雨，可使人心旌动摇不能自持。北园里新栽种的桃李树，根株还未稳固为何转移。桃李成阴结实是您自取，若问旁人哪里能够得知？

雁门胡人歌[1]

高山代郡东接燕[2]，雁门胡人家近边[3]。
解放胡鹰逐塞鸟[4]，能将代马猎秋田[5]。
山头野火寒多烧，雨里孤峰湿作烟。
闻道辽西无斗战[6]，时时醉向酒家眠。

【注释】

〔1〕雁门：唐郡名，又称代州，治所在今山西代县。

〔2〕代郡：即代州，秦汉时旧称。 燕：古燕国，在今河北东北部及辽宁西部，与代郡相毗邻。

〔3〕边：边地。

〔4〕解：能够，懂得。　胡鹰：即猎鹰，因其在西北胡地，故称。

〔5〕将：用。　猎秋田：进行秋猎。田，通“畋”，打猎。

〔6〕辽西：古郡名。此处指辽河以西地区，当时是东北边防之地。

【今译】

代郡的东面与古燕地相毗连，雁门胡人的住家就靠近边关。他们会放猎鹰追逐塞上鸟儿，在秋日里骑着猎马驰骋荒原。寒天里多在山头燃烧起野火，山火被雨水熄灭蒸腾起浓烟。听说辽西近来没有发生战事，闲来无事常到酒家酣饮醉眠。

七　夕〔1〕

长安城中月如练〔2〕，家家此夜持针线〔3〕。
仙裙玉佩空自知，天上人间不相见。
长信深阴夜转幽〔4〕，瑶阶金阁数萤流〔5〕。
班姬此夕愁无限〔6〕，河汉三更看斗牛〔7〕。

【注释】

〔1〕七夕：农历七月七日夜，相传是牛郎、织女一年一度相会的日子。民间妇女有“乞巧”的风俗。

〔2〕练：经捶练漂洗过的布帛，即熟绢。其色洁白，因喻月光。

〔3〕持针线：据《荆楚岁时记》：“是夕，人家妇女结彩缕，穿七孔针，或以金银鍮石为针，陈瓜果于庭中以乞巧。”

〔4〕长信：汉宫名，汉代多为太后所居。

〔5〕瑶阶：华美的石阶。

〔6〕班姬：指西汉嫔妃班婕妤，汉成帝时入宫，封为婕妤。后赵飞燕得宠，班婕妤被谗，遂自请入长信宫侍奉王太后，作《团扇歌》以自伤。

〔7〕河汉：指银河。　斗牛：均二十八宿之一。斗宿，即南斗星；牛宿，即牵牛星。

【今译】

长安城里月光皎洁像白色的丝绢，家家妇女都在此夜乞巧穿针引线。天宫的情景只是自己凭空的想象，天上与人间仙凡永隔不可能相见。长信宫阴深幽寂到夜晚格外清冷，百无聊赖在宫殿里数空中的流萤。这样的夜晚班婕妤更有无限忧愁，直到三更仍凝望银河中的牵牛星。

赠梁州张都督〔1〕

闻君为汉将，虏骑罢南侵。
出塞清沙漠〔2〕，还家拜羽林〔3〕。
风霜臣节苦，岁月主恩深。
为语西河使〔4〕，知余报国心。

【注释】

〔1〕梁州：唐代辖境约相当于今陕西城固以西的汉水流域。唐高宗显庆元年（656）置梁州都督府。　张都督：据谭优学《唐诗人行年考》，当谓张敬忠。敬忠为唐京兆（今西安）人，玄宗时曾拜平卢节度使，后改河西、剑南节度使。都督，州郡之军政长官。

〔2〕清沙漠：犹清胡尘，指消灭侵扰边境的敌人。

〔3〕拜羽林：指因边功升为羽林将军。羽林军是皇帝的禁卫部队。

〔4〕西河：郡名，始置于汉武帝元朔四年（前125），治所在平定（今内蒙古自治区东胜境），后移治离石（今属山西）。当时地属边境，离匈奴近甚。此用以比指唐河西节度使辖地。

【今译】

一听到您为将领奉命出征的消息，敌人的兵马就此不敢再贸然南侵。此次您领兵出塞必定会净扫边尘，大功告成凯旋还朝您将拜羽林将军。历尽风霜不畏艰苦是为臣的气节，岁月流逝身受圣明君主一片深恩。请允许我告诉您这位镇守边塞的节度使，以使您知道我一腔赤诚报国的忠心。

题沈隐侯八咏楼〔1〕

梁日东阳守〔2〕，为楼望越中。
绿窗明月在，青史古人空。
江静闻山狖〔3〕，川长数塞鸿〔4〕。
登临白云晚，流恨此遗风〔5〕。

【注释】

〔1〕沈隐侯：即沈约，字休文，南朝齐梁时期著名文学家、史学家。死后谥曰隐，故称“隐侯”。　八咏楼：故址在今浙江金华。南齐郁林王隆昌元年（494）沈约任东阳太守时建。初名玄畅楼，因沈约曾在此写作名篇《八咏诗》，遂改为“八咏楼”。

〔2〕梁日：谓梁朝时。按，沈约任东阳太守在南齐，崔颢误记为梁时。　东阳：郡名。三国吴置。陈改名金华，隋改婺州，唐为婺州东阳郡。治所即今浙江金华。

〔3〕狖（yòu又）：一种黑色的长尾猿。

〔4〕川：指金华江。　塞鸿：由塞外南飞的大雁。

〔5〕流恨：犹遗恨。

【今译】

沈隐侯梁朝时为东阳郡太守，建这座八咏楼可以眺望越中。岁月虽流逝绿窗明月依旧在，青史犹存而伊人却不见影踪。江水澄静但听得山猿的长吟，河面上掠过塞外南来的飞鸿。登楼仰望白云不觉天色已晚，惆怅地怀想前人的遗韵流风。

送单于裴都护赴西河〔1〕

征马去翩翩〔2〕，城秋月正圆。
单于莫近塞〔3〕，都护欲临边。
汉驿通烟火〔4〕，胡沙乏井泉。
功成须献捷〔5〕，未必去经年〔6〕。

【注释】

〔1〕单于：指单于都护府，唐六都护府之一，高宗麟德元年（664）置。统辖碛南突厥部落诸府州，其地约相当于今河套以北地区。治所在云中（今内蒙古和林格尔西北土城子）。 裴都护：据谭优学《唐诗人行年考》，当谓裴伷先，乃裴炎从子。炎死，流岭南，瀼州。逃归后，复流北庭。累官工部尚书，终东宫留守。都护，都护府的长官。 西河：指今山西、陕西间黄河以西地区。

〔2〕翩翩：疾飞的样子，形容马的疾驰。

〔3〕单于：匈奴首领，这里泛指异族头领。 塞：边关要塞。

〔4〕驿：驿道，各边防要塞间的通道。 烟火：烽火。

〔5〕献捷：犹献俘。古代在战胜后，举行向宗庙社稷献俘虏和战利品的仪式。《旧唐书·太宗纪上》："凯旋，献捷于太庙。"

〔6〕经年：长年，一年以上。

【今译】

您快马加鞭纵马飞驰而去，城头上高挂一轮秋月正圆。单于不敢再近前侵扰边塞，知道都护您正要去往边关。驿路连接要塞有烽火报警，胡人居住的沙漠缺少水源。军队打了胜仗即凯旋归来，此一去未必需要很长时间。

黄鹤楼[1]

昔人已乘黄鹤去[2]，此地空余黄鹤楼。
黄鹤一去不复返，白云千载空悠悠。
晴川历历汉阳树[3]，芳草萋萋鹦鹉洲[4]。
日暮乡关何处是[5]，烟波江上使人愁。

【注释】

〔1〕黄鹤楼：故址在今湖北武汉长江大桥武昌桥头，下临长江。传说有仙人乘黄鹤过此，因名。据《唐才子传》记载，李白登黄鹤楼见到此诗，曾说："眼前有景道不得，崔颢题诗在上头。"

〔2〕昔人：仙人。一说，指三国时蜀人费文祎；一说，指仙人子安。

〔3〕历历：分明貌。

〔4〕萋萋：茂盛貌。　鹦鹉洲：位于汉阳西南长江中，后渐被水冲没。东汉末年，黄祖杀祢衡于此，祢衡曾作《鹦鹉赋》，洲或因此得名。

〔5〕乡关：故乡。

【今译】

古代仙人早已骑着黄鹤飞走，这里只留下寂寥无人的空楼。踪迹杳然黄鹤一去不再回返，惟有白云悠悠千载空自飘浮。阳光下汉阳的树木清晰可辨，鹦鹉洲上春草萋萋一片清幽。日落黄昏望不见故乡在哪里，江上烟波迷茫令人更添忧愁。

行经华阴[1]

岧峣太华俯咸京[2]，天外三峰削不成[3]。
武帝祠前云欲散[4]，仙人掌上雨初晴[5]。

河山北枕秦关险[6]，驿树西连汉畤平[7]。
借问路旁名利客，无如此处学长生[8]。

【注释】

〔1〕华阴：县名，即今陕西华阴。因在华山北面而得名。

〔2〕苕峣：山势高峻貌。　太华：即华山，在华阴南八里。　咸京：即咸阳，因秦汉建都于此，故称。在唐长安西四十里，此指代长安。

〔3〕“天外”句：郭缘生《述征记》：“华山有三峰，芙蓉、玉女、明星也，其高若在天外，非人所能削凿也。”

〔4〕武帝祠：即汉武帝所建巨灵祠。相传华山与中条山本是一山，有河神巨灵，手推脚蹬，给黄河劈出一条入海的河道，至今山上还留着他的掌印，山峰也因此名叫仙掌崖。

〔5〕仙人掌：即仙掌崖。

〔6〕秦关：即函谷关，在今河南灵宝东北。

〔7〕汉畤（zhì志）：汉代祭祀天地五帝的坛址，在今陕西凤翔境内。

〔8〕无如：何如。　学长生：指求仙学道。

【今译】

高峻的太华山俯瞰咸阳旧京，三峰高耸天外有如鬼斧神工。武帝祠前云烟弥漫转瞬散去，雨过天晴仙掌崖上一片青葱。河山的北面枕藉着函谷天险，大路平坦向西与汉畤相连通。借问路旁为功名奔波的过客，还不如到这里隐居修炼长生。

辽西作[1]

燕郊芳岁晚[2]，残雪冻边城。
四月青草合[3]，辽阳春水生[4]。
胡人正牧马[5]，汉将日征兵。
露重宝刀湿，沙虚金鼓鸣[6]。

寒衣著已尽，春服与谁成[7]。
寄语洛阳使[8]，为传边塞情。

【注释】

〔1〕辽西：辽河以西地区，今辽宁西部。

〔2〕燕郊：即辽西地区，古代为燕国边区，故称。　芳岁：花开时节。

〔3〕青草合：谓青草遍地。

〔4〕辽阳：辽河北岸。

〔5〕牧马：古代作战多用战马，故多用牧马指驻防、戍边或胡骑南侵。此指胡人窥伺边地。

〔6〕金鼓：一作“金甲”。

〔7〕与：又。

〔8〕洛阳使：指去往京城的使者。洛阳为唐之东都，此指代京城。

【今译】

燕地的郊野春天姗姗来迟，边城里残雪未消依然寒冷。到四月方才遍地长满青草，辽河北冰雪融化春水涌动。胡人借牧马伺机侵扰边地，朝廷忙调兵遣将大举出征。夜晚露水浓重打湿了宝刀，白日沙漠里行军金鼓齐鸣。天气暖寒衣已经无法再穿，亲人远离春衣又有谁来缝？捎句话给去往京城的使者，请将边塞的情况禀报朝廷。

长干曲[1]

君家何处住，妾住在横塘[2]。
停船暂借问，或恐是同乡。

【注释】

〔1〕《长干曲》：属乐府《杂曲歌辞》。长干，即长干里，里弄名，遗

址在今江苏南京秦淮河南。

〔2〕横塘：地名，在今南京西南，临近长干里。

【今译】

你的家住在哪里？我家就住在横塘。停下船来问一声，我俩也许是同乡。

家临九江水〔1〕，来去九江侧。
同是长干人，生小不相识〔2〕。

【注释】

〔1〕九江：此泛指长江下游一带。

〔2〕生小：自小。

【今译】

我家临近九江水，来往都在九江滨。你我同是长干人，可惜从小不相识。

崔国辅

崔国辅，生卒年不详。吴郡（今江苏苏州）人，一说山阴（今浙江绍兴）人。开元十四年（726）进士及第，初授山阴尉。二十三年，登牧宰科制举，授许昌令。开元末、天宝初，入为左补阙，起居舍人。天宝中，转为礼部员外郎，十载（751），加集贤院直学士。十一载，贬为竟陵郡司马。工诗，与储光羲、綦毋潜、常建、王昌龄等人齐名。《全唐诗》存其诗一卷。

宿法华寺[1]

松雨时复滴，寺门清且凉。
此心竟谁证[2]，回憩支公床[3]。
壁画感灵迹[4]，龛经传异香[5]。
独游寄象外，忽忽归南昌[6]。

【注释】

〔1〕法华寺：以《妙法莲华经》命名的佛寺。

〔2〕证：验证。

〔3〕憩：休息。　支公：即东晋高僧支遁，别号道林。主般若学“性空”说，为般若学六大家之一。此借指僧人。

〔4〕灵迹：仙人的踪迹。

〔5〕龛（kān刊）：佛龛，即收藏佛像的石室或柜子。

〔6〕忽忽：恍惚失意貌。　南昌：汉代置县，为豫章郡治。唐为洪州治所，仍名南昌。

【今译】

雨水不时从松树上滴滴下落，来到寺院门感觉清新又凉爽。自己的心思竟用什么来验证，回去休息躺卧在寺僧的佛床。壁画上仙人的踪迹使人感慨，佛龛里收藏的佛经传出异香。独自出游情思超逸于物象外，恍惚失意地从这里回归南昌。

石头滩作[1]

怅矣秋风时，余临石头濑。
因高见超远，尽此数州内。

羽山一点青[2]，海岸杂光碎。
离离树木少[3]，淼淼湖波大[4]。
日暮千里帆，南飞落天外。
须臾遂入夜，楚色有微霭[5]。
寻远迹已穷，遗荣事多昧[6]。
一身犹未理，安得济时代。
且泛朝夕潮，荷衣蕙为带[7]。

【注释】

〔1〕石头滩：据诗意推测，当在江苏连云港云台山附近。滩，一作“濑”。

〔2〕羽山：在今江苏东海西北九十里，接赣榆及山东郯城境。据《书·舜典》记载，羽山是舜帝诛杀鲧的地方。

〔3〕离离：稀疏貌。

〔4〕淼淼：水势浩大貌。

〔5〕楚色：指楚州（今江苏淮安一带）景色。　霭：云气。

〔6〕遗荣：指身后荣名。　昧：不明。

〔7〕荷衣：以荷为衣。　蕙为带：以蕙草为衣带。《楚辞·少司命》：“荷衣兮蕙带。”

【今译】

秋风起天气凉令人怅然，在此时节我来到石头濑。凭借地势可以望得很远，方圆数州尽入视野中来。远处羽山呈现一点青色，海岸闪烁着缤纷的光彩。岸边的树木零落又稀疏，水势浩淼波涛滚滚而来。日暮黄昏只见船帆来往，向南飞驶渐渐消失天外。一会儿夜幕便悄然降临，楚地一带飘浮云烟雾霭。追寻远古已找不到踪迹，身后的荣名更暧昧难猜。自身的事情尚未理清楚，怎么可能去安邦济时代。姑且随着潮水朝夕漂浮，以荷为衣以蕙草做衣带。

杭州北郭戴氏荷池送侯愉[1]

秋近万物肃[2]，况当临水时。
折花赠归客，离绪断荷丝[3]。
谁谓江国永[4]，故人感在兹[5]。
道存过北郭[6]，情极望东菑[7]。
乔木故园意，鸣蝉穷巷悲。
扁舟竟何待，中路每迟迟[8]。

【注释】

〔1〕侯愉：生平未详。

〔2〕肃：肃杀，萧瑟。

〔3〕荷丝：即藕丝。藕断丝连，比喻离绪。

〔4〕江国：水乡、泽国。

〔5〕“故人”句：语本《论语·子罕》：“子在川上曰：‘逝者如斯夫，不舍昼夜。’”

〔6〕道存：即“道存目击”。语出《庄子·田子方》：“子路曰：‘吾子欲见温伯雪子久矣，见之而不言，何邪？’仲尼曰：‘若夫人者，目击而道存矣，亦不可以容声矣。’”意谓一个人具有深厚的道德修养，人们只在略一顾瞻之中便能感受得到。此谓侯愉。

〔7〕东菑（zī资）：东郊的田地。菑，初耕的田地。

〔8〕迟迟：迟疑不进貌。

【今译】

秋天临近自然万物一派萧瑟，何况送别友人来到水边之时。折一枝荷花赠给将归的客子，离愁别绪就像这不断的藕丝。谁说水乡的面貌永远不改变，古人曾就此发感慨令人深思。道德高尚的你默默走过北郭，满怀情意地眺望东边的田地。高大的树木凝聚故园的深情，秋日里传来深巷鸣蝉的悲啼。扁舟一叶仿佛还在有所期待，在行进的途中每每徘徊迟疑。

怨 词

妾有罗衣裳，秦王在时作[1]。
为舞春风多，秋来不堪著[2]。

【注释】

〔1〕秦王：泛指帝王。

〔2〕著：同“着”，即穿。

【今译】

我有美丽的绮罗衣衫，是秦王在的时候裁剪。曾在春风中频频起舞，到了秋凉便丢弃不穿。

魏 宫 词

朝日照红妆[1]，拟上铜雀台[2]。
画眉犹未了，魏帝使人催[3]。

【注释】

〔1〕红妆：指女子的盛装。

〔2〕铜雀台：曹操所建，故址在魏都邺城，即今河南临漳西。《邺都故事》：“魏武遗命诸子曰：‘吾死之后，吾妾与伎人皆着铜雀台，台上施六尺床，下穗帐，朝晡上酒脯粻糒之属，每月朝十五，辄向帐前作伎。’”

〔3〕魏帝：魏文帝曹丕。《世说新语·贤媛》载：“魏武帝崩，文帝悉取武帝宫人自侍。”

【今译】

朝阳照着梳妆的宫女，正准备上铜雀台表演。不料还没等蛾眉画完，魏文帝已经派人来喊。

长信草[1]

长信宫中草[2]，年年愁处生。
故侵珠履迹，不使玉阶行[3]。

【注释】

〔1〕题一作《长信宫》，又作《婕妤怨》。汉班婕妤失宠被遣长信宫，作《自悼赋》，其中有“中庭萋兮绿草生”之句。梁刘孝绰取其语作《咏长信宫中草》，此又拟刘作。

〔2〕长信宫：汉宫名，在长乐宫内，是西汉太后所居之地。

〔3〕玉阶：白石台阶的美称。

【今译】

寂寞的长信宫里春草萋萋，年年伴着宫人的忧愁吐绿。仿佛故意侵没君王的脚印，让他再难找到旧日的踪迹。

长乐少年行[1]

遗却珊瑚鞭，白马骄不行。
章台折杨柳[2]，春日路旁情。

【注释】

〔1〕长乐：汉宫名，在长安。

〔2〕章台：即章台街，在长安城中，因位于章台（战国时建）之下而得名。此借指游乐场所。

【今译】

珊瑚做的马鞭丢在路边，白马意气骄懒脚步蹒跚。任意攀折章台的杨柳枝，春日路旁艳遇使人流连。

王孙游[1]

自与王孙别，频看黄鸟飞[2]。
应由春草误，著处不成归[3]。

【注释】

〔1〕王孙游：乐府《杂曲歌辞》名。

〔2〕黄鸟：即黄鹂。

〔3〕“应由”二句：语本《楚辞·招隐士》：“王孙游兮不归，春草生兮萋萋。”此化用其意。著处，犹“到处”。

【今译】

与你别离至今已历数年，年复一年地看黄鹂翩飞。皆因天涯处处都有芳草，使你留恋不舍迟迟不归。

白纻词[1]

洛阳梨花落如霰[2]，河阳桃叶生复齐[3]。
坐惜玉楼春欲尽[4]，红绵粉絮浥妆啼[5]。

【注释】

〔1〕白纻词：乐府诗题名。

〔2〕霰（xiàn现）：雪珠。

〔3〕河阳：县名，治所在今河南孟州西。西晋潘岳曾为河阳令，遍栽桃李花。

〔4〕坐：因。 惜：一作“恐”、“怨”。

〔5〕红绵粉絮：指用红色和白色丝绵做的粉扑。 浥：沾湿。

【今译】

洛阳的梨花雪珠般纷纷飘落，河阳的桃叶生长茂密又整齐。担忧玉楼的春天很快要过去，悲伤的泪水将丝绵粉扑沾湿。

陶 翰

陶翰，生卒年不详。润州丹阳（今属江苏）人。开元十八年（730）进士及第，明年登博学宏词科。天宝元年（742）又登拔萃科。历太常博士、礼部员外郎。擅长诗笔，尤长五言古诗。既多兴象，复备风骨。《全唐诗》存其诗十七首。

古塞下曲

进军飞狐北〔1〕，穷寇势将变。
日落沙尘昏，背河更一战。
骏马黄金勒〔2〕，雕弓白羽箭〔3〕。
射杀左贤王〔4〕，归奏未央殿〔5〕。
欲言塞下事，天子不召见。

东出咸阳门[6]，哀哀泪如霰[7]。

【注释】

〔1〕飞狐：地名，在今河北涞源，有飞狐关，形势险要。

〔2〕黄金勒：指华贵的马笼头。

〔3〕雕弓：刻有纹饰的弓。　白羽箭：以白色羽毛制成的箭。

〔4〕左贤王：为匈奴贵族封号。此泛指边塞战争中的敌酋。

〔5〕未央殿：汉宫殿名。故址在今陕西西安西北长安故城内。

〔6〕咸阳：秦国都城，故址在今陕西咸阳东北。

〔7〕霰：雪珠。

【今译】

大军势如破竹挺进飞狐关，敌人已穷途末路苟延残喘。夕阳下茫茫大漠一片昏黄，将士背靠黄河誓决一死战。装饰华贵的骏马疾驰如飞，精雕纹饰的硬弓射出利箭。敌军的首领箭下命丧黄泉，即刻向天子报捷归奏殿前。想要报告边塞战胜的消息，谁知圣明天子却不肯召见。无可奈何走出咸阳城东门，泪水纷纷下落如雪珠一般。

燕歌行

请君留楚调[1]，听我吟燕歌[2]。
家在辽水头[3]，边风意气多[4]。
出身为汉将，正值戎未和[5]。
雪中凌天山[6]，冰上度交河[7]。
大小百余战，封侯竟蹉跎。
归来灞陵下[8]，故旧无相过[9]。
雄剑委尘匣[10]，空门唯雀罗[11]。
玉篸还赵姝[12]，瑶琴付齐娥[13]。

昔日不为乐，时哉今奈何。

【注释】

〔1〕楚调：楚地的曲调。常与吴弦、燕歌对举。后为乐府《相和歌辞》之一种，其声凄切哀伤。

〔2〕燕歌：战国时，燕太子丹命荆轲入刺秦王，至易水上，高渐离击筑，荆轲慷慨作歌曰："风萧萧兮易水寒，壮士一去兮不复还。"后因以泛指悲壮的燕地歌谣。

〔3〕辽水：即辽河。

〔4〕边风：边地的风俗民情。　意气：指报国的志气豪情。

〔5〕戎：指西北地区少数民族。

〔6〕凌：翻越。　天山：即今新疆乌鲁木齐以东之博格多山脉。

〔7〕交河：在今新疆吐鲁番西北，因河水分流绕城下，故名。

〔8〕灞陵：汉县名，汉文帝陵墓所在。在今陕西西安东，此指代长安。

〔9〕故旧：旧友。　过：过从，交往。

〔10〕雄剑：春秋时吴王阖闾使干将造双剑，雄曰干将，雌曰莫邪。此泛指宝剑。　委：丢弃。　虚匣：指落满灰尘的剑鞘。

〔11〕"空门"句：谓门庭冷落。《史记·汲郑列传》："始翟公为廷尉，宾客阗门；及废，门外可设雀罗。"

〔12〕篸：通"簪"。　赵姝：指美女。古代赵国以出美女著称。

〔13〕瑶琴：用美玉装饰的琴，此泛指精美的乐器。琴，一作"瑟"。　齐娥：齐国的歌女，泛指歌女。

【今译】

请你暂且莫弹这哀伤的楚调，还是听我唱一曲悲壮的燕歌。我的家乡就在那辽河的源头，边地的传统是意气慷慨报国。出身本就是效忠朝廷的武将，恰好遇上西北边地燃起战火。皑皑白雪中翻越险峻的天山，冒严寒度过坚冰封冻的交河。亲身经历大小一百多次战斗，封官赏爵的机会竟屡屡错过。心灰意冷回到我原来的旧居，老朋友再不似从前那般亲热。锋利的宝剑只得丢弃空匣里，昔日热闹的门庭如今可罗雀。华贵的首饰送还美丽的歌女，精美的乐器再不用乐伎演奏。以往的岁月都不曾及时行乐，落到这步田地还有什么可说。

望太华赠卢司仓[1]

行吏到西华[2]，乃睹三峰壮[3]。
削成元气中[4]，杰出天汉上[5]。
如有飞动色，不知青冥状[6]。
巨灵安在哉[7]，厥迹犹可望[8]。
方此叹行役[9]，末由饬仙装[10]。
葱茏记星坛，明灭数云嶂。
良友垂真契[11]，宿心所微尚[12]。
敢投归山吟，霞径一相访。

【注释】

〔1〕太华：即华山。又称西华、西岳。在今陕西东部华阴南。　卢司仓：其人未详。司仓，官名，主管仓库，为州郡的属官。

〔2〕行吏：一本作“作吏”，指担任官职。

〔3〕三峰：指莲花、玉女、明星，是华山最著名的三峰。

〔4〕元气：指宇宙自然之气。

〔5〕杰出：特出，高耸。　天汉：天河。

〔6〕青冥：青天。

〔7〕巨灵：神话传说中劈开华山的河神。

〔8〕厥：其。

〔9〕役：一作“旅”。

〔10〕末由：无由。《论语·子罕》：“虽欲从之，末由也已。”饬，一本作“访”。

〔11〕真契：知己。

〔12〕宿心：向来的心愿。　微尚：谦辞，微小的志趣、意愿。

【今译】

我走马上任来到西岳华山，才得目睹太华三峰的雄壮。陡峭的山峰好像利剑削成，巍峨挺拔仿佛耸立在天上。远远望去似在云层下飞动，不知青天到底是什么模样。劈开华山的河神今在哪里，他的遗迹仍然留在山峰上。我不由得感叹行旅的艰辛，却无由披上仙人穿的衣裳。群星在天空中不住地闪烁，入云的山峰望去忽暗忽亮。情深意厚的朋友贵在相知，这一直是我内心里的向往。多么渴望回到山林的怀抱，在云遮雾障的松径上徜徉。

晚出伊阙寄河南裴中丞〔1〕

退无偃息资〔2〕，进无当代策。
冉冉时将暮，坐为周南客〔3〕。
前登关塞门〔4〕，永眺伊城陌。
长川黯已空，千里寒气白。
家本渭水西，异日同所适〔5〕。
秉志师禽尚〔6〕，微言祖《庄》《易》〔7〕。
一辞林壑间，共系风尘役。
才名忽先进〔8〕，天邑多纷剧〔9〕。
岂念嘉遁时，依依偶沮溺〔10〕。

【注释】

〔1〕伊阙：山名。又名阙塞山、龙门山，因两山相对如阙门，伊水流经其间，故名。在今河南洛阳南。　裴中丞：即裴度，曾任御史中丞。

〔2〕偃息：安闲休息。

〔3〕周南：指周南界，即伊阙。

〔4〕关：一作“阙”。

〔5〕同：一作“何”。

〔6〕秉志：犹持志。　禽尚：展禽和吕尚。展禽，春秋时鲁国人。名获，字季。居柳下。卒后谥曰惠。吕尚，本姓姜，从其封姓，故称吕尚。

即姜子牙。曾佐周武王灭纣而有天下。又，尚，一本作“回”，即颜回。

〔7〕微言：精深微妙的言辞。《庄》《易》:《庄子》、《易经》。

〔8〕先进：指前辈或首先仕进者。

〔9〕天邑：指京都。 纷剧：纷乱繁杂。

〔10〕“岂念”二句：《论语·微子》:“长沮、桀溺耦而耕，孔子过之，使子路问津焉。”长沮、桀溺，是春秋时的隐士，后因以“沮溺”喻指避世隐居之士。嘉遁，指退隐。

【今译】

不想作官却无退隐的资本，想要仕进又乏安邦的良策。眼看着时光流逝容颜渐老，只得在周南一带淹留为客。往前登上关塞高高的城门，久久地眺望伊城下的大路。暮色中长河已是一片昏暗，茫茫寒气笼罩着千里大地。我的家本来在渭水的西边，今后却不知还要去向哪里。心怀效仿展禽、吕尚的志向，推崇《庄子》《易经》精妙的言辞。一旦离开归隐的深山林壑，便不免仆仆风尘奔波劳碌。我才气名望都比不上先贤，京城的生活何等繁杂纷乱。哪能回想隐逸山林的生活，像长沮、桀溺一样躬耕田园。

宿天竺寺[1]

松柏乱岩口，山西微径通。
天开一峰见，宫阙生虚空[2]。
正殿倚霞壁，千楼标石丛[3]。
夜来猿鸟静，钟梵寒云中[4]。
峰翠映湖月，泉声乱溪风。
心超诸境外，了与悬解同[5]。
明发气候改[6]，起视长崖东。
湖色浓荡漾，海光渐曈曚[7]。

葛仙迹尚在[8]，许氏道犹崇[9]。
独往古来事，幽怀期二公。

【注释】

〔1〕天竺寺：杭州北高峰有上、中、下三天竺寺，上天竺寺建于五代吴越时，此当指建于隋代的中天竺，寺在稽留峰北。

〔2〕虚空：天空。

〔3〕标：一作“摽”。

〔4〕钟梵：庙里的钟声。

〔5〕悬解：《庄子·大宗师》：“且夫得者时也，失者顺也，安时而处顺，哀乐不能入也，此之古之所谓县解也。”意谓哀乐得失无动于衷。县，通“悬”。

〔6〕明发：黎明。

〔7〕曈曚：微明貌。

〔8〕葛仙：晋葛洪。今西湖葛岭为其修道炼丹处，有初阳台、葛翁井等遗迹。

〔9〕许氏：即许由，上古高人。

【今译】

岩洞口松柏茂密交错纵横，山的西边有一条小路可通。太阳出来山峰清晰地呈现，天竺寺仿佛矗立在云端中。大殿的墙壁在霞光下闪耀，千百座楼阁与乱石丛相映。夜深人静猿鸟也停止喧闹，寒云中只传来庙里的钟声。明月青峰把身影投入湖水，声声泉水应和着溪上清风。此情此景不由人超然物外，得失哀乐我都已无动于衷。拂晓时分天气突然起变化，忙起身察看眺望山崖之东。湖面上水波荡漾波光粼粼，远处海面上渐渐现出光明。葛洪的遗迹依然清晰可辨，许由的道德仍然受到尊崇。独自一人追忆远古的往事，内心深情缅怀这二位先生。

出萧关怀古[1]

驱马击长剑，行役至萧关。

悠悠五原上[2]，永眺关河前[3]。
北虏三十万[4]，此中常控弦[5]。
秦城亘宇宙[6]，汉帝理旌旃[7]。
刁斗鸣不息[8]，羽书日夜传[9]。
五军计莫就[10]，三策议空全[11]。
大漠横万里，萧条绝人烟。
孤城当瀚海[12]，落日照祁连[13]。
怆矣苦寒奏[14]，怀哉《式微》篇[15]。
更愁秦楼月，夜夜出胡天。

【注释】

〔1〕萧关：见前《使至塞上》诗注。汉文帝时，匈奴自萧关入火烧回中宫；武帝时通回中道，北出萧关，皆指此。

〔2〕五原：汉置郡、县名，治所在今内蒙古包头西北。东汉初匈奴单于曾分部众屯此。

〔3〕永眺：远眺。

〔4〕北虏：泛指北方入侵的少数民族军队。

〔5〕控弦：拉弓。借指战争。

〔6〕秦城：指秦朝修筑的长城。　亘（gèn 艮）：延续不断。

〔7〕理旌旃：准备出征。旌，旗帜。旃，曲柄红旗。

〔8〕刁斗：古代军中用具。

〔9〕羽书：插有鸟羽的紧急军事文书。

〔10〕五军：泛指朝廷的军队。

〔11〕三策：汉董仲舒以贤良对天人三策，为武帝所赏识，任为江都相。后遂用“三策”借指经世良谋。

〔12〕瀚海：大沙漠。

〔13〕祁连：山名，在今甘肃与青海之间。

〔14〕苦寒奏：指所奏乐曲声调凄苦。

〔15〕《式微》篇：《诗经》篇名。内容写为主子干活的人，天黑了仍不得回家的抱怨。这里借以表达行役怀归的心情。

【今译】

扬鞭驱马挥舞长剑出边塞，一路征行来到古战场萧关。伫立在广袤的五原大地上，久久凝望远方的河流关山。敌军屯兵三十万人多势众，时常蠢蠢欲动伺机来侵犯。秦朝修筑了长城横亘万里，汉皇御驾也曾经亲自征战。军中刁斗时刻长鸣不停息，告急军书日夜飞来如雪片。大军尚未商议好对敌良策，谋士空有经邦济世的灵丹。大漠绵延万里望不到边际，四野萧条冷落看不见人烟。一座孤城连接着浩瀚沙漠，夕阳的余晖映照着祁连山。凄苦忧伤的乐曲声声奏响，不由勾起思乡归家的幽怨。更愁秦楼闺人眺望的明月，每夜都出现在西北的长天。

乘潮至渔浦作

舣棹乘早潮[1]，潮来如风雨。
樟台忽已隐[2]，界峰莫及睹。
崩腾心为失，浩荡目无主。
风停浪始闻[3]，漾漾入渔浦[4]。
云景共澄霁[5]，江山相吞吐。
伟哉造化工[6]，此事从终古。
流沫诚足诫[7]，商歌调易苦[8]。
颇因忠信全，客心犹栩栩[9]。

【注释】

〔1〕舣（yǐ已）：使船靠岸。
〔2〕樟台：一作“樟亭”。亭在今浙江杭州，为观潮胜地。
〔3〕风停：一作“飏画”。
〔4〕漾漾：水波荡漾貌。
〔5〕澄霁：清澈晴朗。

〔6〕造化：指自然。
〔7〕流沫：飞溅的浪花。
〔8〕商歌：凄凉的歌。商声凄凉悲切，因云。
〔9〕栩栩：怡然自得貌。

【今译】
乘着早潮将船停靠岸边，潮水涌来疾风暴雨一般。樟台转眼之间隐没不见，界峰未及看清就被遮掩。浪涛奔腾使人惊心动魄，气势磅礴令人头晕目眩。风声停息后才听见涛声，波涛汹涌一路进入港湾。云霞映照江面清澈透明，江水在群山间奔涌流转。大自然的力量何等奇伟，自古以来就是这样壮观。浪花飞溅确实值得戒备，商调乐曲容易凄凉哀怨。因为做到忠信两全其美，我的心才能够自在安然。

秋山夕兴

山月松筱下〔1〕，月明山景鲜。
聊为高秋酌，复此清夜弦。
晤语方获志〔2〕，栖心亦弥年〔3〕。
尚言兴未逸，更理《逍遥篇》〔4〕。

【注释】
〔1〕筱：细竹。
〔2〕晤语：见面谈话。
〔3〕栖心：犹寄心。　弥年：终年，整年。
〔4〕《逍遥篇》：指《庄子·逍遥游》。

【今译】
山月映照着深幽的青松翠林，月光下山中的景色更加好看。且为天高气爽的秋色开怀畅饮，何况这清寂的夜晚响起歌弦。同高士的晤谈令人心满意足，寄心隐逸向往幽期也已经年。仍然叹息逸兴未能得到满足，再来把《庄子·逍遥游》温习一番。

王　湾

王湾，生卒年不详。洛阳（今属河南）人。先天元年（712）进士及第。开元初，任荥阳主簿。曾参预校理群书，编录四部书目。九年，出为洛阳尉。十七年，曾任朝官，后不知所终。其词名早著，《次北固山下》尤为著名。张说任宰相时，曾手书“海日”一联于政事堂，以示能文之士为楷式。《全唐诗》存其诗十首。

次北固山下〔1〕

客路青山外〔2〕，行舟绿水前。
潮平两岸阔，风正一帆悬〔3〕。
海日生残夜〔4〕，江春入旧年。
乡书何处达〔5〕，归雁洛阳边。

【注释】

〔1〕次：停宿。　北固山：在今江苏镇江北长江南岸，三面临江。
〔2〕客路：旅途。这里指长江水路。
〔3〕风正：风顺。
〔4〕海：指长江下游宽阔的江面。
〔5〕乡书：家信。

【今译】

我客游在青青的北固山下，航船行进在碧绿的江水间。潮水涨满江岸更显得宽阔，顺风顺水船头上一帆高悬。红日冲破残夜从海上升起，融融春意驱走残冬的微寒。怎样才能给家人捎封书信，请大雁替我带到洛阳城边。

薛　据

薛据（701？—767？），河中宝鼎（今山西永济）人。开元十九年（731）进士及第，授永乐主簿，迁涉县令。天宝六载（747），又登风雅古调科。历任大理司直、太子司议郎、祠部员外郎等职。仕终水部郎中。大历初，客居江陵，后不知所终。其诗多抒发怀才不遇的感慨。《全唐诗》存诗十二首。

出青门往南山下别业[1]

旧居在南山，夙驾自城阙[2]。
榛莽相蔽亏[3]，去尔渐超忽[4]。
散漫余雪晴，苍茫季冬月。
寒风吹长林，白日原上没。
怀抱旷莫伸[5]，相知阻胡越[6]。
弱年好栖隐[7]，炼药在岩窟[8]。
及此离垢氛[9]，兴来亦因物。
末路期赤松[10]，斯言庶不伐[11]。

【注释】

〔1〕南山：终南山。

〔2〕夙驾：清晨驾车出行。　城阙：京城。

〔3〕榛莽：杂乱丛生的草木。　蔽亏：遮盖。

〔4〕超忽：迅速貌。

〔5〕旷：久。

〔6〕胡越：胡在北，越在南，比喻相隔遥远。

〔7〕弱年：指少年时。

〔8〕炼药：即炼丹。道教的一种法术，以炉火烧炼药石。

〔9〕垢氛：污秽的环境。

〔10〕末路：指晚年。　期赤松：喻指学仙。赤松子，古代传说中的仙人。

〔11〕庶：庶几。　伐：夸耀。

【今译】

我的旧居就在终南山里，清晨驾着车从京城出行。道路覆盖着丛生的杂草，车马愈去愈远脚步匆匆。阳光下残雪正渐渐融化，深冬的月亮高远又清冷。寒风凄冷吹过茂密的树林，夕阳在平原上慢慢西沉。胸怀这样久得不到舒展，相知的朋友又相隔遥远。从小就向往隐逸的生活，还曾在岩洞里修行炼丹。现在离开了污秽的环境，外界变化心情随之改变。晚年我定要去修仙学道，心意已定便决不会食言。

泊震泽口〔1〕

日落草木阴，舟徙泊江汜〔2〕。

苍茫万象开，合沓闻风水〔3〕。

回沿值渔翁〔4〕，窈窕逢樵子〔5〕。

云开天宇静，月明照万里。

早雁湖上飞，晨钟海边起。

独坐嗟远游，登岸望孤洲。

零落星欲尽，曈昽气渐收〔6〕。
行藏空自秉〔7〕，智识仍未周〔8〕。
伍胥既仗剑〔9〕，范蠡亦乘流〔10〕。
歌竟鼓楫去〔11〕，三江多客愁〔12〕。

【注释】

〔1〕震泽：即今太湖。

〔2〕江汜（sì四）：江边。

〔3〕合沓：重叠纷多貌。

〔4〕回沿：谓逆水而上与顺水而下。

〔5〕窈窕：深远貌。

〔6〕曈昽：光微明貌。

〔7〕行藏：出处，行止。

〔8〕智识：智慧，见识。

〔9〕伍胥：伍子胥，名员。春秋时楚人。父兄为平王所杀，逃奔吴国，为大夫。吴王夫差大破越，越王勾践请和，夫差许之，子胥屡谏不听。后被谗赐死，子胥谓其舍人曰："抉吾眼悬诸吴东门，以观越人之入灭吴也。"乃自刎死。九年后，越终灭吴。事见《史记·伍子胥列传》。

〔10〕范蠡：字少伯，春秋时仕越为大夫，佐勾践灭吴称霸后，易名隐遁，乘舟入五湖。事见《史记·越王勾践世家》。

〔11〕鼓楫：划桨。楫，划船工具。

〔12〕三江：说法甚多，此当据孔颖达说：长江从彭蠡分为三，入震泽；从震泽复分为三，入海，叫三江。

【今译】

夕阳下草木渐渐变得昏暗，将乘坐的小船停泊在江边。苍茫天地间竟有万千气象，风声水声交织回响在耳畔。行进中遇到一位捕鱼老翁，深幽处又见到砍柴的樵子。云开雾散天空中清朗静谧，月光将它的清辉撒满大地。春归的大雁在湖面上飞翔，清越的晨钟声在海边响起。可叹我独自一人漂泊远行，登上堤岸眺望突兀的孤屿。天上的星星将要完全隐没，东方渐白夜色已悄然退去。徒然坚持自己的行为操守，智慧见识不足仍需多思虑。当年伍子胥能够持剑报国，范蠡也泛舟五湖销声匿迹。一曲歌罢荡起桨随水飘流，江面上弥漫着游子的愁绪。

崔　曙

崔曙（？—739），一作“崔署”。原籍博陵（今河北安平），后居宋州（今河南商丘）。开元二十六年（738）进士及第，授河内尉。明年即卒，诗作言辞款要，情兴悲凉。《全唐诗》存其诗十五首。

宿大通和尚塔赠如上人兼呈常孙二山人[1]

支公已寂灭[2]，影塔山上古。
更有真僧来，道场救诸苦[3]。
一承微妙法，寓宿清净土。
身心能自观，色相了无取[4]。
森森松映月，漠漠云近户。
岭外飞电明，夜来前山雨。
然灯见栖鸽[5]，作礼闻信鼓[6]。
晓霁南轩开，秋华净天宇[7]。
愿言出世尘，谢尔申及甫[8]。

【注释】

〔1〕如上人：生平未详。　常孙二山人：生平均未详。

〔2〕支公：晋高僧支遁。此借指大通和尚。　寂灭：佛教语，涅槃的

意译。指进入超脱一切的不生不灭之门。此处指死。

〔3〕道场：佛家诵经礼拜修道的场所，也指佛寺。

〔4〕色相：佛教语，指万物的形貌。后亦指声色。

〔5〕然：通“燃”。

〔6〕作礼：行礼。 信鼓：佛教徒礼佛诵经时所击的鼓。

〔7〕秋华：秋花。

〔8〕申及甫：一作“及申甫”。申甫，周代名臣申伯和仲山甫的并称，后借指贤能的辅佐之臣。此喻常、孙二山人。

【今译】

高僧大通和尚早已经圆寂，山上只留下这古老的宝塔。如今有你如上人来到这里，在道场普度众生宣讲佛法。一旦领悟佛法的妙言真谛，便置身佛门圣地清净无瑕。自己身心可有透彻的把握，摒弃外界的一切无牵无挂。月光映照着深幽的松树林，片片白云飘浮到我的窗下。远处山岭有闪电瞬间划过，半夜里前山降下大雨倾盆。点起灯烛见到有鸽子栖息，行礼时有板鼓和着诵经声。清晨打开南窗见雨过天晴，秋花烂漫使天宇更加洁净。多希望能够从此远离尘世，就此拜辞两位辅政的贤臣。

颍阳东溪怀古〔1〕

灵溪氛雾歇，皎镜清心颜〔2〕。
空色下映水，秋声多在山。
世人久疏旷〔3〕，万物皆自闲。
白鹭寒更浴，孤云晴未还。
昔时让王者〔4〕，此地闭玄关〔5〕。
无以蹑高步〔6〕，凄凉林壑间。

【注释】

〔1〕颍阳：颍水之北。传说古代高士巢父、许由隐居于此。颍水源出河南登封嵩山西南，向东南流入淮河。

〔2〕皎镜：喻水面。

〔3〕疏旷：疏远。

〔4〕让王：将王位让与他人。

〔5〕玄关：佛家喻指入道之门。

〔6〕蹑：追随。　高步：高尚的行迹。

【今译】

灵溪上空的云雾已经消散，明净的水面使人气爽神清。空濛秋色映入清澈的水中，萧瑟秋声回荡在深山老林。与尘世的交往早已经疏远，自然万物无不是悠游闲静。寒风中白鹭仍在水中沐浴，晴空里飘浮着孤单的白云。古时候有高士将王位相让，到这里关起门来隐迹修行。不能追随他们高尚的行迹，我只得徘徊林壑一派凄清。

早发交崖山还太室作〔1〕

东林气微白，寒鸟忽高翔。
吾亦自兹去，北山归草堂。
仲冬正三五〔2〕，日月遥相望。
肃肃过颍上〔3〕，胧胧辨少阳〔4〕。
川冰生积雪，野火出枯桑。
独往路难尽，穷阴人易伤〔5〕。
伤此无衣客，如何蒙雪霜。

【注释】

〔1〕太室：山名。中岳嵩山分两支，东曰太室，西曰少室。在今河南

登封北。

〔2〕仲冬：冬季的第二个月，即农历十一月。　三五：即十五日。

〔3〕肃肃：萧条貌。　颍：颍水。

〔4〕昽（lóng龙）昽：微明貌。　少阳：东方。

〔5〕穷阴：穷冬，冬季将残时节。

【今译】

东边树林里有白雾缭绕，寒冬里鸟儿忽展翅高翔。我也即将离开这交崖山，回归太室山上我的草堂。时令适逢冬月的十五日，天空中日月正遥遥相望。萧瑟寒风中我度过颍水，透过朦胧夜色辨识东方。冰雪覆盖大地河水封冻，枯桑燃起野火映红天光。独自跋涉道路越发遥远，残冬时节旅人更易感伤。可怜那无衣御寒的路人，如何抵御得了凛冽寒霜。

九日登望仙台呈刘明府容〔1〕

汉文皇帝有高台，此日登临曙色开。
三晋云山皆北向〔2〕，二陵风雨自东来〔3〕。
关门令尹谁能识〔4〕，河上仙翁去不回〔5〕。
且欲近寻彭泽宰〔6〕，陶然共醉菊花杯〔7〕。

【注释】

〔1〕九日：即农历九月九日重阳节。　望仙台：《太平寰宇记·河南道·陕州》："望仙台，在（陕）县西南十三里，汉文帝筑以望河上公，公既上升，故筑此台以望祭之。"陕县，今属河南。　刘明府容：即刘容，当是陕县县令，生平未详。

〔2〕三晋云山：战国时，魏、韩、赵三家分晋，史称三晋。在今山西、河南中部和北部、河北南部和中部一带。陕县，战国时属魏，后属韩，故云。

〔3〕二陵：《左传·僖公三十二年》："殽有二陵焉，其南陵，夏后皋之

墓也，其北陵，文王之所避风雨也。”望仙台在殽山之西。

〔4〕关门令尹：指尹喜，周朝函谷关令，传说其追随老子西游成仙而去。事见汉刘向《列仙传》。

〔5〕河上仙翁：即河上公，传说中的神仙，曾在汉文帝面前显示灵异，不向汉文帝称臣。以上两句谓仙人已无从寻觅，以切望仙台。

〔6〕彭泽宰：即陶渊明，曾为彭泽县令。此指代刘明府。

〔7〕陶然：酣畅貌。　菊花杯：古代有重阳节饮菊花酒的习俗。萧统《陶渊明传》:“尝九月九日出宅边菊丛中坐，久之，满手把菊，忽值（王）弘送酒至，即便就酌，醉而归。”

【今译】

汉文帝筑起高高的望仙台，我登临此台朝霞刚刚散开。三晋的云山全都朝向北方，崤山二陵的风雨自东吹来。关门令尹早就随老子而去，河上仙翁也已经一去不回。神仙渺茫不如把陶公寻访，敞开心怀一道酣饮菊花杯。

贾　至

贾至（718—772），字幼邻，洛阳人。天宝十载（751）明经及第。累官起居舍人、知制诰。肃宗时为中书舍人，坐事贬岳州司马，复召为尚书左丞，终于京兆尹、散骑常侍。诗风俊逸缅邈。《全唐诗》存其诗一卷。

寓　言

春草纷碧色，佳人旷无期[(1)]。
悠哉千里心，欲采商山芝[(2)]。

叹息良会晚[3]，如何桃李时[4]。
怀君晴川上，伫立夏云滋。

【注释】

〔1〕佳人：美女。　旷：久。

〔2〕“欲采”句：意指要遁世隐居。商山芝，秦末汉初，有名东园公、绮里季、夏黄公、甪里先生者，为避世隐居商雒山，相传曾拒绝刘邦聘用，“仰天叹而作”《紫芝歌》。事见《乐府诗集》卷五十八。

〔3〕良会：美好的聚会。

〔4〕桃李时：喻女子的青春年华。《诗经·召南·何彼秾矣》：“何彼秾矣，华如桃李。”以“华如桃李”比喻王姬的艳丽。

【今译】

眼前是无边春草一片青碧，我等候的佳人却遥遥无期。一颗心只得飞向千里之外，想要效法古人到深山隐居。欢会来得这样迟实在可叹，青春的年华很快就会消逝。我久久地伫立在晴川之上，只见天边夏云越来越浓密。

岳阳楼宴王员外贬长沙[1]

极浦三春草[2]，高楼万里心。
楚山晴霭碧[3]，湘水暮流深[4]。
忽与朝中旧，同为泽畔吟[5]。
停杯试北望，还欲泪沾襟。

【注释】

〔1〕王员外：其人未详。

〔2〕极浦：遥远的水边。　三春：指春天。

〔3〕楚山：泛指楚地的山。　晴霭：清朗的云气。

〔4〕湘水：即湘江。源出广西，流入湖南，是湖南最大的河流。

〔5〕泽畔吟：战国时，楚大夫屈原被谗，贬于江滨曾行吟泽畔，赋《怀沙》后自投汨罗而死。这里以“泽畔吟”为喻，谓自己与王员外同遭贬谪。

【今译】

远处的水边已经长满春草，高楼饯别难慰你远去之心。楚山上晴云飘浮一派青碧，湘水在暮色中越显得幽深。没料到在朝廷共事的旧友，同样遭到贬谪在泽畔行吟。放下手中的酒杯向北遥望，禁不住热泪盈眶沾湿衣襟。

春　思

红粉当垆弱柳垂〔1〕，金花腊酒解酴醿〔2〕。
笙歌日暮能留客〔3〕，醉杀长安轻薄儿〔4〕。

【注释】

〔1〕红粉：指代美女。　当垆：指卖酒。垆，放酒坛的土墩。

〔2〕金花：即金花茶。　腊酒：腊月酿制的酒。　酴醿（tú mí途迷）：亦作“酴醾”、“酴醿”。酒名。

〔3〕笙歌：指奏乐唱歌。

〔4〕轻薄儿：行为骄纵轻狂的少年。

【今译】

美女当垆卖酒柳枝垂到地面，金花茶与腊酒可以醒酒解酣。欢娱直到日暮仍然流连忘返，醉杀长安城里那些轻薄少年。

答严大夫[1]

今夕秦天一雁来[2]，梧桐坠叶捣衣催。
思君独步华亭月，旧馆秋阴生绿苔。

【注释】

〔1〕严大夫：生平未详。

〔2〕秦天：泛指秦川一带的天空。

【今译】

今日秦川天空飞来一只大雁，捣衣声声仿佛催落梧桐片片。思念你此时独步于华亭月下，旧馆舍里秋阴浓密绿苔满院。

送李侍郎赴常州[1]

雪晴云散北风寒，楚水吴山道路难[2]。
今日送君须尽醉，明朝相忆路漫漫。

【注释】

〔1〕李侍郎：生平未详。侍郎，一作“侍御”。

〔2〕楚水吴山：李侍郎此行乃沿长江东下，故云。

【今译】

雪过天晴阴云散北风仍寒，此一去山长水阔旅途艰难。今日为你饯别须尽情酣饮，明朝彼此相忆却相隔遥远。

巴陵夜别王八员外[1]

柳絮飞时别洛阳，梅花发后在三湘[2]。
世情已逐浮云散，离恨空随江水长。

【注释】

〔1〕巴陵：今湖南岳阳。　王八员外：即前诗所指贬官长沙之王员外。

〔2〕三湘：此泛指洞庭湖地区。

【今译】

我在柳絮纷飞的暮春离开洛阳，梅花盛开的冬季贬谪来到三湘。一切人情世故都似浮云般消散，唯余满腔离恨有如江水般悠长。

初至巴陵与李十二白裴九同泛洞庭湖[1]

枫岸纷纷落叶多，洞庭秋水晚来波[2]。
乘兴轻舟无近远，白云明月吊湘娥[3]。

【注释】

〔1〕本诗凡三首，此选其二。　巴陵：见前《巴陵夜别王八员外》诗注。　李十二白：即李白。　裴九：生平未详。据作者《别裴九弟》诗，年齿应小于贾至。

〔2〕“枫岸”二句：化用《楚辞·九歌》“洞庭波兮木叶下”诗意。

〔3〕湘娥：湘水女神，即古代帝舜的妃子娥皇、女英。

【今译】

湖畔枫树上红叶纷纷飘落，暮秋的洞庭湖水泛着清波。驾一叶轻舟乘兴任意遨游，在白云下月光里凭吊湘娥。

西亭春望

日长风暖柳青青，北雁归飞入窅冥[1]。
岳阳城上闻吹笛[2]，能使春心满洞庭。

【注释】

〔1〕窅（yǎo咬）冥：高远貌。
〔2〕岳阳城：一作“岳阳楼”。

【今译】

春日绵长东风和暖杨柳青青，大雁北归消失在高远的晴空。岳阳城上传来悠扬的笛声，春心遂像洞庭湖水广阔幽深。

张　谓

张谓（？—778？），字正言。河内（今河南沁阳）人。天宝二年（743）进士及第。历仕尚书郎、太子左庶子、礼部侍郎等职。早有诗名。其诗格度严密，语致精深，多击节之音。《全唐诗》存其诗一卷。

读后汉逸人传[1]

子陵没已久[2]，读史思其贤。
谁谓颍阳人[3]，千秋如比肩[4]。
尝闻汉皇帝，曾是旷周旋。
名位苟无心，对君犹可眠[5]。
东过富春渚[6]，乐此佳山川。
夜卧松下月，朝看江上烟。
钓时如有待，钓罢应忘荃[7]。
生事在林壑[8]，悠悠经暮年。
于今七里濑[9]，遗迹尚依然。
高台竟寂寞，流水空潺湲。

【注释】

〔1〕逸人：隐士。

〔2〕子陵：东汉严光，字子陵，会稽余姚（今属浙江）人。少有高名，曾与光武帝刘秀同学。刘秀即位后，他便改名隐居，后被召至京师洛阳，授谏议大夫，不就，归耕富春山。事见《后汉书·严光传》。 没：通“殁”，死亡。

〔3〕颍阳：颍水之北。今属河南。历来多隐逸之士。上古高士巢父、许由即隐居于此。

〔4〕比肩：谓相继而来。

〔5〕“尝闻”四句：《严光传》载，光武帝引严光入，论道旧故，相对终日。因共卧眠。严光以足加帝腹上。第二天，太史奏：“有客星犯御座甚急。”光武帝笑曰：“朕故人严子陵共卧耳。”此处即写其事。

〔6〕富春渚：即富春江上之七里濑。富春江，在今浙江桐庐南。渚，江中小块陆地。

〔7〕忘荃：《庄子·外物》：“筌者所以在鱼，得鱼而忘筌；蹄者所以在

兔，得兔而忘蹄。言者所以在意，得意而忘言。”比喻看破红尘。筌，捕鱼的竹器。

〔8〕生事：生计。

〔9〕七里濑：又名“七里泷”、“七里滩”、“严陵濑”，亦称富春渚。《太平寰宇记》:“七里濑，即富春渚也。”

【今译】

隐士严子陵辞世已很久，读史书便追念他的德贤。谁能想到颍水边的隐士，千百年中竟是接踵不断。相传严子陵与汉光武帝，曾经交往密切连日倾谈。只要抛开一切功名利禄，与君王也可同榻共眠。往东经过著名的富春渚，爱上这景色宜人的山川。夜晚高卧在松树下赏月，清晨坐看江上飘渺云烟。垂钓江中仿佛有所期待，收起钓竿就会得鱼忘筌。就此生活在深林山壑中，悠闲自在打发岁月余年。如今你若是来到七里濑，子陵遗迹依然历历如见。只是高高钓台如此寂寞，江水空自奔流水声潺湲。

同王征君湘中有怀〔1〕

八月洞庭秋，潇湘水北流〔2〕。
还家万里梦，为客五更愁。
不用开书帙，偏宜上酒楼〔3〕。
故人京洛满〔4〕，何日复同游？

【注释】

〔1〕王征君：生平未详。征君，被朝廷征聘而不就的隐士。

〔2〕潇湘：湘江的别称。

〔3〕偏宜：最宜，最合适。

〔4〕京洛：即洛阳。

【今译】

八月里洞庭湖秋色宜人，湘江水不停地向北奔流。思乡情怀只能托于梦境，从夜晚到五更难抑客愁。哪有心思打开书籍来读，这种时刻最适合上酒楼。洛阳城有的是你的朋友，什么时候再能一起同游？

别韦郎中〔1〕

星轺计日赴岷峨〔2〕，云树连天阻笑歌。
南入洞庭随雁去，西过巫峡听猿多。
峥嵘洲上飞黄蝶〔3〕，滟滪堆边起白波〔4〕。
不醉郎中桑落酒〔5〕，教人无奈别离何。

【注释】

〔1〕韦郎中：生平未详。郎中，分掌各司事务，为尚书、侍郎之下的高级官员。

〔2〕星轺（yáo 遥）：使者所乘的车。也借指使者。　岷峨：岷山与峨眉山的并称。

〔3〕峥嵘洲：在今湖北黄州西北长江中。

〔4〕滟滪堆：亦作“淫预堆”，在重庆奉节东五公里，是三峡之一瞿塘峡口突起于长江中的大礁石。附近水流湍急，是旧时长江三峡的著名险滩。

〔5〕桑落酒：古代美酒名。北魏郦道元《水经注·河水》：“（河东郡）民有姓刘名堕者，宿擅工酿，采挹河流，酿成芳酎，悬食同枯枝之年，排于桑洛之辰，故酒得其名矣。”

【今译】

乘车计算着行程赶赴蜀地，云树连天隔断了笑语欢歌。向南追随大雁进入洞庭湖，往西经过巫峡猿声入耳多。峥嵘洲上有黄蝶翩翩起舞，滟滪堆滩险流急泛起白波。若是不酣饮你的桑落美酒，这离别的忧愁将如何摆脱。

张 旭

张旭，生卒年不详。字伯高，苏州吴（今江苏苏州）人。初为常熟尉，后官金吾长史。善草书，与李白歌诗、裴旻剑舞称为“三绝”。又能诗文，与贺知章、包融、张若虚齐名当时，号“吴中四士”。《全唐诗》存其诗六首。

桃花溪

隐隐飞桥隔野烟〔1〕，石矶西畔问渔船〔2〕。
桃花尽日随流水〔3〕，洞在清溪何处边？

【注释】

〔1〕飞桥：架设于高处的桥梁。

〔2〕石矶：水边突出的大石。

〔3〕尽日：整日。

【今译】

飞桥隔着云烟若隐若现，来到石岩西畔询问渔船。桃花整日随着流水飘走，桃源洞口究竟在哪一边？

山行留客〔1〕

山光物态弄春辉〔2〕，莫为轻阴便拟归。
纵使晴明无雨色，入云深处亦沾衣。

【注释】

〔1〕题一作《山中留客》。

〔2〕辉：一作“晖”。

【今译】

春晖里山林万物都焕发生机，不必见一片阴云便打算归去。纵使是在晴朗不下雨的日子，进入白云深处也会使衣沾湿。

一 日 书

春草青青万里余，边城落日见离居。
情知海上三年别[1]，不寄云间一纸书[2]。

【注释】

〔1〕情知：诚知，明知。

〔2〕云间一纸书：用雁足传书事。

【今译】

春草绵延万余里一派青青，边城见落日离人倍觉伤情。明知从海上分别已有三年，却不托云中雁寄一纸书信。

柳

濯濯烟条拂地垂[1]，城边楼畔结春思。
请君细看风流意，未减灵和殿里时[2]。

【注释】

〔1〕濯（zhuó浊）濯：清新，明净。

〔2〕“请君”二句：《南史·张绪传》：“刘悛之为益州，献蜀柳数株，枝条甚长，状若丝缕。时旧宫芳林苑始成，武帝以植于太昌灵和殿前，常赏玩咨嗟，曰：‘此杨柳风流可爱，似张绪当年时。’”后遂常以此典咏柳。灵和殿，南齐武帝时所建宫殿名。

【今译】

细长碧绿的柳枝在风中摇曳，城墙边高楼畔逗引人的春情。请你细看她袅娜风流的意态，比在灵和殿时可有丝毫减损？

李　嶷

李嶷，生卒年不详。赵郡（今河北赵县）人。开元十五年（727）进士及第，官右武卫录事参军。工诗。《全唐诗》存其诗六首。

淮南秋夜呈周侃〔1〕

天净河汉高〔2〕，夜闲砧杵发〔3〕。
清秋忽如此，离恨应难歇。
风乱池上萤〔4〕，露光竹间月。
与君共游处，勿作他乡别。

【注释】

〔1〕周侃：一作“同僚”。生平未详。

〔2〕河汉：银河。
〔3〕砧杵：捣衣用的石板和木棒槌。此指捣衣声。
〔4〕池上萤：一作“池上萍”。

【今译】

银河高悬天空一片明净，静夜里依稀传来捣衣声。不知不觉已到清秋时节，这离别的愁绪越发恼人。风吹池上流萤纷纷扰扰，竹间露珠闪烁月色清明。多希望能与您一起游赏，而不是在他乡忍受离情。

林园秋夜作

林卧避残暑，白云长在天。
赏心既如此[1]，对酒非徒然。
月色遍秋露，行声兼夜泉。
凉风怀袖里，兹意与谁传？

【注释】

〔1〕赏心：因赏玩而心情愉快。

【今译】

高卧林园躲避残余的暑气，白云悠悠镇日飘浮在长天。景色既如此优美使人陶醉，把酒自斟再不觉兴味索然。月色洒满林间晶莹的秋露，沙沙脚步声和着泉水潺潺。清凉的晚风钻进我的衣袖，与谁分享如此美好的夜晚？

万 楚

万楚，生卒年不详。曾居盱眙（今属江苏）。开元中进士及第，久不得用。曾退隐颍水之滨。《全唐诗》存其诗八首。

题江潮庄壁

田家喜秋熟，岁晏林叶稀[1]。
禾黍积场圃[2]，樝梨垂户扉[3]。
野闲犬时吠，日暮牛自归。
时复落花酒，茅斋堪解衣[4]。

【注释】

〔1〕岁晏：岁末，年底。
〔2〕场圃：打谷场和菜园
〔3〕樝（zhā查）："楂"的本字，山楂。
〔4〕解衣：脱衣。指不拘形迹。

【今译】

农家最喜欢秋天收获的日子，到年底树木已变得枝疏叶稀。谷场上堆满了刚收割的黍禾，窗户边垂挂着成串山楂果梨。静谧的田野上不时传来犬吠，黄昏时分牛羊踏着夕阳归去。这时候再斟上一杯落花美酒，在茅屋里脱下衣衫无束无拘。

河上逢落花

河水浮落花，花流东不息。

应见浣纱人，为道长相忆。

【今译】

河面上有片片落花漂浮，落花随水流向东不停留。应能遇见河边浣纱女子，替我带去长相思的问候。

丁仙芝

丁仙芝，生卒年不详。润州曲阿（今江苏丹阳）人。开元十三年（725）进士及第。历仕主簿、余杭县尉等职。《全唐诗》存其诗十四首。

渡扬子江[1]

桂楫中流望[2]，空波雨畔明。
林开扬子驿[3]，山出润州城[4]。
海尽边阴静，江寒朔吹生[5]。
更闻枫叶下，淅沥度秋声[6]。

【注释】

〔1〕扬子江：唐宋以来对今江苏仪征、扬州一带长江的别称。
〔2〕桂楫：用桂木制作的船桨，指代舟船。
〔3〕驿：驿站。
〔4〕润州城：今江苏镇江。
〔5〕朔吹：北风。
〔6〕淅沥：象声词，此处形容落叶声。

【今译】

行船到达中流向远处眺望，雨中江上的波涛格外鲜明。林木稀疏处可见扬子驿站，群山略阙处看得到润州城。江流的尽头岸边一片寂静，北风吹来江面上顿觉寒冷。更哪堪见到枫叶飒飒而下，落叶淅沥到处是秋色秋声。

江南曲

未晓已成妆，乘潮去茫茫。
因从京口渡〔1〕，使报邵陵王〔2〕。

【注释】

〔1〕京口：即今江苏镇江。

〔2〕邵陵王：谓梁武帝萧衍第六子萧纶，字世调，于天监十三年（514）受封邵陵郡王。太清二年（548）侯景之乱时，萧纶曾为征讨大都督，由京口领兵三万大破之。邵陵，县名，始置于汉，三国吴于县置郡。即今湖南宝庆。但作者于诗中借言之而已，并非实指。

【今译】

天色未明就已装扮停当，乘着茫茫潮水驶向远方。我从京口出发逆水上航，快快使人报告那邵陵王。

始下芙蓉楼〔1〕，言发琅琊岸〔2〕。
急为打船开，恶许旁人见〔3〕。

【注释】

〔1〕芙蓉楼：在湖南黔阳境内，唐王昌龄有《芙蓉楼送辛渐》诗。但作者在诗中也可能乃虚指，难以坐实，只不过借此增加一点乐府民歌的气息。

〔2〕琅琊：一作“琅邪”，在今安徽当滁西南。
〔3〕恶（wù务）许：何许。

【今译】
刚刚从芙蓉楼上下来，便即刻离开琅琊岸边。急忙令船工荡桨开船，姿容哪肯让旁人看见。

沈千运

沈千运，生卒年不详。吴兴（今浙江湖州）人。家贫寓居汝北。天宝中，数举不第。浩然有终隐之志。与元结、高适相友善，有诗唱和。为诗力矫时习，一出雅正。乾元中，元结编七人诗为《箧中集》，沈千运为之冠。《全唐诗》存其诗五首。

感怀示弟妹

今日天气暖〔1〕，东风杏花坼〔2〕。
筋力久不如〔3〕，却羡涧中石。
神仙杳难信〔4〕，中寿稀满百〔5〕。
近世多夭伤〔6〕，喜见鬓发白。
杖藜竹树间〔7〕，宛宛旧行迹〔8〕。
岂知林园主〔9〕，却是林园客。
兄弟所存半〔10〕，空为亡者惜。
冥冥无再期〔11〕，哀哀望松柏。

骨肉能几人，年大自疏隔。
性情谁免此，与我不相易。
唯愿得尔辈，相看慰朝夕[12]。
平生兹已矣，此外尽非适。

【注释】

〔1〕天气：一作“春风”。
〔2〕坼（chè彻）：绽开。
〔3〕筋力：犹体力。　久：一作“又”。
〔4〕信：一作“准”。
〔5〕中寿：中等年寿。
〔6〕夭伤：夭折损伤。
〔7〕杖藜：持藜茎为杖，泛指扶杖而行。
〔8〕宛宛：依稀可见。
〔9〕知：一作“非”。
〔10〕所存半：一作“可为伴”。
〔11〕冥冥：指人死后处于昏暗的地府。
〔12〕相：一作“时”。

【今译】

今日里天气晴朗温馨和暖，东风吹拂下杏花朵朵饱绽。自觉筋骨体力大不如以往，羡慕那涧中石头百年不变。神仙的传说飘渺难以凭信，一般人只有中寿哪得百年。近些年人世间多夭折损伤，看见鬓发斑白反倒会喜欢。我手扶杖藜在竹树间漫步，往日走过的足迹依稀可辨。谁能想到昔日林园的主人，却成了林园过客匆匆往还。兄弟中活着的只剩下一半，生者只能为死者悲伤叹惋。人死后不再有相见的机会，望着墓地的松柏涕泣连连。骨肉相连的亲人能有几个，长大后分离远隔在所难免。重视骨肉亲情乃人之常理，我们之间不会有任何改变。到如今只望得到你们陪伴，朝夕共处相慰藉度过余年。此生能如此便已心满意足，除此之外不再有别的期盼。

孟云卿

孟云卿（725？—？），河南（今河南洛阳）人。永泰初，进士及第，为校书郎。与杜甫、元结相友善。作诗关心民瘼，工五言古诗，元结编《箧中集》，其诗入选最多。《全唐诗》存其诗十七首。

古别离

朝日上高台，离人怨秋草。
但见万里天〔1〕，不见万里道。
君行本迢远，苦乐良难保。
宿昔梦同衾〔2〕，忧心常倾倒〔3〕。
含酸欲谁诉，展转伤怀抱〔4〕。
结发年已迟〔5〕，征行去何早〔6〕。
寒暄有时谢〔7〕，憔悴难再好〔8〕。
人皆算年寿，死者何曾老。
少壮无见期，水深风浩浩〔9〕。

【注释】

〔1〕“但见”句：一作“如见万里人”。
〔2〕宿昔：夜晚。
〔3〕“忧心”句：一作“心忧梦颠倒”。
〔4〕展转：翻身貌。形容忧思不寐，卧不安席。
〔5〕结发：指结婚。古人成婚之夕男左女右共髻结发。
〔6〕征行：远行。
〔7〕寒暄：寒与暖。
〔8〕难再好：一作“亦难好”。
〔9〕浩浩：风势强劲貌。

【今译】

在朝霞里登上高台远望，离别的人不禁怨恨秋草。只看见宽广的万里晴空，望不断曲折无边的大道。你的行程本已遥远漫长，一路上实难保不受煎熬。夜晚时常梦见与你同衾，把心中的忧伤向你倾倒。一腔辛酸不知向谁诉说，辗转难眠悲伤充满怀抱，结婚时你我年岁已不小，你离家远行走得那样早。季节的寒与暑都会过去，人容颜憔悴却难以再好。世人都喜欢算自己年寿，死去的人哪里个个年老。年轻时就没有相聚之日，只见江河水深北风呼啸。

伤怀赠故人

稍稍晨鸟翔〔1〕，淅淅草上霜〔2〕。
人生早艰苦，寿命恐不长。
二十学已成，三十名不彰〔3〕。
岂无同门友〔4〕，贵贱易中肠〔5〕。
驱马行万里，悠悠过帝乡〔6〕。
幸因弦歌末〔7〕，得上君子堂。
众乐互喧奏，独子备笙簧〔8〕。
坐中无知音，安得神扬扬〔9〕。
愿因高风起，上感白日光。

【注释】

〔1〕稍稍：鸟飞动貌。
〔2〕淅淅：象声词。形容风声。
〔3〕彰：显。
〔4〕同门友：犹学友。指同师授业之友。
〔5〕中肠：内心。
〔6〕帝乡：指京城。

〔7〕弦歌：典出《论语·阳货》：孔子弟子子游出任武城邑，以弦歌为教民之具，后因以指出任地方官，多指县令。

〔8〕笙簧：指笙。

〔9〕扬扬：得意貌。

【今译】

清晨看见鸟儿振翅飞翔，风声淅沥草叶凝结严霜。此生早就经历艰难困苦，我的寿命恐怕难得久长。刚二十岁便已学业有成，可到三十名声还没显扬。难道是没有同门的学友，贵贱容易改变人的心肠。只得驱赶马儿一去万里，优哉游哉来到帝王之乡。有幸任地方官叨陪末座，才得以登上君子的厅堂。各种乐器齐奏声音错杂，你却独自一人吹奏笙簧。座上宾客中找不到知己，怎能心情舒畅神采飞扬。但愿我凭借高高的风力，感受到圣上的皇恩浩荡。

元　结

元结（719—772），字次山。郡望河南，世居太原，后移居汝州鲁山（今河南鲁山）。天宝十三载（754）进士及第。乾元二年（759），以右金吾兵曹参军摄监察御史，充山南东道节度参谋，立有战功。广德元年（763），任道州刺史。官终容管经略史。工于诗文。所作古体和绝句，力求摆脱声律束缚，风格朴素简淡，自成一格。《全唐诗》存其诗二卷。

贼退示官吏 有序

癸卯岁西原贼入道州〔1〕，焚烧杀掠几尽而去〔2〕。明年贼又攻永破邵〔3〕，不犯此州边鄙而退〔4〕。

岂力能制敌欤？盖蒙其伤怜而已。

诸使何为忍苦征敛[5]。故作一篇以示官吏。

昔年逢太平，山林二十年。
泉源在庭户，洞壑当门前。
井税有常期[6]，日晏犹得眠[7]。
忽然遭世变[8]，数岁亲戎旃[9]。
今来典斯郡[10]，山夷又纷然[11]。
城小贼不屠，人贫伤可怜。
是以陷邻郡[12]，此州独见全。
使臣将王命[13]，岂不如贼焉。
今彼征敛者，迫之如火煎[14]。
谁能绝人命，以作时世贤[15]。
思欲委符节[16]，引竿自刺船[17]。
将家就鱼麦[18]，归老江湖边。

【注释】

〔1〕癸卯岁：指代宗广德元年（763）。　西原贼：对当时西南起事的少数民族的蔑称。西原，在今广西壮族自治区扶绥西南。　道州：今湖南道县。

〔2〕几尽：几乎抢掠一空。

〔3〕永：永州，治所在今湖南永州。　邵：邵州，治所在今湖南邵州。

〔4〕边鄙：边界。

〔5〕诸使：指征收赋税的租庸使。

〔6〕井税：本指古代按照井田制收取的赋税，这里借指唐代所实行的按户口征收定额赋税的租庸调法。　常期：有一定的纳税时间。此指纳税有一定限度，没有额外负担。

〔7〕晏：晚。

〔8〕世变：指安史之乱。

〔9〕亲戎旃（zhān毡）：指肃宗乾元二年（759）诗人充山南东道节度参谋，参与对叛军作战一事。戎旃，军旗，此指代军旅生活。

〔10〕典：治理。

〔11〕山夷：山区少数民族。　纷然：指发生骚乱。

〔12〕邻郡：指永州、邵州。

〔13〕使臣：指朝廷派遣的催征官员。　将：奉。

〔14〕之：指百姓。

〔15〕时世贤：当今社会所认为的贤才，这里讽刺那些欺下以媚上的官吏。

〔16〕委：抛弃。　符节：古代朝廷给使者所持的凭证，这里指朝廷的任命。

〔17〕刺船：撑船。

〔18〕将：携。　就：凑近。　鱼麦：指鱼米之乡。

【今译】

我曾经亲历过太平年月，在山林隐居整整二十年。庭院里就有汩汩清泉水，山洞沟壑正对着家门前。缴纳赋税都有一定限度，百姓居家度日尚称安然。忽然之间世道发生变乱，我亲自赴军中辗转几年。如今来这里当州郡长官，适逢山里土匪造反作乱。城池小连盗贼也不杀掠，百姓因贫穷乃得以幸免。邻近的郡县一一被攻陷，只有道州一地得以保全。使臣奉王命前来催租税，居然还比不上贼盗心善。他们大肆搜刮横征暴敛，老百姓受逼迫如同火煎。岂能像这些人绝人活路，只图邀功请赏个人升迁。我真想辞官去摆脱羁绊，到江上拿竹篙自己撑船。举家迁徙到那鱼米之乡，从此后终老在江湖岸边。

石鱼湖上醉歌〔1〕

石鱼湖，似洞庭，夏水欲满君山青〔2〕。
山为樽，水为沼〔3〕，酒徒历历坐洲岛〔4〕。
长风连日作大浪，不能废人运酒舫〔5〕。

我持长瓢坐巴丘[6]，酌饮四坐以散愁。

【注释】

〔1〕石鱼湖：在道州东。作者《石鱼湖上作》诗序云："漶泉南上有独石在水中，状如游鱼。鱼凹处，修之可以贮酒。水涯四匝，多攲石相连，石上堪人坐。水能浮小舫载酒，又能绕石鱼洄流，乃命湖曰'石鱼湖'。"

〔2〕君山：山名，在洞庭湖中。

〔3〕樽：酒器。　沼：池子。

〔4〕历历：清晰貌。

〔5〕废：阻止。　舫：船。

〔6〕巴丘：山名，在湖南岳阳洞庭湖边。

【今译】

道州的石鱼湖，就好似洞庭湖，夏日里湖水常满君山青青。把山谷当酒杯，把湖泊作酒池，酒徒们团团围坐在岛中心。连日里阵阵长风掀起大浪，挡不住载酒船只来来往往。我手执长瓢坐在巴丘山头，斟酒请大家痛饮驱散忧伤。

欸乃曲[1]

湘江二月春水平[2]，满月和风宜夜行。
唱棹欲过平阳戍[3]，官吏相呼问姓名。

【注释】

〔1〕欸（ǎi矮）乃曲：乐府近代曲名，元结所创。欸乃，荡桨声。

〔2〕湘江：源出广西，流入湖南，是湖南境内最大的河流。

〔3〕棹（ráo饶）：此指棹歌，即船歌。　平阳：县名，即今山西临汾。此县襟带河汾，北阻太原，南通长安、洛阳，历来是河东军事重镇。

【今译】

二月里湘江春水与岸齐平，月明风和的夜晚最宜航行。船家唱着桡歌将过平阳戍，守关的小吏高声呼问姓名。

千里枫林烟雨深，无朝无暮有猿吟。
停桡静听曲中意[1]，好是云山《韶》《濩》音[2]。

【注释】

〔1〕停桡：停船。

〔2〕好是：应似，好似。《韶》《濩》(huò获)：古乐名。《韶》，舜乐;《濩》，汤乐。泛指庙堂之乐。

【今译】

放眼望千里枫树林烟雨沉沉，从早到晚都传来江猿的哀鸣。停船凝神静听《欸乃曲》中意，好像是云山传来的太古乐声。

下泷船似入深渊[1]，上泷船似欲升天。
泷南始到九嶷郡[2]，应绝高人乘兴船[3]。

【注释】

〔1〕泷：湍急的河流。

〔2〕九嶷：亦作“九疑”，即今湖南宁远。

〔3〕高人：超凡脱俗的人。

【今译】

顺流而下好像是堕入深渊，逆流而上又好比登上云天。船向南行才到潇湘九嶷郡，教乘兴来的高士不敢行船。

元 融

元融，生卒年不详。一名季川。郡望河南，世居太原，后移居鲁山（今属河南）。乃元结从弟。与于逖、赵微明等人俱为山巅水涯之苦学贞士。工诗，多写隐逸生活。《全唐诗》存其诗四首。

泉上雨后作

风雨荡烦暑[1]，雷息佳霁初。
众峰带云雨，秋气入我庐。
飒飒凉飚来[2]，窥临惬所图[3]。
绿萝长新蔓，袅袅垂坐隅[4]。
流水复檐下，丹砂发清渠[5]。
养葛为我衣，种芋为我蔬。
谁是畹与畦[6]，弥漫连野芜[7]。

【注释】

〔1〕烦：一作“繁”。
〔2〕飒飒：象声词，状风声。　凉飚：秋风。
〔3〕窥临：一作“临窥”。
〔4〕坐隅：座位旁边。
〔5〕丹砂：即朱砂。矿物名，深红色。
〔6〕畹：古代称三十亩为一畹。　畦：田地中分成的小块。
〔7〕野芜：平芜，原野。

【今译】

风雨荡涤了炎热的暑气，雷收雨住新晴格外美丽。群峰仍笼罩着浓云雨雾，秋的气息浸入我的屋宇。飒飒凉风吹来沁人心脾，我尽情观赏四周的景致。绿色藤萝长出新的丝蔓，袅袅地垂挂在座位一隅。流水顺着屋檐冲刷而下，丹砂冒出了清澈的水渠。种植葛草织成我的衣裳，种上芋头可供我的蔬食。分不清哪是田亩哪是畦，望不尽的原野无边无际。

萧颖士

萧颖士（709—760），字茂挺。颍州汝阴（今安徽阜阳）人。开元二十三年（735）进士及第。授金坛尉。历仕桂林参军、秘书正字、河南府参军事、扬州功曹参军等职。提倡古文，是盛唐著名散文家。《全唐诗》存其诗一卷。

越江秋曙

扁舟东路远，晓月下江濆〔1〕。
潋滟信潮上〔2〕，苍茫孤屿分。
林声寒动叶，水气曙连云。
暾日浪中出〔3〕，榜歌天际闻〔4〕。
伯鸾常去国〔5〕，安道惜离群。
延首剡溪近〔6〕，咏言怀数君〔7〕。

【注释】

〔1〕江濆（fén坟）：江岸。

〔2〕潋滟：水波荡漾貌。　信潮：潮水定时涨落，有一定规律，故称信潮。

〔3〕暾（tūn吞）日：旭日。

〔4〕榜歌：船歌。

〔5〕伯鸾：东汉越地高士梁鸿的字。他曾作《五噫歌》讽喻朝廷，后埋名隐遁。这里引其事，表达作者愿引为同调。

〔6〕延首：伸长头颈，指远望。　剡（shàn善）溪：即曹娥江的上游，在今浙江嵊州。

〔7〕咏言：吟咏。

【今译】

扁舟向东远行扬起风帆，清晨月儿西沉没入江岸。水波荡漾潮水奔涌上涨，江上孤岛耸峙夜色无边。寒风袭来林叶沙沙作响，曙光初现水气云气相连。旭日从江浪中缓缓升起，粗犷的船歌声传到天边。古代高士梁鸿埋名隐遁，我何必为离群索居嗟叹。翘首远望剡溪已经越来越近，吟此诗寄托对友人的怀念。

李　华

李华（715—766），字遐叔。赵州赞皇（今属河北）人。开元二十三年（735）进士及第。天宝二年（734）登博学宏词科，为科首。授南和尉，擢秘书省校书郎。历仕伊阙尉、监察御史等职。安史乱时，受伪凤阁舍人职。两京收复，贬为杭州司户参军。官终检校吏部员外郎。与萧颖士齐名，同为盛唐著名散文家。《全唐诗》存其诗一卷。

仙游寺〔1〕

舍事入樵径，云木深谷口。

万壑移晦明[2]，千峰转前后。
嶷然龙潭上[3]，石势若奔走。
开拆秋天光[4]，崩腾夏雷吼。
灵溪自兹去，纡直互纷纠[5]。
听声静复喧，望色无更有。
冥冥翠微下[6]，高殿映杉榔[7]。
滴滴洞穴中，悬泉响相扣。
昔时秦王女，羽化年代久[8]。
日暮松风来，萧声生左右。
早窥神仙箓[9]，愿结芝术友[10]。
安得羡门方，青囊系吾肘[11]。

【注释】

〔1〕题下有注："有龙潭穴、弄玉祠。"

〔2〕晦明：阴晴，明暗。

〔3〕嶷然：卓异貌，屹立貌。

〔4〕开拆：开裂，开放。

〔5〕纡直：形容溪水时曲时直。　纷纠：杂乱缠绕。

〔6〕冥冥：幽深貌。　翠微：青翠的山色，此指青山。

〔7〕杉：杉树，常绿乔木。　榔：槟榔，一种产于热带的常绿乔木。

〔8〕"昔时"二句：传说春秋时秦穆公女弄玉，嫁给萧史，二人成仙而去。事见汉刘向《列仙传》。羽化，谓成仙。

〔9〕神仙箓：指神仙秘籍或道教经典。

〔10〕芝术：药草名。

〔11〕羡门：为古代传说中的仙人，秦始皇至碣石曾派人寻求。事见《史记·秦始皇本纪》。　青囊：古代医家存放医书的布袋。

【今译】

抛开世事踏上山间的小径，幽深的谷口林木高耸入云。万壑中阴晴明暗瞬息变化，千百座山峰环绕前呼后应。龙潭边怪石嶙嶙卓然屹立，气势飞动仿佛要奔走跳动。秋天的阳光冲开密林迷雾，夏日里天公震怒雷电轰鸣。灵溪水从这里流向远方，水流曲折变化交错纠缠。凝神细听水声时静时喧，仔细观察水流忽隐忽现。在幽深苍翠的青山下面，高大的绿树掩映着金殿。洞穴里传出泠泠水滴声，原来是从高处泻下流泉。昔日秦穆公的女儿弄玉，很久以前就已羽化登仙。暮色降临阵阵松风吹来，萧瑟的松涛声环绕身边。很早就研读了神仙秘籍，常希望与仙人交友为伴。怎么能得到仙人的药方，定珍藏青囊系在手肘边。

梁　锽

梁锽，生卒年不详。豪放倜傥，半生落魄，四十岁尚无禄位。曾从军，为掌书记，因与军帅不和，拂衣而归。天宝初，曾为执戟。与李颀、岑参、钱起友善，擅长五言律诗。《全唐诗》存其诗十五首。

观美人卧

妾家巫峡阳，罗帐寝银床。
晓日临窗久，春风引梦长。
落钗仍罥鬓〔1〕，微汗欲销黄〔2〕。
纵使朦胧觉〔3〕，魂犹逐楚王〔4〕。

【注释】

〔1〕罥（juàn卷）：挂。

〔2〕黄：即额黄。古代女子额上涂鸭黄色，以为修饰。

〔3〕觉：醒。

〔4〕楚王：即楚襄王。宋玉《神女赋》序云，他曾为楚襄王赋“高唐”，提及先王与巫山神女欢会于阳台之下，当晚，楚襄王本人也在梦中与巫山神女相遇。这里用“逐楚王”喻指男女欢会。

【今译】

我的家就住在巫峡的南面，银色牙床悬挂着绮罗锦帐。朝阳照到窗前犹高卧未起，春风拂来撩惹得春梦更长。金钗半落仍然斜挂在鬓边，微微香汗好像要抹掉额黄。纵使从梦中醒来睡意朦胧，梦魂仍追逐着风流的襄王。

李　收

李收，生卒年不详。一作李牧，误。天宝三载（744）前任右武卫（一作左威卫）录事。历任司勋郎中、考功郎中、兵部郎中、谏议大夫等职。官终给事中。《全唐诗》存其诗二首。

幽　情

幽人惜春暮〔1〕，潭上折芳草。
佳期何时还〔2〕，欲寄千里道。

【注释】

〔1〕幽人：隐士。

〔2〕佳期：与人欢会的日子。

【今译】

隐逸的高士惋惜春将归去，在小石潭上折下芳草一枝。与友人欢会之日何时到来，只得将芳草寄往千里之外。

薛奇章

薛奇章，生卒年不详。一作奇童。字灵孺。蒲州汾阴（今山西万荣）人。天宝初，官大理司直。肃宗时，拜慈州刺史。《全唐诗》存其诗七首。

吴声子夜歌〔1〕

净扫黄金阶〔2〕，飞霜皎如雪。
下帘弹箜篌〔3〕，不忍见秋月。

【注释】

〔1〕此诗一作崔国辅《古意》。
〔2〕黄金阶：台阶的美称。
〔3〕箜篌：一种弦乐器。

【今译】

把华美的台阶打扫干净，飞降的秋霜皎洁如白雪。放下珠帘弹奏一曲箜篌，不忍望空中那一轮秋月。

杨　谏

杨谏，生卒年不详。弘农华阴（今属陕西）人。开元十八年（730）登科拔萃。二十二年，又登博学宏词科。历仕永乐丞、监察御史、岳州刺史。《全唐诗》存其诗二首。

答长孙十一东山春夜见赠〔1〕

故人谢城阙〔2〕，挥手碧云期〔3〕。
溪月照隐处，松风生兴时。
旧林日云暮，芳草岁空滋。
甘与子成梦，请君同所思。

【注释】

〔1〕长孙十一：生平未详。

〔2〕谢：辞别。　城阙：京城。

〔3〕碧云：比喻远方或天边，多用以表达离情别绪。

【今译】

老朋友离开繁华的都市，挥挥手期待着他日重逢。溪边月照亮隐逸的住所，松风起触发了人的逸兴。旧日的山林一天天迟暮，芳草年年发芽枯了又荣。甘愿与您进入同一梦境，请您与我有同样的心情。

奚　贾

奚贾，生卒年不详。睦州（今浙江建德）人。开元、天宝间人，与常建有唱酬。《全唐诗》存其诗三首。

寻许山人亭子[1]

桃源若远近[2]，渔子棹轻舟[3]。
川路行难尽，人家到渐幽。
山禽拂席起，溪水入庭流。
君是何年隐，如今成白头。

【注释】

〔1〕许山人：其人未详。

〔2〕桃源：即桃花源，晋人陶渊明虚构的一个与世隔绝的乐土。此借喻许山人隐居之所。

〔3〕棹：桨。此指划桨。

【今译】

桃花源不知离我们有多远，打鱼的船夫荡起一叶轻舟。长长的水路好像望不到边，越是走近人家景象越深幽。山里的野禽飞过人的坐席，潺潺的小溪在庭院里流动。请问您是哪一年归隐山林，如今已年龄高迈白发满头。

万齐融

万齐融，生卒年不详。越州（今浙江绍兴）人。曾任秘书省正字、泾阳令、昆山令。神龙中，与贺知章、贺朝、张若虚、邢巨、包融等吴越之士，以文词俊秀名扬于京都。《全唐诗》存其诗四首。

赠　别

东南飞鸟处，言是故乡天。
江上风花晚，君行定几千。
计程频破月〔1〕，数别屡开年〔2〕。
明岁浔阳水〔3〕，相思寄《采莲》〔4〕。

【注释】

〔1〕破月：逾月。

〔2〕开年：一年的开始。

〔3〕浔阳水：浔阳江。唐长江流经浔阳县境一段，在今江西九江北。

〔4〕《采莲》：即《采莲曲》。原属古乐府歌辞，入《乐府诗集》卷五十《清商曲辞》七。

【今译】

飞鸟消失的东南方向，那里便是你故乡的天。风中的江花已经凋零，这一去行程想必不短。算一下路程要几个月，多少次分别年复一年。明年浔阳江里的流水，借《采莲曲》寄去我的思念。

中国古代名著全本译注丛书

周易译注
尚书译注
诗经译注
周礼译注
仪礼译注
礼记译注
大戴礼记译注
左传译注
春秋公羊传译注
春秋穀梁传译注
论语译注
孟子译注
孝经译注
尔雅译注
考工记译注

国语译注
战国策译注
贞观政要译注
晏子春秋译注

孔子家语译注
荀子译注
中说译注
老子译注
庄子译注

列子译注
孙子译注
鬼谷子译注
六韬·三略译注
管子译注
韩非子译注
墨子译注
尸子译注
淮南子译注
齐民要术译注
金匮要略译注
食疗本草译注
救荒本草译注
饮膳正要译注
洗冤集录译注
周髀算经译注
九章算术译注
茶经译注（外三种）修订本
酒经译注
天工开物译注
人物志译注
颜氏家训译注
梦溪笔谈译注
世说新语译注
闲情偶寄译注
山海经译注

穆天子传译注·燕丹子译注
搜神记全译

楚辞译注
千家诗译注
唐贤三昧译注
唐诗三百首译注
花间集译注
绝妙好词译注
宋词三百首译注

六朝文絜译注
古文观止译注
文心雕龙译注
文赋诗品译注
人间词话译注
唐宋传奇集全译
聊斋志异全译
子不语全译
阅微草堂笔记全译
历代名画记译注